L'héritier du Colorado

Un mensonge entre nous

BARBARA DUNLOP

L'héritier du Colorado

Passions

éditions HARLEQUIN

Collection : PASSIONS

Titre original : A COWBOY COMES HOME

Traduction française de NATALIA DELYS

HARLEQUIN®
est une marque déposée par le Groupe Harlequin

PASSIONS®
est une marque déposée par Harlequin S.A.

Photo de couverture
Homme : © MARK OWEN/ARCANGEL IMAGES

83-85, boulevard Vincent-Auriol, 75646 PARIS CEDEX 13.
Service Lectrices — Tél. : 01 45 82 47 47
www.harlequin.fr
ISBN 978-2-2802-4650-7 — ISSN 1950-2761

- 1 -

Un nuage de poussière se soulevait de sous les semelles de Caleb Terrell tandis qu'il s'avançait à pas lents vers la maison de son enfance.

Une copie du testament de son père glissée dans son porte-documents Bulgari, il se préparait mentalement à se retrouver face à son frère, avec lequel il était brouillé depuis dix longues années…

Décidément, la Terrell Cattle Company n'avait guère changé, songea-t-il. La maison de briques rouges à deux étages avait été méticuleusement entretenue, et dans l'air piquant des montagnes du nord Colorado flottait toujours l'odeur familière du froment et des pins ponderosa.

En gravissant les marches de la véranda, il regretta un court instant de ne pas s'être arrêté à Lyndon pour enfiler un jean et des bottes. Il chassa pourtant bien vite cette idée. Il était un homme d'affaires, dorénavant, plus un cow-boy ! Et il n'avait pas la moindre envie de se sentir chez lui ici.

Son frère Reed ne se réjouirait sans doute pas de sa venue. Mais la situation exceptionnelle appelait des mesures exceptionnelles… Reed devrait s'y faire !

Caleb fut à deux doigts d'entrer sans s'annoncer. Après tout, il était propriétaire de cet endroit, et Reed ignorait ses appels depuis une semaine… Cela dit, avant ces derniers jours, Caleb n'avait pas cherché à contacter son frère jumeau depuis dix ans !

Aujourd'hui, cependant, la situation avait changé. Leur père était mort… Si tel n'avait pas été le cas, Caleb n'aurait jamais remis les pieds au ranch Terrell. De toute façon, il en aurait sûrement été empêché à coups de fusil !

Une certitude qui rendait d'autant plus déroutant le contenu du testament paternel…

Caleb frappa trois coups secs contre le battant.

En attendant qu'on vienne lui ouvrir, il balaya du regard la cour du ranch, rassemblant ses souvenirs, mais aussi ses forces pour la conversation qui allait suivre.

La grange principale semblait s'être offert une seconde jeunesse, avec sa peinture vert foncé. Les corrals étaient toujours soigneusement entretenus, comme en témoignaient les barrières dont le blanc immaculé brillait sous les rayons du soleil. Les bovins paissaient dans les prairies verdoyantes, parmi les bosquets de trembles et de pins, avec, au loin, les pics enneigés des montagnes Rocheuses…

Aveuglé par la lumière, Caleb cilla.

Une demi-douzaine de pick-up étaient garés devant le hangar, ainsi qu'un motoculteur rutilant. Dans l'un des enclos, un cheval noir hennissait et ruait, puis il s'arrêta aux limites de l'enclos, les naseaux dilatés par l'excitation.

Caleb ne reconnut pas l'animal. Rien d'étonnant à cela, même si, dans le passé, il connaissait par leur nom la cinquantaine de chevaux du ranch Terrell !

Il inspira plus profondément, humant l'odeur âcre du crottin.

Ici, rien n'avait changé, et ses souvenirs affluaient à une vitesse vertigineuse. Il se raidit en se rappelant les colères mémorables de son père… Non, décidément, il n'avait pas la moindre envie de s'aventurer sur le chemin de la mémoire.

Dès qu'il aurait réglé ce problème d'héritage, il remonterait dans son Escalade de location et reprendrait bien vite la route de l'aéroport de Lyndon. Là, il sauterait dans son jet privé et rentrerait à Chicago où se trouvait le siège de sa société.

Adieu le Colorado !

Il se retourna vers la porte et frappa de nouveau.

Cette fois, il distingua du bruit de l'autre côté.

Le battant s'ouvrit tout à coup, et Caleb se retrouva nez à nez avec une jolie jeune femme brune vêtue d'un jean et d'un T-shirt bleu marine au col en V. Le visage encadré de longs cheveux brillants, celle-ci le fixa avec curiosité de ses yeux vert d'eau.

Elle sembla vaguement familière à Caleb… A moins qu'il ne prît ses désirs pour des réalités, car même avec un jean élimé et des bottes éraflées, cette fille était très séduisante ! Cependant, l'attirance immédiate qu'elle lui inspira fut vite tempérée. Sans doute était-elle la petite amie ou la femme de son frère…

Caleb baissa les yeux vers la main gauche de la jeune femme. Pas de bague. Ce qui, en soit, ne signifiait rien !

— Est-ce que vous vendez quelque chose ? s'enquit-elle en jetant un coup d'œil vers son porte-documents.

Aux intonations mélodieuses et légèrement rauques

de sa voix, Caleb sentit des vibrations dans sa poitrine. Il lui fallut un moment pour se ressaisir.

— Je cherche Reed, déclara-t-il.

Elle arqua un sourcil.

— Est-ce qu'il sait que vous voulez le voir ?

— J'ai téléphoné il y a quelques jours, répondit Caleb, évasif.

En réalité, il n'avait pas parlé à son frère… seulement laissé un message sur son répondeur, mais il n'avait nulle envie d'entrer dans les détails avec une étrangère.

Celle-ci croisa les bras sur sa poitrine.

— Etes-vous en train de me dire que Reed vous a invité ?

— Qui êtes-vous ? demanda Caleb, ne pouvant contenir davantage sa curiosité.

— Et vous, qui êtes-vous ? répliqua la jeune femme du tac au tac.

De nouveau, Caleb eut l'impression étrange de l'avoir déjà rencontrée…

— Vous vivez ici ? insista-t-il.

— Cela ne vous regarde pas.

— Où est Reed ?

Elle se raidit, ses belles lèvres roses esquissant une moue des plus séduisantes.

— Encore une fois, ce ne sont pas vos affaires.

Caleb soupira. Curieusement, il se sentait davantage intrigué qu'agacé.

— Vous ne voulez donc pas m'aider ?

Elle secoua la tête.

— Nous sommes-nous déjà rencontrés ? reprit-il.

— Si c'était le cas, ne croyez-vous pas que vous vous en souviendriez ? répliqua-t-elle, les yeux pétillants.

Caleb esquissa un petit sourire. Il l'observa attentivement, puis, admettant sa défaite, changea son porte-documents de main pour lui tendre la droite.

— Caleb Terrell, se présenta-t-il.

Les magnifiques yeux de son interlocutrice s'arrondirent de surprise.

— Caleb ?

Avant qu'il ait pu réagir, elle poussa un cri aigu et se jeta dans ses bras.

— Tu es revenu ! s'exclama-t-elle.

Caleb passa machinalement son bras libre autour de la taille fine de la jeune femme, la serrant contre lui. Respirant l'odeur fruitée de ses cheveux, il se prit à espérer qu'elle ne soit pas la petite amie de Reed.

Elle s'écarta enfin et plongea son regard dans le sien.

— Tu ne te souviens pas de moi ?

Il secoua la tête. Il n'en avait pas la moindre idée.

— Je suis Mandy ! s'exclama-t-elle en lui donnant une tape sur l'épaule.

— Mandy Jacobs ?

Elle acquiesça d'un signe de tête joyeux, tandis que Caleb la serrait de nouveau dans ses bras. Non qu'à l'époque ils aient été particulièrement proches… Quand il avait quitté le ranch, il avait dix-sept ans et Mandy, treize. Il en avait aujourd'hui vingt-sept.

Comme il était agréable de serrer Mandy dans ses bras ! Il fit durer leur étreinte un peu plus longtemps que nécessaire, puis la relâcha enfin, à contrecœur.

— Tu as manqué l'enterrement, déclara Mandy en lui faisant signe d'entrer.

Son ton exprimait à la fois la déception et la réprobation.

— Je n'ai pas pu me libérer, répondit-il, sans plus de détails.

— Mais c'était ton père ! s'exclama-t-elle en rentrant dans la maison.

Caleb lui emboîta le pas, laissant son silence parler pour lui. A moins que Mandy ne fût terriblement naïve, elle ne pouvait ignorer l'histoire de la famille Terrell. Certes, Wilton Terrell était le père de Caleb, mais il avait surtout été le pire salaud de tout le Colorado !

Une fois à l'intérieur, Caleb voulut clarifier la situation. Que faisait Mandy ici ? Et où était Reed ?

— Donc, Reed et toi, vous êtes…

Elle secoua la tête.

— Il n'est pas là.

— Je le vois bien…

Il n'était pas prêt à s'avouer vaincu aussi vite.

— Tu vis ici ?

— Quoi ? fit-elle en le considérant avec perplexité.

— Tu vis ici ? répéta-t-il en détachant chaque syllabe.

— Tu me demandes si je couche avec ton frère, c'est ça ?

— Je te demande si tu es avec lui, oui.

— Ce n'est pas le cas.

— Bien…

Oui, c'était bien. Très bien même ! Même si cela n'avait en définitive que peu d'importance. Rien de ce qui touchait la Lyndon Valley ou le ranch Terrell ne le concernait aujourd'hui. Sa présence ici n'était qu'un bref intermède.

Quant à Mandy, elle ne comptait pas.

— Tu as un certain culot pour me questionner

ainsi sur ma vie sexuelle ! déclara-t-elle, une pointe d'agacement dans la voix.

— Tu es là, mais pas Reed. Je me demandais, c'est tout.

Après tout, ne lui avait-elle pas ouvert la porte ? Et ne paraissait-elle pas parfaitement à son aise dans cette demeure ? A croire qu'elle vivait ici !

— Je suis venue vérifier une ou deux choses, déclara-t-elle.

Son visage s'assombrit.

— Je suis inquiète.

— Pourquoi ?

— Parce que personne n'a vu Reed depuis l'enterrement de votre père, il y a cinq jours…

Mandy Jacobs était la meilleure amie de Reed depuis plus de dix ans. Elle lui vouait une adulation sans bornes depuis le jour où il lui avait porté secours, alors qu'elle avait perdu le soutien-gorge de son maillot de bain en plongeant dans le lac Stump. Les garçons de son âge s'étaient bien payé sa tête, empêchant même leurs copines d'aider Mandy et attendant, passablement excités, le moment où la fraîcheur de l'eau l'obligerait à sortir du lac !

Au moment où elle s'était résignée à sortir en couvrant de son mieux sa nudité, Reed était arrivé, avait retiré ses bottes et était entré dans l'eau pour tendre à la jeune fille son propre T-shirt… Elle lui était reconnaissante de ce geste chevaleresque.

Lorsque Mandy était revenue au ranch, après deux ans à l'université de Denver, elle s'était encore rapprochée de Reed. Au fil des ans, elle avait été témoin de la mort de sa mère, de la cruauté de son père et du départ de Caleb, le frère jumeau de Reed, qui avait quitté la vallée.

A l'époque, les deux frères de Mandy ne cessaient de la taquiner. Sa sœur aînée, Abigail, avait toujours le nez dans les livres ; quant à sa jeune sœur Katrina, elle était interne dans une école privée depuis l'âge de dix ans. Si Mandy avait pu se choisir un frère, elle aurait choisi Reed sans hésiter.

Ce matin, sincèrement inquiète de son absence et résolue à partir à sa recherche, elle s'était introduite chez lui pour écouter ses messages téléphoniques, consulter son courrier et fouiller dans son armoire. Hélas, elle avait été bien en peine de déterminer si des vêtements manquaient ou non…

En revanche, elle avait constaté que son portefeuille avait disparu et que son Stetson favori n'était plus dans l'entrée.

Elle en était arrivée à la conclusion qu'il avait quitté le ranch de sa propre volonté. De toute façon, Reed était un homme fort, que personne n'aurait pu contraindre à faire quelque chose contre son gré.

Néanmoins, elle avait le pressentiment qu'il s'était passé quelque chose, et se réjouissait de l'arrivée inopinée de Caleb. Son aide serait la bienvenue…

Caleb posa son porte-documents sur le parquet, interrompant le cours de ses pensées. Il la fixa droit dans les yeux.

— Que veux-tu dire exactement ?

— Reed a quitté le cimetière juste après l'enterrement, raconta Mandy en fouillant dans sa mémoire pour se rappeler le moindre détail. Il est parti avec l'un des pick-up du ranch… J'en ai déduit qu'il rentrait au ranch.

Elle examina les photos exposées sur la cheminée, se concentrant sur un cliché récent de Reed, au rodéo de Lyndon.

— Nous sommes tous revenus ici après l'enterrement. Je n'ai pas vu Reed, mais je ne me suis pas inquiétée. Il venait de perdre son père… je me suis dit qu'il avait besoin d'être seul.

La voix de Caleb dans son dos lui parut glaciale.

— Essaierais-tu de me faire croire que Reed pleurait la mort de notre père ?

Tout en formulant intérieurement sa réponse, Mandy se retourna pour lui faire face. Elle ne pouvait s'empêcher de comparer les frères Terrell. Comme ils étaient différents ! Tous deux étaient devenus des hommes très séduisants, mais alors que Reed avait une apparence plutôt rude, Caleb était, lui, beaucoup plus raffiné.

Reed était très grand, corpulent et fort comme un bœuf. Ses cheveux étaient noirs, tout comme ses yeux. Caleb, lui, avait les cheveux châtain clair et ne dépassait pas le mètre quatre-vingt-cinq. Ses épaules étaient larges, certes, mais il avait une silhouette plus mince et élancée que son frère. Quant à ses yeux, ils étaient d'un bleu aussi clair que ceux de Reed étaient sombres.

— Mandy ? l'interpella Caleb.

Elle tressaillit. Son nom prononcé par les lèvres de Caleb provoqua un sursaut inattendu dans sa poitrine.

— Non, en effet, je doute qu'il ait pleuré son père, admit-elle.

La relation entre Reed et Wilton s'était encore détériorée après le départ de Caleb. Wilton ne cessait de le critiquer, malgré tous les efforts que Reed déployait pour l'entretien du ranch.

Intimidée par le vieil homme, Mandy ne venait chez les Terrell que lorsque celui-ci était absent, ce qui, heureusement, arrivait assez souvent. Car Wilton semblait préférer la compagnie du bétail à celle des êtres humains…

Mandy avait fait de son mieux pour soutenir Reed dans les moments difficiles. Un jour, alors qu'elle avait seize ans et Reed, vingt, Wilton avait conclu une violente dispute avec son fils en le frappant à l'épaule avec une latte de bois. Horrifiée, Mandy avait réagi instinctivement et proposé à Reed de l'épouser. Ainsi, il aurait pu se soustraire aux colères de son père et emménager dans le ranch voisin de la famille Jacobs !

Reed ne s'était pas moqué d'elle. Il lui avait expliqué qu'il l'aimait comme une sœur, et non comme une épouse. Et qu'il ferait face à son père quoi qu'il arrive !

Puis, il était devenu suffisamment grand et costaud pour se défendre contre Wilton.

— Il aurait dû partir en même temps que moi, déclara Caleb d'un ton amer.

— *Tu* aurais dû rester ! répliqua Mandy avec franchise.

Les yeux de Caleb brillèrent de colère.

— Et pardonner ainsi à mon père d'avoir tué ma mère ? Pour me tuer à la tâche jour après jour ?

— Reed voyait les choses différemment.

La Terrell Cattle Company était née de la fusion entre l'exploitation de la famille de Wilton Terrell et celle de sa jeune épouse, Sasha. Après la mort de celle-ci, Reed avait juré de protéger l'héritage de sa mère. Fidèle à sa mémoire, il nourrissait de grands projets pour le ranch et pour son propre avenir.

Ce qui rendait la disparition de Reed d'autant plus inquiétante, songea Mandy. Mais où diable était-il passé ?

— Reed est un imbécile, déclara Caleb.

Mandy s'avança, poings serrés.

— J'aime Reed ! s'exclama-t-elle.

— Mais je croyais que tu avais dit que…

— Je l'aime comme un frère.

— Ah oui ? ironisa Caleb, la fixant de ses yeux bleus. Explique-moi donc comment ça…

Son ton sarcastique contrastait avec la souffrance qu'elle lisait dans ses yeux, de sorte que la colère de Mandy s'apaisa aussi vite qu'elle était apparue.

— Pourquoi es-tu venu ? s'enquit-elle.

Elle espérait secrètement que Caleb veuille faire la paix avec son frère. Si seulement les deux frères pouvaient enterrer la hache de guerre. Elle savait que Caleb manquait à son frère. Mais la réciproque était-elle vraie ?

Tout à coup, elle se souvint des lettres qu'elle avait triées le matin même. Là était l'explication !

— Il t'attendait ! s'exclama-t-elle.

— Quoi ?

Elle pivota sur ses talons et se dirigea vers la cuisine, fonçant droit sur la pile de courrier qui ne lui avait jusqu'à maintenant pas fourni le moindre indice sur l'endroit où Reed pouvait se trouver.

Caleb s'empressa de la suivre.

— La voici ! dit-elle en extrayant une enveloppe blanche sur laquelle figurait le nom de Caleb.

Quand elle l'avait trouvée, elle n'avait pas compris de quoi il s'agissait, mais tout s'éclairait maintenant. Reed savait que son frère allait venir !

Elle tendit l'enveloppe à Caleb.

— Ouvre-la ! lui ordonna-t-elle impatiemment.

— Mais je ne lui ai pas annoncé ma venue, répondit Caleb en fronçant les sourcils.

Il s'était contenté de laisser un énigmatique « Appelle-moi, nous devons parler » sur le répondeur de son frère.

— Alors pourquoi t'a-t-il laissé une lettre ?

Caleb poussa un soupir. Déchirant l'enveloppe, il en sortit une feuille de papier qu'il déplia.

Il laissa échapper un juron.

Incapable de refréner sa curiosité, Mandy se pencha par-dessus l'épaule de Caleb pour déchiffrer le mot de Reed.

Le message disait simplement : « Etouffe-toi avec ! »

Elle cilla et leva les yeux vers Caleb.

— Je ne comprends pas. Qu'est-ce que cela signifie ?

— Que mon cher frère a toujours le même sale caractère qu'il y a dix ans !

— Sais-tu où il est allé ? insista Mandy.

— Espèce d'imbécile, grommela Caleb en fixant de nouveau le papier qu'il froissa en boule.

Il eut un petit rire.

— Il ne me fait toujours pas confiance ! reprit-il. Il pense que j'ai l'intention de l'arnaquer !

— Arnaquer Reed ? Mais comment ?

La mâchoire serrée, il la considéra de ses yeux bleu acier. Mandy le sentait réticent à parler.

— Dans son infinie bonté, expliqua-t-il enfin, Wilton Terrell m'a laissé la totalité de son héritage, y compris la Terrell Cattle Company.

Médusée, Mandy s'appuya au mur.

— Il t'a tout légué, à *toi* ?

— En effet.

C'était terriblement injuste ! songea-t-elle. Reed avait sué sang et eau pour cet endroit… et c'était Caleb qui en héritait ?

— Comment as-tu pu ! s'exclama-t-elle, indignée.

— Comment j'ai pu ? répéta-t-il avec un rire incrédule. Mais c'est Wilton qui a pris cette décision !

— Mais c'est toi qui en retires le bénéfice !

— Je suis venu ici pour rendre à Reed ce qui lui appartient. Je te remercie vraiment de la confiance que tu me témoignes ! Ta piètre opinion de moi me rappelle celle de mon frère à mon égard.

— Tu veux lui rendre l'héritage ? dit-elle avec scepticisme.

Comment croire qu'il serait prêt ainsi à renoncer à un ranch d'une valeur de trente millions de dollars.

— Je vis à Chicago maintenant. Pourquoi voudrais-je revenir dans un lieu que j'ai détesté et qui ne me rappelle que de pénibles souvenirs ? Et puis Reed est mon frère. On a beau se détester… il reste mon frère.

Elle hocha la tête. A en juger par son expression offensée et la véhémence de sa réaction, Caleb avait l'intention de se conduire honorablement. De toute évidence, Reed avait été aussi sceptique qu'elle, comme en témoignait son message. Manifestement, il avait préféré s'en aller plutôt que de voir son frère prendre possession du ranch.

Elle sentit de nouveau l'inquiétude la gagner.

— Nous devons retrouver Reed, dit-elle avec force. Lui expliquer la situation et le faire revenir.

— Tu en parles comme d'un chiot égaré…

— C'est ton frère !

L'argument le laissa indifférent.

— Qu'est-ce que cela signifie, au juste ?

La maison de son frère était bien le dernier endroit où il souhaitait s'installer, ne serait-ce que provisoirement. Il n'avait pas la moindre envie de manger dans la cuisine ou de s'asseoir dans la salle de séjour, pas plus que de dormir dans son ancienne chambre à l'étage.

Il éprouvait une désagréable impression de déjà-vu…

La décoration de la cuisine semblait s'être figée dans le temps. Il songea que le sucre devait toujours se trouver sur la troisième étagère du garde-manger, et le café sur la deuxième…

D'ailleurs, il aurait tué pour une tasse de café, mais il était hors de question qu'il se comporte comme s'il était chez lui !

Mandy, en revanche, semblait parfaitement à l'aise dans ces murs. Elle s'était perchée sur un tabouret haut et balançait sa jambe bottée tout en composant un numéro sur son portable.

— Tu viens ici souvent ? lui demanda-t-il.

Elle porta le téléphone à son oreille et esquissa un petit sourire.

— Seulement quand ton père était absent, répondit-elle. Avec Reed, on buvait du mauvais vin en jouant au poker.

— Juste vous deux ? renchérit-il.

Il continuait de s'interroger sur la relation entre son frère et Mandy.

— Je t'ai dit que je ne couchais pas avec lui ! déclara-t-elle, agacée. S'il m'arrivait de rester ici, je dormais dans ton lit. Ah salut, Seth !

Agacé, Caleb passa dans la salle de séjour pour essayer d'y voir un peu plus clair. Cette visite ne se déroulait pas du tout comme il l'avait envisagé !

L'aéroport de Lyndon était à deux heures de route. Il pouvait soit reprendre un vol pour Chicago le soir même ou réserver une chambre d'hôtel à Lyndon. Il pouvait aussi rester ici et tenter d'éclaircir la situation…

Son regard se posa sur la cage d'escalier au fond de la pièce. Son ancienne chambre était là-haut… Mandy disait y avoir dormi. Peut-être mentait-elle, dans l'unique but de semer le trouble dans son esprit.

Quoi qu'il en soit, même si elle avait dormi dans son lit, quelle importance cela pouvait-il bien avoir ? Cette fille pouvait bien dormir où elle voulait !

Les pas de Mandy résonnèrent sur le carrelage de la cuisine, puis de la salle de séjour.

— Seth va envoyer deux hommes de notre ranch, annonça-t-elle en glissant son portable dans la poche avant de son jean.

— Où ça ?

— Mais ici bien sûr !

— Pour quoi faire ?

— Pour t'aider !

— Je n'ai pas demandé d'aide.

Il ne souhaitait pas se montrer impoli, mais il n'avait nulle envie de laisser Mandy prendre des décisions à sa place. Il ne savait pas encore ce qui allait se passer, mais une chose était sûre : c'était lui qui en déciderait !

— Mais… je pensais bien faire, répliqua Mandy.

— Eh bien, la prochaine fois, demande la permission !

— Tu veux que je te demande la permission de te rendre service ?

— Je veux que tu me demandes la permission avant de te mêler de mes affaires !

— Me mêler de tes affaires ? Et ce serait me mêler de tes affaires que de mettre deux hommes à ta disposition pour t'aider à t'occuper de ton ranch pendant que nous nous mettons à la recherche de ton frère ?

Elle avait relevé le menton dans un air de défi, les yeux brillants de colère.

Il se dit que le moment était malvenu pour une dispute.

— La prochaine fois, reprit-il d'un ton plus conciliant, parle-m'en avant, s'il te plaît.

— Rassure-toi, il n'y aura pas de prochaine fois !

Tant mieux, pensa Caleb. Il avait l'habitude de se débrouiller seul. Il retrouverait son frère et reprendrait aussitôt le cours de sa vie.

Cependant, il ne pouvait s'empêcher de se demander comment allait réagir sa conseillère financière, Danielle Marin, quand celle-ci apprendrait qu'il était coincé au fin fond du Colorado ! En effet, Active Equipment était en plein lancement d'une nouvelle filiale en

Amérique du Sud, et Danielle avait fort à faire avec la réglementation brésilienne en matière bancaire et comptable.

— Qu'as-tu l'intention de faire ? s'enquit Mandy.

— Trouver Reed.

— Et en attendant ? Le ranch ? Les animaux ?

— Je m'en occupe.

Elle esquissa un petit sourire moqueur.

— Je suis sûre que tu apprécierais un petit peu d'aide !

— Et moi, je suis sûr que tu ferais mieux de t'occuper de tes affaires !

— Je fais seulement mon devoir de voisine.

— Dis-moi… as-tu toujours été aussi pénible ?

— Tu ne te souviens vraiment pas de moi ?

— Tu étais beaucoup plus jeune que moi. Je te remarquais à peine…

— Moi, je te trouvais très mignon.

Il se figea.

— C'était un simple fantasme de collégienne, reprit Mandy. Je ne connaissais pas ton vrai caractère à l'époque.

— Tu ne le connais pas non plus maintenant, rétorqua-t-il d'un ton sec.

Pourtant, ses propos venaient de déclencher en lui une réaction totalement inattendue. A en juger par la réponse instinctive de son corps, le charme de Mandy était loin de le laisser insensible. Mais il n'avait vraiment pas besoin de complications en ce moment.

— Tu es mariée ? lui demanda-t-il. Fiancée ?

En guise de réponse, elle agita sa main nue devant son visage.

— Tu vois quelqu'un ? insista-t-il, priant pour qu'elle prononce le oui qui l'obligerait… à cesser de l'imaginer nue entre ses bras.

— Pourquoi tiens-tu tant à le savoir ?

— Je me demandais qui je devais plaindre…

Leurs regards se croisèrent, et il s'efforça de contrôler la brusque vague de désir qui le submergeait.

— Je ne vois personne, répondit-elle finalement.

Elle pencha la tête et le toisa d'un air méfiant.

— Hé ! Je veux simplement t'aider à retrouver ton frère… ne te fais pas d'idées !

— Je ne t'ai pas demandé de m'aider.

Ce qu'il voulait vraiment, c'était qu'elle s'en aille. Il pourrait ainsi reprendre le contrôle de ses émotions.

— Tu l'auras quand même… voisin ! Moi aussi, je veux que Reed revienne.

Mais lui se fichait bien que Reed rentre ou non. Il souhaitait avant tout que le ranch Terrell cesse de constituer un problème. Et il y avait plus d'une façon d'arriver à ce résultat…

— Je pourrais vendre cet endroit, déclara-t-il.

Mandy se raidit.

— Tu ne ferais pas ça ! Je ne te laisserais pas faire.

Cette menace lui tira un sourire.

— Et comment t'y prendrais-tu ?

— J'en appellerais à ton honneur et à tes principes.

— Peine perdue, marmonna-t-il, agacé de sentir de nouveau le désir le tarauder.

Il n'y avait certainement rien d'honorable à convoiter la voisine de son frère !

Elle secoua la tête, s'humectant les lèvres.

— Mais tu es là pourtant ! répliqua-t-elle. Tu

es venu ici pour rendre ce ranch à ton frère. Tu ne renoncerais pas pour un ou deux malheureux jours de retard dans tes plans.

Il hésita.

— Tu crois que nous pouvons le trouver d'ici un jour ou deux ?

— Bien sûr ! assura-t-elle avec enthousiasme. J'aime relever des défis, que les choses soient dures !

Il s'abstint de tout commentaire, mais la lueur dans le regard de Mandy lui indiqua qu'elle avait, elle aussi, saisi le double sens de ses propos.

Elle agita un doigt menaçant dans sa direction.

— Je t'ai dit de ne pas te faire d'idées !

— Tu as une imagination débordante…

— Et toi une expression transparente. Tu dois être un piètre joueur de poker !

— En ta compagnie, peut-être…

— Tu admets donc que j'ai raison ?

— Je peux me contrôler si tu y arrives aussi.

— Je n'ai rien à contrôler.

— Tu as dit que tu me trouvais craquant, lui rappela-t-il.

— Quand j'avais treize ans et que j'étais mineure…

— Mais tu es majeure aujourd'hui.

Elle pointa un doigt vers lui.

— Toi et moi…, commença-t-elle.

Une bouffée d'excitation monta en lui.

— … allons retrouver ton frère, poursuivit-elle, lui rendre son ranch et reprendre le cours de nos vies. Un point c'est tout !

Il ravala sa déception. A quoi s'était-il attendu ?

- 2 -

Perchée sur la balustrade de la véranda des Terrell, Mandy essayait de chasser le trouble qui l'avait envahie en présence de Caleb.

Trouble qui n'avait fait que s'accentuer quand il l'avait serrée contre lui…

Elle s'éventa avec son Stetson blanc au souvenir de la chaleur qui s'était propagée au creux de son ventre quand son corps s'était retrouvé plaqué contre le sien. Caleb et Reed avaient beau être jumeaux, jamais elle n'avait ressenti ce trouble en étreignant Reed.

Elle releva la tête en entendant le moteur d'un des pick-up. Le véhicule avança dans un nuage de poussière et se gara le long de la grange. Deux ouvriers en descendirent et la saluèrent de la main avant de se diriger vers les écuries. Travis, le frère de Mandy, sortit à son tour du pick-up, vissant son chapeau sur sa tête. Il s'avança vers elle.

— Alors ? demanda-t-il, les sourcils froncés.

Du pouce, Mandy désigna la porte d'entrée de la maison des Terrell au moment même où la silhouette de Caleb se profila sur le seuil.

De ses longues jambes maigres, Travis monta les marches deux à deux.

— Je suis venu vérifier par moi-même, annonça-t-il à Caleb qu'il détailla de la tête aux pieds avant de lui tendre la main.

Caleb s'avança et lui serra la main, tandis que Mandy sautait à terre et s'approchait à son tour.

— Heureux de te revoir, Travis, déclara Caleb d'une voix neutre.

— Je croyais que Seth racontait des âneries ! reprit Travis, le fixant du regard. Mais non, tu es bien là. Un peu trop bien habillé pour le coin, mais au moins, tu as gardé la forme !

— Tu t'attendais à ce que j'aie pris du ventre ? Que j'aie un double menton ?

— Et aussi un teint blafard !

— Désolé de te décevoir…

Travis haussa les épaules.

— Qu'est-ce qui t'amène ?

Caleb jeta à Mandy un regard qui n'échappa pas à Travis.

— Qu'y a-t-il ?

Caleb hésita, rechignant à mentionner le testament de son père.

— Travis sait garder un secret, intervint Mandy.

Celui-ci releva le menton et observa Caleb avec méfiance.

— Qu'as-tu fait ?

— Rien ! répondit Caleb. J'essaie de résoudre un problème, pas d'en créer. Mais si je me souviens bien, par ici, les rumeurs se répandent aussi vite que le vent !

— Bienvenue à la maison ! railla Mandy.

Caleb la considéra en fronçant les sourcils. Bien que son expression ne fût pas particulièrement insistante, la jeune femme sentit son cou et son visage s'empourprer.

— Tu es revenu danser sur la tombe de ton père ? ironisa Travis.

— Veux-tu une bière ? proposa subitement Caleb.

Curieusement, il ne semblait pas contrarié par le reproche de Travis.

Mandy saisit cette opportunité pour s'éloigner de Caleb.

— Je vais en chercher, annonça-t-elle.

Elle traversa précipitamment le hall d'entrée et gagna la cuisine. Elle espérait ainsi se sortir de l'étrange torpeur sensuelle dans laquelle la proximité de Caleb la plongeait.

Elle ne pouvait nier l'attirance qu'elle ressentait pour lui, mais elle ne devait pas pour autant y céder ! Certes, Caleb était un homme séduisant, avec sa voix chaude et ce costume sur mesure. Mais il devait être aussi séduisant en jean et chemise, se dit-elle.

Lorsqu'elle s'était jetée à son cou, elle avait senti contre elle tous les muscles de son corps… Une chose était sûre : quel qu'ait été son travail à Chicago ces dix dernières années, il n'avait certainement pas passé tout son temps derrière un bureau.

Elle sortit trois bouteilles de bière du réfrigérateur et rejoignit les deux hommes qui s'étaient confortablement installés dans les fauteuils de bois et semblaient parler du testament. Quand elle tendit une bière à Caleb, leurs doigts se frôlèrent, et une décharge électrique remonta le long de son bras. Elle réprima l'envie de lever les yeux vers lui et s'éloigna, se perchant de nouveau sur la balustrade.

— Wilton était vraiment un type diabolique, déclara Travis en décapsulant sa bière.

— Même dans sa tombe, il s'ingénie à nous pourrir la vie, renchérit Caleb.

Mandy approuva intérieurement. C'était comme si le père de Caleb et de Reed avait fait de son mieux pour monter à dessein les deux frères l'un contre l'autre.

La seule façon de réparer le mal qui avait été fait était d'annoncer sans tarder à Reed que Caleb avait l'intention de lui redonner le ranch.

— Comment allons-nous retrouver Reed ? demanda-t-elle.

— Il n'a sans doute pas envie qu'on le retrouve ! commenta Travis.

— Ce qui voudrait dire qu'il est enfin revenu à la raison et qu'il a enfin décidé de tourner le dos à cet endroit, renchérit Caleb.

— Evidemment, il croit que tu vas lui voler son ranch ! s'insurgea Mandy.

— Alors pourquoi ne m'a-t-il pas appelé pour m'en parler ?

— Par crainte sans doute de t'entendre jubiler…

— Ton opinion de moi est vraiment réconfortante, Mandy !

— Ce n'est qu'une simple supposition, se défendit-elle. Pas mon opinion.

Elle but une gorgée du breuvage amer. Ce n'était pas sa boisson préférée, mais la plupart du temps, il n'y avait que de la bière à disposition, alors elle s'y était habituée.

— Tu pensais pourtant que j'allais conserver le ranch pour moi seul, lui rappela Caleb.

— Mais je t'ai cru quand tu m'as annoncé le contraire ! riposta-t-elle.

— Tu veux que je t'accorde des points pour ça ?

— Ou la médaille du mérite, railla-t-elle.

Caleb esquissa un demi-sourire. Puis il l'observa d'un air songeur.

— Je ferais mieux de vendre cet endroit, soupira-t-il enfin.

— Tu ferais une belle affaire, n'est-ce pas ?

— Parce que tu crois que je garderais l'argent ?

Elle se figea, gênée par son expression offensée.

— Eh bien…

Caleb secoua la tête.

— Je donnerais l'argent à Reed, Mandy, dit-il sèchement.

— Reed aime ce ranch… il ne veut pas d'argent !

— Alors pourquoi n'est-il pas ici pour se battre pour cet endroit, puisqu'il y tient tant ?

— Excellente question ! intervint Travis. A sa place, je me battrais bec et ongles.

— Alors où est-il ? répéta Caleb à l'intention de Mandy.

— Je vais le trouver, jura-t-elle.

Deux jours plus tard, Mandy n'avait pas avancé d'un pouce dans ses recherches.

Caleb, lui, avait finalement décidé qu'il était plus pratique de rester au ranch. Depuis qu'il s'y était installé, il n'avait pas perdu son temps. Aujourd'hui, il devait recevoir un agent immobilier pour une estimation.

Il s'était montré très clair avec Mandy : si Reed ne

réapparaissait pas d'ici les prochains jours, il mettrait le ranch en vente. Sans se laisser décourager par cet ultimatum, Mandy avait exploré l'historique du navigateur internet de Reed, multiplié les appels sur son portable et téléphoné à tous les hôpitaux dans un rayon de quatre cents kilomètres.

En vain.

Vers midi, fatiguée et frustrée, elle pénétra dans la cuisine des Terrell et fouilla dans le réfrigérateur, où elle dénicha blancs de poulet, fromage, tomates et oignons… Supposant que Caleb et l'agent immobilier auraient bientôt faim, elle se mit aux fourneaux. Lorsque Caleb la rejoignit, une demi-heure plus tard, elle était en train de préparer des tortillas.

— Où est l'agent immobilier ? s'enquit-elle.

— Sur la route de Lyndon.

— Il n'avait pas faim ?

Caleb prit un morceau de tomate qu'il enfourna dans sa bouche.

— Il ignorait qu'il y avait quelque chose à manger…

— Tu ne lui as pas proposé de partager notre repas ? lui reprocha-t-elle. Lyndon est à plus de deux heures et demie !

— Je n'ai pas voulu prendre de risques…

Elle l'examina avec perplexité.

— Je ne sais pas cuisiner, précisa Caleb.

— Ne sois pas ridicule, lui dit-elle en lui tournant le dos pour mettre les tortillas à frire dans la poêle. Tout le monde sait cuisiner.

— Pas moi.

A part, elle fit revenir le poulet, les tomates et les oignons.

— Comment est-ce possible ? Tu prétends vivre seul… Oh non, ne me dis pas que tu as des domestiques !

— Je n'ai pas de domestiques. Plus personne n'en a à notre époque. Je vis dans un immeuble du centre-ville de Chicago entouré d'excellents restaurants.

— Tu manges au restaurant tous les soirs ? s'étonna-t-elle.

— Je conclus de nombreuses affaires autour d'un bon dîner, lui expliqua-t-il. Cela dit, la plupart des restaurants proposent aussi des plats à emporter.

— Il est difficile de croire que tu ne manges que ce genre de choses…

Elle se remit à couper des tomates. Comment pouvait-il rester aussi mince en se nourrissant de pizzas et de burgers !

— Il y a plats à emporter… et plats à emporter !

Caleb appuya ses coudes sur le comptoir de granit et l'observa de plus près.

— Par exemple, chez Andre's, juste en bas de mon immeuble, j'achète souvent mon plat préféré : filet mignon avec de petites pommes de terre et sauce à l'aneth, le tout accompagné d'une salade avec un assaisonnement à base de papaye…

Elle s'immobilisa. Soudain, le plat qu'elle s'appliquait à concocter lui semblait bien simple !

— Tu gagnes certainement beaucoup d'argent pour être en mesure de te permettre ce genre de choses, fit-elle remarquer.

Elle regretta aussitôt ses paroles. L'argent que gagnait Caleb ne la regardait pas !

— Je m'en sors bien, concéda-t-il.

— Parle-moi de ton travail, demanda-t-elle, désireuse de changer de sujet.

Sa curiosité à cet égard était bien réelle. Qu'était-il arrivé au jeune cow-boy de dix-sept ans qui était arrivé à Chicago, tout juste sorti du lycée ? Cela n'avait pas dû être facile…

— La société s'appelle Active Equipment, annonça-t-il en dérobant un autre morceau de tomate.

Mandy le menaça de son couteau pointu, ce qui le fit rire.

— Nous vendons de l'équipement lourd à des entreprises du bâtiment, entre autres, poursuivit-il. Active Equipment est une multinationale.

D'un geste vif, il chaparda un nouveau morceau de tomate qu'il lança dans sa bouche avant de sucer le bout de son doigt.

— Arrête un peu, il n'y en aura plus assez pour les tacos ! protesta-t-elle.

— Je prends le risque.

— Explique-moi plutôt quel est ton rôle dans cette entreprise.

— Je la dirige.

— Quelle partie ?

— La totalité.

La main de Mandy resta suspendue dans l'air.

— Tu diriges toute la multinationale ? s'exclama-t-elle.

Comment Caleb pouvait-il en être arrivé là, à vingt-sept ans seulement ? se demandait-elle. C'était incroyable !

— En effet.

— Je ne comprends pas.

Il réprima un rire.

— Je suis le président-directeur général d'Active Equipment.

— Comment ? On t'a donné tous ces titres ?

— Pas exactement… C'est moi le propriétaire !

Elle reposa son couteau. Elle n'en croyait pas ses oreilles.

— Tu possèdes Active Equipment ?

Il acquiesça.

— Comment as-tu réussi ça ?

— J'ai travaillé dur, j'ai un bon sens des affaires, et je n'ai pas hésité à prendre quelques risques financiers qui ont payé.

— Mais…

— Tu sembles surprise de découvrir que je ne suis pas un raté !

Elle garda le silence.

— Cela dit, il est vrai que je ne sais pas cuisiner, concéda-t-il avec un sourire rusé. Je crains de m'être concentré sur les choses pour lesquelles j'étais doué et d'avoir négligé le reste.

— Et tu es donc condamné au filet mignon… mon pauvre, comme je compatis !

Son ton était désinvolte, mais au fond, elle devait bien admettre qu'il avait raison. Elle n'aurait pas dû se montrer aussi surprise de sa réussite.

— Cela n'a pas toujours été comme ça, nuança-t-il. Au départ, je vivais dans un studio en sous-sol et je cumulais deux emplois. Mais il était hors de question pour moi de revenir ici. J'aurais préféré mourir de faim plutôt que de retourner auprès de mon père, la queue entre les jambes !

Elle s'émut à la pensée du jeune adolescent qu'il avait été.

— Avais-tu de quoi vivre ? s'enquit-elle.

— J'étais jeune et en bonne santé. Travailler dur ne me faisait pas peur. Et puis, aucun patron, même le plus dur, ne pouvait rivaliser avec Wilton Terrell !

Elle prit les quartiers de tomates et les jeta dans la poêle.

— Donc, si je comprends bien, tu es un *self-made man*…

— Ça t'impressionne ?

Elle ne sut que répondre. L'argent ne faisait pas tout.

— Es-tu heureux ? s'enquit-elle.

— Parfaitement !

— As-tu des amis ? Une vie sociale ? Une petite amie ?

Elle lui tourna le dos pour retirer les tortillas de la poêle. Elle ne voulait surtout pas qu'il voie son expression lorsqu'il se mettrait à évoquer sa petite amie.

— Je n'ai pas de petite amie.

— Pourquoi ? demanda-t-elle sans se retourner.

— Parce que je n'ai pas le temps, j'imagine… Et je n'ai jamais rencontré la fille qu'il me faut.

— Tu devrais prendre le temps de rencontrer quelqu'un, lui dit-elle en le regardant enfin.

Songeur, Caleb l'observa avec curiosité.

— Et toi ? Pourquoi n'as-tu pas de petit ami ?

— Parce que je suis coincée dans un ranch au fin fond du Colorado ! Comment veux-tu que je fasse des rencontres !

— Va à Denver. Achète-toi une jolie robe…

Elle ne put s'empêcher de jeter un coup d'œil gêné à son jean délavé et son T-shirt sans charme.

— Tu n'aimes pas mes vêtements ?

— Ils sont parfaits pour le ranch, mais pas pour aller danser dans un club.

— Je n'ai jamais mis les pieds dans un vrai club, avoua-t-elle.

— Vraiment ?

Elle haussa les sourcils.

— Il n'y a pas de clubs par ici !

Il se rapprocha d'elle, ses yeux bleus brillants d'excitation.

— Si nous étions à Chicago, je t'emmènerais faire la fête. Tu prendrais du bon temps, crois-moi.

— Tu es plein d'assurance, n'est-ce pas ? répliqua-t-elle.

Elle s'efforça de calmer les battements de son cœur, qui s'était affolé à l'idée d'eux en train de danser.

Soudain, il lui prit la main. Il fit tourner sa cavalière improvisée sur elle-même et l'attira à lui pour l'entraîner dans un pas de deux. Instinctivement, elle suivit ses pas.

— On voit que tu es un habitué des nuits de Chicago, railla-t-elle.

— Imagine-toi des spots et des gens tout autour, lui murmura-t-il à l'oreille.

La chaleur du corps de Caleb se communiquait au sien, la forçant à se concentrer sur sa respiration qui se faisait haletante.

— Tu aimes la country ? demanda-t-il. Le blues ? Le jazz ? Il y a des clubs de jazz extraordinaires à Chicago.

— Je suis une fille de la campagne, répondit-elle, cherchant désespérément à dissimuler son trouble.

— Tu aimerais le jazz, affirma-t-il avec conviction.

La sonnerie de la minuterie retentit. Tous deux s'immobilisèrent. Leurs regards se croisèrent.

Elle savait exactement ce qui se passait dans la tête de Caleb.

— Non, fit-elle d'une voix rauque.

Elle ne laisserait pas leur attirance mutuelle les conduire jusqu'au baiser !

— Si, répondit Caleb, ses mains bien calées dans son dos. Cela arrivera inévitablement. Mais pas maintenant…

Caleb s'était douté que, tôt ou tard, Maureen Jacobs, la mère de Mandy, l'inviterait à dîner. Il ne se sentait pas trop d'humeur sociable, mais il ne voulut pas la froisser en déclinant son invitation.

Au ranch Jacobs, il fut accueilli à bras ouverts et éprouva sans tarder la curieuse sensation d'être chez lui, au beau milieu du brouhaha qui régnait chez ses anciens voisins. Les Jacobs avaient toujours eu la plus grande maison, le plus grand ranch et la plus grande famille de toute la vallée ! Caleb n'aurait su dire le nombre de fois où il avait partagé le dîner familial, lorsqu'il était enfant, puis adolescent, à l'époque où Reed, Travis et lui étaient très bons amis.

A cette époque, il n'avait jamais particulièrement distingué Mandy de ses deux sœurs. Pour lui, elles étaient toutes les trois des gamines avec des nattes qui passaient le plus clair de leur temps à se chamailler !

Aujourd'hui, Mandy le fascinait. Pas un seul de ses mouvements ne lui échappait, tandis qu'elle s'affairait entre la cuisine ouverte et la salle à manger, surveillant les préparatifs du repas tout en bavardant avec sa mère et sa sœur.

Il était affolé à la pensée de toute la logistique quotidienne que requérait une aussi grande famille. Ce soir, Abigail, l'une des sœurs de Mandy, était présente, ainsi que ses deux frères, Travis et Seth. Quant à ses parents, Hugo et Maureen, ils avaient beaucoup vieilli, notamment Hugo, qui était pâle et semblait fatigué.

— Je vois bien la façon dont tu regardes ma sœur, lui fit remarquer Travis en prenant place dans un fauteuil en face de lui.

— Je me faisais la réflexion qu'elle semblait vraiment dans son élément ici, répondit Caleb.

— En effet, approuva ce dernier, mais là n'était pas mon propos…

— C'est une très belle femme, reconnut Caleb.

Il n'allait pas mentir, mais il n'irait certainement pas jusqu'à admettre l'attirance que lui inspirait la jeune femme.

— C'est certain, approuva Travis en reposant son verre de thé glacé sur la table basse.

Il se cala contre le dossier de son fauteuil.

Caleb ne pouvait s'empêcher de suivre des yeux les allées et venues de Mandy. Il ne voulait pas renforcer les soupçons de Travis, mais sa curiosité l'emporta sur la prudence.

— Est-ce que Reed et elle… ?

Travis secoua la tête.

— Tu sais, ton frère ne se laisse pas facilement approcher. Il a beaucoup de colère en lui, surtout depuis que tu es parti sans te retourner.

Caleb se hérissa à ce reproche déguisé. Il n'avait pas abandonné Reed. Il avait supplié son frère de venir avec lui.

— Ce qu'il est aujourd'hui n'est pas lié à mon départ.

— Ça n'a pas aidé, répliqua Travis.

Caleb lui jeta un regard noir.

— Ce que je veux dire, reprit Travis, c'est qu'il a perdu votre mère, puis il t'a perdu, toi, et qu'il est resté seul pour affronter ton père, ses colères et ses exigences démesurées.

Caleb adoucit sa gorge sèche avec une gorgée de thé.

— Il n'avait qu'à venir avec moi et laisser notre père moisir ici.

— Mais tu comprends pourquoi il ne l'a pas fait, n'est-ce pas ?

— Non, répondit Caleb sincèrement.

— A cause de ta mère !

— C'est ce qu'il a prétendu…

Pourtant, cela n'avait jamais eu de sens pour Caleb.

Pourquoi rester alors que leur mère était morte ? Lui n'était pas intéressé par le ranch, car il ne représentait que de mauvais souvenirs. C'était sur cette terre que leur père avait conduit leur mère à la mort…

Un rire féminin leur parvint depuis la cuisine. Il ne put s'empêcher de comparer l'atmosphère bruyante et chaleureuse de ce foyer avec l'ambiance de son appartement ultramoderne, meublé de verre et de métal. Son appartement de célibataire où ne régnaient qu'ordre et silence.

Il vit Maureen passer devant son mari et lui caresser rapidement la nuque. Le vieil homme lui pressa la main dans un geste pudique.

Caleb n'était pas habitué à ce genre de scène. Ses parents ne s'étaient jamais montrés ni détendus, ni aimants l'un envers l'autre. Jamais il n'avait vu de geste d'affection de sa mère pour son père. Pas plus que celui-ci n'avait jamais regardé sa femme, Sasha, avec affection.

Travis remua dans son fauteuil.

— Reed pensait que tu avais peur de rester et d'affronter ton père.

— Peur ? répéta Caleb en se raidissant.

Travis haussa les épaules.

— Je détestais mon père, mais je n'ai jamais eu peur de lui, clarifia Caleb.

Ce qui était un mensonge éhonté. Enfant, il était terrifié par son père, se rappela-t-il. Wilton était un homme dur et violent qui avait la main leste, quand il n'utilisait pas une ceinture. Mais à dix-sept ans, Caleb était plus grand que lui, tout comme Reed d'ailleurs, et il aurait pu se défendre sans peine si Wilton l'avait menacé physiquement.

— Où penses-tu que Reed soit allé ? lui demanda Travis.

— Je n'en ai pas la moindre idée.

Ces deux derniers jours, il y avait beaucoup réfléchi. Il espérait sincèrement que son frère était heureux loin du ranch Terrell. Reed avait parfaitement le droit de vivre sa vie comme il l'entendait. Tout comme lui… Vendre le ranch était la meilleure des solutions.

Reed pourrait ainsi faire ce que bon lui semblerait

avec l'argent de la vente. Quant à lui, il ne pouvait pas rester dans la Lyndon Valley pour faire tourner le ranch tout comme il ne pouvait dépendre indéfiniment de l'aide des Jacobs.

Certes, il pouvait embaucher un professionnel pour prendre les choses en main… Et ensuite ? En ce qui le concernait, il n'avait plus l'intention de remettre les pieds dans le nord du Colorado. Et puis si Reed avait voulu conserver le ranch, il n'aurait pas disparu ainsi.

Mandy entra dans la salle de séjour en portant un saladier rempli de purée.

Elle avait troqué son jean habituel contre un pantalon de toile gris et un pull sans manches couleur vert d'eau qui mettait ses courbes et ses yeux en valeur. Ses cheveux bruns formaient un halo autour de son visage et retombaient sur ses épaules nues.

— Je remarque la façon dont tu regardes ma sœur, reprit Travis.

Caleb détourna les yeux d'un air coupable.

— Si tu lui fais du mal, ajouta Travis, tu auras affaire à moi.

— Je n'ai que du respect pour Mandy, mentit Caleb.

Oui, bien sûr, il avait du respect pour elle, mais il commençait également à ressentir un désir très intense pour elle.

— Nous ne sommes pas à Chicago, l'avertit Travis.

— J'en suis tout à fait conscient.

— A table ! annonça Maureen d'une voix chantante.

Mandy adressa à Caleb un large sourire et lui fit signe de prendre place autour de la grande table rectangulaire. Soudain, remarquant l'expression renfrognée de Travis, elle plissa les yeux.

— C'est une femme belle, intelligente et qui a du caractère, déclara Caleb en baissant la voix. Tu devrais plutôt t'inquiéter pour moi.

— Je ne m'inquiète pas pour toi, fit Travis en se levant.

Caleb l'imita.

— Mandy sait-elle que tu essaies d'intimider les hommes qui s'intéressent à elle ?

La question sembla perturber Travis. A n'en pas douter, il s'imaginait la réaction de sa sœur si celle-ci venait à découvrir son instinct protecteur fraternel très exacerbé.

— Je n'ai pas l'intention de faire de mal à Mandy, répéta Caleb.

Il la laisserait prendre ses propres décisions. C'était une adulte, et il accepterait d'elle tout ce qu'elle serait disposée à lui offrir. Un baiser ou plus… Il ne resterait pas assez longtemps pour que les choses aillent aussi loin, se dit-il aussitôt.

Il s'installa en face d'elle.

Au fil du repas, la conversation s'anima.

— S'il y a un intérêt caché, disait Abigail, la sœur de Mandy, je n'ai pas la moindre idée de ce qu'il peut être. Néanmoins, il est important que de nombreux propriétaires de ranch soient présents à la première réunion.

— Nous devons faire front commun, renchérit Hugo en se servant une tranche de rosbif avant de passer le plat à Travis. Je trouve étrange que cette révision soit lancée avec cinq ans d'avance.

— La loi autorise une révision des droits d'accès à

l'eau tous les trente/trente-cinq ans, intervint Abigail. Techniquement, donc, il n'y a rien d'anormal.

Seth, le frère aîné, se mêla à la conversation.

— Quand pour la dernière fois l'Etat a-t-il fait quelque chose en avance ? railla-t-il. Papa a raison. Il y a quelque chose que l'on ne nous dit pas…

— J'ai envoyé un courrier pour demander des précisions, les informa Abigail. Peut-être cela nous éclairera-t-il.

— Cela ne servira à rien, marmonna Hugo. Les bureaucrates feront de l'obstruction.

— Vous devriez en parler à Caleb, suggéra Mandy.

— Oui, c'est important pour lui aussi, approuva Travis. Toute réévaluation à la baisse de nos droits d'accès à l'eau dépréciera la valeur de nos terres.

— Ce n'est pas le plus important ! répliqua Seth avec véhémence. Ce qui est grave, c'est l'impact que cela pourrait avoir sur la densité des pâturages ! Prends l'exemple des Stevenson… Ils n'ont aucun accès à la rivière sur leurs terres et dépendent donc exclusivement de leurs puits !

— Seth, intervint Maureen d'une voix sévère, tu vas nous gâcher le dîner avec tes histoires.

— Désolé, maman, fit Seth en baissant la tête.

Le visage de Maureen se fendit d'un large sourire.

— Dis-nous Caleb, combien de temps comptes-tu rester à Lyndon ?

Caleb avala une cuillère de la meilleure purée qu'il lui ait été donné de manger depuis bien longtemps.

— Quelques jours… une semaine tout au plus.

— Nous sommes désolés que tu aies manqué

l'enterrement, poursuivit Maureen sur un ton de léger reproche.

— J'étais débordé.

— Savez-vous que Caleb possède sa propre entreprise à Chicago ? intervint Mandy.

Caleb remercia silencieusement la jeune femme de changer de sujet. La famille Jacobs découvrirait bien assez tôt la teneur du testament de Wilton Terrell…

Il n'était pas pressé d'en arriver là.

— Active Equipment, précisa-t-il. Cette société me prend tout mon temps. En ce moment, nous cherchons à pénétrer les marchés asiatiques et canadiens, ainsi que l'Amérique du Sud.

— C'est très bien, commenta Maureen.

— Active Equipment ? fit Hugo d'un ton vaguement accusateur. La société de chargeuses et de tractopelles ?

— C'est ça, confirma Caleb.

— Alors tu peux m'obtenir un rabais ?

Maureen lança un regard furieux à son mari. Travis, lui, éclata de rire, tandis qu'une lueur amusée éclairait les yeux de Mandy.

— Absolument ! répondit Caleb, incapable de détourner le regard de Mandy. Faites-moi savoir ce dont vous avez besoin.

Les yeux verts de la jeune femme étincelaient comme des émeraudes, et il n'avait jamais vu des lèvres plus tentantes.

— Seth et moi te ferons une liste, dit Hugo.

— Je serai ravi de vous aider, ajouta Caleb.

Mandy s'humecta les lèvres.

Caleb n'osa pas regarder en direction de Travis…

- 3 -

Mandy ne pouvait s'empêcher de détailler de la tête aux pieds la jeune femme brune et élancée qui se tenait sur le seuil de la maison des Terrell…

L'inconnue portait une élégante veste couleur taupe rehaussée de fausses poches et de revers de manches noirs. Sa jupe droite était assortie à la veste, et elle portait l'ensemble avec des escarpins en cuir aux talons aiguilles d'une hauteur vertigineuse.

D'imposantes boucles d'oreilles en cuivre, ornées de motifs géométriques se balançaient sous ses cheveux coupés court, de façon stylisée. Un sac à main en strass et un épais porte-documents en cuir complétaient sa tenue.

Comment cette femme était-elle parvenue jusqu'ici sans se couvrir de poussière… Mandy n'aurait su dire !

— Puis-je vous aider ? lui demanda-t-elle enfin.

— Je cherche Caleb Terrell, dit la femme d'une voix froide.

— Il n'est pas là pour le moment.

La visiteuse eut une moue impatiente.

— Est-ce qu'il vous attendait ? s'enquit Mandy.

— C'est *moi* qui l'ai attendu ! s'exclama-t-elle. Deux jours, à Chicago !

Mandy tressaillit. Cette femme était manifestement

suffisamment intime avec Caleb pour avoir des exigences envers lui… Etait-ce sa petite amie ? Il avait prétendu ne pas en avoir, mais de toute évidence, il avait menti…

— Voulez-vous entrer ? proposa-t-elle, se rappelant à ses bonnes manières. Il ne devrait pas tarder.

La vie privée de Caleb ne la regardait en rien, se dit-elle. Certes, il avait un peu flirté avec elle, mais rien de compromettant. Il ne l'avait même pas embrassée. De toute façon, elle n'avait pas pris une seule seconde ce badinage au sérieux.

La visiteuse sourit et son visage se détendit. Elle tendit à Mandy une main parfaitement manucurée.

— Pardonnez-moi… Je suis Danielle Marin.

Mandy hésita un quart de seconde avant de tendre à son tour sa main calleuse aux ongles ras. Elle se sentit un peu honteuse dans sa simple chemise en coton bleu et son éternel jean délavé. Par chance, elle n'avait pas de crottin sur ses bottes.

— Mandy Jacobs, se présenta-t-elle. Je… je donne un coup de main pour le ranch…

— Je suis sûre que Caleb apprécie ce geste, déclara Danielle en la suivant à l'intérieur de la maison. Je dois dire que cette situation commence à friser le ridicule.

— Dès que nous aurons retrouvé Reed, la situation s'arrangera, dit Mandy en refermant la porte derrière elles.

— Vous avez du nouveau ? Caleb m'a expliqué que vous aviez pris les recherches en main.

Mandy ne sut que répondre. Elle répugnait à en dire trop à une étrangère, mais elle ne pouvait pas non plus s'enquérir du degré d'intimité entre Caleb et Danielle sans se montrer impolie.

Cette dernière avança jusqu'à la salle de séjour en examinant les hauts plafonds et les baies vitrées qui surplombaient la rivière.

— J'imagine que vous avez déjà appelé les hôtels où il a l'habitude de séjourner, déclara-t-elle.

— Reed ne voyage pas beaucoup, mais j'ai contacté tous les hôtels, hôpitaux et postes de police jusqu'à Fort Collins.

— Avez-vous essayé les agences de location de voitures ?

— Il a pris un pick-up du ranch.

Danielle hocha la tête, pensive.

— Avez-vous suivi l'activité de sa carte bancaire ?

Mandy se demanda si Danielle plaisantait. A en juger par son expression, elle était sérieuse.

— Je ne saurais pas comment le faire, admit-elle lentement.

Etait-elle même autorisée à le faire ? Cette action lui paraissait totalement illégale.

— J'ai quelques contacts..., dit vaguement Danielle.

Mandy ne savait quelle attitude adopter. Danielle était-elle en train de suggérer qu'elle pouvait l'aider à enfreindre la loi ?

La porte d'entrée s'ouvrit, et des bruits de bottes retentirent dans l'entrée.

Grâce à Dieu, Caleb était rentré !

Il s'arrêta net sur le seuil de la salle de séjour.

— Danielle ? s'exclama-t-il.

— Eh oui ! répondit-elle en s'avançant vers lui.

— Mais que fais-tu dans le Colorado ?

— Et toi ? Que fais-tu *encore* dans le Colorado ?

— Je t'ai prévenue que j'y resterais quelques jours...

— C'était il y a quelques jours !

— Deux jours exactement.

— Est-ce que tu veux que ça fonctionne ou pas ?

Mandy s'éclipsa discrètement vers la cuisine, bien décidée à ne pas écouter cette conversation privée.

Une chose était sûre : si Caleb continuait à flirter avec d'autres femmes, sa relation avec Danielle ne fonctionnerait sûrement pas !

— Nous devons être à São Paulo le 16, continua Danielle. Nous nous sommes engagés et ne pouvons pas nous rétracter.

— Ai-je fait quelque chose qui te laisse penser que je suis un imbécile ? rétorqua Caleb.

Les pas de Mandy s'étaient arrêtés dès qu'elle avait franchi le seuil de la cuisine. Elle n'en était pas fière, mais une forte curiosité l'incitait à tendre l'oreille pour écouter ce qui se disait à côté.

— Tu veux dire... en dehors de t'installer dans le Colorado ? répliqua Danielle.

— Je ne me suis pas installé dans le Colorado, nia Caleb.

— Tu dois revenir, Caleb.

— Je ne peux pas partir pour le moment.

— Mais tu as dit que tu allais vendre !

— C'est ce que je vais faire.

Mandy dut ravaler un cri de protestation. Pendant des années, elle avait rêvé que les deux frères Terrell se réconcilient. Elle était persuadée que le moment était proche. Quelles que puissent être les dissensions entre eux, ils s'aimaient, c'était évident.

— Tu peux parfaitement étudier les propositions d'achat depuis Chicago, argua Danielle.

— Et qui s'occupe du ranch pendant ce temps ?

— Pourquoi pas cette Mandy ?

— Elle me fait déjà une faveur en participant à la bonne marche du ranch… Mandy ? Mandy, où es-tu ?

— Dans la cuisine, répondit-elle en se précipitant vers le comptoir pour feindre d'être occupée. Voulez-vous du café ?

— Ce n'est pas à toi de nous préparer le café, dit Caleb.

— Ce n'est pas un problème.

Elle l'entendit qui la rejoignait.

— Ce n'est pas à toi de nous préparer le café, répéta-t-il en baissant la voix.

Mandy ne se retourna pas.

— Va t'asseoir avec ta petite amie…

— Ma petite amie ?

— Réglez vos problèmes, mais si je puis me permettre, j'aimerais que tu réfléchisses bien avant de vendre, Caleb, parce que je connais Reed et…

Caleb referma ses doigts autour de son bras et la força à se retourner pour lui faire face.

— Ce n'est pas ma petite amie !

— Oh !

Elle l'observa d'un air sceptique. Alors, qui était cette Danielle ? Et pourquoi parlaient-ils d'aller en vacances au Brésil ?

— C'est ma conseillère financière.

— Ah bon.

Et alors ? Cela ne signifiait pas qu'il n'y ait rien entre eux, songea-t-elle.

— Qu'est-ce qui t'a fait penser que c'était ma petite amie ?

— Parce qu'elle est superbe, répliqua Mandy. Parce qu'elle est venue jusqu'ici. Parce qu'elle vient de te dire que si tu ne revenais pas à Chicago, cela ne marcherait pas entre vous.

La voix de Caleb baissa encore d'un ton.

— Mais qu'est-ce que tu crois que je faisais avec toi, alors ?

Elle mit du temps à répondre, car elle n'avait pas la moindre idée de ce qu'il faisait avec elle…

— Tu flirtais, tout simplement…

— Je boirais volontiers un café, dit Danielle depuis le couloir.

— Ça vient…

— Mandy croit que nous sortons ensemble ! fit Caleb d'une voix forte.

Ces mots furent accueillis par un rire mélodieux.

— Comme si j'étais capable de te faire rester assis suffisamment longtemps pour un rendez-vous amoureux !

— Tu vois ? insista Caleb à l'intention de Mandy avant de sortir de la cuisine.

— Je l'aide à implanter une filiale au Brésil, expliqua Danielle en les rejoignant. Auriez-vous par hasard une connexion internet et un scanner ?

— Dans le bureau, répondit Caleb. A l'étage, première porte à droite.

Lorsque Mandy se retourna, deux mugs de café à la main, Danielle avait disparu. Caleb, lui, était resté debout dans le coin-repas.

— Je ne sors pas avec elle, répéta-t-il.

— J'ai compris ! s'impatienta Mandy qui tentait de ne pas trop réfléchir aux implications de leur conversation. Alors tu t'attaques au Brésil ?

— Oui, c'est un marché immense à conquérir.

Elle posa les deux mugs sur la table.

— Es-tu milliardaire ?

— Je n'ai jamais calculé…

— Mais tu pourrais l'être.

Pas étonnant que Caleb puisse renoncer aussi facilement au ranch, se dit-elle. Il n'était pas aussi philanthrope qu'il voulait le faire croire.

— La valeur nette d'une entreprise est hors de propos. Tout l'argent est immobilisé. Pour connaître la valeur réelle, il faudrait passer des mois, le nez dans les comptes.

— Mais tu n'as pas besoin de l'argent du ranch, insista Mandy.

Caleb poussa un soupir.

— Je donne l'argent à Reed parce qu'il l'a chèrement gagné.

— Alors, ne vends pas le ranch.

— Il m'est impossible de rester ici pour le diriger.

Elle avait beau tenter de rester détachée, la passion qu'elle éprouvait transparaissait dans sa voix.

— Reed ne veut pas de cet argent. Il veut le ranch.

— Alors où est-il ?

— Il boude…

Caleb eut un rire cassant.

— Je suppose que tu as raison. Il s'est réfugié quelque part et il est en train de lécher ses blessures, drapé dans sa colère et sa conviction que je vais lui arracher son héritage !

— Reed ne fait pas facilement confiance. Et tu es resté absent très longtemps.

— Quand je suis parti, je l'ai supplié de venir avec moi.

— Eh bien, il ne l'a pas fait ! Le choix t'appartient aujourd'hui. Tu peux améliorer les choses ou les rendre pires…

— Non, c'est Reed qui avait le choix, riposta Caleb d'un ton implacable. Il aurait pu rester.

— Il va revenir, affirma Mandy.

Caleb secoua la tête.

— Je ne le pense pas. De toute façon, ce sera mieux pour lui de disposer de cet argent. Il pourra aller où il veut et faire ce que bon lui chante. Il sera libéré de cet endroit pour toujours.

— S'il avait voulu en être libéré, il serait parti avec toi autrefois…

Il plissa les yeux.

— Pourquoi désires-tu tellement qu'il revienne ici ?

Elle ne sut que répondre. Elle souhaitait avant tout que Caleb et Reed se réconcilient. Elle voulait que le ranch reste la propriété de la famille Terrell, pour les enfants que Reed aurait un jour, pour les futurs petits-enfants de Sasha.

Reed avait sacrifié dix ans pour préserver son héritage…

Il était inconcevable que Caleb le lui subtilise ainsi !

Caleb regarda la dizaine de feuilles de papier disparaître dans le fax. La machine émit une série de bips indiquant que les données avaient été transmises avec succès à l'agence immobilière de Lyndon.

— Tu l'as fait, n'est-ce pas ? demanda Mandy d'un ton accusateur depuis le seuil du bureau.

La nuit était tombée et la pièce était faiblement éclairée par une lampe de bureau. Danielle était allée se coucher dans la chambre d'amis une demi-heure plus tôt. Quant à Mandy, Caleb l'avait crue rentrée chez elle.

— La Terrell Cattle Company est officiellement en vente, annonça-t-il en tassant les feuilles pour en faire une pile nette.

— Tu commets une erreur.

— Je l'assume.

— T'es-tu au moins demandé pourquoi il avait fait ça ? demanda-t-elle en pénétrant dans la pièce.

— Qui ? Reed ou Wilton ?

— Ton père.

— Oui, fit Caleb en hochant la tête. Pendant environ trente-six heures. J'ai appelé Reed une dizaine de fois après avoir quitté le bureau du notaire ce jour-là. Je pensais qu'il avait peut-être des explications. Mais il n'a jamais rappelé.

Il posa les papiers sur le bureau et s'appuya contre le bord.

— J'imagine qu'ils se sont disputés et que pour se venger de Reed, Wilton m'a légué le ranch.

— Ils se querellaient très souvent, confirma Mandy.

Il eut un petit rire triste.

— Wilton et moi avions aussi nos disputes, se souvint-il. Rien de ce que l'on pouvait faire ne le satisfaisait. Si on entassait le crottin à gauche, il le voulait à droite. Si on utilisait tel outil, il nous reprochait de ne pas avoir utilisé tel autre. Si on commençait à brosser le cheval par l'avant, on aurait dû commencer par l'arrière !

Il s'interrompit. Le simple fait de se remémorer ces détails le rendait malade. Comment Reed avait-il pu supporter cela dix ans de plus ? Ce type méritait une médaille !

— Ma théorie, dit Mandy en se rapprochant, c'est qu'une fois que tu es parti, ton père a oublié à quel point tu étais un raté !

Un sourire ironique recourbait le coin de ses lèvres.

— Tandis que Reed, lui, était toujours là à mal faire, encore et encore ? renchérit Caleb.

— As-tu une meilleure théorie ?

— Mon père a peut-être découvert grâce à internet que je possédais une grosse société et il s'est dit que j'avais quand même une certaine valeur.

Au fond de lui, pourtant, il en doutait. Il avait cessé depuis bien longtemps de chercher l'approbation de son père. L'entreprise était vouée à l'échec.

Mandy prit place sur la banquette encastrée sous la fenêtre. Tournant le dos à la cour faiblement éclairée, sa silhouette se découpait en contre-jour.

— Tu sais très bien que tu as de la valeur, dit-elle.

— Tu es gentille.

— Reed, lui aussi, a de la valeur.

— Je ne dis pas le contraire.

Elle replia ses jambes sous elle, et il remarqua qu'elle portait des chaussettes à motifs bleus et roses. Il en fut surpris. Cela lui donnait un air vulnérable.

— Je ne comprends pas pourquoi tu es si pressé de vendre.

— C'est parce que tu vis dans la Lyndon Valley et non à Chicago.

— Ah bon ? Parce qu'à Chicago, les décisions se prennent obligatoirement à la hâte ?

Il s'assit à l'autre bout de la banquette, de manière à lui faire face.

— J'ai eu deux semaines pour y réfléchir, se défendit-il.

— Reed, lui, a eu dix ans…

— Moi aussi, d'une certaine façon.

Elle remua, écartant ses cheveux de son visage. Caleb ne perdait pas une miette de ses gestes.

— As-tu quelquefois regretté d'être parti ?

Il hésita. Souvent, il avait culpabilisé d'avoir laissé Reed derrière lui. Mais toute la faute en revenait à Wilton.

— Il a tué ma mère, déclara-t-il doucement.

— Elle est morte de pneumonie.

— Parce qu'elle n'a pas été soignée à temps ! s'emporta-t-il. Parce que ma mère était terrifiée à l'idée de dire à mon père qu'elle était malade, car il l'aurait réprimandée pour sa faiblesse ! Les Terrell n'avaient pas le droit d'être faibles.

— Je ne t'ai jamais pris pour quelqu'un de faible…

— Je ne le suis pas ! répliqua-t-il vertement, avant de s'en vouloir.

Il n'était pas en colère contre Mandy, alors pourquoi lui parler ainsi ?

— Reed n'était pas faible, reprit-elle. Pourtant, il est resté.

— Je n'ai jamais compris pourquoi.

Reed avait prétendu vouloir protéger l'héritage de sa mère, la moitié du ranch ayant appartenu à la famille de celle-ci. Détail qui n'était sans doute pas étranger au fait que Wilton l'ait épousée. Car Wilton était bien incapable d'aimer qui que ce soit…

— Ma mère avait vingt ans de moins que lui, le savais-tu ? dit Caleb.

— Je savais qu'elle était plus jeune, mais d'autant, non, je l'ignorais. Je me rappelle à quel point elle était belle. Enfant, je rêvais de lui ressembler.

— Tu es aussi belle qu'elle, ne put s'empêcher de dire Caleb.

Elle éclata de rire.

— Non ! Ce n'est pas vrai.

Elle tendit ses mains pour les montrer à Caleb.

— Regarde ! Mes mains sont calleuses et mes ongles abîmés. Danielle, elle, a des ongles parfaits !

— Danielle n'exerce pas un travail qui nécessite de se salir les mains. Sa vie est bien différente de la tienne.

Elle grimaça.

— Oui… Elle fait la fête pendant que je ramasse du crottin !

— Tout son monde tourne autour de l'image. Le tien est beaucoup plus terre à terre.

— Je suis juste une bête de travail solide et grossière, c'est ça ?

— Serais-tu en train de t'apitoyer sur toi-même, Mandy Jacobs ?

Elle ne répondit rien, mais son regard parlait pour elle.

Il se pencha un peu.

— Serais-tu jalouse de Danielle par hasard ?

Elle rejeta ses cheveux en arrière dans un geste de défi.

— Moi ? Jalouse d'une femme incroyablement séduisante, élégante, intelligente, qui s'apprête à s'envoler pour Rio…

— São Paul, corrigea Caleb, fasciné par l'émotion qu'il décelait dans les yeux verts de Mandy.

— Oui, enfin… c'est au Brésil…

— Le Brésil est un grand pays, expliqua-t-il, se retenant de la toucher. La première ville regorge d'hôtels en bord de mer, l'autre de gratte-ciel et de banques. Si je devais t'emmener quelque part, ce serait à Rio.

Elle pencha légèrement la tête.

— Tu m'emmènerais à Rio ?

— Bien sûr ! fit-il en effleurant le dos de sa main. Nous irions danser dans un vrai club et boirions des cocktails sur la plage. Tu pourrais même te faire faire une manucure…

— Serais-tu en train de flirter avec moi ?

Il riva son regard au sien.

— Absolument.

— Tu as des femmes comme Danielle dans ta vie, et pourtant, tu flirtes avec moi… Pourquoi ?

Il réfléchit un instant avant de répondre. Il se souvint qu'il se trouvait dans le Colorado et que dans cette région, les gens étaient directs. Il devait donc à Mandy d'être honnête avec elle.

— Parce que tu es « réelle », lui dit-il. Tu n'es pas un être superficiel dont le seul but est d'appâter le mâle. Quand tu ris, c'est parce que tu es joyeuse. Lorsque tu te mets en colère, c'est pour défendre ton point de vue. Et quand ton regard se trouble, c'est parce que tu es attirée par moi et non parce que tu aurais passé des jours entiers à pratiquer ce regard pour faire croire à un homme que tu es intéressée par lui…

— Je ne suis pas intéressée par toi.

— Si, tu l'es, affirma-t-il en coinçant une mèche de ses cheveux derrière son oreille. C'est ce qui est si extraordinaire chez toi : ton langage corporel ne ment pas !

— Et que dirais-tu si mon langage corporel s'exprimait par une gifle ?

— J'espère que si tu m'en donnes une, ce sera parce que je l'ai méritée.

— Tu es vraiment impossible, soupira-t-elle.

La voix de Mandy était devenue rauque. Ses pupilles étaient dilatées et ses lèvres roses légèrement entrouvertes.

— Ce n'est pas contre moi que tu te bats, déclara Caleb.

Elle ne répondit pas. La respiration haletante, elle sentit ses joues s'empourprer.

Il prit alors son visage entre ses mains. Sa peau était douce et chaude contre ses paumes. Il sentit son pouls s'accélérer.

Il pencha la tête vers elle, les lèvres brûlantes d'anticipation. Il ne l'avait pas encore embrassée, mais déjà, son sang battait dans ses veines.

Elle prit une profonde inspiration et ferma les yeux.

Il savait interpréter ce genre de signe… Son invitation n'aurait pu être plus claire. Son souffle était chaud contre son visage, et il posa sa bouche sur la sienne.

Le désir explosa aussitôt en lui. Incapable de l'embrasser tendrement, comme il en avait eu l'intention, il mit toute sa fougue dans ce baiser.

Rien ne l'avait préparé aux sensations intenses qui déferlèrent dans son corps. Il la serra plus fort contre lui, sentant tout son corps se tendre de désir.

Quand son baiser se fit plus appuyé, Mandy gémit, cédant à ses lèvres avides. Leurs langues se mêlèrent, tandis qu'il faisait glisser sa main vers la courbe affolante de son sein.

Sans rompre leur baiser, il la prit sur ses genoux. Elle s'agrippa à ses épaules, plaquant ses seins ronds contre son torse puissant.

Il n'en aurait pas fallu beaucoup plus pour qu'il lui arrache ses vêtements pour lui faire l'amour sur-le-champ. Il s'efforça de reprendre le contrôle de ses sens affolés. Mais quand les mains brûlantes de Mandy glissèrent le long de sa poitrine, sa résolution s'évanouit. Il la laissa ouvrir les boutons de sa chemise et glisser ses mains sous le fin tissu.

Ses initiatives ne faisaient qu'accroître son désir. Il caressa ses seins ronds, les pressant à travers le tissu de son chemisier et la dentelle de son soutien-gorge. Il l'embrassa de nouveau, avec fougue, la pressant plus fortement contre son sexe durci.

Elle se pencha vers lui et couvrit son torse de baisers, mordillant ses mamelons. Il eut un grognement.

— Non, il ne faut pas…, murmura-t-il à contrecœur, le visage enfoui dans ses cheveux à la fragrance entêtante.

Elle s'immobilisa. Ils restèrent silencieux pendant

un long moment, le temps que Caleb rassemble ses esprits.

— Je suis désolée, murmura Mandy.

— Tu plaisantes ? protesta-t-il.

Il s'obligea à s'écarter d'elle, puis lui releva le menton et plongea son regard dans le sien.

— Je n'ai jamais…, commença-t-il.

Le téléphone portable qui se trouvait dans la poche du jean de Mandy sonna, les faisant tous deux sursauter.

— … jamais…, reprit Caleb, soutenant toujours son regard, réticent à interrompre ce moment.

La sonnerie se faisait insistante.

— Sauvé par le gong, souffla la jeune femme.

Elle quitta les genoux de Caleb et glissa sa main dans sa poche pour en sortir son portable.

— C'est Abigail, annonça-t-elle en prenant la communication. Salut Abby…

Il fut surpris qu'elle retrouve aussi vite sa contenance. Il était encore troublé de l'intensité de cette étreinte fugace. Le désir bouillonnait en lui. Il allait lui falloir encore plusieurs minutes pour reprendre le contrôle de ses émotions.

— Quand ? s'écria Mandy d'une voix blanche.

Elle regarda Caleb, les yeux écarquillés.

— Je ne…

Elle vacilla. Il se leva d'un bond pour la soutenir.

— Où ? s'enquit-elle en s'accrochant à son bras. Oui, bien sûr. Oui…

Elle resta silencieuse quelques secondes, puis reprit :

— J'arrive, dit-elle à sa sœur. Je pars immédiatement.

— Que se passe-t-il ? demanda Caleb, une fois qu'elle eut raccroché.

Il avait l'estomac noué. De toute évidence, il était arrivé quelque chose de grave.

— Papa, souffla-t-elle les yeux pleins de larmes. Il a fait une attaque.

— Est-il… ?

Il ne put finir sa phrase.

— Les secours sont en route.

— Quels sont ses symptômes ?

— Paralysie partielle, problèmes d'élocution…

Elle se dégagea des bras de Caleb.

— Je dois rentrer.

— Je vais t'y conduire.

— Non, je peux très bien…

— Laisse-moi t'y conduire !

Il était hors de question qu'il la laisse affronter seule une aussi terrible épreuve.

- 4 -

Toutes les lumières étaient allumées lorsque Mandy et Caleb arrivèrent au ranch des Jacobs. Caleb avait à peine coupé le moteur que Mandy se précipitait déjà vers la maison.

La première personne qu'elle vit en entrant fut Seth, le visage tendu par l'inquiétude. Assis sur le sofa à côté de sa mère, il tenait la main de celle-ci dans un geste de réconfort. Devant l'ordinateur, leur sœur Abby tapait fébrilement sur le clavier, tandis que Travis faisait les cent pas dans le salon, impuissant.

— Maman ! s'écria Mandy en s'agenouillant auprès d'elle.

Elle passa ses bras autour des frêles épaules de sa mère. Celle-ci était blême, et ses yeux étaient gonflés et rougis.

— L'hélicoptère est parti il y a cinq minutes, les informa Seth.

— Ils ont prétendu qu'il n'y avait pas de place pour maman ! s'offusqua Travis.

Mandy entendit Caleb entrer à son tour et traverser le hall d'entrée. Elle ne se retourna pas. Elle se sentait coupable d'être attirée par lui… d'avoir eu la faiblesse de se laisser embrasser pendant que son père faisait une attaque.

— J'essaie de trouver un billet pour permettre à maman de quitter Lyndon demain matin, intervint Abigail.

— Ils l'emmènent directement à Denver, renchérit Travis. Il y a là-bas une équipe spécialisée et la toute dernière technologie dans ce domaine.

— Cela me paraît rassurant, commenta Mandy en frottant l'épaule de Maureen.

— Bon sang ! s'agaça Abigail, la connexion a encore coupé !

Caleb s'avança dans la pièce.

— Mon jet privé se trouve à l'aéroport de Lyndon, annonça-t-il.

Tous les regards se tournèrent vers lui.

— Combien de personnes peut-il emmener ? s'enquit Seth en sautant sur ses pieds.

— Autant que nécessaire, répondit Caleb en soutenant le regard de Mandy.

— Je reste ici, déclara Travis. Je serai certainement plus utile au ranch que là-bas.

Tandis que Seth acquiesçait à cette proposition, Caleb sortit son portable de sa poche.

— Je vais demander au pilote de nous retrouver à l'aéroport. Mandy, tu devrais peut-être aider ta mère à préparer un sac…

Abby recommença à tapoter sur le clavier de l'ordinateur.

— Il faut réserver des chambres d'hôtel à Denver, annonça-t-elle.

— Regarde s'il y a un Emerald Château près de l'hôpital, lui dit Caleb. Ma société y possède un compte. Donne mon nom…

Le portable à l'oreille, il s'éloigna pour passer sa communication.

— Tu as entendu, maman ? fit Mandy en pressant la main glacée de sa mère.

Maureen hocha légèrement la tête.

— Bien…

Mandy faisait tous les efforts du monde pour parler d'une voix égale. Craquer maintenant n'aiderait personne, surtout pas sa mère.

— Reste là, je vais préparer quelques affaires.

— Il n'arrivait pas à parler, articula Maureen d'une voix blanche. Il essayait, mais ses mots étaient incompréhensibles.

Mandy déglutit péniblement.

— Je pense que c'est ce qui arrive en cas d'attaque, maman, mais ne t'inquiète pas, il va recevoir les meilleurs soins. Apparemment, l'équipe de Denver est l'une des meilleures.

Elle relâcha doucement la main de sa mère et se redressa. Plus tôt ils seraient à Denver, mieux ce serait. En se dirigeant vers l'escalier, elle passa à côté de Caleb qui était en train de parlementer avec le pilote de son jet.

Elle s'arrêta devant lui et lui posa la main sur le torse.

— Merci, articula-t-elle silencieusement.

Il recouvrit sa main de la sienne et la pressa, puis lui fit signe d'aller se préparer.

Le vol dans l'avion privé de Caleb se passa rapidement et sans encombre. Par ailleurs, Caleb avait pris des dispositions pour qu'un véhicule les attende à l'aéroport et les conduise directement à l'hôpital.

Là, Maureen Jacobs fut la seule autorisée à entrer quelques minutes dans la chambre du malade. L'état de celui-ci était étroitement surveillé par les médecins qui ne se prononçaient pas pour le moment. Il leur était ainsi impossible de déterminer dans quelle mesure le père de Mandy retrouverait sa mobilité et la faculté de parler. Selon les médecins, les prochains jours seraient déterminants…

Bien qu'Abby ait réservé de simples chambres au Emerald Château de Denver, Caleb fit installer Mandy, sa sœur et sa mère dans une suite spacieuse. Lui-même devait en partager une avec Seth, au même étage.

Vers 3 heures du matin, Maureen accepta enfin d'aller se coucher. Elle s'endormit immédiatement, ce qui permit à Mandy de rejoindre Abby, Seth et Caleb dans le salon de la suite.

— Ton frère veut te parler, déclara Abigail en tendant son portable à Seth.

La seule place vacante se trouvant sur le canapé à côté de Caleb, Mandy s'y installa. Elle sentit son regard sur elle et son énergie irradier jusqu'à elle.

Elle s'efforça pourtant de ne pas le regarder.

— Devons-nous vraiment discuter de ça maintenant ? grommela Seth dans le combiné.

Mandy adressa à sa sœur un regard interrogateur.

— Seth envisage d'abandonner sa candidature aux municipales de Lyndon, l'informa Abby. Travis n'est pas d'accord.

Mandy y était, elle aussi, farouchement opposée.

Cela faisait plus de deux ans que son frère aîné se préparait pour cette échéance !

— Mais la campagne ne commencera pas avant des semaines ! argua-t-elle.

Abigail soupira, se croisant les bras sur la poitrine.

— C'est ce que je lui ai dit. Et c'est, de toute évidence, ce dont Travis essaie de le convaincre…

— Papa ne voudrait pas qu'il abandonne, ajouta Mandy.

Leur père avait en effet totalement approuvé la décision de Seth d'entrer en politique et de se présenter aux élections municipales. La communauté des propriétaires de ranch se sentait en effet de plus en plus lésée par les politiques qui s'attachaient davantage à satisfaire les intérêts touristiques que les leurs.

— Et qui va faire tourner le ranch ? demandait Seth à son frère. Toi, peut-être ?

Il se tut quelques secondes, puis eut un petit rire sec.

— Ne fais pas de promesses que tu ne pourras pas tenir !

Caleb se pencha vers Mandy.

— Le moment est vraiment mal choisi pour cette discussion, lui fit-il remarquer.

Elle hocha la tête. Caleb avait raison. Ils étaient tous épuisés, et leurs nerfs étaient à vif.

Caleb se leva et, se plaçant devant Seth, lui fit signe de lui donner son portable. Seth le rabroua, mais Caleb insista.

Seth finit par lui tendre son téléphone avec un regard noir.

— Travis ? C'est Caleb. Va te coucher, tu en as grand besoin. Tout comme Seth et tes sœurs.

Travis argumentait à l'autre bout du fil.

— Demain matin, reprit Caleb. Non, c'est toi qui vas m'écouter ! Je me fiche de qui a commencé… je suis le seul ici à ne pas agir de façon irrationnelle et je te dis que ça suffit !

Caleb se tut de nouveau, écoutant.

— O.K., je le ferai.

Son regard glissa brièvement vers Mandy.

— Bien sûr que non !

Abigail se leva et se pencha pour étreindre sa sœur.

— Je suis épuisée, lui murmura-t-elle à l'oreille. Puis-je utiliser la salle de bains la première ?

— Bien sûr, vas-y…

— Nous devrons appeler Katrina demain matin, ajouta Abby, faisant référence à leur plus jeune sœur qui vivait à New York.

— Tu as raison, soupira Mandy. La journée de demain va être longue…

Après le départ d'Abby, Caleb raccrocha et posa le portable de Seth sur la table basse.

— Je vais me faire monter un whisky dans notre suite, annonça Seth. Tu en veux un, Caleb ?

— Oui, merci. Je te suis de ce pas.

Mandy se leva pour serrer son frère contre elle.

— Ça va aller ? lui chuchota Seth à l'oreille.

— Je te dirai ça demain matin…

Elle redoutait de le voir quitter la suite et de se retrouver seule avec ses sombres pensées et ses angoisses. Elle savait qu'elle n'allait pas dormir… Sa famille et elle étaient sous le choc, et elle n'avait pas la moindre idée de ce qui allait arriver.

Une fois Seth parti, Caleb se tourna vers elle.

— Je sais que c'est un moment très difficile pour toi, déclara-t-il.

— En effet, admit-elle.

— Y a-t-il quelque chose que je puisse faire ? s'enquit-il en se rapprochant.

— Tu l'as déjà fait.

Elle inspira profondément.

— Alors comme ça, tu as un jet…

— Ce n'est pas le mien, c'est celui d'Active Equipment.

— Mais tu possèdes Active Equipment !

— En effet.

— En tout cas, merci de nous avoir conduits ici. Ma mère était terrifiée. J'avais tellement peur que papa meure avant que nous arrivions…

Caleb l'attira contre son torse puissant.

— Mais il n'est pas mort… Et vous êtes là maintenant. Peut-être aurez-vous demain des nouvelles rassurantes…

La joue posée contre la poitrine de Caleb, elle puisait du réconfort dans les battements réguliers de son cœur et sa voix rassurante.

Il se pencha pour déposer un baiser sur sa tempe, réveillant le désir qu'elle avait de lui. Elle se sentit soudain flotter étrangement.

— Caleb…, murmura-t-elle. Ce que nous…

— Chut… Pas maintenant.

— Es-tu toujours aussi gentil ? dit-elle en fermant les yeux.

— Je ne suis presque jamais gentil, plaisanta-t-il. Allez, tu as besoin de sommeil.

— Je sais…

Elle aurait aimé rester dans les bras de Caleb toute

la nuit. Elle se sentait vulnérable, et la présence de Caleb la rassurait. Quoi de plus naturel compte tenu des circonstances ? se dit-elle.

Le lendemain matin, les nouvelles étaient meilleures. L'état d'Hugo s'était notablement amélioré. Chacun avait pu lui rendre visite et constater qu'il pouvait prononcer certains mots ou, tout au moins, se faire comprendre. Le vieil homme avait ainsi insisté pour que Seth n'abandonne pas le projet de se présenter aux élections.

Caleb éprouvait de l'admiration pour le père de Mandy. Vingt-quatre heures seulement après son attaque, celui-ci retrouvait peu à peu l'usage de son bras droit, ainsi que de ses jambes. Satisfaits de ces progrès rapides, les médecins se montraient optimistes quant à son rétablissement, en soulignant toutefois que celui-ci était l'affaire de semaines, voire de mois.

Tandis qu'Abby et sa mère restaient à Denver, tout comme Seth qui comptait assister à une réunion politique, Caleb et Mandy regagnèrent Lyndon à bord du jet d'Active Equipment.

En fin d'après-midi, lorsqu'ils descendirent de l'avion et se retrouvèrent sur le tarmac de Lyndon, de gros nuages menaçants avaient obscurci le ciel.

Tandis qu'ils se dirigeaient vers la zone de stationnement des véhicules, ils allumèrent leurs portables qui sonnèrent presque simultanément.

— Allô ? fit Caleb.

— C'est Travis, annonça son interlocuteur.

— Nous venons d'atterrir à Lyndon, l'informa Caleb. As-tu eu ta mère au téléphone ?

— Oui, je viens de lui parler. Elle me dit que papa fait des progrès stupéfiants.

— En effet, j'en suis très heureux.

De sa main libre, il actionna l'ouverture automatique du véhicule de location et ouvrit la portière côté passager.

Absorbée par sa propre conversation, Mandy monta dans le véhicule.

— C'est au sujet de Danielle…, reprit Travis.

— As-tu pu lui parler ?

Caleb avait tenté de joindre Danielle sur son portable le matin même, mais il était tombé sur sa messagerie. Il en avait déduit qu'elle se trouvait à bord d'un avion pour Chicago. Il avait néanmoins demandé à Travis de passer au ranch au cas où… Il était parti tellement vite, la veille, qu'il n'avait pas eu le temps de lui expliquer la situation. Or, Danielle n'était pas la femme la plus compréhensive du monde !

— Je suis allé chez toi, lui confirma Travis.

— Alors ? Elle est repartie pour Chicago ?

— Pas exactement.

— Ah bon ? s'exclama Caleb en mettant le contact.

— Tu vois le virage en épingle à cheveux au niveau de Joe Mountain ? Là où les pneus arrière dérapent toujours un peu…

Caleb soupira. Il redoutait ce qui allait suivre.

— Est-ce que Danielle va bien ? s'enquit-il.

— Ça va. Maintenant !

— Allez, crache le morceau !

— Elle a perdu le contrôle de sa voiture et s'est retrouvée coincée au bord de l'étang. Elle n'a pas été blessée, mais comme tu t'en doutes, les portables ne fonctionnent pas dans cette zone…

Caleb donna un coup de tête dans le volant.

— Combien de temps est-elle restée coincée ?

— Quelques heures. Elle a aperçu la grange Eldridge au loin et s'est dit qu'elle pourrait y trouver de l'aide.

— Mais cette grange a plus de soixante-dix ans… et elle se trouve à plus de huit cents mètres de la route !

— Toujours est-il qu'elle a franchi la clôture de barbelés et a commencé à marcher.

Caleb laissa échapper un grognement.

— Ça ne s'est pas bien passé, lui confirma Travis. Je crois que tu vas devoir lui rembourser son blazer haute couture qui a été déchiré… Ainsi que ses chaussures, qui n'étaient pas vraiment adaptées pour la randonnée !

— A-t-elle réussi à atteindre la grange ?

— Oui, et elle venait de se rendre compte qu'il s'agissait d'une ruine quand un troupeau de bovins s'est approché dangereusement. Elle a pris peur et s'est réfugiée dans le grenier à foin poussiéreux grouillant d'araignées.

Caleb réprima à grand-peine un fou rire naissant.

— Je sais que je ne devrais pas en rire… Car je vais avoir des ennuis, hein ?

— En effet ! Quand je suis arrivé, cela faisait des heures qu'elle était coincée dans cette grange !

Mandy, qui avait terminé son coup de fil, se tourna vers Caleb et le fixa avec curiosité.

— Il a fallu remorquer sa voiture avec un tracteur, poursuivait Travis. Nous avons besoin de pièces pour la réparer. Puisque tu es à Lyndon, pourrais-tu t'arrêter au magasin de pièces détachées ?

— Bien sûr, soupira Caleb avec fatalisme.

— Je vais t'envoyer une liste par texto.

— Comment va-t-elle maintenant ?

— Cela fait deux heures qu'elle s'est enfermée dans la salle de bains. Je ne sais pas ce qu'elle y fabrique, mais j'espère que cela améliorera son humeur.

— Je l'espère aussi. Merci pour tout, Travis.

— Ne me remercie pas. Je ne m'étais pas autant amusé depuis des mois !

— Ne le lui dis pas, surtout…

— C'est déjà fait ! Allez, à bientôt.

Caleb coupa la communication et remit son portable dans sa poche.

— Tu as parlé à Abigail ? s'enquit-il.

— Oui, papa va de mieux en mieux. Je suis tellement soulagée.

— Et moi ravi de l'apprendre !

— C'est Travis que tu avais au téléphone ?

— Danielle a eu un problème de voiture, expliqua Caleb.

— Elle est encore dans le Colorado ? s'étonna Mandy. J'avais pourtant l'impression qu'elle sauterait dans le premier avion ! Est-ce qu'elle va bien ?

— Travis l'a secourue, mais elle est assez énervée d'être coincée à Lyndon.

Son téléphone sonna de nouveau, affichant un numéro inconnu. Caleb prit l'appel.

— Monsieur Terrell ? C'est Frank Cummings de Mountain Real Estate. J'ai une bonne nouvelle pour vous. Nous avons un client intéressé par votre ranch.

— Déjà ?

— Ce monsieur recherche une opportunité dans la région et sera à Lyndon ce soir. Je le retrouve pour le dîner et me demandais si vous seriez joignable par téléphone, de manière à ce que nous puissions organiser une visite.

— Je suis moi-même à Lyndon…

— Vraiment ? Alors rejoignez-nous pour le dîner !

L'agent immobilier semblait excité par cette perspective.

— Euh, oui, pourquoi pas, mais je suis accompagné, ajouta-t-il en lançant un coup d'œil vers Mandy.

— Amenez qui vous voulez ! Rendez-vous à 18 heures au Riverfront Grill.

— Nous y serons, dit Caleb avant de raccrocher.

— Nous serons où ? s'enquit Mandy en arquant un sourcil.

— Y a-t-il une chance pour que je puisse te faire confiance ?

Elle se raidit.

— C'est-à-dire ?

— Te faire confiance pour bien te tenir… Frank Cummings a trouvé un acheteur potentiel.

Elle en resta bouche bée.

— Pour le ranch ?

Caleb enclencha la marche arrière et sortit de la place de stationnement, puis passa la première vitesse.

— C'est la seule chose que je vende, que je sache…

— Mais… tu… si vite ?

— Je ne crois pas qu'il y ait de règles dans ce genre d'affaire !

— Qui est cet acheteur potentiel ? insista-t-elle.

Quels sont ses projets ? Va-t-il poursuivre l'exploitation du ranch ?

Il lui lança un regard agacé.

— On ne peut pas lui demander ce genre de choses. Ce sont ses affaires.

Elle se tut, mâchoire crispée.

— Je suis sérieux, Mandy. Si tu m'accompagnes à ce dîner, tu devras faire attention à ce que tu dis.

— On dirait que tu me prends pour une gamine !

— Tu es aussi passionnée qu'une gamine.

— Vraiment, Caleb, comment pourrais-tu me reprocher d'essayer de protéger ta terre et ta famille de…

— Ce n'est pas à toi de nous protéger.

— … de quelqu'un qui s'apprête à commettre une grossière erreur !

— C'est moi dont tu parles ?

— Te sens-tu visé ?

Il lui lança un regard sévère.

— Ecoute, Mandy, tu veux m'accompagner à ce dîner, oui ou non ? Je n'ai pas très envie de te laisser sur le bas-côté, mais je n'emmènerai pas un bâton de dynamite allumé à ce rendez-vous !

Elle prit une minute pour réfléchir.

— Je ne lui demanderai pas ce qu'il envisage pour le ranch, dit-elle enfin en regardant droit devant elle, les mains nouées.

Elle a vraiment l'air d'une petite fille butée, songea Caleb.

— Tu ne diras que du positif sur le ranch Terrell et la Lyndon Valley, O.K. ? renchérit-il.

Elle se tourna vers lui.

— Mais j'aime la Lyndon Valley ! protesta-t-elle d'un ton indigné.

— Et si tu pouvais faire cette moue sensuelle dont tu as le secret, ce type pourrait être séduit par l'idée d'avoir une voisine aussi sexy que toi… Ça pourrait jouer en ma faveur !

Elle lui donna une tape sur l'épaule.

— Ne dis pas n'importe quoi ! Et dire que tu t'inquiètes de mon comportement !

Il esquissa un sourire.

— Je me tiendrai bien, si tu te tiens bien !

Il se surprit à douter de cette promesse. Après tout, elle pouvait bien saboter la vente si cela lui donnait l'opportunité de flirter avec elle !

- 5 -

Mandy saisit entre ses doigts la cerise qui couronnait sa coupe de glace. Elle se vengeait sur la nourriture, déçue de constater que le rendez-vous de Caleb avec l'acheteur potentiel du ranch se déroulait à merveille.

Frank Cummings avait présenté une multitude de documents, y compris des plans topographiques et des graphiques climatiques. Nathan Brook, un homme d'une cinquantaine d'années originaire de Colorado Springs, paraissait enthousiaste et véritablement intéressé par le ranch.

Mandy lécha la crème fouettée autour de la cerise, puis mit celle-ci dans sa bouche. Elle surprit au même moment le regard de Caleb.

Elle mâcha nonchalamment.

— Excusez-moi ? fit Caleb en reportant son attention sur Nathan. Pouvez-vous répéter votre question ?

— Nous parlions de l'entretien de la maison.

— Tout a été entretenu très régulièrement, depuis la peinture jusqu'à l'installation électrique et la plomberie.

Mandy choisit une cuillère à dessert. Le serveur en avait apporté quatre qu'il avait posées au milieu de la table. Elle avait supposé que c'était pour qu'elle se sente moins coupable d'être la seule à avoir commandé un dessert.

Elle s'en fichait de toute façon ! Il ne s'agissait que d'une coupe de glace au chocolat…

Caleb, lui, s'apprêtait à vendre son héritage.

Elle cueillit un monticule de crème fouettée.

— La maison dépend d'un puits autonome ? s'enquit Nathan.

— Oui, il y a un puits pour la maison, un autre pour les dépendances et un troisième pour les logements des ouvriers.

— Ces habitations ont toutes moins de cinq ans, intervint Frank. Elles sont très attractives pour les familles qui souhaitent travailler au ranch.

— Et qu'en est-il de l'irrigation ?

— Deux cents acres sont irrigués et dédiés au fourrage pour les animaux.

— Quatre cents, corrigea Mandy.

Les regards se tournèrent vers elle.

— La surface a été doublée, précisa-t-elle.

— Merci, dit Caleb.

Elle fit un geste nonchalant avec sa cuillère avant de la replonger dans la glace.

— Il y a des droits d'accès à la rivière, déclara Frank en produisant une liasse de papiers. Ils sont stipulés dans une convention avec l'Etat…

— N'oubliez pas de lui parler de la révision, le coupa Mandy.

Caleb et Frank écarquillèrent les yeux.

— Une révision ? répéta Nathan en se tournant vers elle.

— Les droits d'accès à l'eau vont être révisés, expliqua-t-elle avant de plonger de nouveau sa cuillère dans sa coupe. C'est prévu par la loi… La première réunion a lieu ce week-end à Lyndon.

Nathan plissa les yeux et fixa Frank par-dessus la table.

— Vous le saviez ?

Mandy s'arrêta de manger pour observer les trois hommes. Nathan paraissait furieux. Frank avait l'air d'un cerf pris dans des phares. Caleb, lui, la fixait d'un œil noir.

Nathan repoussa brusquement sa chaise et jeta sa serviette sur la table.

— Merci de m'avoir reçu, messieurs. Madame Jacobs…

— Ce n'est pas ce que vous vous imaginez, s'empressa de dire Frank en se levant à son tour. Si vous voulez, je peux vous envoyer le lien du site d'information du Colorado…

Mais Nathan avait déjà tourné les talons et s'éloignait à grandes enjambées. Frank se précipita à sa poursuite.

Mandy entreprit de terminer sa coupe de glace.

— Tu l'as fait exprès ! l'accusa Caleb.

— Mais pas du tout ! riposta-t-elle en brandissant sa cuillère. Tu n'imaginais tout de même pas laisser Nathan Brook dans l'ignorance au sujet de cette révision !

— Personne n'a encore officiellement avisé les propriétaires…

— Tu avais donc l'intention de ne pas le mentionner ? s'offusqua Mandy. Vraiment, je n'aurais jamais cru ça de toi !

— Et toi, je croyais que tu devais bien te tenir ! rétorqua-t-il.

Le serveur s'arrêta à côté de leur table.

— Un double Glen Lavit avec des glaçons, commanda Caleb.

— Je n'arrive pas à croire que tu t'apprêtais à mentir par omission à un acheteur potentiel, insista Mandy.

— Je ne suis pas son infirmière !

— Mais tu sais parfaitement que les droits d'accès à l'eau vont être révisés !

— Je sais surtout que c'est une révision de routine. Nous n'en sommes qu'au stade des discussions préliminaires visant justement à déterminer s'il y aura ou non révision !

— Je constate que tu t'es bien renseigné…

— C'est ce que Nathan Brook aurait dû faire également. Ce qu'il aurait *certainement* fait après avoir visité le ranch et être tombé sous le charme ! A ce stade, il aurait certainement été disposé à faire des concessions.

Mandy se tut. Il lui fallait bien admettre que Caleb n'avait pas tort.

— On ne gagne pas en mettant en avant ses faiblesses, Mandy, reprit-il tandis que le serveur lui apportait son whisky. C'est l'une des règles d'or du marketing !

— Je n'ai jamais étudié le marketing, riposta-t-elle en savourant sa glace.

Elle se sentit soudain d'humeur joyeuse. La vente venait d'avorter dans l'œuf, ce qui lui laissait plus de temps pour retrouver Reed.

— As-tu étudié la manipulation ? Cela te semble tellement naturel !

— Crois-tu vraiment que j'aie agi animée d'une mauvaise intention ?

— Je crois surtout que tu t'es montrée très efficace.

— Quant à moi, je crois que tu en connais un rayon question paranoïa, répliqua-t-elle en secouant la tête.

Il but une gorgée de whisky.

— Oserais-tu prétendre que tu n'avais pas la moindre idée que la révision l'effraierait ? Cela ne t'a pas traversé l'esprit ? Même pas un quart de seconde ?

Elle s'abstint de répondre. Bien sûr que si, cela lui avait traversé l'esprit, surtout quand elle avait vu la tête de Caleb. Elle s'en tint pourtant à sa ligne de défense initiale.

— Je me suis contentée de fournir une information.

— Enfin, cela me servira de leçon. Jamais je n'aurais dû t'emmener avec moi.

Elle ressentit une pointe de culpabilité. Elle reposa sa cuillère, décidant qu'elle avait assez abusé des sucreries.

Frank revint à leur table.

— Il ne veut rien entendre, leur annonça-t-il. Je crains que nous l'ayons perdu définitivement.

Son expression affable se durcit quand il regarda Mandy.

— J'espère que cela vous servira de leçon, lui dit-il d'un ton de reproche.

— Laissez-la en dehors de cela, s'interposa aussitôt Caleb d'un ton sec.

— Mais…, commença Frank, avant de se taire devant l'expression menaçante de Caleb.

— Un de perdu, dix de retrouvés, fit ce dernier en

jetant sa carte de crédit sur la table. Merci Frank, je vous recontacte…

— Je… D'accord. A bientôt.

Il se redressa et rajusta la veste de son costume avant de s'éloigner, drapé dans sa dignité.

— Ce n'était pas nécessaire de voler à mon secours, déclara Mandy, qui du coup, se sentait encore plus coupable.

— Ce que tu dis ou non ne le regarde pas, répondit Caleb en faisant tourner les glaçons dans son verre. En revanche, ça me regarde, moi ! C'est pourquoi je ferai en sorte que tu ne sois plus jamais en position de refaire une chose pareille.

Elle se sentit frissonner sous l'intensité de son regard.

— Serait-ce une menace ?

— Je ne menace jamais, c'est une perte de temps. Je me contente d'appliquer des sanctions.

— Et dans le cas présent, quelle sanction vas-tu prononcer ? ne put-elle s'empêcher de demander.

Tandis qu'elle attendait sa réponse, il prit une cuillère et lui subtilisa un peu de glace.

— Toi, Mandy Jacobs, tu es rayée de la liste.

— Quelle liste ?

Il prit le temps de savourer sa glace.

— La liste des personnes invitées à mes rendez-vous avec des acheteurs potentiels, précisa-t-il finalement.

Elle reprit sa cuillère.

— Je croyais que j'avais ajouté de la plus-value à la discussion en parlant des quatre cents acres, avança-t-elle.

— Je te l'accorde, admit-il. Tu t'es montrée utile… jusqu'à ce que tu fiches tout en l'air !

— Tu sais, il y a une autre façon de considérer cet incident.

— Ah oui ? Et quelle est-elle ?

— Comme une deuxième chance…

— Tu as entendu Frank. L'acheteur n'est plus intéressé.

— Je ne parlais pas d'une seconde chance avec l'acheteur. Non… une seconde chance de prendre la bonne décision. C'est-à-dire de renoncer à vendre le ranch.

Il roula les manches de sa chemise jusqu'aux coudes.

— J'ai hâte de t'entendre essayer de me vendre cette idée !

Elle lécha sa cuillère, rassemblant ses idées.

— Je crois que tu dois admettre que c'est le destin qui a pris les choses en main.

— Hum… ne me dis pas que ton argumentation s'arrête là !

— D'abord, Nathan demande un rendez-vous avec Frank. Ensuite, toi et moi nous trouvons justement à Lyndon. Troisièmement, je suis libre pour t'accompagner à ce dîner… Et quatrièmement, le sujet des droits d'accès à l'eau surgit dans la conversation ! Soit il s'agit de quatre coïncidences, soit c'est le destin !

— J'admire ta démonstration ! Mais elle ne me fera pas changer d'avis.

— Je te demande d'attendre quelques jours seulement. Deux semaines tout au plus.

— Je ne peux pas attendre quinze jours.

— Mais si tu le peux ! Il n'y a pas d'urgence !

— Le gouvernement brésilien, lui, ne peut attendre.

— Je m'occuperai du ranch, proposa-t-elle. Il s'agit juste d'attendre que Reed revienne…

— Reed a fait son choix. Et tu as ton ranch à faire tourner.

— Travis s'en chargera.

Il continuait de secouer la tête.

— Ta famille a besoin de toi, Mandy. Et je ne vais pas attendre que Reed daigne pointer le bout de son nez. Ma décision est prise.

Elle reposa sa cuillère sur la table, s'efforçant de garder son calme.

— Ta décision est mauvaise.

Il posa à son tour sa cuillère sur la table.

— Cela ne te plaît peut-être pas, mais c'est la meilleure chose à faire.

— Caleb…

— Ecoute, ça suffit ! Je t'ai écoutée et ai considéré ta suggestion…

— Tu te fiches de moi ? le coupa-t-elle. Tu n'as rien considéré du tout. Tu es borné, voilà tout !

La mâchoire de Caleb s'était durcie.

— Je viens de te dire que la discussion était close.

— Je vois.

Elle se leva, immédiatement imitée par Caleb.

— Merci pour le dîner, dit-elle sèchement en le foudroyant du regard. Je rentrerai au ranch par mes propres moyens.

— Tu me fais une scène, c'est ça ?

Elle ne répondit rien, mais ses yeux lançaient des éclairs.

— Il fait nuit, Mandy. Et il commence à pleuvoir…

Elle garda obstinément le silence. Elle était une

adulte autonome, intelligente et débrouillarde. Elle n'avait pas besoin d'un homme pour l'escorter jusque chez elle pour la simple raison qu'il pleuvait !

Avant qu'il ait pu ajouter quoi que ce soit, elle tourna les talons et se dirigea vers la sortie du restaurant. Elle pouvait très bien prendre le bus ! Travis ou l'un des employés du ranch viendrait la récupérer à la gare routière…

— Je vais nous réserver des chambres au Rose Inn, dit la voix grave de Caleb dans son dos. Nous rentrerons au ranch demain matin.

— Va-t'en, siffla-t-elle.

Il avait beau être un homme séduisant et intelligent, il était aussi un abruti borné.

Elle ne voulait plus jamais avoir affaire à lui !

Mandy boudait toujours lorsque Caleb se réinstalla sur le siège du conducteur et lui tendit la clé de la chambre numéro six.

La pluie martelait le toit du véhicule, tandis qu'un vent violent s'était levé et fouettait les arbres alentour. Caleb était complètement trempé du sprint qu'il avait effectué entre la voiture et le bureau de la réception.

— J'ai la chambre numéro sept, annonça-t-il. Nous sommes dans le pavillon au bout du chemin.

Il remit le moteur en route et manœuvra prudemment, slalomant entre d'énormes flaques d'eau.

— Merci, dit-elle sèchement, les yeux fixés devant elle.

— Nous devrions essayer de partir tôt demain matin, ajouta-t-il.

Crispée, elle s'agrippait aux accoudoirs pour amortir les soubresauts du véhicule.

— Le restaurant ouvre à 7 heures. Ça ira pour toi ?

— Je serai prête.

— Super.

Il n'insista pas. C'était déjà une bonne chose qu'elle ait accepté de rentrer avec lui. Pour la cordialité, il repasserait !

La silhouette sombre d'un pavillon de deux étages se profila devant eux, et les phares éclairèrent les numéros six et sept figurant à côté des portes.

Un balcon couvert courait à chaque étage.

— Tu es en haut, l'informa Caleb en rapprochant le véhicule le plus près possible du bâtiment.

Elle posa la main sur la poignée de la portière.

— Attends ! lui enjoignit-il en ouvrant sa portière.

Il fit rapidement le tour du véhicule malgré la boue dans laquelle ses bottes s'enfoncèrent profondément.

— Je vais t'aider, annonça-t-il en se penchant pour la soulever.

— Ne me touche pas ! répliqua-t-elle en le pointant d'un doigt menaçant.

Nullement découragé, il passa d'autorité un bras autour de sa taille.

— Ne sois pas stupide, il est inutile que nous salissions tous les deux nos chaussures !

— J'ai déjà marché dans la boue !

— Tant mieux pour toi ! Mais il n'est pas nécessaire de réitérer cette expérience.

Il passa son autre bras sous ses genoux.

— Allez, accroche-toi !

— C'est vraiment ridicule, marmonna-t-elle entre ses dents.

Elle obtempéra néanmoins. Il la souleva et referma la portière avec son genou. Puis il se hâta vers le pavillon et monta les marches menant à l'étage.

— Tu as la clé ? demanda-t-il en la déposant devant la porte.

Elle inséra la clé dans la serrure.

Il ouvrit la porte et tâtonna à la recherche de l'interrupteur. Deux lampes s'allumèrent de chaque côté du lit géant recouvert d'une couette aux motifs floraux et de six coussins ronds.

La chambre était spacieuse et paraissait propre. La décoration était un peu désuète, et de nombreux bibelots ornaient le manteau de la fausse cheminée. Une kitchenette et une salle de bains complétaient l'aménagement.

— La réception m'a prévenu que le chauffage était quelque peu délicat à faire fonctionner, expliqua-t-il en s'accroupissant à côté du radiateur pour déchiffrer les indications à demi effacées sur les boutons. Si tu as froid, tu peux le régler comme ça…

Il se retourna et la découvrit toujours immobile près de la porte ouverte.

— Viens jeter un coup d'œil !

— Je suis sûre que ce n'est pas si compliqué.

— Tu te comportes comme une gamine de deux ans !

— Parce que je ne t'obéis pas au doigt et à l'œil ? Je suis sûre que tu recrutes tes employés en fonction de leur docilité ! Tu aimes que les gens ne remettent jamais en question ton infinie sagesse !

— Ce n'est pas vrai, répondit-il simplement, se disant qu'il aimait autant qu'elle lui oppose un silence têtu. Veux-tu voir comment marche le chauffage, oui ou non ?

— Non.

Il haussa les épaules et se redressa.

— Comme tu voudras.

Il traversa la chambre, lui souhaita bonne nuit et referma la porte derrière lui avant de rejoindre sa chambre.

Sa suite était légèrement plus grande que celle de Mandy, mais était décorée dans le même esprit. Il régla d'abord le chauffage avant de retirer ses bottes crottées et de se débarrasser de ses vêtements trempés.

Puis, il se dirigea vers la salle de bains où il fut satisfait de trouver un kit d'articles de toilette et de rasage.

Une demi-heure plus tard, il se sentait un homme nouveau ! Il prit une bière dans le minibar et se glissa sous la couette, vêtu de son seul boxer.

Il consulta ses mails sur son téléphone portable. L'un d'eux provenait de Danielle et son objet était « En rade ». Il l'ouvrit avec un sourire et lut la prose de son associée, riche en plaintes, menaces et jurons hauts en couleur. Il lui répondit aussitôt, lui promettant d'être de retour au ranch dès le lendemain matin avec les pièces nécessaires au dépannage de sa voiture et un chèque de prime non négligeable. Il ne précisa pas que Travis lui avait raconté toute l'histoire… Il préférait laisser à Danielle un peu de dignité !

Un coup de tonnerre retentit au loin, et le vent se mit à souffler plus fort. Des trombes d'eau s'abattirent soudain contre les volets et la lumière vacilla, plongeant la pièce dans l'obscurité pendant une fraction de seconde.

Quand il eut fini de consulter ses messages, il regarda le journal du soir et vérifia les cours de la Bourse.

Se sentant gagné par le sommeil, il posa son portable à côté de lui.

Il fut réveillé en sursaut par un fracas assourdissant. La pièce était plongée dans l'obscurité, et l'orage qui se déchaînait au-dehors semblait avoir redoublé d'intensité.

Il sauta hors du lit et se précipita vers la fenêtre. Un éclair zébra le ciel, et il vit que l'Escalade était intacte. En revanche, un arbre était tombé en travers de la route, écrasant la clôture. Ses branches reposaient maintenant contre la façade du pavillon.

Bon sang ! Il leur faudrait une tronçonneuse pour dégager la route et repartir le lendemain !

Au moment où il laissait retomber le rideau, un craquement assourdissant résonna dans tout le bâtiment, faisant trembler les murs.

Il sortit en trombe de sa chambre et monta les marches trois par trois, terrifié à l'idée que l'arbre soit passé à travers le toit et que Mandy soit blessée.

Il tourna la poignée de la porte qui s'ouvrit tout grand… soit parce qu'elle n'était pas fermée à clé, soit parce que dans son empressement, il avait cassé la serrure.

Un intense soulagement l'envahit lorsqu'il découvrit Mandy debout près de la fenêtre, illuminée par intermittence par les éclairs.

— C'était un arbre, dit-elle platement en se tournant

vers lui, seulement vêtue de ses sous-vêtements. Il a détruit la balustrade…

— Est-ce que tu vas bien ? s'enquit-il en avançant vers elle.

— Oui, ça va, fit-elle en hochant la tête. Quelle tempête !

— Je ne pense pas que tu sois en sécurité ici, décréta-t-il en passant instinctivement un bras protecteur autour de ses épaules.

Son regard allait machinalement de son soutien-gorge de soie bleu à sa culotte assortie. Il savait que c'était totalement inconvenant, mais il ne pouvait s'en empêcher.

— Je vais bien, répéta-t-elle. Je ne pense pas qu'un autre arbre…

Au même instant, un nouveau craquement suivi d'un choc se fit entendre.

— C'est vraiment la tempête du siècle, plaisanta-t-elle.

— Habille-toi, lui ordonna-t-il. Il est hors de question que je te laisse ici.

Elle baissa la tête, semblant soudain se rendre compte qu'elle était très peu couverte. Aussitôt, elle croisa ses bras sur sa poitrine.

— Je ne te regarde pas, mentit-il. Allez, descendons dans ma chambre.

Pendant qu'elle enfilait son jean et sa chemise, il s'efforçait sans grand succès de ne pas la regarder.

— Devons-nous prévenir la réception ? suggéra la jeune femme.

— Le bureau est fermé depuis longtemps. Mieux vaut rester à l'abri.

— Oui, j'imagine qu'il est plus sûr de rester à l'intérieur, acquiesça-t-elle en se baissant pour mettre ses bottes.

Elle se redressa et sembla réaliser pour la première fois qu'il était presque nu.

— Je me suis précipité ici, se défendit-il. Je craignais que tu n'aies été blessée…

Un sourire ironique recourba ses lèvres pleines.

— Alors tu es venu me sauver… dans le plus simple appareil !

Il marcha vers la porte qu'il ouvrit.

— Cela ne me dérange pas, prétendit-il.

— Tu n'es pas très modeste ! lui fit-elle remarquer.

— Non, en effet. Tu peux me voir nu quand tu le souhaites !

— Je ne suis pas intéressée, jeta-t-elle par-dessus son épaule avant de sortir.

Il ferma la porte à double tour, puis lui emboîta le pas dans l'escalier. La pluie et le vent lui fouettaient le visage et mouillaient son torse nu.

Une fois dans sa suite, il alluma quelques bougies et se sécha avec une serviette avant de troquer son boxer trempé contre son jean à peine moins mouillé.

Debout au milieu de la pièce, les mains sur les hanches, elle semblait hésitante.

— Nous pouvons partager le lit, déclara Caleb.

— Je ne crois pas que ce soit une bonne idée.

— C'est un très grand lit, Mandy !

— Puis-je te faire confiance ?

Il roula les yeux.

— Tu as peur que j'abuse de toi pendant ton sommeil ? Je t'en prie…

Comme le tonnerre grondait, elle fit un pas hésitant vers le lit.

Il l'observa tout en s'installant. Il ne pouvait la blâmer de se montrer méfiante. Malgré l'assurance dont il faisait montre, il allait devoir prendre sur lui pour ne pas tenter quoi que ce soit.

— Et moi, puis-je te faire confiance ? riposta-t-il, pour détendre l'atmosphère.

— Tu peux ! Je suis toujours en colère contre toi.

— Cela ne veut pas dire que tu ne me trouves pas séduisant.

Elle marcha vers le lit, d'un air de défi.

— Je ne te trouve pas si séduisant, prétendit-elle.

— Navré de l'entendre…

Elle s'assit sur le lit et ôta ses bottes. Puis, sans lui accorder un regard, elle se glissa sous la couette et entreprit d'enlever son jean qu'elle jeta ensuite par terre.

Il se raidit. Certes, il était un gentleman et il était fier de son self-control. Mais cette femme avait-elle décidé de le rendre fou ?

- 6 -

Une vibration insistante tira Mandy du profond sommeil dans lequel elle était plongée. Elle se sentait si bien, au chaud, qu'elle espérait vraiment qu'il n'était pas déjà l'heure de se lever…

Elle sentit Caleb remuer contre elle, ce qui acheva de la réveiller tout à fait. Elle savait qu'elle aurait dû avoir un mouvement de recul en se rendant compte qu'elle s'était lovée contre lui pendant son sommeil, mais le contact de ce corps chaud et musclé contre le sien était tellement exquis qu'elle fit semblant de dormir encore…

Le bourdonnement cessa, et la voix profonde de Caleb se fit entendre dans la pénombre.

— Oui ?

Pourtant, il ne s'écarta pas d'elle, et elle se laissa aller à cette sensation interdite. Elle avait gardé sa chemise et lui son jean, de sorte qu'il n'y avait aucun contact intime entre eux.

Néanmoins, son ventre était collé à sa hanche et son sein pesait contre son bras…

— Quelqu'un a été blessé ? demanda-t-il. Bon… tant mieux. Alors qu'en est-il ?

Elle l'entendit se frotter le menton et l'imagina en train d'ouvrir péniblement les yeux.

— Dis-lui d'appeler Orson Mallek, reprit-il. Il peut se procurer des pièces dans le monde entier.

Il remua, et son bras effleura son sein. Elle réprima un gémissement.

— Une semaine serait catastrophique pour nous, poursuivait-il. Précise-lui que nous avons quarante-huit heures maximum.

Elle sentit un frisson d'excitation la gagner peu à peu. Elle se sentait incapable de résister au désir qui la submergeait, celui de se lover dans ses bras et de s'abandonner à lui, quelles que soient les conséquences.

— Dans le Colorado, dit-il.

Il remua de nouveau. Elle savait qu'il l'observait dans l'obscurité, cherchant à déterminer si elle dormait toujours. Il devenait assez improbable que la conversation ne l'ait pas réveillée.

Il était temps de prendre une décision.

Prenant sur elle pour faire usage du peu de bon sens qu'il lui restait, elle se retourna et s'allongea sur le dos, s'écartant de lui.

— Rappelle-moi quand tu en sauras davantage. Merci.

— Il y a un problème ? s'enquit-elle d'une voix ensommeillée, espérant qu'il n'y verrait que du feu.

— Une de nos installations est tombée en panne.

— C'est grave ?

— Tout dépendra du temps nécessaire pour effectuer les réparations, expliqua-t-il en s'appuyant sur son coude pour la regarder. Si cela dure plus d'une semaine, nous serons obligés de mettre certains de nos ouvriers au chômage technique. Je détesterais avoir à le faire.

— Combien de personnes travaillent-elles dans ton entreprise ?

— Dans cette usine-là… une centaine.

— Et au total ?

— Je ne sais pas précisément. Des milliers…

— Des milliers de personnes travaillent pour toi ! s'exclama-t-elle.

Elle n'en croyait pas ses oreilles.

— Enfin, pas directement, nuança-t-il en riant.

— Personne ne travaille pour moi…

— Et tu ne travailles pour personne non plus. C'est tellement plus simple, crois-moi !

— Enfin, on peut dire que je travaille pour mon père… Les choses vont d'ailleurs changer pendant quelque temps.

— Qui va diriger le ranch ? demanda-t-il en reposant sa tête sur l'oreiller. Seth semble être le successeur officieux…

Elle réfléchit.

— Ce n'est pas aussi simple, d'autant qu'il s'apprête à se lancer dans la campagne pour les municipales. Travis est le plus travailleur d'entre nous, mais c'est plutôt le genre d'homme à se retrousser les manches au quotidien et non à s'intéresser à la gestion en tant que telle. Seth, lui, a vraiment une vision plus stratégique des choses. Quant à Abigail, c'est la plus organisée. Elle sait à peu près tout sur tout !

— Et toi ? demanda Caleb. Quel est ton point fort ?

— Je ne sais pas… La diplomatie peut-être.

— Tu te fiches de moi ? s'esclaffa-t-il.

— Pourquoi ? se rebiffa-t-elle. Les gens m'apprécient ! Je sers souvent de médiateur.

— En tout cas, pas pour moi !

— Arrête un peu. Je parie qu'un jour, tu me remercieras de ce que j'ai fait hier soir.

— Alors là, ça m'étonnerait !

— Enfin, tout ça pour dire que mes frères et sœurs et moi-même avons chacun nos qualités.

— Et qu'en est-il de ta petite sœur, Katrina ? Je ne l'ai pas encore vue.

Elle remua, pliant sa jambe et effleurant de son genou la cuisse de Caleb. Elle l'y laissa cependant, feignant de ne pas s'en rendre compte.

— Oui, tu es parti avant que cela n'arrive…

— Qu'est-il arrivé ? demanda-t-il, l'air inquiet.

— Oh rien de grave ! s'empressa-t-elle de le rassurer. Katrina était douée pour la danse classique, alors elle est allée étudier le ballet à New York. Aujourd'hui, elle fait partie de la Liberty Ballet Company.

— Vraiment ? fit-il, admiratif.

— Oui, et elle en est très heureuse. Katrina a toujours détesté la vie au ranch.

— La Lyndon Valley a finalement produit plus d'un citadin, remarqua-t-il d'un air pensif.

— Vous deux auriez probablement pas mal de choses en commun, poursuivit-elle d'un ton faussement désinvolte.

Enfin… elle n'allait pas commencer à être jalouse de sa jeune sœur ! Jamais elle n'avait eu envie de paraître glamour… ce n'était pas maintenant qu'elle allait commencer.

— Et toi ? demanda-t-il. Tu aimes vivre au ranch et travailler avec ta famille ?

— Absolument !

Elle ne pouvait tout simplement pas imaginer une autre vie. Elle affectionnait le calme, la simplicité de cette vie et, surtout, les grands espaces.

— Et quand tu te marieras…, reprit-il.

— Personne ne m'a encore demandé ma main !

— Tu envisages d'élever tes enfants au ranch ?

— Mais oui, répondit-elle en hochant la tête avec conviction. Les enfants ont besoin de vivre au grand air et d'apprendre à travailler dur et à acquérir le sens des responsabilités.

Il accueillit ses paroles par un silence qui se prolongea.

— Et toi ? s'enquit-elle. Tu projettes d'élever tes enfants dans un gratte-ciel ?

Il s'étira et noua ses doigts derrière sa tête.

— On n'en est pas là…

— Mais tu comptes bien avoir des enfants un jour ?

— Je n'en sais rien, soupira-t-il. Mon père n'était pas un modèle du genre.

— Tu n'as rien en commun avec lui !

— Je n'ai rien en commun avec ton père non plus, argua-t-il. C'est un homme fantastique qui sait réunir sa famille autour de lui. Moi, je suis plutôt un homme d'affaires borné et narcissique.

— Tu redoutais tout à l'heure d'avoir à mettre des gens au chômage technique, lui fit-elle remarquer. Ce n'est pas ce que j'appelle un comportement narcissique.

Son regard bleu azur croisa le sien.

— Je ne suis peut-être pas le diable incarné, mais cela ne signifie pas que je suis fait pour élever des enfants.

— Mais qu'est-ce que tu veux faire de ton avenir ?

— Tu sais, j'envisage toujours les choses à court terme.

— D'accord… Dans ce cas, où aimerais-tu te trouver dans trois mois ?

Son regard s'adoucit, et il tendit la main pour jouer avec une mèche de ses cheveux.

— Je peux seulement te dire où je voudrais être dans cinq minutes…

Elle sentit son cœur battre plus fort dans sa poitrine. De ses doigts, il suivit la courbe de sa joue, puis glissa vers son cou et s'aventura dans son décolleté.

Une bouffée de chaleur la gagna.

— Tu as ôté ton jean…, dit-il d'une voix rauque. Pourquoi ?

— Ce n'est pas confortable pour dormir.

— Je croyais que c'était pour me rendre fou…

— Mais non, tu as gardé ton pantalon, alors j'ai estimé qu'il n'y avait pas de danger !

Sa bouche se recourba en un sourire rusé.

— Tu t'es pourtant blottie contre moi pendant ton sommeil.

— Je l'ai fait machinalement… Je n'ai jamais dormi avec un homme auparavant.

— Arrête !

— J'étais dans une résidence pour filles quand j'étais à la fac.

Il laissa retomber sa main et prit un air circonspect.

— Tu n'es pas…

— Vierge ?

Elle ne put s'empêcher d'éclater de rire devant la culpabilité qu'elle lisait sur son visage.

— Je viens de te dire que je suis allée à la fac !

— Tu me fais peur, Mandy !

Elle redevint sérieuse, consciente d'être gagnée par un trouble inhabituel. Certes, elle n'était plus vierge, mais elle n'avait connu que des garçons de dix-huit ans. Rien à voir avec l'homme viril qu'était Caleb !

— Tu me fais peur, toi aussi, avoua-t-elle dans un murmure.

— C'est pourtant bien la dernière chose que je souhaite !

Elle hocha la tête, et il approcha lentement sa bouche.

Elle ferma les yeux. Les lèvres de Caleb étaient douces mais fermes. Peu à peu, il approfondit son baiser et l'attira à lui.

Submergée par une vague de désir, elle se cambra contre lui et entrouvrit les lèvres, accueillant la langue de Caleb qui déjà se glissait à l'intérieur de sa bouche.

Se laissant aller à son baiser fougueux, elle noua les bras autour de son cou, plaquant ses seins contre son torse.

Il eut un grognement et fit glisser sa main jusqu'à sa hanche et sa cuisse nue. Il déposa une succession de baisers dans son cou, puis entre les pans de sa chemise pour atteindre son épaule.

Sans ménagement, ses mains empoignèrent ses fesses.

— Tu me tues, Mandy, articula-t-il d'une voix rauque. Est-ce que c'est bon ?

Oh oui, elle se délectait de la saveur de ses baisers.

Il continuait à dévorer de baisers son épaule, son cou, sa bouche, tout en pressant son sexe contre le sien.

— Réponds-moi !

Elle s'apprêtait à lui répondre quand il s'écarta d'elle brusquement. Voyant son visage grave, elle se figea.

— Nous jouons à un jeu dangereux, la prévint-il d'une voix basse. Si nous allons plus loin, nous ne pourrons plus revenir en arrière.

Elle ne savait que penser.

— Tu me repousses ? demanda-t-elle d'une petite voix.

Comme il ne répondait pas, elle sentit son ventre se contracter. Etait-elle la seule à être emportée dans ce tourbillon ? Si tel était le cas, quelle humiliation !

Quand il répondit enfin, sa voix était calme et mesurée.

— Ce que je veux dire, c'est que tu n'es pas le genre de femmes avec qui je sors habituellement. Tu dois y réfléchir.

Elle esquissa un mouvement de recul. Elle avait l'impression qu'on venait de lui lancer un verre d'eau froide à la figure.

— Excellente suggestion ! s'exclama-t-elle d'un ton dur.

Sans lui laisser l'opportunité d'ajouter quoi que ce soit d'autre, elle bondit hors du lit et ramassa son jean par terre.

— En fait, reprit-elle, puisque tu abordes le sujet, je crois que je préfère aller prendre un petit déjeuner.

Et elle se rua vers la salle de bains, priant que, dans la pénombre, il ne puisse pas profiter du spectacle de ses fesses si légèrement couvertes.

*
* *

Les pieds écartés, chaussé des toutes nouvelles bottes de sécurité dont il avait fait l'acquisition au centre commercial de Lyndon, Caleb attaqua à la tronçonneuse le troisième tronc d'arbre qui barrait Bainbridge Avenue.

Ce travail physique lui faisait le plus grand bien, lui permettant d'évacuer la tension sexuelle qui le tenaillait.

La petite ville de Lyndon s'était réveillée le matin même dans un chaos indescriptible. Mandy ne s'était guère trompée en parlant de « tempête du siècle ».

Le vent, la pluie, et même la grêle par endroits, avaient endommagé les arbres et les bâtiments. Plusieurs personnes blessées avaient dû être hospitalisées.

Quelques mètres plus loin, Mandy participait au déblayage avec une dizaine de personnes. Les mains protégées par des gants de travail, elle soulevait des troncs et des branchages et les chargeait dans des camionnettes.

Il ne parvenait pas à détacher son regard d'elle. Pourtant, il tentait de se convaincre que ce qui s'était passé le matin même était une bonne chose.

Elle n'était pas prête, et la dernière chose à faire était de la pousser à faire quelque chose qu'elle pourrait regretter.

Son téléphone sonna dans la poche de sa chemise. Il coupa le moteur de la tronçonneuse qu'il posa à ses pieds et retira ses gants de travail pour se saisir de son portable.

— Terrell à l'appareil…

— Caleb ? C'est Seth.

— Ah, salut Seth ! s'exclama-t-il en se passant la

main dans ses cheveux humides de sueur. As-tu des nouvelles de ton père ?

— Son état ne cesse de s'améliorer, Dieu merci. Il est sur le point de commencer la rééducation physique et verbale.

— C'est une excellente nouvelle.

— Dis-moi, es-tu au courant des dégâts causés par la tempête ? Il paraît que Lyndon a beaucoup souffert.

— Mandy et moi avons vécu ça de très près ! répondit-il en balayant du regard les alentours. Nous sommes toujours à Lyndon.

— Mandy va bien ? s'enquit Seth d'un ton empreint d'inquiétude.

— Parfaitement bien ! Nous donnons un coup de main pour le déblayage.

— C'est bien, je suis heureux de vous savoir sains et saufs. A propos de déblayage, je me demandais si, en tant que président d'Active Equipment, tu aurais la possibilité de faire un don de matériel à la ville de Lyndon. Une tractopelle, par exemple, ou une chargeuse…

— Mais bien sûr ! répondit-il aussitôt, se demandant pourquoi il n'y avait pas pensé lui-même. Je vais voir comment on peut acheminer le matériel au plus vite.

— Ce serait formidable. Je me demandais aussi si cela t'ennuierait que je fasse moi-même l'annonce publique ?

Il comprit immédiatement ce que Seth avait en tête.

— Cela serait un plus pour toi, en tant que candidat aux municipales, d'être mis en avant dans cette affaire, n'est-ce pas ?

— Exactement !

— Alors vas-y ! C'était ton idée de toute façon. Tu mérites d'en bénéficier.

— Merci.

— Heureux de pouvoir t'aider. Comptes-tu venir à Lyndon ?

— Je vais essayer, mais cela risque de me prendre un moment. L'aéroport est fermé.

Caleb fut surpris d'apprendre que l'aéroport avait aussi été rudement touché.

— La tempête a manifestement touché toute la ville, commenta-t-il.

— Tu es sûr que Mandy va bien ? insista Seth.

— Elle est impressionnante ! répondit Caleb en l'observant déplacer un énorme morceau de tronc.

— C'est vrai, c'est ma sœur ! Bon, j'arrive dès que possible.

Caleb raccrocha, puis passa plusieurs coups de fil au siège d'Active Equipment afin d'organiser le don de matériel. Puis, il se remit au travail, sectionnant méthodiquement le tronc du cèdre abattu pour en faire plusieurs morceaux transportables.

Lorsqu'il releva les yeux, il vit Travis approcher à grands pas.

— C'est incroyable ! s'exclama celui-ci en regardant autour de lui d'un air médusé.

— Ne m'en parle pas ! Si tu avais entendu ces arbres tomber en pleine nuit ! Tu es venu pour nous donner un coup de main ?

— Eh bien, maintenant oui ! s'exclama Travis en sortant des gants de travail de la poche de son jean. Cela dit, mon projet initial était de conduire Danielle à l'aéroport…

— L'aéroport est fermé.

— C'est ce que nous avons découvert. Danielle ne tenait pas en place ce matin…

— Où est-elle ?

— Je l'ai laissée au café. Elle n'était pas vraiment habillée pour les travaux de ce genre…

Caleb eut un sourire en coin.

— Je pense qu'il serait dangereux de l'amener ici.

— Elle pourrait se casser un ongle !

— Oui… ou provoquer la mort de quelqu'un !

Travis se passa la main dans ses cheveux très courts.

— Elle est certainement plus douée avec un ordinateur qu'avec des outils électriques ! Pour l'instant, elle passe des coups de fil afin d'essayer de rentrer à Chicago.

— Elle peut prendre mon jet, offrit Caleb, voyant là une opportunité de se faire pardonner les aléas que Danielle avait rencontrés pendant son séjour dans le Colorado.

Aussitôt, il prit son portable et appela Danielle pour le lui proposer. Il demanda également à la jeune femme de prendre contact avec Seth au sujet du don de matériel lourd.

— Cela lui donnera quelque chose de productif à faire, commenta Travis, une fois que Caleb eut raccroché. Au fait, c'est sympa de ta part de laisser Seth faire l'annonce du don de matériel.

— C'est son idée, répondit-il en redémarrant la tronçonneuse. Et puis ce serait vraiment bien pour Lyndon de l'avoir pour maire !

***

Bien décidée à faire une petite pause, Mandy sauta dans le hayon d'un pick-up. Elle était épuisée et en sueur, et ses épaules commençaient à la faire souffrir.

Quelqu'un lui mit un gobelet de café entre les mains. Elle remercia et but avec bonheur une gorgée du liquide brûlant. Habituellement, elle le prenait avec de la crème et du sucre, mais le moment était malvenu pour se plaindre ! Il était presque 14 heures, et elle travaillait d'arrache-pied depuis le début de la matinée…

Elle avait oublié son animosité envers Caleb dès que le soleil s'était levé et qu'ils avaient découvert les dégâts causés par la tempête. *A posteriori*, il lui semblait même très frivole d'avoir envisagé de faire l'amour à leur réveil.

— Tu as mangé quelque chose ?

La voix de Danielle la fit sursauter. Elle releva la tête et découvrit la jeune femme tirée à quatre épingles en train de se frayer un chemin parmi les débris qui jonchaient la route.

— Que fais-tu ici ? s'enquit Mandy.

Danielle avait troqué sa jupe de tailleur contre un pantalon en lin gris perle et un pull mauve incrusté de brillants. Son maquillage était parfait, et pas un cheveu ne dépassait de sa coiffure.

— Travis m'a conduite en ville, expliqua-t-elle.

— Travis est là ? fit Mandy en regardant autour d'elle.

— J'espérais attraper un vol pour Chicago, mais l'aéroport est fermé.

Elle chercha des yeux un morceau de tissu pour permettre à Danielle de s'asseoir en évitant de se salir.

Elle avisa une chemise qui traînait et s'en saisit pour en tapisser le sol du hayon.

— Merci, lui dit Danielle en sautant maladroitement pour s'asseoir à côté d'elle.

Elle ouvrit son sac haute couture et en sortit un sandwich qu'elle lui tendit.

— Oh tu es une sainte ! s'écria Mandy en acceptant volontiers le sandwich.

— Et toi tu m'épates ! Comment fais-tu pour travailler aussi dur ?

— J'ai l'habitude, répondit-elle en mordant avec appétit dans le sandwich.

— Moi, j'ai surtout l'habitude de faire travailler mes doigts, fit remarquer Danielle en posant son sac sur ses genoux.

Mandy pouffa.

— Tu n'es pas faite pour le travail physique, voilà tout. Pas plus que je ne serais capable de rédiger un dossier juridique.

— C'est gentil de ta part de dire ça…

— Je t'en prie. Et merci pour le sandwich.

Elles restèrent silencieuses un moment. Autour d'elles se mêlaient le ronronnement des tronçonneuses et les cris des travailleurs. Bainbridge Street était une vraie ruche !

— J'ai travaillé avec ton frère Seth…

Mandy déglutit.

— Sur quoi ?

— Caleb lui a demandé de coordonner un don de matériel lourd que fait Active Equipment à la ville de Lyndon. Des tractopelles, ce genre d'engins… Seth va passer sur Channel Ten dans quelques minutes pour en faire l'annonce.

— Vraiment ? fit Mandy d'un ton pensif. J'imagine que c'est un coup politique…

— Disons plutôt une manœuvre politique. Et une très bonne manœuvre ! Tout le monde en sort gagnant.

— Je le suppose, en effet…

— D'ailleurs, puisqu'on parle de sortir gagnant…, reprit Danielle, j'ai eu une idée !

— Pour la campagne de Seth ?

— Non… pour retrouver Reed.

Mandy cessa de mâcher, son attention soudain en éveil.

— Je t'écoute…

— J'ignore combien de temps il faut pour vendre un ranch de trente millions de dollars, mais je crains que cela dure un certain temps. Alors, j'ai beaucoup réfléchi et je suis arrivée à la conclusion que toi et moi pourrions agir dans notre intérêt à toutes les deux.

Elle coula un regard vers Caleb.

— Il s'amuse un peu trop ici à mon goût, reprit-elle. Or, j'ai besoin qu'il se remette au travail au plus vite. Le seul moyen d'y parvenir est de retrouver Reed.

— Tu crois qu'il s'amuse ? ne put s'empêcher de demander Mandy. Mais il déteste être ici ! Il n'attend qu'une chose, c'est de repartir.

— C'est ce qu'il prétend…

— Il déteste se retrouver coincé dans la Lyndon Valley, insista Mandy, dans ce ranch qui lui rappelle tant de mauvais souvenirs.

Danielle sourit avec indulgence.

— Je ne veux prendre aucun risque… Alors voilà ce

que nous allons faire : tu vas me donner ton portable et je vais composer un numéro. Tu vas parler avec un homme qui s'appelle Enrico. Dis-lui tout ce que tu sais sur la disparition de Reed.

Mandy eut un moment d'hésitation. Elle se souvenait de la suggestion qu'avait faite Danielle de suivre Reed à la trace grâce aux opérations sur sa carte bancaire…

Certes, elle avait très envie de le retrouver, mais répugnait à recourir à des moyens discutables.

— Enrico est-il un nom de code ?

Le rire de Danielle fusa.

— Il s'appelle Enrico Rossi. C'est un détective privé.

— Est-ce que ce que tu me demandes de faire est illégal ?

— Mais non, pas du tout !

— Mais Enrico, lui, enfreindra la loi ?

Danielle pencha un peu la tête.

— Je n'ai pas la moindre idée de la façon dont Enrico procède. Mais il trouvera Reed, crois-moi !

Bien qu'un peu effrayée, Mandy était diablement tentée.

— Est-ce que je risque la prison ?

— Cela n'est encore arrivé à aucun client d'Enrico.

Mandy cherchait à déterminer si Danielle était sérieuse.

— Sais-tu que tu es un peu effrayante ? lui avoua-t-elle.

— Je suis pragmatique, répliqua Danielle avec un geste nonchalant. Bon, il est probable qu'Enrico pirate un ou deux mots de passe, mais il ne volera rien, pas plus qu'il ne fera de mal à qui que ce soit.

Et dans la mesure où tu ne le paieras pas, il n'y aura aucun moyen de remonter jusqu'à toi !

— Ah… parce que je ne vais pas le payer ?

Toute cette histoire lui semblait de plus en plus étrange.

— Non, car il me doit une faveur.

Les épaules de Mandy s'affaissèrent.

— Mon Dieu !

— Il n'y a là rien de clandestin, ni de mystérieux, rassure-toi. Je lui ai servi d'avocate, gratuitement, quand j'ai fini mes études de droit.

— C'est donc un criminel !

Un criminel qui était en mesure de retrouver Reed et d'empêcher Caleb de faire une terrible erreur dont les répercussions se feraient sentir pendant plusieurs générations. Où était donc la morale dans tout cela ?

— Disons qu'Enrico a eu une jeunesse un peu difficile et qu'il s'est retrouvé impliqué dans une bagarre avec un autre voyou qui voulait enrôler son petit frère dans un gang. A la suite de ça, Enrico a été inculpé pour agression. Je l'ai tiré de ce mauvais pas.

— Enrico est donc un type bien…

— Un type super, oui ! Allez, termine ton sandwich et appelons-le.

La conversation qu'elle eut avec Enrico acheva de la rassurer. Enrico lui parut posé et intelligent. En tout cas, il lui assura qu'il retrouverait Reed !

Apercevant Caleb et Travis qui approchaient, elle termina rapidement sa conversation téléphonique.

— Merci, murmura-t-elle à Danielle.

— Tu sembles étonnamment enjouée ! fit remarquer Travis à Danielle.

Caleb, lui, fixait Mandy.

— Tu tiens le coup ? s'enquit-il.

— Ça va.

Elle prit une grande inspiration, se sentant à la fois nerveuse et excitée après sa conversation avec Enrico.

— C'est un travail difficile, observa Caleb.

— Oh pas tant que ça ! répondit-elle en haussant les épaules.

Certes, elle était fatiguée et aurait très certainement des courbatures, mais elle se sentait encore capable de travailler pendant plusieurs heures.

Danielle sortit deux autres sandwichs de son sac et les tendit aux deux hommes qui accueillirent ce geste avec gratitude.

— Des nouvelles du monde extérieur ? s'enquit Caleb entre deux bouchées.

— Seth a dû faire l'annonce publique du don de matériel à l'heure qu'il est, répondit Danielle. L'équipement partira cet après-midi de Northridge. Avec un peu de chance, le trafic à l'aéroport sera rétabli d'ici là. Sinon, j'ai réservé deux chambres à l'hôtel Sunburst.

Elle jeta un coup d'œil à Travis.

— J'ai supposé que tu souhaiterais rester.

— Tu ne t'es pas trompée ! approuva-t-il en regardant le paysage de désolation autour de lui. Je me rendrai ainsi utile au moins une journée encore.

— Mandy et moi pouvons rester dans nos chambres au Rose, intervint Caleb. Apparemment, le bâtiment est sûr. Il risque seulement d'y avoir quelques problèmes d'électricité.

— C'est moi qui vais m'installer au Rose, décida

Travis. Ainsi, Mandy pourra prendre une chambre au Sunburst avec Danielle. Ce sera plus confortable.

Cette décision unilatérale de Travis ne fut pas du tout du goût de Caleb. Il sentit sa mâchoire se crisper.

— D'accord, accepta aussitôt Mandy.

Elle se moquait bien de l'endroit où elle allait dormir. Après tout, Caleb et elle n'avaient pas projeté de rencontre clandestine, alors…

Elle avait eu du temps pour réfléchir à ce qui s'était passé le matin même et en était arrivée à la conclusion que Caleb avait eu raison de lui conseiller de réfléchir.

Faire l'amour avec lui aurait été une grossière erreur…

Une erreur qu'elle n'avait pas l'intention de commettre, que ce soit ce soir ou un autre.

- 7 -

Sur le chemin du retour vers Lyndon, Caleb ne cessait de se répéter qu'il avait bien agi en donnant à Mandy l'opportunité de changer d'avis. Il s'était conduit de façon honorable et ne le regrettait pas une seule seconde.

Bien qu'il la désirât plus que de raison, il ne pouvait ignorer le fait qu'elle était assez inexpérimentée, comparée aux femmes avec lesquelles il sortait habituellement. Il y avait chez elle une fraîcheur totalement irrésistible qui, il devait bien l'admettre, lui faisait regretter de n'avoir pas fait fi de toute prudence pour laisser libre cours à ses désirs.

Bon sang ! Il fallait qu'il chasse cette fille de son esprit !

Il ouvrit la porte de la maison des Terrell et pénétra à contrecœur dans l'entrée plongée dans l'obscurité. Sans Mandy ou Danielle, l'endroit lui semblait encore plus lugubre. A son grand dam, les fantômes de son passé surgissaient dans chaque pièce, dans chaque meuble, chaque bibelot.

Il laissa tomber son sac à ses pieds, alluma la lumière et se rendit dans le salon.

Il avait apprécié le temps passé à Lyndon. Cela faisait longtemps qu'il n'avait pas fait un travail physique aussi dur et ressenti un tel esprit d'équipe, une telle satisfaction d'œuvrer pour le bien collectif.

Il se demanda ce qui se passait au ranch des Jacobs. Il pensa à Mandy, à sa voix, à son rire joyeux et à ses plaisanteries. Curieusement, leurs disputes lui manquaient.

La vision disparut et le silence de la maison vide le submergea. Sur le manteau de la cheminée, une photo de famille semblait le narguer de loin.

Il s'approcha.

Le cliché avait été pris à l'époque où Caleb et Reed avaient une quinzaine d'années. Leur père les avait tous deux rassemblés dans le salon et avait insisté pour qu'ils posent ensemble, la mine réjouie.

Caleb se souvenait pourtant très bien qu'un peu plus tôt dans cette même journée, Wilton Terrell s'était énervé contre Reed, lui ordonnant de refaire toute une portion de clôture sur laquelle il avait décelé un infime défaut. Dans sa colère, il l'avait envoyé à terre.

Caleb prit le cadre entre ses doigts. En observant la photo plus attentivement, il pouvait voir que les mains de Reed saignaient. S'il l'étudiait d'encore un peu plus près, il discernait leur regard effrayé à tous les deux. Quant à leur mère, elle avait ces yeux tourmentés qu'il lui avait toujours connus…

La pensée qu'il n'avait pas eu conscience de l'ampleur de l'angoisse qui étreignait sa mère à l'époque resurgit avec violence. S'il avait su en ce temps-là ce qu'il savait aujourd'hui, il aurait sans nul doute tué son père.

Peut-être aurait-il dû le faire, d'ailleurs. Il aurait certes passé le restant de ses jours en prison, mais sa mère serait toujours vivante et son frère n'aurait pas eu à vivre dix années de plus en enfer.

Il observa l'expression de son père, le sourire faux, les poings serrés, la bouche qui avait craché tant d'injures, semant la terreur autour de lui…

Avant que l'impulsion ne se transforme en un geste conscient, il fracassa le cadre contre le manteau de la cheminée. Du verre fut projeté dans toutes les directions, le cadre de bois se cassa en trois morceaux et la photo voltigea dans la pièce.

Il agrippa le manteau et ferma les yeux, s'efforçant d'oblitérer les souvenirs douloureux.

— Et tu crois vraiment que vendre cet endroit va t'aider à tourner la page ?

La voix de Mandy en provenance de l'entrée était douce mais implacable.

Il sursauta et redressa les épaules.

— Je ne t'ai pas entendue entrer…

Comme elle ne disait rien, il déclara brusquement :

— Je vais prendre une douche.

Il pivota sur ses talons et se dirigea vers l'escalier tout en ôtant sa chemise. Il n'avait pas envie de compagnie pour le moment et ne souhaitait pas déverser sa hargne sur Mandy.

Avec un peu de chance, elle aurait la bonne idée de s'en aller pendant qu'il serait sous la douche…

En haut de l'escalier, il laissa tomber sa chemise par terre et s'attaqua à la ceinture de son jean. En passant devant la chambre de son frère, il sentit un frisson le parcourir. Il s'arrêta et resta immobile pendant quelques secondes, serrant les dents et les poings tandis que le sang battait furieusement contre ses tempes.

Il déglutit et se remit en marche vers la salle de bains dont il claqua la porte derrière lui. Il fit couler l'eau, se débarrassa du reste de ses vêtements et entra dans la cabine de douche. Sous le jet puissant, il frotta son corps sans ménagement et se lava les cheveux, puis il resta immobile, le regard fixé sur le motif si familier des carreaux, jusqu'à ce que l'eau devienne froide.

Il ferma le robinet tout en tentant de repousser ses souvenirs le plus loin possible dans sa mémoire, d'où ils n'auraient jamais dû sortir.

Jamais il n'aurait dû revenir ici, songea-t-il.

Un coup hésitant frappé à la porte le surprit.

— Caleb ? Ça va ?

Il écarta le rideau de douche d'un geste brusque.

— Rentre chez toi, Mandy !

Un silence lui répondit.

— Je suis sérieux ! cria-t-il.

Il n'était pas d'humeur sociable, et, surtout, ne se sentait plus la force de résister aux charmes de Mandy. Il fallait qu'elle s'en aille. Très loin.

— D'accord ! s'écria-t-elle, furieuse.

Des bruits de pas s'ensuivirent, puis ce fut le silence.

Grâce à Dieu, pensa-t-il.

Il s'essuya méthodiquement avant d'effacer la buée sur le miroir. Une fois encore, il utilisa les accessoires de toilette de son frère, en songeant qu'après avoir avalé un morceau, une bonne nuit de sommeil suffirait à le remettre d'aplomb. Les souvenirs qui le hantaient remontaient à plus de dix ans. Il parviendrait bien à les chasser de son esprit…

Après s'être rasé, il s'essuya le visage et jeta la serviette dans la panière à linge. Puis, complètement nu, il ouvrit la porte… et trouva Mandy assise en tailleur sur le sol !

Il laissa échapper un juron tandis qu'elle détournait la tête en fermant les yeux.

— Que fais-tu encore ici ? rugit-il.

— Je ne voulais pas partir, dit-elle en se relevant, la tête toujours tournée. Tu paraissais vraiment bouleversé…

— Et n'aurais-tu pas pu prévoir *ça* ! reprit-il en nouant une serviette autour de sa taille.

— Chez nous, nous ne… Enfin, nous sommes six, alors…

— Eh bien personne ne vit ici ! Je ne pensais pas devoir me couvrir pour remonter un couloir !

— Désolée…

Il se radoucit soudain. Elle n'y était pour rien. Il n'avait aucune raison de s'en prendre à elle.

— Ce n'est pas grave, dit-il d'une voix plus calme.

A vrai dire, il n'était pas vraiment gêné par le fait qu'elle l'ait vu nu. Il s'en fichait même complètement.

— C'est moi qui suis désolé, ajouta-t-il.

Elle osa alors ouvrir un œil et le regarder.

Il appuya son épaule contre l'encadrement de la porte et croisa ses bras sur sa poitrine.

— Que fais-tu ici, Mandy ?

— Nous n'avons pas eu l'occasion de discuter seul à seule depuis…

— Depuis que tu m'as repoussé l'autre matin à Lyndon ?

Elle haussa un sourcil incrédule.

— Tu veux dire : depuis que *tu* m'as repoussée !

A son tour, il arbora une mine perplexe. Ce n'était pas du tout comme ça qu'il voyait les choses !

— C'est pourtant bien toi qui as déclaré que tu préférais aller prendre ton petit déjeuner !

— Mais… c'est toi qui as dit que je devais réfléchir !

— Et alors ?

La voix de Mandy se fit plus aiguë.

— Alors quel genre d'homme dit à une fille qui est en train de l'embrasser de *réfléchir* ?

— Un gentleman, tout simplement !

— J'ai cru que tu avais changé d'avis !

— Et moi je pensais la même chose de toi !

Elle fit un pas vers lui.

— Alors, en fait tu voulais dire que…

Il s'approcha d'elle.

— Ce que je voulais dire, c'était qu'il fallait que tu sois sûre de toi…

— Je ne suis vraiment pas sûre…, admit-elle.

— C'est bien ce que je pensais, commenta-t-il en ravalant sa déception.

Elle ne répondit rien. Levant la main, elle l'approcha de son torse nu. Avant qu'elle ait pu le toucher, il lui attrapa le poignet et planta son regard dans le sien.

— Je ne vais pas te laisser me faire ça de nouveau !

Il était un homme, pas un saint ! Elle allait devoir pratiquer son petit jeu de séduction sur quelqu'un d'autre.

Elle s'approcha encore jusqu'à le frôler. Son regard s'était voilé, ses lèvres entrouvertes en une invitation sans équivoque.

— Ta réponse est donc *non* ? souffla-t-elle.

— Peut-être devrais-tu t'assurer que j'ai bien compris la question ?

Elle envoya son épaisse chevelure brune en arrière et releva le menton d'un air de défi.

— La vraie question, Caleb Terrell, c'est veux-tu me faire l'amour ?

Avant qu'il ait pu formuler une réponse consciente, ses lèvres s'étaient posées sur les siennes. Il l'embrassa avidement, comme pour s'enivrer de sa saveur. Il prit son visage en coupe et la plaqua contre le mur du couloir. Puis il laissa courir ses doigts sur sa peau satinée et dans ses cheveux.

Quand enfin il s'obligea à interrompre leur baiser, il prit une profonde inspiration et plongea son regard dans le sien. De ses pouces, il effleura ses joues échauffées tout en se rassasiant de son incroyable beauté.

— La réponse, Mandy Jacobs, dit-il dans un souffle, c'est oui !

— Je n'arrivais pas à cesser de penser à toi, murmura-t-elle en nouant ses bras autour de son cou.

Tout en la maintenant serrée contre lui, il la souleva et la porta jusqu'à sa chambre faiblement éclairée par un rayon de lune. Là, il la reposa doucement sur ses pieds.

Elle se débarrassa de ses bottes, puis Caleb souleva le bas de son T-shirt et le lui enleva lentement, dévoilant son soutien-gorge mauve.

— J'aime tes sous-vêtements, murmura-t-il, et je meurs d'envie d'en découvrir davantage.

Joignant le geste à la parole, il déboutonna son jean sans cesser de l'embrasser et fit courir ses mains le long de son buste. Son ventre était plat, sa taille marquée, ses hanches rondes…

Puis ses mains s'aventurèrent sur ses seins qu'il prit à travers le soutien-gorge. Elle laissa échapper un gémissement.

Il l'embrassa dans le cou, puis suivit la courbe de son épaule sans cesser de caresser sa poitrine, effleurant les pointes durcies de ses seins. Il fit glisser les bretelles de son soutien-gorge.

— Tu portes beaucoup trop de vêtements, souffla-t-il en déboutonnant son jean pour l'en débarrasser.

Il la contempla un long moment. Il semblait incapable de détourner son regard.

— Arrête de me fixer comme ça, dit-elle. Ça me gêne…

Caleb laissa courir ses doigts sur son ventre.

— Es-tu bien consciente de ta beauté ?

— Tu parles ! Je suis une bête de travail solide et grossière !

Il eut un large sourire.

— Pour moi, tu es un fantasme devenu réalité. La femme la plus sexy qu'il m'ait été donné de rencontrer.

Elle le regarda, sceptique.

— Je suis sincère, Mandy, lui assura-t-il.

Il la fixait comme s'il avait du mal à croire qu'elle était réelle…

Au comble de l'impatience, il l'attira contre lui et l'embrassa avec volupté. Se débarrassant soudain de la serviette qui masquait sa nudité, il l'attira plus près, les mains sur ses fesses.

Elle eut un gémissement. Ses caresses l'affolaient, et elle lui rendit son baiser avec ferveur.

Fébrile, il détacha alors l'agrafe de son soutien-gorge qui alla rejoindre au sol le reste de ses vêtements. Quand il posa enfin ses mains sur ses seins ronds et fermes, il ne put réprimer un grognement.

— J'espère que tu as un préservatif, souffla Mandy.

— Bien sûr !

Elle fit courir ses doigts dans la toison de son torse, sur son ventre et jusqu'à ses cuisses. Puis, elle remonta lentement…

— Tu me tues, lui murmura-t-il à l'oreille.

Il glissa ses doigts dans l'élastique de sa culotte et la lui ôta avant de la presser contre lui pour se délecter de sa nudité contre sa peau.

Elle enfouit ses doigts dans ses cheveux, murmurant son nom.

Alors il la souleva et l'allongea sur le lit. Il s'étendit à côté d'elle.

Comme il était beau ! La proximité de son corps nu l'affolait. Elle couvrit son torse, puis son ventre de baisers. Elle s'apprêtait à s'aventurer plus bas, mais il l'en empêcha, l'incitant à se mettre sur le dos. Il s'allongea alors sur elle et prit le temps de passer le préservatif.

Il effleura ses lèvres sensuelles et glissa son pouce à l'intérieur de sa bouche. Lentement, elle suça son doigt, faisant tourner sa langue autour.

Quand il l'embrassa de nouveau avec fougue, elle se cambra contre lui, lui signifiant qu'elle était prête.

— Je suis sûre, haleta-t-elle au moment où il entrait en elle.

Quand il la pénétra, il se sentit saisi d'une frénésie irrépressible. Ses mains avides cherchèrent ses seins, ses lèvres se firent plus exigeantes. La tête renversée en arrière, les yeux clos, elle s'arc-bouta, accompagnant chacun de ses mouvements en haletant.

Jamais il n'avait éprouvé pareilles sensations avec une femme. Le désir irradiait dans tout son corps, déclenchant des ondes de plaisir qui se propageaient, intenses. Il résista autant qu'il le put, mais lorsqu'elle cria son nom et que son corps fut secoué de spasmes, il cessa de lutter et l'accompagna dans l'extase.

Lentement, le bourdonnement dans ses oreilles s'apaisa… Il prit appui sur ses avant-bras, désireux de ne pas écraser trop sa compagne, mais ne se retira pas. Il n'avait aucune envie de revenir à la vie réelle !

Lorsqu'il se décida à quitter la douceur de son écrin intime, il garda son amante lovée tout contre lui. Il posa la paume de sa main sur son ventre chaud pour garder intacte la connexion entre eux.

— Tu es merveilleuse, lui chuchota-t-il à l'oreille.

— Tu n'es pas mal toi non plus !

— Content de l'entendre !

Ils mirent plusieurs minutes à reprendre leur souffle, et alors que la réalité reprenait peu à peu ses droits, une étrange sensation d'apaisement envahit Caleb.

C'était curieux… Il était toujours au ranch, dans la chambre de son enfance. L'odeur des champs arrivait du dehors par bouffées, les chevaux hennissaient…

Pour une raison inconnue, tout lui semblait plus doux, moins agressif…

— Qu'y a-t-il ? s'enquit Mandy en tournant la tête vers lui dans la pénombre.

— Je n'ai rien dit !

— Tu as soupiré comme si tu avais tout le poids du monde sur les épaules !

— Ce n'est pas le cas.

— As-tu des regrets ?

— Non, assura-t-il en secouant vigoureusement la tête. Absolument pas.

Son souffle chaud lui chatouillait le cou. Enfouissant son visage dans ses cheveux, il huma avec délice leur parfum citronné.

— C'est curieux, expliqua-t-il, c'est une des rares fois où je me suis senti heureux dans cette chambre.

— Tant mieux… Crois-tu que nous ayons réussi à faire fuir quelques vieux démons ?

— Peut-être, admit-il.

— Hum… je me sens très puissante alors !

— Oui… je crois que tu m'as procuré la joie la plus intense dans cette maison depuis le jour où ma mère avait préparé un fondant au chocolat pour notre huitième anniversaire, à Reed et à moi…

Elle eut un sourire lumineux, puis aussitôt, elle fronça les sourcils, le fixant d'un air interrogateur.

— Attends un peu… Est-ce que j'ai battu le fondant au chocolat ou bien est-ce le contraire ?

— Les deux sont difficilement comparables…

Elle lui donna un coup sur l'épaule.

— Ça ne me rassure pas…

— Disons que si je me place du point de vue de mes huit ans, le fondant au chocolat pourrait bien l'emporter !

— Tu n'arranges pas les choses, Caleb !

Elle se redressa, assise à genoux dans le lit. Elle le fixa.

— Tu sais, peut-être que nous avons mis le doigt sur une chose importante… Je veux dire… en changeant ta perception du ranch. Pas seulement de ta chambre, mais d'un point de vue général !

Il sentit le froid le gagner. Que cherchait-elle à faire ? A relancer un débat sur la vente du ranch, après ce qu'ils venaient de vivre ?

— Je sais comment nous devons nous y prendre, reprit-elle d'une voix déterminée.

— Mandy, s'il te plaît, ne…

— Il faut vraiment que tu parles à Reed !

— Comment Reed est-il arrivé dans cette conversation ? demanda-t-il d'une voix où perçait l'agacement.

Elle se tut.

— J'avais l'impression qu'il n'y avait que toi et moi dans ce lit, reprit-il d'un ton sec.

— Mais… il s'agit de ton frère.

— Cela ne signifie pas du tout la même chose pour toi et pour moi !

Il savait pertinemment que sa colère était la conséquence de sa déception. A quoi s'attendait-il après tout ? Ce qu'ils venaient de vivre n'avait pas changé leur rapport : ils avaient toujours des objectifs diamétralement opposés.

Elle secoua obstinément la tête.

— Cette terre, ta famille, Reed… font partie de ton histoire, de ton héritage. Tu n'as pas pu tout effacer en t'enfuyant à l'âge de dix-sept ans, et tu ne peux pas davantage l'effacer en vendant le ranch aujourd'hui.

Il sentit que son agacement cédait la place à de la colère.

— Je ne me suis pas enfui ! protesta-t-il.

— Ne joue pas sur les mots, répliqua-t-elle en balayant d'un geste son argument. Pourquoi alors as-tu brisé ce cadre ?

Ses mâchoires se crispèrent. Il avait brisé ce cadre parce qu'il n'avait pas supporté de voir le visage de son père qui le fixait avec cet air suffisant.

— Pourquoi as-tu brisé ce cadre ? répéta-t-elle.

— Laisse tomber !

— Si tu te fichais de tout cela, reprit-elle d'un ton plus doux, tu ne l'aurais pas brisé. T'éloigner pendant dix ans n'a pas réglé les choses, n'est-ce pas ?

— Ce ne sont pas tes affaires, répondit-il avec fermeté.

Ce retour dans le passé n'était que temporaire. Quelques jours tout au plus… et il retrouverait son quotidien à Chicago. Le ranch cesserait de nouveau d'exister pour lui et c'était ce qu'il souhaitait.

— Ne crois-tu pas que tu refoules tes véritables sentiments ? insista-t-elle.

Tout à coup, il sentit une immense lassitude l'envahir. Il n'avait pas envie de se battre avec elle. Elle était le seul aspect positif de toute cette folie.

— Si cela peut te faire plaisir, dit-il, alors oui, je refoule mes sentiments. J'ai eu une enfance épouvantable et Reed a fait un choix qui a compromis à jamais notre relation. Cela dit, je suis désolé de me montrer abrupt, mais tu ne peux rien y faire. Tu as beau ne pas être d'accord, je suis certain, moi, de faire le bon choix.

— Mais…

Il pressa son index contre ses lèvres gonflées.

— Pour moi, Mandy ! C'est le bon choix pour moi…

Une lueur de compassion passa dans ses yeux verts.

Il se força à sourire.

— Mais tu as rendu les choses meilleures pour moi en ce moment. Vraiment !

Incapable de résister, il l'embrassa de nouveau et, passant son bras autour de sa taille, l'attira de nouveau à lui. Aussitôt, elle lui rendit ses baisers, se plaquant plus étroitement contre lui.

Il lui fit encore l'amour, lentement, tendrement, savourant chaque seconde du sentiment de paix que leur étreinte lui procurait.

Puis, ils restèrent silencieux un long moment.

Ce fut elle qui rompit finalement le silence.

— Je dois rentrer, murmura-t-elle.

— Pourquoi ?

Il n'avait pas la moindre envie de la laisser partir, en tout cas pas avant le lendemain matin !

— Il est bientôt 23 heures.

— Et alors ? Tu dois respecter un couvre-feu ?

— Travis m'a paru soupçonneux quand je suis partie.

Il se rembrunit. Ce qui se passait entre Mandy et lui ne regardait en rien Travis !

— Si je rentre après minuit, reprit Mandy, il va deviner ce qui se passe…

— Et alors ?

— Et alors il sera contrarié !

Il se redressa, prenant appui sur son coude.

— Es-tu en train de me faire comprendre que nous devons avoir une liaison clandestine ?

— Je pense que c'est la meilleure façon de gérer les choses, pas toi ?

— Tu es une adulte ! Ta vie privée ne regarde pas ton frère.

Elle pouffa.

— Tu n'as qu'à le lui dire !

— J'en suis tout à fait capable, si c'est ce que tu veux.

— Cela provoquerait inévitablement une dispute…

— Je n'ai pas peur de Travis et je n'ai pas la moindre intention de mentir au sujet de notre relation.

— Tu sais, avec tout ce qui se passe en ce moment, je n'ai vraiment pas le courage d'affronter Travis.

— Je n'aime pas ça, renchérit-il.

Il voulait qu'elle reste avec lui. Il avait envie de la garder dans ses bras toute la nuit, et bien plus encore…

Elle pencha la tête, défiant sa mauvaise humeur avec un sourire radieux.

— Pourtant, il y a quelques minutes, tu semblais vraiment trouver les choses à ton goût…

— Je ne veux pas avoir à me cacher si je sors avec toi.

Elle lui tapota la poitrine.

— Pour l'instant, restons discrets. Qui sait ce qui va se passer entre nous ? Peut-être rien… Si tu persistes dans ta décision de vendre le ranch, tu t'en iras probablement très bientôt.

Elle s'était exprimée d'un ton résolument neutre. Impossible pour lui d'en déduire si cela la contrariait ou non…

— Veux-tu vraiment déclencher une troisième guerre mondiale pour quelque chose d'aussi insignifiant ? reprit-elle. Car crois-moi, Caleb, Travis est quelqu'un de très protecteur !

Elle consulta sa montre.

— Bon, je vais rentrer maintenant. Travis se posera sans doute des questions, mais cela en restera là…

Caleb promena ses doigts dans ses cheveux ébouriffés.

— C'est complètement stupide.

— Peut-être, mais c'est ma décision, rétorqua-t-elle d'un ton ferme. Tu prends tes décisions, Caleb. Je prends les miennes.

Il lut la détermination dans ses yeux verts.

— D'accord, céda-t-il.

Il garderait le secret, si c'était ce qu'elle voulait…

Les lumières étaient encore allumées lorsqu'elle franchit la porte de la maison familiale. Travis apparut alors sur le seuil de la cuisine, un tournevis à la main.

Il l'observa tandis qu'elle retirait ses bottes, puis fit deux pas vers elle.

— Dis-moi que tu n'as pas fait ça…

— Que je n'ai pas fait quoi ?

Elle prit son courage à deux mains avant d'affronter son regard.

— Mandy, s'exclama Travis, il va te briser le cœur !

— Je n'ai pas la moindre idée de ce dont tu parles…

— Qu'est-ce que je ne cesse de te répéter ?

Il s'était encore rapproché d'elle, envahissant son espace au point qu'elle se sentit oppressée.

— Je crains qu'il ne te faille être un peu plus précis…

— Nous ne sommes pas comme toi, Mandy ! Nous sommes des hommes. Nous ferions n'importe quoi pour…

— Caleb n'est pas comme ça, l'interrompit-elle.

Il eut un rire cassant.

— Que t'a-t-il dit ?

— Il ne m'a rien dit de spécial ! Et je ne sais pas de quoi tu parles.

Elle marcha jusqu'au canapé sur lequel elle s'écroula avant de prendre une revue qu'elle fit mine de feuilleter.

— De toute façon, je n'ai nullement l'intention d'avoir ce genre de conversation avec toi, ajouta-t-elle.

Il vint s'asseoir dans le fauteuil en face d'elle.

— Caleb habite à Chicago, déclara-t-il. Il ne va pas rester…

— Tu crois que je ne le sais pas ?

Bien sûr que non, elle ne s'attendait pas à ce que Caleb reste. Son vœu le plus cher était qu'il reste le temps de rencontrer Reed. Pour le reste, elle ne se faisait aucune illusion.

— Tu sais, les femmes avec lesquelles il sort savent ce qu'il en est. Elles s'attendent aux mensonges…

— Caleb ne m'a pas menti.

— Alors comment a-t-il fait pour t'attirer dans son lit ?

Elle ne leva pas les yeux de son magazine.

— Rien de tout cela ne te regarde, asséna-t-elle.

— Je t'aime, tu le sais, Mandy…

— Tais-toi un peu !

— Lui ne t'aime pas.

Elle releva enfin la tête.

— Comment peux-tu dire une chose aussi ridicule ? Bien entendu qu'il ne m'aime pas ! Pourquoi m'aimerait-il ?

— Alors pourquoi ne veux-tu pas croire que j'ai ton intérêt à cœur ?

— Je ne suis pas une enfant, Travis. J'aime bien

Caleb, et il m'aime bien. Malgré ton cynisme, il n'y a rien de plus ! C'est tout ce que tu as besoin de savoir.

— Alors pourquoi étais-tu chez lui ce soir ?

— Il a besoin d'aide, répondit-elle. Il faut à tout prix qu'il voie Reed et que tous deux discutent. Tu ne sais pas ce qu'ils ont traversé quand ils étaient gamins...

Travis se cala dans son fauteuil, se détendant un peu.

— J'ai une idée assez précise de ce qu'ils ont vécu, rétorqua-t-il. Je passais beaucoup de temps avec eux à l'époque.

Elle laissa tomber son magazine et se pencha vers lui.

— Alors aide-moi à retrouver Reed. Caleb est déterminé à vendre le ranch au nez et à la barbe de son frère. Il a été à deux doigts de le faire lorsque nous étions à Lyndon. Si je n'avais pas mentionné les droits d'accès à l'eau, nous aurions déjà de nouveaux voisins ! Reed a besoin du ranch, et Caleb a besoin de Reed.

— Tu as parlé de la révision des droits d'accès à l'eau à l'acheteur potentiel ?

— C'est venu dans la conversation...

— Et tu crois que Caleb t'aime toujours bien ? railla-t-il.

— Il a compris.

— Mandy, le monde n'est pas aussi idyllique que tu sembles le croire. Les gens ne sont pas gentils et attentionnés. Ils ne cherchent pas à se faire des faveurs en permanence. Reed et Caleb sont des adultes... Crois bien qu'ils n'apprécieront vraiment pas que tu te mêles de leurs affaires !

— Et s'il s'agissait de toi ? riposta-t-elle. Si c'était Seth et toi qui aviez coupé les ponts ? Ne voudrais-tu pas que quelqu'un cherche à vous réconcilier ? Si tu étais sur le point de perdre le ranch, ne serais-tu pas reconnaissant que quelqu'un s'interpose pour t'en empêcher ?

Il se leva de son fauteuil et prit place à côté d'elle.

— Ces deux hommes ont un passé très sombre. Ils n'admettront jamais que tu cherches à les aider. Non… ils t'en voudront de t'immiscer dans leur vie.

— Jamais Reed ne m'en voudra, affirma-t-elle.

En outre, elle croyait sincèrement qu'il en était de même pour Caleb. Oh ! bien sûr, elle ne s'imaginait pas qu'il était en train de tomber amoureux d'elle, mais il s'était conduit comme un gentleman ! Un parfait gentleman !

— Reed a été profondément blessé.

— En effet.

Elle riva son regard à celui de son frère.

— Et c'est aussi notre ami, plaida-t-elle. Veux-tu vraiment que je lui tourne le dos ?

Il marmonna un juron.

— Tu ne devrais pas coucher avec Caleb, Mandy, s'obstina-t-il.

— Je ne vais pas…

— Tais-toi et écoute-moi ! aboya-t-il. Je ne veux pas t'entendre me mentir. Si tu tombes amoureuse de lui, ce sera un véritable désastre. Cela dit, si tu as couché avec lui, c'est, hélas, déjà trop tard…

Elle sentit sa gorge se nouer. Elle ne voulait pas penser à ses sentiments pour Caleb. Pas maintenant ! Pas alors que tant d'autres choses étaient en jeu.

— Je dois retrouver Reed.

Il marqua un moment d'hésitation, puis tendit la main et lui serra l'épaule.

— O.K., petite sœur… Je vais t'aider à retrouver Reed.

— Vraiment ? s'écria-t-elle.

— Oui.

— Bien, reprit-elle, enthousiaste. Danielle m'a donné le nom de…

— Danielle ?

— Oui. Elle attend impatiemment le retour de Reed, pour que Caleb puisse rentrer à Chicago. Ils sont en train de négocier un marché important au Brésil…

Elle fit un geste vague de la main.

— Quoi qu'il en soit, reprit-elle, Danielle m'a permis d'entrer en contact avec un détective privé qui va se mettre à la recherche de Reed. Tout ce que nous avons à faire, c'est d'empêcher Caleb de vendre le ranch d'ici là.

- 8 -

Caleb examina l'intérieur de l'immense bâtisse que constituait l'écurie du ranch Terrell. Il soupira en pensant à l'énormité de la tâche qui l'attendait.

Pour obtenir un devis d'une entreprise de déménagement, il lui fallait estimer le volume et déterminer ce qu'il voulait conserver et ce qu'il vendrait avec le ranch.

Il ne voyait pas l'intérêt de conserver les selles et le matériel d'équitation. Ceux-ci seraient vendus avec le ranch, au même titre que les chevaux, le bétail, les véhicules et le gros équipement.

Il était même prêt à tout céder au futur acquéreur à un prix défiant toute concurrence, si cela lui permettait d'accélérer la vente.

Pour le bureau, c'était une autre affaire…

Ses bottes martelant le sol, il se dirigea vers le bureau et s'arrêta pour examiner l'intérieur. Il y avait là deux bureaux, cinq classeurs à tiroirs et une crédence. Certains papiers seraient transmis au nouveau propriétaire, mais la plupart des archives seraient à conserver par la famille. Enfin, par Reed… Ce qui signifiait qu'il allait falloir tout trier !

A cette pensée, il sentit ses épaules s'affaisser. Il tourna les talons et s'aventura plus avant dans l'écurie où était rassemblée une vingtaine de chevaux. Il se dit alors qu'il devait rappeler aux ouvriers de les sortir tous les jours…

Pour l'instant, grâce à l'aide apportée par les deux ouvriers du ranch Jacobs, la situation était sous contrôle.

Un cheval hennit dans l'une des stalles, attirant son attention.

— Neesha ? fit-il en reconnaissant la jument appaloosa. C'est bien toi ?

L'animal remua la tête. Il était d'une grande beauté avec sa robe alezane et son arrière-train tacheté de blanc.

Caleb lui flatta le museau et les oreilles. Neesha n'avait que deux ans quand il était parti ; c'était l'un des plus beaux poulains qui ait jamais vu le jour au ranch…

Il jeta un coup d'œil vers la sellerie, songeant qu'il serait facile de trouver la selle et la bride appropriées, grâce au système de rangement sophistiqué de son père. Il réalisa alors qu'il avait très envie de monter Neesha.

Des pas lourds lui indiquèrent que quelqu'un venait d'entrer dans l'écurie.

— Caleb ? fit la voix de Travis.

Il se raidit. Mandy était probablement incapable de cacher quoi que ce soit à son frère, et Travis était certainement venu lui demander des comptes.

Se redressant, il fit volte-face et se retrouva nez à nez avec Travis.

Lorsque Travis ouvrit la bouche, Caleb ne distingua aucune agressivité dans sa voix.

— J'imagine que ça fait une éternité que tu n'as pas vu Neesha…

— En effet, acquiesça Caleb en fixant Travis avec méfiance, s'attendant presque à recevoir son poing en pleine figure.

— Alors, tu en es où ? s'enquit Travis.

Il garda le silence. Il n'avait pas la moindre idée de ce qu'il devait répondre à cette question !

— D'autres acheteurs potentiels ? insista Travis.

— Pas pour le moment, répondit Caleb en se détendant légèrement.

Peut-être Mandy était-elle plus rusée qu'il ne le pensait, après tout.

— J'essaie d'estimer le volume à déménager, afin de faire établir un devis, reprit-il.

Son regard se perdit sur la maison au loin. En plus de tout ce qu'il y avait à trier dans la maison, il y avait aussi tout le contenu du grenier et du sous-sol ! Il aurait aimé se sentir prêt à s'atteler à la tâche, mais depuis ces derniers jours, il n'était plus aussi sûr de lui.

— Tellement de choses ont été amassées au fil des ans, fit remarquer Travis en hochant la tête.

— Ne m'en parle pas !

— Je dois aller réparer la clôture de la prairie nord… ça te dit ?

L'espace d'une seconde, il se demanda si Travis cherchait à l'attirer loin du ranch pour s'en prendre à lui. Il chassa aussitôt cette idée saugrenue.

Si Travis avait eu l'intention de se battre avec lui, il l'aurait déjà fait. Caleb le connaissait assez pour savoir que c'était un homme dur, mais honnête.

— D'accord, dit-il. La maison peut attendre.

— Je vais monter Rambler, annonça Travis.

Les deux hommes sellèrent les chevaux et sortirent dans la fraîcheur matinale pour rejoindre la prairie, dont l'herbe d'un beau vert luisant était parsemée de fleurs sauvages multicolores.

Tandis qu'ils chevauchaient vers le nord en suivant la rivière, Caleb fut assailli par des souvenirs de son enfance et de son adolescence. A cette époque, il passait des heures à faire du cheval dans les pâturages en compagnie de Reed et de Travis. Les jeunes garçons avaient jeté leur dévolu sur une clairière près de la rivière, accrochant une corde à un arbre pour s'élancer dans l'eau. Là, ils se baignaient dans l'eau glacée, buvaient de la bière et parlaient des filles, tout en pensant à leur avenir.

A l'époque, aucun d'entre eux ne parlait de quitter la vallée…

— J'ai fait des recherches sur Active Equipment, dit Travis en plaçant Rambler à côté de Neesha. Tu t'en es bien sorti !

— Je n'avais rien de mieux à faire, répondit Caleb d'un ton neutre, bien qu'il fût fier de sa réussite professionnelle.

Travis eut un petit rire.

— Je t'imagine très bien parcourir le monde dans ton jet, te rendre à des soirées au bras de femmes superbes, pendant que tes sous-fifres ramènent les millions ! Il faut absolument que je me trouve un job comme ça !

— Tu envisages de quitter la Lyndon Valley ? s'enquit Caleb en se baissant tandis qu'ils passaient sous des branchages.

— Non, pas vraiment, mais je partirais bien avec toi pour un voyage d'affaires à Paris ou à Rome. Il paraît que les femmes sont superbes là-bas…

— Quand tu veux ! Mais je dois te prévenir : je fréquente le plus souvent des salles du conseil peuplées de vieux messieurs qui pontifient sur leurs relations et leur réussite financière !

— Tu me fais perdre toutes mes illusions…

— Navré !

Ils restèrent silencieux tandis que leurs chevaux entamaient la descente d'une pente abrupte. Une fois en bas, ils traversèrent la rivière afin de rejoindre le sentier sur l'autre rive.

— Tu te souviens de la corde ? s'enquit Travis.

— Oui, fit Caleb en hochant la tête.

— Et tu te rappelles la fois où Reed s'est démis l'épaule ?

Caleb sourit malgré lui. C'était l'été de leurs quinze ans… Reed s'était maladroitement suspendu à la corde pour plonger dans l'eau et s'était déboîté l'épaule. Le jeune garçon avait hurlé de douleur, mais avait néanmoins réussi à nager d'un seul bras pour rejoindre la rive.

Caleb et Travis, qui avaient suivi des cours de secourisme à l'école, avaient fort heureusement réussi à lui remettre l'épaule en place…

— Il ne l'a jamais dit à mon père, fit Caleb, l'air pensif.

Pendant les jours qui avaient suivi l'incident, Caleb avait fait de son mieux pour aider son frère à accomplir les tâches quotidiennes, mais Reed avait vraiment souffert.

— J'avais trouvé ça drôle à l'époque, déclara Travis, mais il y a quelques années, je me suis moi-même démis l'épaule. Je peux te jurer que ce n'est pas une partie de plaisir. Ton frère est un sacré dur à cuire !

Caleb était bien placé pour savoir que Reed était un dur. Plus grand et plus puissant que lui, il avait toujours pris en charge les tâches les plus rudes, et ce, sans jamais se plaindre. Jamais il ne s'arrêtait avant d'avoir complètement terminé une tâche.

— Je ne l'ai jamais vu se défiler dans une bagarre, ajouta Travis.

Caleb ne répondit rien. Laissant son esprit vagabonder, il se souvint du jour où il avait quitté le ranch. Pour la première fois, il songea que Reed avait probablement considéré son départ comme une fuite, alors que lui restait pour tenir tête à leur père.

— Et il n'a pas changé ! poursuivit Travis. Il ne réagit plus au quart de tour comme avant, mais lorsqu'il est en colère, mieux vaut ne pas l'affronter, crois-moi !

Caleb se doutait que son frère lui en voulait. De l'avoir abandonné autrefois, et aujourd'hui, d'avoir hérité du ranch. Peu importait que Reed se fourvoie… le mal était fait !

Il ne parvenait pas à chasser de son esprit l'image du visage buté de son frère. Soudain, sa gorge se serra. Il était conscient qu'un mur s'était érigé entre eux… Peut-être ne reverrait-il jamais Reed…

Il enfonça ses talons dans les flancs de sa jument et se pencha en avant, incitant l'animal à passer au trot, puis au galop. Il entendit dans son dos le cri de surprise que poussa Travis, bientôt suivi par le vacarme des sabots de Rambler.

A longues enjambées, Neesha avalait la distance. Caleb sentait sous ses cuisses ses muscles puissants. Il s'adapta à son rythme et respira à pleins poumons, s'efforçant d'évacuer les souvenirs douloureux.

Hélas, ceux-ci continuaient à le hanter. Il se revoyait avec Reed, à l'âge de sept ans, en train de se bagarrer dans leur lit alors qu'ils étaient censés dormir, jusqu'à ce que les cris de leur père leur rappellent le danger. Tous deux plongeaient alors sous les couvertures et feignaient l'immobilité, le cœur battant, tandis que les pas lourds de Wilton Terrell retentissaient dans l'escalier…

Il se revit, à treize ans, en train de suivre à la trace un veau blessé et le cernant afin de pouvoir examiner l'entaille dans son flanc. Reed avait immobilisé l'animal le temps que Caleb applique une pommade antibiotique. Hélas, leurs efforts n'avaient fait que rendre leur père furieux, celui-ci leur reprochant d'avoir perdu trop de temps pour s'occuper d'un seul veau…

Certes, Caleb se souvenait aussi de bons moments, comme ces périodes où leur père partait dans les pâturages, parfois plusieurs jours d'affilée. Leur mère pouvait alors se détendre et sourire, et les laissait regarder des émissions stupides à la télé tout en dévorant des hamburgers.

Reed avait été présent dans les bons moments comme dans les mauvais. Ils avaient travaillé dur ensemble, s'étaient offusqués des punitions injustes qu'on leur infligeait, avaient bu de la bière, s'étaient chamaillés à tout bout de champ…

Entendant Travis crier son nom, Caleb se rendit

compte qu'ils étaient parvenus à la clôture à réparer. Il tira sur les rênes pour faire ralentir la jument.

— Tu cherches à battre un record ? fit Travis en le rattrapant.

Couverts d'écume, les deux chevaux soufflaient bruyamment.

— Cela faisait des années que je n'avais pas fait ça, commenta Caleb sans regarder Travis.

— C'est comme faire du vélo, ça ne s'oublie pas !

— Mon postérieur n'est pas vraiment d'accord ! répliqua Caleb en remuant sur sa selle.

Travis éclata de rire.

— Pourtant, il faut que nous allions jusqu'à Miles Butte !

— Mais cela va nous prendre toute la journée !

— Tu as quelque chose d'autre à faire ? s'enquit Travis en observant Caleb avec insistance.

Oui, Caleb avait définitivement autre chose à faire ! Il voulait retrouver Mandy.

Or, de toute évidence, Travis avait bien l'intention de l'en empêcher !

Mandy n'avait pas croisé Caleb depuis deux jours.

Elle avait lu dans un magazine féminin que si un homme n'était pas attiré par une femme, celle-ci ne pouvait guère espérer le faire changer d'inclination. En revanche, quand un homme était attiré par une femme, il se comportait, toujours d'après ce magazine, comme un missile guidé par infrarouge !

Hélas, Caleb ne semblait pas être ce genre de missile… D'ailleurs, elle s'était dit à plusieurs reprises au cours des deux derniers jours qu'il avait sans doute obtenu d'elle ce qu'il cherchait et qu'il était passé à autre chose. Peut-être Travis avait-il raison… c'était ainsi qu'on se comportait à Chicago !

Ce matin, tous se rendaient à Lyndon afin d'assister à une réunion sur la révision des droits d'accès à l'eau. Seth, Abby et Mandy s'installèrent dans la jeep, tandis que Travis et Caleb montèrent dans le pick-up. Mandy ignorait qui avait décidé de cette répartition, mais selon elle, un missile infrarouge digne de ce nom se serait débrouillé pour s'installer coûte que coûte dans le même véhicule qu'elle !

Elle tenta de chasser ses ruminations. Après tout, elle avait bien des raisons de se réjouir, entre les progrès continus que son père accomplissait dans la clinique de rééducation de Denver et la perspective excitante de la campagne de Seth pour les municipales. Travis, quant à lui, semblait apprécier de plus en plus son nouveau rôle d'exploitant du ranch.

Elle n'était pas d'un naturel jaloux, mais à y réfléchir, elle songeait que tous, dans la famille, semblaient amorcer une nouvelle étape de leur vie. Tous, sauf elle ! Car en dehors d'aider Travis au quotidien et de rechercher activement Reed, qu'y avait-il pour elle au bout du chemin ?

— Mandy ? l'appela Abby, assise à l'avant du véhicule.

— Oui…

— Peux-tu vérifier dans mon porte-documents que j'ai bien emporté les cinq copies du document d'information pour la réunion ?

Elle prit le porte-documents et l'ouvrit.

— Tu parles des documents verts ? demanda-t-elle. Oui, il y en a bien cinq.

— Merci, lui dit sa sœur avant de reporter son attention sur Seth. J'ai réservé des chambres au Sunburst. Tu partageras une chambre avec Travis, et moi avec Mandy. J'ai pris une chambre simple pour Caleb… Je me suis dit que notre homme d'affaires de Chicago n'était certainement pas du genre à partager une salle de bains !

Seth pouffa. Mandy, elle, songea que Caleb avait partagé une salle de bains avec elle au Rose Inn et que cela n'avait pas semblé le déranger. Certes, ils étaient alors coincés par une tempête, ce qui pouvait être considéré comme une situation d'urgence. Oui, mais voilà… Caleb avait travaillé dur pendant les trois jours suivants, et ce sans jamais se plaindre de l'hébergement ou de la nourriture.

Elle s'apprêtait à prendre la défense de Caleb, mais se ravisa. Elle pensait trop à lui, alors qu'elle ferait mieux de se concentrer sur Reed. D'ailleurs, elle allait très vite prendre contact avec Enrico Rossi pour s'informer de l'avancée de son enquête…

Seth gara le véhicule sur le parking du Sunburst Hotel. Travis et Caleb descendaient déjà du pick-up. Caleb sortait les bagages du coffre.

Comme il traversait le parking pour les rejoindre, il croisa son regard.

Elle détourna aussitôt les yeux tandis qu'il ouvrait le coffre de la jeep pour en sortir leurs bagages dont il se chargea, aidé de Seth et Travis.

Tandis qu'ils se dirigeaient vers l'entrée de l'hôtel, il s'arrangea pour se placer à son côté.

— Comment vas-tu ? marmonna-t-il.

— Bien, répondit-elle sèchement.

Les portes vitrées de l'hôtel s'ouvrirent dans un glissement silencieux, et ils pénétrèrent dans le luxueux hall de marbre.

Abby sortit la réservation de son sac.

— Je m'occupe des formalités, annonça Seth en se dirigeant vers la réception.

Caleb lui emboîta aussitôt le pas, laissant Mandy en arrière. Il sortit sa carte de crédit et la tendit à la réceptionniste, ce qui lui valut les protestations de Seth. S'ensuivit une brève discussion dont Seth parut sortir perdant.

Quelques minutes plus tard, Caleb les rejoignit.

— Mesdames, dit-il en prenant leurs bagages, si vous voulez bien me suivre… Vous êtes au dixième étage, tout comme moi. Travis et Seth sont au septième.

— Un instant, fit Abigail en posant son porte-documents sur une petite table de verre.

Elle l'ouvrit et en sortit les dossiers qu'elle tendit à Travis.

— Nous déjeunerons au Red Lion, annonça-t-elle. La réunion commence à 13 heures. Pour le dîner, j'ai réservé au Riverfront Grill. Et j'ai pensé qu'ensuite, nous pourrions aller au Weasel.

Elle se tortilla légèrement en mentionnant le bar le plus populaire de Lyndon.

— C'est samedi soir, il y aura sûrement un groupe, ajouta-t-elle.

— C'est O.K. pour moi, acquiesça Travis en lui prenant les documents des mains. A tout à l'heure…

Toujours chargé des bagages des deux sœurs, Caleb se dirigea vers l'ascenseur, suivi de Mandy et d'Abby.

Au dixième étage, Abby introduisit la carte qui déclencha l'ouverture de la porte de la chambre qu'elle devait partager avec sa sœur.

— C'est pas mal, commenta Caleb en posant les sacs au pied des deux lits.

La chambre disposait d'un petit salon d'où on avait une belle vue sur la ville. La literie semblait confortable et la salle de bains, moderne et spacieuse.

— On se retrouve pour le déjeuner, dit-il en se dirigeant vers la porte.

Il l'ouvrit, s'apprêtant à sortir, mais se ravisa.

— Mandy… As-tu une minute ? J'aimerais avoir ton avis sur un document… Peux-tu venir avec moi ?

Surprise et troublée, elle hocha lentement la tête. Elle craignait que cela ait à voir avec la vente du ranch.

— Bien sûr, sans problème…

— Super ! A tout à l'heure, Abby !

Une fois dans le couloir, ils parcoururent quelques mètres, puis Caleb ouvrit une chambre spacieuse avec un lit extralarge.

Tous deux pénétrèrent dans la pièce… Caleb laissa aussitôt tomber son sac, referma la porte d'un coup de pied, et avant que Mandy ait pu comprendre ce qui lui arrivait, il la plaqua contre le battant. Il maintint ses poignets au-dessus de sa tête et l'embrassa avec voracité.

— Mais qu'est-ce que…

— J'ai cru devenir fou ! grogna-t-il entre deux baisers avides. Tu me rends dingue. J'ai cru qu'on n'arriverait jamais jusqu'ici… J'ai cru qu'on ne serait jamais seuls !

Elle avait retrouvé suffisamment de présence d'esprit pour lui rendre ses baisers.

Il ne s'agissait pas de la vente du ranch, mais bel et bien d'une activation de missile infrarouge.

Elle s'abandonna à leur étreinte passionnée. Dans son cou, les lèvres de Caleb enflammaient sa peau, faisant naître un désir intense dans son ventre. Elle ferma les yeux et renversa la tête en arrière.

— Je ne comprends pas, parvint-elle à articuler en s'agrippant aux bras de Caleb pour conserver son équilibre. Tu m'as ignorée pendant deux jours… je n'ai pas entendu parler de toi !

— C'est à cause de Travis. Il a tout fait pour m'éloigner de toi.

Caleb s'écarta.

— Que lui as-tu dit ? ajouta-t-il.

— Rien… mais il sait !

— Effectivement, il sait, acquiesça Caleb. Mais pouvons-nous parler de ton frère plus tard ? Nous avons environ trois minutes avant qu'on ne vienne nous chercher !

Elle cilla, abasourdie.

— Tu ne veux tout de même pas…

— Oh non, hélas ! Non, je projette juste de te dévorer de baisers.

La réunion sur la révision des droits d'accès à l'eau dura moins longtemps que prévu. Le représentant de l'Etat présenta le déroulement de la révision et expliqua aux participants qu'ils pouvaient transmettre des remarques écrites avant la prochaine réunion. De nombreux propriétaires de ranch de la Lyndon Valley avaient fait le déplacement, ainsi que des professionnels d'autres secteurs. C'était d'ailleurs l'une des inquiétudes principales de Seth et d'Abigail : que les propriétaires de ranch se retrouvent désavantagés par les tactiques de l'Etat pour attirer de nouvelles industries.

Caleb intervint à plusieurs reprises pour poser des questions, impressionnant Mandy par ses facultés d'analyse. La jeune femme espérait secrètement que, une fois qu'elle aurait retrouvé Reed, Caleb resterait impliqué dans ce dossier jusqu'à la fin de la révision, même s'il devait le faire depuis Chicago.

A la fin de la réunion, tous se retrouvèrent devant l'hôtel de ville.

Abby passa son bras sous celui de sa sœur.

— As-tu apporté une robe pour ce soir ?

— Une quoi ?

— Une robe ! Tu sais… c'est ce vêtement qui remplace le pantalon quand on veut avoir l'air un peu habillée !

Mandy lança à sa sœur un regard agacé.

— Non, je n'ai pas apporté de robe. Pourquoi l'aurais-je fait ? Nous allions à une réunion !

— Il nous reste deux heures avant de dîner… allons au centre commercial faire les boutiques !

Mandy jeta un regard à Caleb par-dessus son épaule. Elle avait espéré pouvoir grappiller quelques minutes avec lui avant qu'ils se retrouvent tous pour le dîner…

— Je ne suis pas sûre…

— Allez, on va s'amuser ! insista Abigail en haussant la voix. Messieurs ? N'aimeriez-vous pas escorter deux belles jeunes femmes en ville ce soir ?

— Pourquoi ? fit Travis en s'approchant. Tu en connais ?

Abby lui donna un coup de coude.

— Mandy et moi projetons de nous faire belles…

— Super idée ! approuva Travis. Amusez-vous bien !

Mandy jeta à Caleb un regard désespéré. Il haussa les épaules d'un air dépité.

— O.K., capitula Mandy, feignant l'enthousiasme, tout en se demandant si Travis n'était pas derrière tout ça.

— Cela fait une éternité que je ne suis pas allée chez Blooms, commenta Abby en entraînant Mandy vers la voiture qu'elle déverrouilla à distance.

— Est-ce Travis qui t'a demandé de faire ça ? demanda Mandy par-dessus le toit du véhicule.

Sa sœur la considéra avec perplexité.

— Que veux-tu dire ? Pourquoi Travis s'intéresserait-il à la façon dont nous occupons notre temps ?

Mandy fixa sa sœur. Abigail n'était pas une menteuse-née et elle s'était toujours intéressée plus que sa sœur à la mode et au maquillage.

Peut-être ne s'agissait-il que d'une coïncidence…

— Alors tu veux seulement aller faire du shopping ?

— Pas exactement… je souhaite faire du shopping, aller chez le coiffeur et me faire faire une manucure ! J'avais aussi pensé à un soin du visage, mais je crains que nous n'ayons pas le temps !

— O.K., soupira Mandy. Appliquons-nous à être de vraies filles !

Abigail lui adressa un sourire rayonnant avant de

s'installer à la place du conducteur. Elles parcoururent les huit kilomètres jusqu'à Springroad Mall et se garèrent sur l'immense parking. Après avoir pris rendez-vous auprès du salon de coiffure, elles se rendirent chez Blooms, la plus grande boutique de prêt-à-porter haut de gamme de la ville.

La dernière chose qu'Abby avait achetée dans ce magasin était sa robe pour le bal du lycée !

— J'aimerais une robe qui tourne quand je danse, décréta Abby en se faufilant parmi les rayons.

— Que t'est-il donc arrivé à Denver ? s'enquit Mandy.

— J'ai tout simplement pris conscience que la vie est courte, répondit Abigail sans hésitation. J'ai envie de sortir et de rencontrer du monde ! Tu devrais en faire autant…

Elle s'arrêta devant une enfilade de robes.

— Cette campagne pour les municipales m'intéresse vraiment, reprit-elle, mais je dois admettre qu'au départ, je n'étais pas emballée à l'idée de passer autant de temps à Lyndon et à Denver. Mais aujourd'hui, je suis vraiment impatiente. J'ai l'intention de prendre mon envol !

Mandy sentit l'inquiétude la gagner.

— Tu n'envisages pas de quitter le ranch, n'est-ce pas ?

— Bien sûr que non. En tout cas pas de façon permanente, mais j'ai envie d'essayer d'autres choses, et le moment me semble approprié.

Elle décrocha une robe vert émeraude du portant.

— Que penses-tu de celle-là ? Est-ce qu'elle va avec mes cheveux ?

Les cheveux mi-longs d'Abigail étaient d'une belle teinte auburn qui s'harmonisait parfaitement avec le vert en question.

— Absolument.

Les deux sœurs continuèrent leurs recherches. Abigail repéra une robe rouge à volants, assez courte, qui laissait les épaules et le dos nus.

— Tu devrais essayer de porter du rouge ! s'exclama-t-elle à l'intention de sa sœur.

— Oh bien sûr, répliqua Mandy d'un ton sarcastique. C'est tout à fait moi !

— Mais justement ! Tu portes tout le temps des jeans et des T-shirts déchirés. Essaie quelque chose qui te change radicalement !

— Mes T-shirts ne sont pas déchirés, protesta Mandy.

Peut-être un ou deux l'étaient-ils, mais elle ne les portait que pour nettoyer les stalles !

Les deux sœurs choisirent chacune quatre robes que Mandy jugea beaucoup trop habillées, mais Abby semblait tellement s'amuser qu'elle ne voulut pas gâcher l'enthousiasme de sa sœur.

Dans le salon d'essayage, Mandy enfila d'abord une robe bleu roi dont le décolleté lui déplut, puis une robe noire plus classique qui ressemblait à une qu'elle possédait déjà. La troisième, une robe imprimée avec des manches bouffantes, lui donnait l'air d'une gamine de douze ans !

Abigail, elle, avait définitivement jeté son dévolu sur la robe verte et attendait, rhabillée, que Mandy sorte de la cabine vêtue de la robe rouge…

— Ouah ! s'exclama-t-elle en la découvrant. Tu es superbe !

La vendeuse acquiesça avec admiration.

— J'aimerais tellement avoir vos jambes, commenta-t-elle en examinant Mandy de la tête aux pieds. Cette robe vous va à merveille.

Mandy baissa la tête pour étudier ses jambes. Elle ne leur trouvait rien de particulièrement intéressant ! Elles la soutenaient, l'aidaient à se tenir sur un cheval et pouvaient marcher et courir sur une longue distance… C'était tout ce qui importait !

— Jamais je ne t'ai vue aussi élégante, la complimenta Abigail. Tu dois absolument l'acheter !

— Je ne sais pas si j'aurai l'occasion de la porter de nouveau, rechigna Mandy en fixant le prix sur l'étiquette.

— Mais tu vas la porter ce soir !

— Et après ?

— Après ? Qui sait ! N'oublie pas qu'il y a de fortes chances que tu deviennes la sœur du maire de Lyndon !

La vendeuse jeta un œil curieux à Abigail.

— Notre frère, Seth Jacobs, se présente aux prochaines municipales, expliqua celle-ci. N'oubliez pas de voter !

— Mais nous allons simplement au Weasel ce soir, riposta Mandy, en s'observant sous toutes les coutures dans le miroir.

Elle devait admettre que cette robe lui allait vraiment bien. Elle soulignait la finesse de sa taille et était suffisamment échancrée pour être sexy, mais sans mauvais goût.

Mandy n'avait rien contre le fait que Caleb la voie dans cette tenue…

— Vous pouvez porter n'importe quoi au Weasel, assura la vendeuse. Beaucoup de jeunes femmes s'habillent le vendredi soir pour s'y rendre.

— Alors c'est décidé ! décréta Abigail en consultant sa montre.

Mandy prit une grande inspiration.

— Bon, allons-y pour la robe rouge.

Elle esquissa un petit sourire.

— C'est toi qui m'as convaincue !

- 9 -

Si Mandy avait décidé de rendre Caleb complètement dingue, elle s'y prenait exactement comme il le fallait ! Perchée sur des talons vertigineux, les cheveux relevés et le visage savamment maquillé, elle était plus que séduisante… elle était renversante !

Sa toute nouvelle robe mettait en valeur son corps de rêve, au risque de provoquer une crise cardiaque chez tous les hommes qui poseraient les yeux sur elle !

Lorsqu'ils étaient arrivés au Weasel, Caleb n'avait même pas pris la peine de l'inviter à danser… il l'avait entraînée d'autorité vers la piste de danse et enveloppée étroitement entre ses bras, devançant tous les rivaux potentiels.

Abigail, elle aussi, avait rapidement attiré son lot de prétendants. Seth et Travis avaient pris place au bar.

Quand il eut retrouvé la capacité de parler, Caleb posa ses lèvres contre l'oreille de Mandy.

— Tu es magnifique ce soir, murmura-t-il.

— Ma robe te plaît ?

— Je l'adore !

Elle lui sourit, révélant ses dents d'une blancheur éclatante. Ses yeux émeraude brillaient d'excitation.

— C'est Abby qui m'a convaincue de l'acheter…

— Bien lui en a pris ! commenta Caleb en la faisant

tournoyer avant de la plaquer de nouveau contre lui. Tu devrais t'habiller plus souvent comme ça.

— Tu as un problème avec les jeans ? fit-elle en haussant un sourcil.

— Ne sois pas si susceptible ! Disons que je préfère qu'une femme porte de la soie plutôt que du jean.

— Eh bien, moi, je préfère un homme en jean plutôt qu'en costume deux pièces !

Caleb fit mine de scruter la foule des danseurs autour d'eux.

— Y a-t-il un type en jean qui a retenu ton attention ?

— Hum… oui… Tu vois celui avec le chapeau jaune ?

Caleb secoua la tête avec véhémence.

— Il est bien trop âgé pour toi ! argua-t-il.

— Ah… et celui avec les bottes rouges ?

— Trop petit !

— Je vois…, soupira-t-elle avant de reporter son attention sur Caleb. Et toi, alors ?

— Moi ? Je porte un costume. Et je danse déjà avec toi.

— Une fille, Caleb ! Choisis une fille qui te plaît !

Il garda son regard rivé au sien.

— Je danse avec elle.

— Tu esquives !

— Mais c'est la vérité ! Je n'ai remarqué aucune autre fille !

— Tu n'es qu'un beau parleur, railla-t-elle.

— Quels sont tes projets pour plus tard ? lui demanda-t-il.

— Partager une chambre avec ma sœur !

— C'est vraiment ridicule, s'agaça-t-il. J'ai l'impression d'être encore au lycée !

— Parce que tu crois que s'il n'y avait pas Abigail, je me précipiterais dans ton lit ?

Sa remarque le surprit et le troubla. Faisait-il preuve de présomption ? Avait-il mal interprété les signaux qu'elle lui envoyait ? Certes, ils s'étaient disputés après avoir fait l'amour, mais cela ne les avait pas empêchés de recommencer ! Et depuis, il ne pouvait penser à rien d'autre qu'à elle, malgré tous les efforts déployés par Travis pour les garder éloignés l'un de l'autre.

— Je suis navré, commença-t-il, contrit. Je ne voulais pas…

— C'est tout le problème, Caleb, l'interrompit Mandy. Je ne sais pas ce que tu veux… J'ai passé deux jours à m'interroger.

— Je t'aime beaucoup, Mandy, dit-il le plus honnêtement possible. Je te trouve belle, excitante… et réelle. J'ai envie de passer chaque minute de mon temps avec toi.

Il poursuivit, une note de frustration dans la voix :

— Et la dernière chose que je souhaite, c'est que ta famille se mette en travers de mon chemin !

— Bonne réponse, commenta-t-elle avec un demi-sourire.

— Merci…

L'expression de Mandy se fit soudain grave.

— Comme je n'entendais pas parler de toi, j'ai pensé qu'une seule fois t'avait peut-être suffi…

— Deux fois ! corrigea-t-il.

— Deux fois te suffisent ?

— Non ! Je veux dire que nous l'avons fait deux fois !

Il la serra contre lui et colla sa bouche à son oreille.

— Deux fois, ce n'est vraiment pas assez…

— Veux-tu qu'on se détermine pour un chiffre ? proposa-t-elle d'un ton rieur. Ce qui m'éviterait de me demander sans cesse où nous allons et quand cela va se terminer !

— Cinquante ! proposa Caleb.

— C'est ambitieux…

— Je suis un homme ambitieux.

Le morceau joué par le groupe de country se termina par un solo de batterie, et le chanteur annonça une pause.

Abigail les rejoignit et entraîna Mandy vers les toilettes. Caleb, lui, retrouva Travis au bar où il commanda une bière.

— T'es-tu trouvé une cavalière ? s'enquit Caleb.

— Oh ce n'est pas un problème ! Je suis allé au lycée avec la moitié des personnes présentes dans ce bar !

— Oui, je reconnais moi-même quelques visages…

Le barman posa des bières devant eux. Les deux hommes prirent chacun leur bouteille et se retournèrent pour observer l'assistance. Caleb ne pouvait s'empêcher de chercher Mandy des yeux.

— J'ai remarqué la façon dont tu regardes ma sœur, attaqua Travis après avoir bu une gorgée de bière.

Caleb soupira. Encore ! Il n'avait vraiment pas envie d'avoir ce genre de conversation avec Travis.

— Tous les hommes dans ce bar regardent ta sœur, répliqua-t-il.

— Mais tous ces hommes ne dansent pas avec elle.

— En effet. Parce que je ne les laisserais pas faire !

Travis ouvrit la bouche pour répliquer mais Caleb ne lui en laissa pas le loisir. Il se tourna vers lui, bien décidé à en finir une bonne fois pour toutes.

— Laisse tomber, Travis. Mandy est une adulte.

— On voit que tu n'as pas de sœur !

Caleb croisa les bras sur sa poitrine.

— Non, mais ça ne change rien à l'affaire.

— Si tu en avais une, tu aurais une tout autre attitude.

— Ne compte pas sur moi pour changer d'attitude !

Travis observa les danseurs qui regagnaient la piste.

— Je le sais, dit-il finalement.

— Mandy est intelligente. Elle a la tête sur les épaules et ne cède pas à la pression.

— O.K., je laisse tomber, soupira Travis.

Cette déclaration laissa Caleb sans voix. Il ne s'était pas attendu à ce que Travis capitule aussi vite. Seth les rejoignit alors.

— Que se passe-t-il ici ? demanda-t-il. Vous avez l'air bizarres.

Caleb jeta un regard en coin à Travis, se demandant ce que celui-ci allait répondre.

— Pas grand-chose, fit ce dernier en haussant les épaules.

Seth commanda une bière et s'accouda au bar à côté de Caleb.

— Je crois qu'il va nous falloir garder nos sœurs à l'œil ce soir, déclara-t-il. Je n'avais jamais remarqué à quel point elles étaient séduisantes.

Caleb manqua s'étrangler avec sa bière.

— Tes sœurs sont absolument magnifiques, Seth !

— Je sais, je sais, fit celui-ci en avalant une poignée

de cacahuètes. Je les emmènerais bien avec moi pour ma tournée électorale…

— Ta tournée ? s'étonna Travis. Tu te présentes pour la fonction de maire, pas celle de gouverneur !

— Peut-être, mais il y aura quand même des séances photos… Une à chaque bras, qu'en pensez-vous ?

— Tu te prends pour Hugh Heffner !

— Ah…, fit Seth, l'air songeur. Je vais y réfléchir alors…

Mandy et Abigail réapparurent à l'autre bout du bar. Les hommes présents dans la salle les remarquèrent immédiatement et les observèrent avec insistance. Certains semblaient même se préparer à tenter leur chance…

Sans perdre une seconde, Caleb abandonna sa bière et fila droit sur Mandy.

Il était hors de question qu'il laisse qui que ce soit s'approcher d'elle !

De retour dans leur chambre d'hôtel, Mandy et Abby ôtèrent avec soulagement leurs chaussures à talons hauts et s'allongèrent sur les canapés du petit salon.

— Mes pieds ne sont décidément pas faits pour des chaussures aussi fines, se plaignit Abby.

— A qui le dis-tu ! renchérit Mandy en s'étirant.

Elle qui se croyait plutôt résistante se sentait complètement exténuée par ces heures passées à danser.

— Je me sens un peu comme Cendrillon, déclara Abby d'un air songeur.

— Oui… et demain, on recommence les corvées ménagères !

— Pour toi, ce sera le nettoyage des stalles. Pour moi, la paperasse !

— Je déteste la paperasse.

— Tant mieux pour moi !

Mandy tira sur les volants de sa robe.

— Crois-tu que la campagne de Seth va te retenir souvent à Lyndon ?

— Plus que d'habitude, oui. Pourquoi ?

— C'était tellement calme à la maison ces derniers temps…

— Je t'ai manqué ? fit sa sœur en souriant.

— Un peu, admit Mandy. Avec papa et maman au centre de rééducation, Seth et toi à Denver et Lyndon, et Travis toujours dans les pâturages, je me retrouve souvent seule à table !

— Je crois que Travis aime ses nouvelles responsabilités, fit remarquer Abby.

Mandy acquiesça. Travis semblait heureux. De nouveau, elle eut le sentiment d'être laissée-pour-compte.

— Je n'avais jamais réalisé à quel point ma vie reposait sur la présence des autres membres de la famille, avoua-t-elle. C'est comme si plus personne n'avait besoin de moi…

— Le ranch ne pourrait pas tourner sans toi ni Travis.

— Sans Travis, peut-être… mais c'est toi qui t'occupes de toutes les formalités administratives. Le contremaître connaît son travail quotidien. Moi, je… Je crois que tout cela me déprime un peu. J'ai l'impression que les Terrell ont davantage besoin de moi que ma propre famille.

— Les Terrell ? fit Abigail en fronçant les sourcils.

— Eh bien, oui… j'essaie de retrouver Reed, répliqua Abby, surprise par la réaction de sa sœur. Caleb s'est mis en tête de vendre le ranch, et Reed fait le mort… Il faut bien que quelqu'un leur remette un peu de plomb dans la cervelle !

Abby posa ses pieds par terre et se pencha en avant.

— Ce sont des adultes, Mandy.

— Cela ne veut pas dire qu'ils ont un cerveau !

— Mais ce n'est pas ta responsabilité.

Mandy secoua la tête. Sa sœur ne comprenait rien !

— Cela fait dix ans que la situation est anormale, Abby. J'aime beaucoup Reed !

— Nous aimons tous Reed…

— Je ne peux pas l'abandonner dans un moment comme celui-ci. Il est comme un troisième frère pour moi.

De la consternation apparut sur le visage d'Abby.

— Considérerais-tu par hasard Reed comme une famille de substitution ? demanda-t-elle.

— Je ne…

Abby leva la main pour l'interrompre.

— Laisse-moi parler… Nous sommes tous très occupés et tu te sens seule. Et il y a cette famille avec tous ces problèmes croustillants que tu te sens capable de résoudre…

— Des problèmes croustillants ? s'offusqua Mandy. Tu sous-entends que je pourrais retirer une éventuelle satisfaction du fait que Caleb Terrell menace de vendre le ranch familial ?

— Je crois surtout que tu t'impliques trop dans les problèmes des autres. Quelqu'un a des problèmes ? Tu voles à son secours. Deux personnes sont fâchées ? Tu veux les réconcilier…

— Tu dis ça comme si c'était répréhensible…

— Ce n'est pas répréhensible, c'est très louable et c'est un rôle très important à tenir… dans ta propre famille ! Pas dans celle des autres.

— Nous parlons de Reed Terrell, pas d'un étranger que j'aurais rencontré dans la rue !

Abigail eut un petit rire.

— Ce que j'essaie de te faire comprendre, c'est que tu ne dois pas trop t'investir dans les problèmes de Reed et de Caleb Terrell. Il se peut que tu ne puisses pas les résoudre.

Les doigts de Mandy se refermèrent sur les accoudoirs du canapé. Pour elle, un échec n'était pas envisageable. Elle ne pouvait imaginer Reed quittant pour toujours la Lyndon Valley et Caleb n'ayant plus aucune raison d'y revenir…

En effet, elle devait bien admettre qu'elle avait commencé à espérer que Caleb s'attache de nouveau à la région et revienne de temps à autre. Il avait son propre jet… Alors, ils pourraient…

Abigail l'observait avec intérêt.

— Et si tu échoues dans ton entreprise ? dit-elle.

— Si je ne parviens pas à les réconcilier ? Eh bien, Reed déménagera, et la vie reprendra son cours.

Il y eut un long silence.

— Pourquoi est-ce que je ne te crois pas ?

— Parce que tu es d'un naturel méfiant. C'est l'un de tes points communs avec Travis.

— Tu oublies de dire que je suis aussi d'un naturel amusant et séduisant ! plaisanta Abby, désireuse d'amener la conversation sur un terrain plus léger. As-tu vu tous ces types qui m'ont invitée à danser ?

Mandy sourit devant l'exubérance de sa sœur et s'efforça de se détendre.

— En tout cas, le vert te va à ravir !

— J'ai décidé d'en porter plus souvent. Te rends-tu compte que pas moins de cinq hommes m'ont demandé mon numéro de téléphone ?

— Tu le leur as donné ?

— Non… je ne suis pas très intéressée par les cow-boys ! Et toi ?

— Personne ne m'a demandé mon numéro.

Le regard d'Abby brilla de curiosité.

— Il me semble que Caleb a déjà ton numéro…

Mandy sentit ses joues s'empourprer, ce que sa sœur ne manqua pas de remarquer.

— Je n'ai donc pas rêvé…, murmura-t-elle. Il te plaît!

— C'est un type bien, se contenta de dire Mandy.

— Tu viens pourtant de m'expliquer qu'il cherchait à vendre le ranch et que tu essayais de l'en dissuader ! Et tu trouves que c'est un type bien ?

Ses joues s'échauffèrent de plus belle.

— O.K., admit-elle. En dehors de ce point particulier, c'est un mec bien.

Caleb se fourvoyait, voilà tout, mais elle était confiante. Tôt ou tard, il reviendrait à la raison. Le tout était de l'empêcher de vendre le ranch d'ici là…

— C'est sûr qu'il est très séduisant, concéda Abigail.

Mandy acquiesça. Il était inutile de prétendre qu'elle était aveugle !

— Et sexy en diable, ajouta-t-elle.

— Alors ? Il t'a embrassée ?

Mandy hésita, se demandant ce qu'elle avait envie de confier à sa sœur.

— J'en étais sûre ! s'exclama celle-ci avec un air de triomphe. Quand ? Où ? Je tiens à connaître tous les détails !

Mandy prit son courage à deux mains.

— Partout, souffla-t-elle.

Confuse, Abigail cilla.

— Que veux-tu dire ?

— Qu'il m'a embrassée partout.

— Euh… j'ai comme l'impression que nous ne parlons pas de géographie, fit sa sœur en la fixant de ses yeux ronds.

Mandy secoua la tête avec un sourire mystérieux.

— Quand ? insista sa sœur. Au ranch ?

— Il y a deux jours. Chez lui.

— Non, ce n'est pas possible !

— Si !

Abby se rassit dans son fauteuil, décontenancée.

— Et puis, je ne l'ai plus revu pendant deux jours. J'ai pensé alors qu'il ne s'agissait entre nous que d'une aventure sans lendemain. Mais nous sommes arrivés ici et…

— … et Caleb a inventé cette excuse stupide pour t'attirer dans sa chambre !

— Oui.

— Et alors ?

— Alors c'était merveilleux ! Il s'est jeté sur moi, m'a embrassée et m'a dit que cela l'avait rendu dingue d'être éloigné de moi.

— Alors pourquoi ne t'avait-il pas donné signe de vie ?

— Apparemment, Travis a fait en sorte de l'occuper le plus possible, et il n'a pas pu me joindre. Il prétend avoir essayé…

— Et pendant que vous dansiez ce soir, t'a-t-il de nouveau fait des avances ?

Mandy acquiesça.

Abby haussa un sourcil perplexe.

— Alors que fais-tu ici avec moi ?

— Eh bien, mes deux frères et ma sœur sont dans le même hôtel que moi et je n'ai envie de contrarier personne…

— Parce que tu t'imagines que je pourrais être contrariée que tu passes la nuit avec Caleb ?

— Je crois que tu serais… je ne sais pas… Déçue ?

— Ecoute Mandy, tu as vingt-trois ans ! Et puis tu l'as déjà fait avec lui, non ? Tu crois que je supporterais mal le fait que tu aies une vie sexuelle à cinq chambres de distance de la mienne ?

— Mais il y a aussi Travis…

— Qu'est-ce qu'il a à voir dans cette affaire ?

— Il a ordonné à Caleb de rester loin de moi.

— Je ne vois pas en quoi cela le regarde !

— Je sais… Et Caleb pense comme toi. Mais je ne veux pas contrarier Travis.

— Mandy, ma chérie, fit Abby en se penchant en avant, ton souhait de préserver l'équilibre de notre famille ne doit pas t'empêcher de vivre ta vie. Je ne cherche pas à te pousser dans les bras de Caleb, ce n'est pas la question. Mon propos est de t'inciter à prendre tes décisions. Tu en as tout à fait le droit !

Mandy se tut. Ce n'était pas aussi simple que le prétendait sa sœur. Dans une famille, chacun avait une responsabilité vis-à-vis des autres membres.

— Tu crois que quand je sors avec un homme, reprit Abby, je me préoccupe de ton opinion ?

— Eh bien, jamais je ne…

— Je m'en fiche ! Pas plus que Travis ne s'inquiète de ce que nous pensons quand il sort avec telle ou telle femme. Alors tu devrais en faire autant ! Ecoute, si nous n'étions pas tous dans cet hôtel avec toi… que ferais-tu ?

Elle réfléchit. Si elle se remémorait leurs ébats… ce qu'elle avait ressenti un peu plus tôt en se retrouvant dans les bras de Caleb…

Elle se mordilla la lèvre inférieure.

— Je serais déjà dans sa chambre, avoua-t-elle dans un soupir.

Abigail accueillit ces mots avec un sourire triomphant.

Trois minutes plus tard, Mandy était devant la porte de la chambre de Caleb.

Elle prit une profonde inspiration pour calmer ses nerfs. Elle était presque sûre qu'il serait content de la voir, mais ne pouvait s'empêcher d'être inquiète.

Le seul moyen d'en avoir le cœur net était de se lancer !

Elle lissa les plis de sa robe rouge et jeta un coup d'œil de part et d'autre du couloir avant de frapper.

Il ne fallut que quelques secondes à Caleb pour ouvrir la porte. Son visage marqua un temps de surprise, puis s'illumina. Il lui prit la main et l'attira à l'intérieur de sa suite.

— Salut, Mandy, murmura-t-il d'un ton rauque.

Aussitôt la porte refermée, il se jeta sur ses lèvres et lui donna un long et tendre baiser.

Puis il s'écarta doucement.

— Tu es là… Peux-tu rester ?

Elle hocha la tête, et de nouveau, il l'attira, possessif, contre lui.

Elle se sentit gagnée par un sentiment d'oppression.

— Euh… Caleb…

— Oui ? souffla-t-il entre deux baisers.

— J'imagine que tu ne veux pas perdre une seule seconde, mais…

Instantanément, il s'écarta et relâcha son étreinte.

— Mais non…

Son regard exprimait un regret sincère.

— Je suis désolé pour ce que j'ai dit tout à l'heure. C'était présomptueux et irrespectueux. Nous ne ferons rien que tu ne veuilles faire. Je t'assure, Mandy, je ne te mets aucune pression.

Elle eut un élan de tendresse et son cœur se serra.

— Je ne dis pas que je n'en ai pas envie, mais je pensais que peut-être, avant…

— Veux-tu un verre de vin ?

Caleb lui prit la main et l'entraîna vers le petit salon.

— D'accord pour un verre de vin, accepta-t-elle en se perchant sur l'accoudoir du canapé.

— Nous pouvons discuter, proposa-t-il en se dirigeant vers le bar, s'arrêtant en chemin pour mettre de la musique. Du merlot, ça te va ? Je peux commander autre chose si tu préfères…

— Non, c'est très bien, dit-elle en acceptant le verre qu'il lui tendait.

Il s'assit à l'autre bout du canapé, laissant délibérément de la distance entre eux. Leurs regards se croisèrent, et l'atmosphère sembla crépiter d'électricité.

Elle sentit son cœur battre plus vite dans sa poitrine.

— Parle-moi un peu de Chicago, réussit-elle à articuler.

— Que veux-tu savoir ?

— Où vis-tu ? demanda-t-elle en buvant une gorgée de vin.

Elle sentit le liquide se répandre dans son corps et réchauffer ses membres, à moins que cette soudaine impression de chaleur soit à imputer à la présence de Caleb.

— J'ai un appartement en plein centre-ville, au trente-cinquième étage d'un immeuble.

— Un appartement de standing, j'imagine ?

Cela n'aurait pas dû la surprendre, mais elle avait du mal à s'habituer au niveau de vie de Caleb.

— Oui, on peut le qualifier comme ça, répondit-il sans se troubler. J'en ai fait l'acquisition parce qu'il est proche du siège de la société. Nos usines sont à la périphérie, mais il est plus logique que le siège se trouve en centre-ville.

— Tu n'as pas à t'excuser d'avoir des bureaux en ville.

— Non, mais il est vrai que quand j'en parle avec toi, ça me paraît un peu extravagant. Mais c'est plus pratique pour nos clients étrangers. Je n'essaie vraiment d'impressionner personne.

— Tu n'as pas besoin d'essayer…

Décidément, il ne semblait pas conscient de son charisme, songea-t-elle.

Il leva vers elle son verre de vin en un petit salut ironique.

— Dois-je y entendre un peu de sarcasme ?

— Mais non, pas du tout !

— Le costume y fait beaucoup aussi. Grâce à lui, mes clients me prennent au sérieux !

La plaisanterie la fit sourire, et elle continua à savourer son vin, se sentant plus détendue à chaque minute.

— Nous avons des clients au Canada et au Mexique depuis assez longtemps, poursuivit Caleb. Et, récemment, nous avons développé notre activité au Japon, en Corée, à Hong Kong, et même en Australie. C'est pour cette raison que nous avons pris la décision d'investir dans un jet. Dans les pays asiatiques, la hiérarchie est très importante, et en tant que président de la société, je me dois de m'y conformer.

Il fit une pause.

— As-tu idée de la durée de vol entre Chicago et Hong Kong ?

— Aucune idée !

— Il est très très long, crois-moi…

— Est-ce pour ça qu'il y a une salle de bains dans ton jet ?

— Oui… et que les sièges se transforment en couchettes !

— Sans me vanter, moi, je suis allée jusqu'à Denver cette année ! plaisanta-t-elle.

— Tu as bien de la chance. Si je pouvais faire tout

mon travail depuis Chicago, je ne me déplacerais jamais.

Mandy n'aimait pas l'idée que Caleb reste sédentaire. Car la seule solution pour qu'elle puisse le voir dans l'avenir était qu'il fasse le déplacement jusque dans le Colorado.

— Ton jet paraît effectivement très confortable, commenta-t-elle.

— Donc, tu me comprends !

— Evidemment ! Pourquoi prendre un vol commercial quand on peut voler dans son propre jet ?

— D'accord, là, tu es vraiment sarcastique !

— Peut-être un peu, admit-elle.

— C'est drôle, mais ce qui semble un luxe aux yeux de quatre-vingt-dix-neuf pour cent de la population n'est en fait qu'un moyen pour moi de survivre, soupira-t-il en posant son verre sur la table avant de se rapprocher d'elle. Je ne sais pas si je me fais bien comprendre, mais il y a un revers à la médaille de l'argent et de la réussite. Les responsabilités sont telles que tu vis avec la peur au ventre ! En ce qui me concerne, des milliers de personnes dépendent de mes décisions. Et puis, je ne sais jamais à qui je peux faire confiance, et si on ne cherche pas à m'utiliser ou à me nuire… Les risques sont grands, tout comme les enjeux. Et j'enchaîne les journées de travail sans jamais prendre le temps de me détendre…

Elle hocha la tête. Elle comprenait.

— Es-tu détendu en ce moment ?

— Etonnamment oui, acquiesça-t-il. Grâce à toi…

Ce fut au tour de Mandy de lever son verre dans sa direction.

— Heureuse de pouvoir aider ! ironisa-t-elle.

Il tapota son genou.

— Tu sais, reprit-il, c'est un des aspects que je préfère chez toi.

— Le fait que je sois apaisante ?

Elle ne savait si elle devait considérer cela comme un compliment. « Apaisante » pouvait aussi vouloir dire « ennuyeuse » ! Une chose était sûre : elle n'arrivait certainement pas à la cheville des femmes avec lesquelles il sortait habituellement.

— Tu n'es pas obnubilée par ce que je pourrais faire pour toi, poursuivait Caleb. Tu es assise là, belle à couper le souffle, en train de déguster un verre de vin sans émettre la moindre plainte.

Elle fixa son verre en fronçant les sourcils.

— Pourquoi devrais-je me plaindre ? N'aurais-je pas bon goût en matière de vin ?

— Décidément, je m'exprime mal… Tu te préoccupes de ce que je ressens, de ce que tu peux faire pour moi… sais-tu combien cette attitude est rare ?

— Ai-je vraiment mauvais goût en matière de vin ?

Il éclata de rire, récupéra son verre qu'il entrechoqua contre le sien avant d'en vider le contenu.

— Non, je le trouve très bon moi aussi, déclara-t-il.

Il l'observa un long moment en silence.

— Mais tu sais très bien ce que je veux dire…

— J'imagine que c'est une façon polie de dire que je suis quelqu'un de simple et d'ennuyeux…

Il reposa son verre, prit place à côté d'elle et lui retira son verre des mains.

— Tu es tout sauf ennuyeuse, Mandy.

— Mais je suis une fille simple ! insista-t-elle. Je

travaille dans un ranch, Caleb. Je n'ai presque jamais quitté le Colorado et n'ai même pas vu ma propre sœur danser au Liberty à New York !

Il la considéra avec incrédulité.

— Tu n'as jamais vu Katrina danser ?

— Oh si, bien sûr, pendant ses dernières années de fac. Elle était merveilleuse… Mais jamais je ne l'ai vue danser à New York depuis qu'elle a rejoint la troupe du Liberty.

— Tu dois absolument réparer cela !

— En effet. Et peut-être devrais-je aussi suivre un cours de dégustation de vins pendant que je serai dans la grande ville ! De toute évidence, mon palais a besoin d'être éduqué…

— Ton palais est parfait ! fit-il en l'embrassant. Mieux que parfait !

Elle répondit aussitôt à son baiser en nouant ses bras autour de son cou. Elle l'embrassa avec ferveur, se délectant de la sensation de son corps puissant contre le sien.

— Je vais t'emmener à New York, lui murmura-t-il à l'oreille.

— Maintenant ?

— Non, pas maintenant ! répondit-il en glissant sa main sous sa jupe pour caresser sa cuisse nue. Pour l'instant, c'est dans un tout autre endroit que j'aimerais t'emmener…

Elle sourit contre ses lèvres.

— J'en meurs d'impatience.

Il s'écarta un peu pour la regarder.

— Mais après ça, Mandy, quoi qu'il arrive autour de nous… après, je t'emmènerai à New York ! Nous descendrons dans un hôtel donnant sur Central Park, nous irons voir ta sœur danser sur scène et boirons du vin ridiculement cher !

— Est-ce que ce sera avant ou après notre voyage à Rio pour ma manucure ?

— Comme tu voudras !

Les doigts de Caleb effleurèrent la soie de sa culotte, ce qui lui tira un gémissement.

— Oh Mandy, souffla-t-il en l'embrassant avec fièvre.

Il la souleva dans ses bras et se dirigea vers le lit, éteignant au passage toutes les lumières. Avec douceur, il l'allongea sur le lit et s'étendit sur elle, sans jamais la quitter des yeux. Il lui caressa doucement la joue et laissa courir ses doigts dans son cou, avant de faire glisser les bretelles de sa robe.

— Je suis tellement heureux que tu sois ici…

Elle répondit avec fougue à son baiser appuyé, impérieux.

— Il n'y a aucun autre endroit où je voudrais être…

Lentement et avec une infinie tendresse, Caleb s'attarda sur chaque parcelle de sa peau qu'il couvrit de baisers et de caresses.

Jamais elle ne s'était sentie aussi chérie… Et lorsqu'ils furent nus, elle noua ses jambes autour de ses hanches, l'emprisonnant et haletant à chaque saccade qui l'emmenait toujours plus haut.

La réalité s'évanouit, et elle s'abandonna totalement à lui. Elle cria son nom, et, ensemble, ils atteignirent le pic du plaisir, avant de retomber, à bout de souffle, dans les bras l'un de l'autre.

Pour elle, le doute n'était pas permis : c'était bien au paradis qu'il l'avait emmenée.

Accrochée à lui, elle huma son odeur musquée, luttant contre le sommeil, chassant de son esprit toute pensée qui n'était pas tournée vers lui.

- 10 -

Le jour suivant, Caleb ne quitta pas Mandy d'une semelle.

Il lui tenait la main et l'attirait contre lui dès qu'il en avait l'occasion. Au départ, Mandy l'avait laissé faire, puis peu à peu, elle s'était dérobée, gênée de ses démonstrations d'affection en présence de sa famille.

Caleb, lui, se moquait bien de ce que pouvaient penser les autres. Il était bien décidé à profiter au maximum de la présence de Mandy en ce jour d'ouverture du rodéo de Lyndon.

Il avait le souvenir d'une manifestation locale et familiale et fut dès lors très surpris de l'ampleur qu'elle avait prise au fil des ans. La dernière fois qu'il y avait participé, il avait monté des chevaux sauvages. Il avait alors dix-sept ans… trop jeune pour réaliser qu'il était mortel ! Cette fois-là, il n'avait rien gagné. Reed, en revanche, avait remporté un trophée. Fiers comme des paons, les deux frères avaient dépensé les cinq cents dollars gagnés par Reed en litres de bière et deux paires de bottes flambant neuves.

Il songea à ces bottes qu'il avait à peine portées… Se trouvaient-elles toujours dans le placard de son ancienne chambre ?

Mandy et lui se frayèrent un chemin parmi la foule

pour se diriger vers l'arène principale où le commentateur chauffait les spectateurs pour la première épreuve. Des gamins couraient dans tous les sens, criant d'excitation, des bonbons collants dans les mains et des ballons de baudruche sur la tête en guise de chapeaux.

Un petit garçon éclata en sanglots quand son ballon gonflé à l'hélium s'envola. Seth arrêta aussitôt un vendeur ambulant pour lui en acheter un autre. La mère du gamin lui en fut reconnaissante, et Seth ne manqua pas de se présenter en déclinant son identité…

— Et un vote de plus ! dit Abigail à mi-voix.

— Seth est vraiment doué pour les relations publiques, fit remarquer Caleb.

Il devait admettre qu'il admirait l'aisance de Seth avec les gens. Celui-ci semblait connaître tout le monde, et tous avaient l'air de le respecter.

— A croire que nous sommes davantage ici pour faire campagne que pour le rodéo ! s'exclama Mandy.

Désireux de se fondre dans la masse, Caleb avait revêtu un jean, une chemise à carreaux et des bottes. Mais tous ses vêtements étaient flambant neufs et, du coup, il se faisait l'impression d'être un dandy au milieu de tous ces cow-boys purs et durs. A coup sûr, on le prenait pour un touriste !

— Salut Mandy ! fit une voix féminine dans leur dos.

Mandy lâcha prestement la main de Caleb.

Agée d'une trentaine d'années, la femme qui les avait interpellés portait un jean délavé, un Stetson cabossé et une large ceinture en cuir. Elle avait vraiment l'allure d'une personne de la région, familiarisée avec le milieu du rodéo.

— Tu montes aujourd'hui ? demanda-t-elle à Mandy.

Caleb jeta un coup d'œil curieux à Mandy. Il ignorait complètement qu'elle concourait dans des rodéos.

— Non, pas aujourd'hui. Nous étions en ville et sommes venus faire un tour…

— J'ai su que ton père avait été souffrant, reprit la jeune femme, compatissante. J'en ai été désolée.

— Merci, c'est gentil de ta part. Fort heureusement, papa va mieux. Il fait des progrès de jour en jour.

— Je suis heureuse de l'entendre.

La jeune femme tendit la main à Caleb.

— Lori Richland, se présenta-t-elle.

— Anciennement Lori Parker, précisa Mandy.

Le nom était familier à Caleb. Lori était au lycée en même temps que lui, mais il n'en avait qu'un vague souvenir.

Il accepta la main qu'elle lui tendait.

— Caleb Terrell.

— Ah ! J'avais entendu dire que tu étais de retour dans la région… Désolée pour ton père.

— Merci, fit Caleb simplement.

Lori reporta son attention sur Mandy.

— J'ai amené Star Dock… il est à l'écurie, si jamais ça te dit de participer au *Ladies Barrel Racing*.

— Je n'avais pas prévu de…

— Allez, vas-y ! insista Lori. Star Dock adore la compétition. La foule et les applaudissements le stimulent. Et toi, Abby ? Tentée ?

Abby se rapprocha.

— Pourquoi pas ! Si tu as un cheval que je peux monter…

— Pincher est en pleine forme en ce moment. Et

dis à tes frères d'aller voir Clancy dans l'enclos. Nous avons besoin de bons compétiteurs pour la capture au lasso par équipe.

Soudain, des images s'imposèrent à l'esprit de Caleb. Il se revit en train de pratiquer le lasso avec Reed dans la prairie. Ils avaient projeté de concourir en équipe, mais la morphologie de Reed le destinait plutôt au *steer wrestling*, alors que Caleb affectionnait la poussée d'adrénaline que lui procurait le *saddle bronc*.

Lori planta son regard dans celui de Caleb.

— Et toi ? Quelle épreuve vas-tu choisir ?

Caleb eut un geste de dénégation.

— Pas aujourd'hui !

Hors de question qu'il s'approche à moins de cinq mètres d'un animal en pleine ruade ! Il n'avait plus du tout l'habitude de ce genre d'épreuves.

Mandy se pencha vers Lori.

— Il vit maintenant dans la grande ville, déclara-t-elle d'un ton moqueur. Dorénavant, c'est son bureau qu'il monte !

Lori l'examina de la tête aux pieds.

— Il ne me paraît pas si fragile !

— Pourquoi tout le monde semble-t-il aussi surpris par mon allure ? demanda Caleb à Mandy.

— Parce qu'il est vrai que tu parais plutôt en forme pour un citadin branché ! fit-elle en lui tapotant l'épaule.

— Tu es bien aimable, ironisa-t-il.

— Tu devrais le prendre comme un compliment.

— Et si nous t'inscrivions plutôt pour la chasse aux cochons engraissés ? plaisanta Lori.

— Je passe mon tour ! Mais allez-y et amusez-vous bien !

Lori remonta son chapeau et émit un rire de gorge.

— L'épreuve des *barrels* commence dans une heure, annonça-t-elle à l'intention de Mandy. A plus tard…

Elle les salua puis disparut dans la foule.

— Tu vas concourir ? demanda Caleb à Mandy.

— Bien sûr ! Qui sait, je pourrais gagner un millier de dollars…

— Alors ne laisse surtout pas passer cette opportunité !

Le regard de Caleb se posa sur Travis et Seth à qui Abby avait manifestement fait part de la possibilité de participer au rodéo. Tous deux devisaient avec animation, définissant probablement leur stratégie.

Soudain, Caleb ressentit si cruellement l'absence de Reed qu'une vive douleur lui déchira la poitrine.

Mandy glissa sa main dans la sienne. Elle se pencha vers lui.

— Veux-tu être mon garçon d'écurie ? demanda-t-elle d'une voix sensuelle.

Il la serra contre lui.

— Je serai tout ce que tu voudras que je sois.

— Hum… je saurai te le rappeler !

Main dans la main, ils marchèrent jusqu'à l'enclos où étaient rassemblés les chevaux qui concourraient, à l'arrière de l'arène. Là, Mandy accomplit les démarches d'inscription avant de vérifier la monture et le matériel que Lori lui avait proposés.

Lorsqu'elle fut prête, Caleb la laissa pour rejoindre les tribunes d'où il pourrait profiter du spectacle. Il aperçut les autres membres de la tribu Jacobs qui se préparaient pour leurs épreuves respectives et eut un pincement au cœur en se sentant mis à l'écart.

Pourtant, dès que l'épreuve des *barrels* commença, il se laissa gagner par l'enthousiasme des spectateurs et sauta sur ses pieds quand Mandy entra dans l'arène. La jeune femme accomplit une course tout à fait honorable, décrochant même une deuxième place provisoire.

Elle rejoignit ensuite Caleb dans les tribunes pour assister à la prestation des autres concurrentes et réussit à se maintenir à la troisième place jusqu'à ce que la toute dernière participante la rétrograde à la quatrième place.

Caleb la serra contre lui pour la réconforter. La jeune femme haussa les épaules avec fatalisme.

— Ce sera pour la prochaine fois ! déclara-t-elle, bonne joueuse.

— Allez… je t'offre un *corn dog*, si cela peut t'aider à te remettre de cette déception !

— Un *corn dog* ? Euh, je crois que je préfère le séjour à Rio !

Caleb fit mine de réfléchir quelques secondes.

— J'imagine que je pourrais t'offrir les deux…

— Vraiment ? fit-elle en cillant d'un air ingénu.

— Absolument ! confirma-t-il en hochant la tête.

En cet instant, il comprit qu'il était prêt à lui offrir tout ce qu'elle désirerait.

— Tu es un gentleman, Caleb Terrell, minauda-t-elle en passant son bras autour du sien.

— Quant à toi, Mandy Jacobs — si l'on fait abstraction de la poussière qui te recouvre de la tête aux pieds —, tu es une dame !

Malgré son visage dépourvu de tout maquillage et ses cheveux tirés en arrière en une simple queue-de-cheval, elle était aussi ravissante au naturel qu'elle l'avait été la veille, dans sa splendide robe rouge.

Caleb avait du mal à détacher son regard d'elle.

Mandy porta son attention sur la piste et lança un sifflement perçant pour saluer les gagnantes de l'épreuve des *barrels* qui venaient recevoir leur trophée.

— Tu siffles ? s'étonna Caleb, amusé.

— Mais oui ! Je présume que les filles de Chicago ne le font pas.

— Elles ne mangent pas non plus de *corn dogs*.

— Les pauvres… elles ne savent pas ce qu'elles ratent !

L'épreuve de capture au lasso par équipe venait de commencer. Caleb ne put s'empêcher d'admirer la dextérité des cow-boys et la concentration des chevaux bien dressés. Quelques bouvillons parvinrent à s'échapper, mais la plupart d'entre eux furent attrapés facilement avant d'être relâchés.

— Les voici ! s'exclama Mandy tandis que ses frères prenaient place dans le box.

Le bouvillon fut lâché, et les deux hommes passèrent à l'action dans un tourbillon de lassos et le vacarme des sabots de leurs chevaux. Travis lança son lasso et attrapa l'animal par le cou avant de le faire pivoter. Seth envoya à son tour son nœud coulant autour des pattes arrière de l'animal et l'immobilisa.

On agita le drapeau pour indiquer la fin de l'épreuve. Seth et Travis avaient réalisé un excellent temps, prenant la première place de la compétition, performance que Mandy accueillit avec un cri de joie.

Devant la complicité affichée par les deux frères

vainqueurs, Caleb sentit de nouveau son cœur se serrer. *Quel idiot tu fais*, se réprimanda-t-il.

Car même s'il retrouvait son frère après toutes ces années, ils ne pratiqueraient certainement pas le lasso ensemble ! De toute façon, il était bien trop vieux pour risquer une chute de cheval.

— As-tu faim ? s'enquit Mandy. J'irais bien acheter une part de gâteau… avec du sucre dessus !

— Comment fais-tu pour rester aussi mince ? La plupart des femmes que je connais à Chicago ne se nourrissent que de salade et de soja pour garder la ligne !

— Je bouge beaucoup et j'ai une vie saine…

— Tu es donc sérieuse, tu veux ce gâteau ?

— Je ne plaisante jamais quand il s'agit de nourriture !

— As-tu l'intention de tout manger ou vas-tu partager ?

— Hum, avec toi… je pense que je peux partager !

Il lui adressa un clin d'œil, puis tous deux descendirent des tribunes pour rejoindre Travis et Seth qui les attendaient en bas.

— Bien joué ! les félicita-t-il en leur serrant la main.

Il consulta le tableau et constata qu'ils avaient décroché la première place, et qu'il restait encore six autres compétiteurs en lice.

— On dirait que vous allez remporter une jolie somme !

— Sept cent cinquante dollars ! confirma Travis. Ça rembourse le déplacement.

— Je vais acheter une part de gâteau, annonça Mandy. Quelqu'un en veut ?

— Oh non ! fit Seth. Je ne sais pas comment tu fais pour avaler tout ça !

— Elle a un faible pour les sucreries, intervint Travis, le regard fixé sur Caleb.

Ce dernier haussa un sourcil. Si Travis avait quelque chose à dire, qu'il le fasse directement !

— As-tu eu des nouvelles de Reed ? s'enquit ce dernier, à la grande surprise de Caleb.

La question raviva l'émotion brute qui ne cessait de le saisir ces derniers temps lorsqu'il pensait à son frère. Il lui fallut quelques secondes pour se reprendre.

— Non, aucune.

— Tu sais qu'il gagne l'épreuve de *steer wrestling* chaque année ?

Caleb hocha la tête mais s'abstint de tout commentaire. Mais Travis n'en avait pas terminé avec lui.

— Mandy pense que tu devrais discuter avec lui avant de vendre le ranch.

La voix du commentateur retentit dans le haut-parleur au moment où une nouvelle équipe de lanceurs de lassos jaillissait du box dans un nuage de poussière.

— Mandy pense beaucoup de choses, se contenta de déclarer Caleb.

— En l'occurrence, je ne suis pas sûr qu'elle ait tort…

— De toute façon, je ne suis pas en mesure de parler à Reed, puisqu'il n'est pas là.

Caleb se détourna. Pour lui, la conversation était terminée.

— Mais tu es en mesure de retarder la vente, argua Travis.

— Tu veux vendre ? intervint Seth d'un ton incrédule. Pourquoi diable ferais-tu une chose pareille !

— C'est mon affaire ! décréta Caleb avant de pivoter sur ses talons.

— Eh ! fit Seth en le rattrapant, tandis que Travis restait en arrière. Que se passe-t-il ?

— Tout simplement que je n'ai pas de justifications à vous fournir, à Travis et à toi !

— Peut-être..., nuança Seth d'un ton apaisant. Mais as-tu pensé à Reed ? Il a son mot à dire, non ?

— Reed a quitté le ranch sans laisser d'adresse.

— Mais comment peux-tu vendre le ranch en son absence ? insista Seth. Tu sais, je croyais sincèrement que c'était lui qui allait en hériter.

— Eh bien, ce n'est pas le cas ! C'est moi qui ai hérité de tout.

— Non, pas de tout !

— Si ! Et ne me demande pas ce qui est passé par la tête de mon père, parce que je n'en ai pas la moindre idée !

Seth hocha pensivement la tête.

— Alors c'est la raison pour laquelle Reed a disparu...

— J'imagine que oui.

Après quelques secondes de silence, Seth reprit la parole.

— As-tu besoin d'argent ? demanda-t-il.

Caleb eut un rire amer.

— L'argent de la vente ira à Reed, déclara-t-il. Il l'attendra bien sagement sur son compte en banque, jusqu'à ce qu'il daigne réapparaître.

— Rien ne presse alors...

— Mais ce ne sont absolument pas tes affaires ! s'insurgea Caleb. Fiche-moi la paix !

— Peut-être ! Mais n'oublie pas que je suis ton ami.

Caleb se tut. Il appréciait et respectait Seth, mais il avait l'impression d'être cerné par des personnes certes bien intentionnées, mais qui l'incitaient à prendre une direction qu'il n'avait nullement l'intention de suivre.

— Sérieusement, Caleb. C'est une décision lourde de conséquences.

— Le ranch est déjà en vente.

— Alors retire-le !

— Je n'en ai pas l'intention, aboya Caleb. Je n'ai pas besoin de ce ranch, et Reed vivra bien mieux loin de cet endroit.

Après avoir lancé un dernier regard furibond à Seth, il s'éloigna d'un pas décidé à la recherche de Mandy.

- 11 -

Accroupie dans l'une des stalles, Mandy observait avec inquiétude le vétérinaire qui était en train d'examiner l'un des jeunes poulains. Celui-ci boitait depuis une bonne semaine et Mandy avait craint une infection.

— Mandy ? chuchota une voix dans son dos.

Elle se retourna et découvrit Robby, l'un des jeunes ouvriers du ranch.

— Une femme au téléphone souhaite vous parler, l'informa-t-il. Elle s'appelle Danielle. Elle insiste beaucoup…

— J'arrive, déclara Mandy, gagnée par un élan d'optimisme. Robby, peux-tu donner un coup de main au docteur Peters en mon absence ?

Elle s'essuya les mains sur son jean et sortit de la stalle. Le jeune homme délaissa sa fourche afin de la remplacer.

Pleine d'appréhension, elle rejoignit le bureau qui se trouvait à l'extrémité des écuries. Après avoir refermé la porte derrière elle, elle prit le combiné d'une main mal assurée.

— Danielle ? fit-elle en se forçant à s'asseoir sur la chaise à roulettes et à se calmer. Tu as des nouvelles ?

— Salut, Mandy… Enrico a retrouvé Reed.

Mandy sentit son cœur bondir de joie.

— Quelle bonne nouvelle ! Merci de m'avoir prévenue.

— Il est dans un hôtel à Helena.

— Vraiment ? Reed est dans le Montana ?

— Oui, au Bearberry Inn. Il y est depuis quelques jours, mais impossible de savoir combien de temps il compte encore y rester.

— O.K., merci, je m'y rends de ce pas.

Mandy sauta sur ses pieds, étudiant mentalement la façon dont elle allait s'y prendre pour se rendre à Helena et mettre la main sur Reed.

Quand elle se retrouverait en sa présence, elle exigerait qu'il lui explique ce qui lui était passé par la tête !

Enfin… peut-être n'exigerait-elle rien, mais se contenterait-elle de le lui demander. Et sans doute, avant toute autre chose, se jetterait-elle dans ses bras !

— Appelle-moi quand tu seras là-bas, reprit Danielle. Et s'il te plaît, convaincs-le de rentrer !

— Compte sur moi, promit Mandy.

— Si nous pouvions régler ça d'ici mercredi, ma vie en serait grandement facilitée…

— Je ferai de mon mieux.

Tout en traversant la cour pour rejoindre la maison, elle se souvint du marché brésilien en attente. C'était manifestement pour cette raison que Danielle tenait tant à récupérer Caleb. Elle voulait qu'il soit présent à São Paulo afin de négocier en personne…

Ce qui signifiait qu'il y avait de grandes chances que Caleb soit parti quand Mandy remettrait les pieds au ranch. Car lorsqu'elle aurait obtenu de Reed qu'il revienne, elle contacterait Danielle, laquelle préviendrait Caleb… qui n'aurait alors plus de raison de rester dans le Colorado, surtout si ses affaires l'appelaient au Brésil.

En d'autres termes, les deux frères n'auraient pas la possibilité de se voir, ni même de se parler. Une fois la crise passée, le *statu quo* reprendrait ses droits… Reed ici, Caleb au loin, tels deux étrangers.

En pénétrant dans la maison, elle se dit qu'elle avait peut-être commis une erreur en ne tenant pas Caleb au courant des recherches que Danielle et elle avaient entreprises. L'idéal serait qu'elle puisse le convaincre de l'accompagner à Helena. S'il venait, il pourrait parler avec Reed et briser la glace. Il aurait toujours le temps, ensuite, de s'envoler pour le Brésil.

Et après, peut-être reviendrait-il au ranch…

Elle retira ses bottes et monta au deuxième étage dans l'intention de prendre une bonne douche avant de préparer ses affaires. Plus elle y réfléchissait, plus elle s'emballait. Reed ne pourrait que se montrer heureux de la générosité dont son frère ferait preuve à son égard. Les deux frères discuteraient à bâtons rompus, se réconcilieraient et… A ce stade, son plan devenait un peu plus confus.

Elle se débarrassa de ses vêtements et entra dans la cabine de douche. Elle n'avait pas parlé à Caleb depuis qu'ils étaient rentrés du rodéo, la veille au soir. Seth et Travis avaient décroché la deuxième place de leur épreuve et, après avoir bu une bière pour célébrer cette performance, Caleb et Mandy étaient rentrés ensemble.

Sur le chemin du retour, Caleb s'était montré étrangement silencieux, mais il l'avait embrassée pour lui souhaiter bonne nuit, et lui avait dit qu'elle lui manquerait. Tout allait donc bien entre eux… elle pouvait aborder sans inquiétude le sujet de Reed.

Peut-être devrais-je le faire entre deux baisers ! songea-t-elle. Certes, ce serait de la manipulation, mais n'était-ce pas pour une bonne cause ?

Finalement, elle se ravisa. Non, elle irait droit au but. Caleb appréciait la franchise.

Elle sortit de la douche et s'habilla avant de se sécher les cheveux et d'appliquer sur son visage un maquillage léger. Puis, elle jeta quelques vêtements dans un sac de voyage et laissa un mot pour ses frères.

Le trajet en pick-up jusqu'au ranch des Terrell lui prit comme à l'habitude une quinzaine de minutes, mais il lui sembla beaucoup plus long. Une fois devant la maison, elle prit une profonde inspiration pour se donner du courage.

Elle frappa et entendit vaguement la voix de Caleb lui disant d'entrer. En ouvrant la porte, elle fut accueillie par des bruits curieux en provenance du salon.

A sa grande consternation, elle découvrit Caleb, entouré de cartons, un gros rouleau d'adhésif à la main.

— Que fais-tu ? s'écria-t-elle d'un ton plus sec qu'elle ne l'aurait voulu.

— Je fais les cartons.

— Mais… pourquoi ?

Elle ouvrait de grands yeux. Que s'était-il passé ? Avait-elle manqué une étape ? Avait-il déjà vendu le ranch ?

— Eh bien, parce que ça ne va pas se faire tout seul !

— Mais je croyais que…

— Peux-tu me donner un autre carton s'il te plaît ?

Mandy était trop étonnée pour esquisser le moindre geste.

— As-tu réussi à vendre le ranch ? réussit-elle à articuler dans un murmure.

— Pas encore. Passe-moi un carton…

— Bien sûr.

Elle ramassa un carton plié et le lui tendit. Elle affronta son regard.

— Et si nous retrouvons Reed…

La mâchoire de Caleb se durcit.

— Mandy, ça suffit. Je ne veux plus parler de ça.

Elle déglutit péniblement.

— Mais si nous le retrouvions… Là, maintenant ! Serais-tu disposé à…

Il posa brutalement le carton sur la table basse, la faisant sursauter.

— Mais qu'est-ce que vous avez tous ! s'emporta-t-il d'une voix furieuse. Cette décision ne relève pas de la famille Jacobs. C'est *ma* décision.

La dureté de son ton prit Mandy au dépourvu.

— Mais…

— Non, Mandy ! vociféra-t-il en agitant son doigt dans sa direction. Je fais les cartons, je vends ce maudit ranch, je pars au Brésil et je reviens ensuite à Chicago. Ma décision est prise. Tu ne me feras pas changer d'avis, pas plus que Seth ou Travis !

— Tu n'es qu'un imbécile obstiné ! lâcha Mandy.

— Tu n'es pas la première à le remarquer, riposta-t-il.

Elle contourna une pile de cartons et se campa devant lui, plantant son regard dans le sien.

— Si tu fais ça, Caleb, nous ne pourrons plus revenir en arrière.

Il s'immobilisa.

— Nous ? répéta-t-il. Tu veux dire toi et moi ?

— Je veux dire ton frère, ta famille... ton héritage !

— Je prends mes responsabilités.

Elle se sentit flancher. Il était tout à fait sérieux. Jamais elle ne parviendrait à le convaincre de l'accompagner à Helena.

— Et... toi et moi ? dit-elle d'une toute petite voix.

L'expression de Caleb ne changea pas. Il se pencha vers elle et lui donna un baiser fugace. Ce n'était pas un baiser froid, mais il n'invitait pas à davantage.

— Toi et moi allons toujours à Rio ! affirma-t-il.

Elle essaya de ne pas se sentir blessée par ces paroles. Pourtant, elle ne put réprimer le sarcasme de sa réponse.

— Est-ce une façon habile de me faire comprendre que tu me contacteras un de ces jours, quand cela te chantera ?

— Ce n'est pas ce que j'ai dit.

Elle se mordit la langue, réalisant qu'elle était de mauvaise foi. Caleb avait toujours été très clair avec elle. Jamais il ne lui avait promis autre chose que Rio et New York.

Elle savait qu'elle ne pouvait pas le changer ; en revanche, elle était toujours en mesure d'aider Reed.

Feignant une légèreté qu'elle était loin d'éprouver, elle l'embrassa sur la joue.

— Super pour Rio... Je dois y aller. Le vétérinaire est là.

— Bien sûr, répondit-il en appliquant une bande d'adhésif sur un carton. A tout à l'heure...

— A plus tard.

*
* *

Caleb continua à faire les cartons pendant une heure, tout en se répétant qu'il faisait ce qu'il fallait. Il ne pouvait pas rester ici ! Il s'attachait dangereusement à Mandy, ce qui rendait la situation de plus en plus délicate.

En outre, chaque fois qu'il déambulait dans cette maison, un détail, une photographie ravivaient des souvenirs douloureux. L'odeur de la couverture que sa mère avait tricotée pour recouvrir le canapé, par exemple…

Il lui avait fallu du temps pour se sentir chez lui à Chicago, et il était hors de question qu'il perde ça, dans le seul intérêt de la propriété familiale ou pour rester auprès de Mandy quelques jours de plus.

Mandy… Il poussa un long soupir. Il regrettait de s'être emporté, mais il fallait qu'elle comprenne. Jamais il ne pourrait effacer son enfance, ni même la surmonter. Le mieux qu'il puisse faire était de la laisser loin derrière lui, pour qu'elle n'encombre pas son présent.

Malgré tout, il s'en voulait de s'en être pris à Mandy. Si elle était aussi bornée au sujet de Reed, c'était parce qu'elle était compatissante et généreuse. Elle détestait que les gens souffrent.

Et qu'obtenait-elle de lui en échange de sa bonté ? De la froideur et de la colère…

Je dois lui présenter mes excuses !, se dit-il soudain. Se traitant intérieurement de salaud, il sauta sur ses pieds et sortit à la hâte, s'engouffrant dans son véhicule.

Il lui fallut à peine dix minutes pour parcourir le

trajet entre son ranch et celui des Jacobs. Il frappa et entra sans attendre la réponse, trouvant Travis et Seth attablés autour d'un bon steak.

— Mandy est à l'étage ? s'enquit-il d'une voix oppressée.

Seth secoua la tête.

— Tu ne lui as pas parlé avant qu'elle s'en aille ?

— Qu'elle s'en aille ?

— Oui, répondit Travis. Elle est partie à Helena. Je pensais que tu l'avais accompagnée avec ton jet…

Les poings sur les hanches, Caleb s'avança davantage dans la pièce.

— Elle ne m'a rien dit du tout, avoua-t-il.

— Mandy doit nous appeler quand elle arrivera à l'aéroport, fit Seth en consultant sa montre. Tu as faim ?

Non, il n'avait pas faim ! Mandy était partie juste après leur dispute. Qu'est-ce que cela signifiait ? Se comportait-elle comme Reed en disparaissant au moment où les choses ne tournaient pas comme elle le souhaitait ?

Il fit de son mieux pour s'exprimer d'une voix neutre.

— A-t-elle dit où exactement elle se rendait à Helena ?

— Non, répondit Travis avec nonchalance.

— Avez-vous des contacts là-bas ? insista Caleb. Des fournisseurs ?

— Pas du tout.

— Au lycée, elle avait une amie originaire de là-bas, déclara Travis. Je ne connais pas son nom.

— Mais il s'agit d'une femme ?

Seth le considéra avec perplexité.

Travis, lui, laissa échapper un rire moqueur.

— Si vous avez de ses nouvelles, envoyez-moi un texto, conclut Caleb en tournant les talons.

— C'est d'accord, fit Seth. Où vas-tu ?

— A Helena.

— Que diable se passe-t-il ? s'exclama le frère de Mandy.

Mais Caleb avait déjà claqué la porte derrière lui et était remonté en voiture. Il lui semblait inconcevable que Mandy ait ressenti le brusque désir d'aller rendre visite à une vieille amie. A moins que celle-ci ait un problème. Mais si tel était le cas, Mandy le lui aurait expliqué. Il aurait alors pu lui prêter son jet…

A moins que la jeune femme ait éprouvé le besoin de chercher du réconfort auprès de cette amie.

Etait-elle si en colère contre lui ? Elle avait pourtant dit oui pour Rio. N'était-ce pas un bon signe ?

Caleb l'appela sur son portable mais tomba sur sa messagerie. Tandis qu'il accélérait, sa confusion cédait peu à peu le pas à la colère. Quelle que soit la raison pour laquelle elle était partie, elle aurait au moins pu l'avertir, ne serait-ce que par texto si elle était trop contrariée pour lui parler en face !

Une fois sur l'autoroute, il téléphona au pilote de son jet pour lui demander de se préparer à décoller. Il arriverait assez tard à Lyndon, mais l'aéroport était équipé pour les décollages de nuit…

Rien ne l'empêcherait de retrouver Mandy.

Après avoir pris un vol entre Lyndon et Denver la veille, puis un autre pour Helena le matin même,

Mandy avait trouvé sans peine l'hôtel où Reed était censé être descendu.

Depuis deux bonnes heures, elle faisait le siège du restaurant du Bearberry Inn.

Il était près de 15 heures, et toujours pas le moindre signe de Reed.

La réception avait refusé de lui communiquer son numéro de chambre et elle-même n'avait pas voulu lui téléphoner, de peur qu'il refuse de la rencontrer. Elle avait donc choisi de s'asseoir à une table dans un coin, d'où elle pourrait observer le hall d'entrée sans être vue.

Si elle parvenait à convaincre Reed rapidement, elle avait encore le temps de le ramener au ranch avant le départ de Caleb. Celui-ci, aussi obstiné soit-il, n'aurait d'autre choix que d'avoir une petite conversation avec son frère.

Au moment où elle commandait sa troisième tasse de café, sa patience fut récompensée. Elle aperçut le profil familier de Reed, sa haute stature imposante, tandis qu'il traversait le hall pour se diriger vers les ascenseurs.

Elle jeta quelques pièces sur la table, attrapa son sac et se précipita derrière lui.

Lorsqu'elle fut à quelques pas de lui, elle l'appela par son nom.

Il se retourna, interloqué.

— Mandy ? Que fais-tu ici ?

— Je te cherchais, répondit-elle en se jetant dans ses bras.

Il répondit à son étreinte en la serrant contre lui.

Pourtant, la joie de l'avoir retrouvé se transforma presque aussitôt en frustration pour elle.

Elle se dégagea et lui donna un coup sur l'épaule.

— Qu'est-ce qui t'est arrivé ? gronda-t-elle.

— A moi ? Mais ce n'est pas moi qui surgis comme ça à l'improviste !

— Imagines-tu à quel point je me suis inquiétée ?

Comme certains clients leur jetaient des regards intrigués, Reed lui prit le bras et l'entraîna vers une cour intérieure qui servait de terrasse et était déserte pour l'heure.

— Pourquoi te serais-tu inquiétée ? Et comment as-tu su que je me trouvais ici ?

— J'ignorais si tu avais été kidnappé, blessé, arrêté… !

— Kidnappé ? s'esclaffa Reed. Tu plaisantes ! Comme si on pouvait espérer obtenir une rançon en m'enlevant !

— Tu sais très bien ce que je veux dire…

— Je vais bien Mandy ! Personne ne me veut de mal. C'est moi qui fais peur aux gens, tu le sais bien.

— Je n'arrive pas à croire que tu ne m'aies pas appelée.

— Et moi que tu étais aussi inquiète !

— Pourquoi ne m'as-tu pas au moins envoyé un texto ?

— Parce que je ne tenais pas à ce que l'on sache où je me trouvais.

Elle lui tapota la poitrine de son index.

— Mais moi, je ne suis pas n'importe qui !

— Tu l'aurais répété à tes frères…

— Pas du tout !

Il la considéra d'un air peu convaincu.

Elle haussa les épaules. Certes, peut-être aurait-elle révélé cette information à ses frères. Elle n'était pas très douée comme menteuse.

Reed jeta un coup d'œil autour d'eux.

— Tu veux qu'on s'assoie ?

— Oui…

Elle prit une profonde inspiration. Elle l'avait retrouvé ! C'était le plus important.

Reed la guida vers l'une des tables et tira une chaise en métal pour elle.

— Tu n'aurais pas dû venir.

Elle resta silencieuse. Elle ne savait pas exactement comment s'y prendre… Il lui fallait jouer fin.

— Pourquoi Helena ? demanda-t-elle avec un sourire, cherchant à le mettre en confiance.

— En dehors du fait que c'est un excellent coin pour la pêche ? Parce que c'est une région d'élevage. On m'a proposé du travail par ici.

— Bien sûr ! s'exclama-t-elle. Tu pourrais certainement décrocher une centaine de jobs si tu en avais envie !

Il esquissa un sourire.

— Tu es tellement optimiste.

— En effet, admit-elle. Et j'ai foi en toi. Tu es un homme exceptionnel, Reed, et…

— Tu sais, n'est-ce pas ? l'interrompit-il.

— Je sais quoi ?

— A propos du testament.

— Oui, concéda-t-elle. Je suis au courant.

— Comment ?

Elle se raidit quelque peu.

— Puis-je commencer par dire que je comprends ta contrariété ?

— Si ça te fait plaisir… Mais je préférerais que tu cesses de tourner autour du pot.

— Je veux que tu reviennes au ranch avec moi, déclara-t-elle.

— Tu ne sais pas ce que tu me demandes…

Elle tendit le bras et posa la main sur la sienne.

— Je sais exactement ce que je te demande. Si tu voulais seulement…

— Comment sais-tu pour le testament, Mandy ?

Elle ferma les yeux un court instant.

— C'est Caleb qui m'en a informée.

Reed émit un grognement sarcastique et retira sa main.

— Il ne lui a pas fallu longtemps…

— Il ne m'a pas fallu longtemps pour quoi ? gronda une voix masculine dans leur dos.

Le cœur de Mandy bondit dans sa poitrine.

— Caleb ? gémit-elle.

— Cela fait bien partie de ton plan, non ? lui demanda celui-ci, sans même accorder un regard à son frère qui s'était levé.

— J'ai retrouvé Reed, déclara simplement Mandy. C'est ce que je voulais t'annoncer…

— Tu espérais que je te suivrais ?

Elle ne comprit pas où il voulait en venir.

Il eut un rire cassant.

— Bien sûr que tu savais que je te suivrais !

— Quoi ? fit-elle en secouant la tête.

Elle était perplexe. Si elle avait voulu que Caleb la suive, elle lui aurait annoncé où elle allait !

Son regard bleu la transperça.

— Tu t'es rendu compte que tu ne pourrais pas m'obliger à parler à Reed en te montrant honnête…

Ce dernier fit un pas en avant pour s'interposer.

— Personne ne t'a invité à nous rejoindre, déclara-t-il.

— Non, Reed ! s'écria Mandy. Je t'en prie.

Caleb toisa son frère.

— Qu'est-ce qui t'est passé par la tête ? explosa-t-il.

— Quelqu'un a volé mon ranch.

— Tu n'es pas resté pour le défendre !

— Comme si j'allais traîner là-bas, étant donné les circonstances !

— Tu y es bien resté du vivant de Wilton !

Reed serra si fort les dents que le contour de sa bouche blanchit.

— Ferme-la !

— Je n'en ai pas l'intention.

Elle sentit une bouffée de panique s'emparer d'elle. Elle se leva pour s'interposer entre les deux hommes.

— Reed, écoute-moi, je t'en prie. Il veut te le rendre. Caleb va te donner le ranch…

— Je vends le ranch, la coupa ce dernier.

Ignorant son intervention, Mandy continua à s'adresser à Reed.

— C'est comme ça que j'ai appris pour le testament… Caleb est venu dans le Colorado pour te redonner le ranch.

— Cela n'a aucune importance, déclara Reed. Je n'en veux plus.

— C'est ridicule ! Allons, ça suffit tous les deux. Cessez de vous comporter comme des gamins…

— Tu l'as entendu, fit Caleb.

Elle se tourna vers lui.

— Mais bien sûr que si, il veut ce ranch !

— Ah bon ? Tu lis dans ses pensées maintenant ?

— Je fais juste usage de ma raison et de ma logique. Des qualités qui semblent vous faire défaut à tous les deux.

— Tu l'as pourtant entendu, répliqua Caleb.

— Il changera d'avis.

— Ça m'étonnerait, il est aussi têtu qu'une mule, s'exclama Caleb en jetant un regard noir vers Reed.

— Au moins, je ne m'enfuis pas en courant, riposta celui-ci. C'est ta spécialité ! Et c'est exactement ce que tu fais en ce moment.

— Je me débarrasse de quelque chose qui pèse sur nos vies depuis toujours, répondit Caleb calmement.

— Nos vies ? Dis plutôt la tienne !

Caleb ne releva pas.

— Je t'enverrai un chèque, déclara-t-il.

— Ne te donne pas cette peine…

L'estomac noué, Mandy ne savait plus que faire.

— Je vous en prie, arrêtez de vous disputer, gémit-elle.

— Laisse tomber, asséna Caleb d'un ton sec.

Le regard menaçant, Reed s'approcha de son frère.

— Cesse de t'en prendre à Mandy !

L'espace d'un court instant, elle crut que les deux frères allaient en venir aux mains.

— Je ne m'en prends pas à Mandy, riposta Caleb, en se radoucissant. Je ne suis pas en colère contre toi, Mandy, je t'assure. Mais maintenant, tu as ta réponse. Reed ne veut pas du ranch.

— Si, il en veut, s'obstina-t-elle.

— Es-tu prête à rentrer maintenant ? insista Caleb.

— Je ne rentre pas, déclara Mandy en secouant obstinément la tête. Je viens tout juste d'arriver. Reed et moi n'avons même pas eu la possibilité de…

Une lueur suspicieuse s'alluma dans le regard de Caleb.

— De faire quoi ?

Elle crut d'abord avoir mal compris. Mais comme à l'habitude, l'expression de Caleb ne laissait pas de place au doute. Il croyait encore qu'il y avait quelque chose entre Reed et elle.

— Tu ne penses tout de même pas que…

Après tout ce qu'ils avaient vécu, comment pouvait-il sincèrement s'imaginer une telle chose ? Par trois fois, il lui avait posé la question, et par trois fois, elle lui avait expliqué que Reed et elle n'étaient qu'amis…

— Tu choisis donc de rester avec lui ? la pressa Caleb.

Elle fulminait. S'il voulait croire cela, eh bien qu'il le croie !

Elle rassembla tout son courage.

— Oui, je reste ici avec Reed.

— C'était donc ainsi que cela devait se terminer…, déclara Caleb d'un ton amer. Depuis le début, ton plan était de m'amener à t'aimer, d'entrer dans mes bonnes grâces pour me manipuler.

— Est-ce que tu te fiches de moi ? s'écria-t-elle, hors d'elle.

Croyait-il sérieusement qu'elle avait couché avec lui dans l'unique but de le convaincre de ne pas vendre le ranch ?

Caleb l'observa pendant de longues secondes.

— Alors prouve-le-moi ! Prouve-moi que tes sentiments étaient sincères depuis le début.

Comme elle ne bronchait pas, il reprit :

— C'est lui ou moi, Mandy. Alors ?

Elle se figea. Caleb ne pouvait pas lui demander ça ! Elle ne laisserait pas Reed… Si elle le faisait, celui-ci disparaîtrait de nouveau.

— Alors c'est lui, déduisit Caleb d'une voix blanche.

Elle détestait qu'il la mette dans une telle position. Mais dans les circonstances, une seule option était possible.

— Oui, fit-elle, dents serrées. C'est lui.

Caleb ne broncha pas. Il lui adressa un bref signe de tête, puis tourna les talons, disparaissant dans le hall de l'hôtel.

Mandy et Reed se regardèrent en silence.

— Je ne voulais pas que ça se passe ainsi, déclara Mandy.

Reed se rassit, le regard dur.

— Croyais-tu vraiment que te mêler de nos affaires allait nous aider ? Mandy, tu as simplement réussi à nous donner une raison supplémentaire de nous disputer.

Les mots de Reed lui transpercèrent le cœur. Oui, elle avait vraiment cru pouvoir les aider… Elle s'était sincèrement imaginé qu'une fois que les deux frères se reverraient, ils réaliseraient qu'ils s'aimaient toujours et se réconcilieraient.

Quel gâchis ! Elle se retrouvait maintenant au beau milieu de leur querelle, et Caleb était furieux contre elle. De surcroît, il croyait qu'elle entretenait une relation amoureuse avec Reed. Et il était parti pour de bon !

— J'essayais juste de vous aider, répéta-t-elle d'une voix tremblante.

Reed hocha la tête, en tapotant de ses doigts le dessus de verre de la table.

— Je sais, tu ne peux pas t'en empêcher…

Elle le considéra avec perplexité.

— Nous devrions t'acheter une cape et un masque, Mandy, reprit-il, pour que tu puisses résoudre les problèmes du monde entier !

— Je ne…

Soudain, les mots d'Abigail lui revinrent à la mémoire. Etait-ce ce dont sa sœur avait essayé de lui faire prendre conscience ? Mandy s'était-elle trop investie dans la relation entre Reed et Caleb ? Avait-elle commis une erreur monumentale qui n'avait fait qu'aggraver la situation ?

Les yeux sombres de Reed la fixaient tandis qu'elle luttait pour reprendre le contrôle de ses émotions.

— Mandy, fit-il avec un sourire triste, depuis combien de temps es-tu amoureuse de Caleb ?

— Quoi ? haleta-t-elle. Je ne… Ce n'est pas…

Elle sentit son visage s'empourprer violemment.

Reed pencha la tête et attendit patiemment.

— J'ai seulement couché avec lui, laissa-t-elle finalement échapper.

Il émit un petit sifflement.

— Et tu viens de le pousser à te tourner le dos et à te laisser avec moi ? Oh Mandy…

— Je ne suis pas amoureuse de lui, parvint-elle à articuler. C'était une passade. Une simple aventure.

Reed prit sa main dans la sienne qui était puissante et calleuse.

— Tu n'aurais pas dû venir ici.

— J'en suis consciente maintenant, admit-elle.

Elle aurait dû écouter sa sœur et s'occuper de ses affaires. Si elle était restée à sa place, peut-être Reed et Caleb auraient-ils trouvé un moyen de se rapprocher sans elle.

— Cours à l'aéroport, reprit Reed. Va retrouver Caleb immédiatement.

Mandy secoua vigoureusement la tête.

Il était beaucoup trop tard ! Et puis Reed se trompait…

Caleb ne lui avait jamais rien proposé d'autre qu'une escapade à Rio !

Même cela n'était plus d'actualité désormais…

Tout ce qui lui restait à faire maintenant, pour sa propre survie, était de chasser Caleb hors de son cœur.

Définitivement.

- 12 -

Le jet de Caleb décolla de l'aéroport de São Paulo et prit la direction du nord-ouest.

Les derniers jours avaient été difficiles, mais Danielle et Caleb avaient réussi à surmonter la bureaucratie brésilienne et s'apprêtaient même à faire acheminer du matériel dès la semaine suivante. Sur place, ils avaient rencontré le responsable de l'usine et approuvé l'embauche de trois contremaîtres qui s'étaient aussitôt mis en quête de main-d'œuvre locale et qualifiée.

— Je vais organiser dès vendredi une réunion avec le service commercial, annonça Danielle en tapant un texto sur son portable.

— Vendredi ne m'arrange pas, l'informa Caleb.

— Pourquoi ?

— J'ai prévu de me rendre dans le Colorado.

Danielle tourna la tête dans sa direction.

— Je te demande pardon ?

— Bien que la révision des droits d'accès à l'eau ait des répercussions sur la valeur de mes terres, j'ai demandé à l'agent immobilier de prendre en considération toute proposition. Je tiens à régler cette affaire au plus vite.

— Mais… et ton frère ? Nous l'avons retrouvé ! Signe une donation à son profit et n'en parlons plus !

— Qu'entends-tu par « *nous* l'avons retrouvé » ?

Danielle se raidit, mais son ton, quand elle parla, était totalement dénué de la moindre culpabilité.

— Mandy aurait été incapable d'y arriver par ses propres moyens, expliqua-t-elle, alors j'ai demandé à Enrico de passer quelques coups de fil…

— C'est Enrico qui a retrouvé Reed ?

— Oui.

— Et tu trouves normal de m'avoir caché ce détail ?

— Tu n'étais pas disponible… tu étais trop occupé à renouer avec tes racines, aux dépens de tes propres intérêts !

Caleb remua dans son fauteuil.

— O.K., oublions le fait que tu aies agi dans mon dos… Reed ne veut pas du ranch. Il a refusé mon offre !

— Et alors ? Mets-le à son nom quand même ! Si tu veux, je peux faire rédiger quelque chose d'ici à ce que nous atterrissions à Chicago.

— Je vends ! asséna Caleb, agacé.

— Mais c'est une perte de temps ! Nous avons besoin de toi dans ton bureau, pas dans les pâturages !

— Depuis quand te mêles-tu de gérer ma vie ?

— Depuis que tu as cessé de la gérer toi-même !

— Je n'ai pris que quelques jours pour retourner dans ma ville natale.

— Depuis quand accordes-tu de l'importance à ta ville natale ?

Caleb fronça les sourcils. Il n'accordait aucune espèce d'importance à sa ville natale ! Enfin… si, peut-être un peu. Il avait apprécié le fait de renouer avec Travis. Seth était aussi un type très sympa. Quant à Mandy…

Il soupira profondément. Il lui serait tout bonnement impossible d'oublier Mandy. Il avait essayé de se persuader que la jeune femme avait menti au sujet des sentiments qu'elle prétendait avoir pour lui. Néanmoins, il avait été bien obligé d'admettre qu'il avait tort. Il s'était comporté comme un imbécile en l'accusant d'avoir couché avec lui pour l'inciter à rendre le ranch à Reed.

Mandy était incapable d'une telle manœuvre.

— C'est à cause de Mandy que tu retournes là-bas ? devina Danielle, le tirant de ses pensées.

Caleb appuya sa tête contre le dossier du fauteuil. Il ne savait pas répondre à cette question… Le ranch et Mandy étaient deux problèmes distincts, qui s'étaient, bien malgré lui, enchevêtrés.

— Si tu éprouves des choses pour elle, alors vas-y et règle ça !

Caleb se renfrogna. Il n'éprouvait pas des « choses » pour Mandy ! Ou plutôt, si, il éprouvait définitivement plus que de simples choses, mais la façon dont Danielle en parlait donnait une connotation grossière à ses sentiments.

— En quoi cela te regarde-t-il ? soupira-t-il.

— En rien. Je tiens juste à faire preuve de la plus grande honnêteté avec toi.

— Va donc éprouver ton honnêteté sur quelqu'un d'autre.

— Caleb…, fit Danielle d'une voix où perçait une patience exagérée. Nous étions convenus que la solution consistait à redonner le ranch à ton frère. Je t'apporte tous les éléments sur un plateau d'argent… alors prends-les !

— Je vends le ranch, répéta-t-il.

— Pourquoi ?

— Parce que Reed n'en veut pas ! Et il vivra beaucoup mieux sans, crois-moi !

— Donc, tu fais ça pour lui ?

— Exactement.

— Et pourtant, tu ne lui as pas parlé depuis dix ans…

— Je lui ai parlé l'autre jour.

Caleb devait d'ailleurs admettre que cela avait été une expérience particulièrement déstabilisante. Le Reed qu'il avait affronté à Helena n'était plus celui qu'il avait connu. Le nouveau Reed était un homme de vingt-sept ans, grand et puissant, faisant preuve d'assurance et de détermination.

Il avait eu envie de s'asseoir pour discuter avec lui calmement, mais il avait aussi failli se laisser aller à l'impulsion de jeter Mandy sur son épaule pour l'emmener loin de son frère !

Celle-ci avait eu beau prétendre que Reed et elle n'étaient qu'amis, elle avait pourtant décidé de rester avec lui.

Non, s'admonesta-t-il ! Mandy avait affirmé qu'il n'y avait rien entre elle et Reed. Il se devait de la croire. L'important était de savoir si elle avait envie ou non de renouer avec lui… Trois jours plus tôt, il était de cet avis. Aujourd'hui, hélas, tout avait changé.

Et s'il allait la trouver et la traitait correctement cette fois ? Avaient-ils encore une chance de bâtir quelque chose ensemble ? Dès l'instant où il lui avait tourné le dos, il l'avait regretté. Sentiment qui ne l'avait pas quitté depuis.

— Je retourne dans le Colorado, décréta-t-il d'un ton sans réplique.

Danielle secoua la tête et se cala dans son fauteuil.

— Je ne peux te sauver de toi-même, Caleb…

Caleb tapota sur le clavier de son ordinateur de bureau afin d'envoyer un dernier e-mail avant de partir pour l'aéroport de Chicago.

Quelqu'un s'arrêta sur le seuil de son bureau.

— Dites au chauffeur que je descends dans dix minutes…, dit Caleb sans lever le nez.

— Tu as un chauffeur ? dit une voix grave.

Caleb fit pivoter son lourd fauteuil de cuir et découvrit l'imposante silhouette de Reed dans l'embrasure de la porte.

Dans le cadre feutré des bureaux d'Active Equipment, son frère paraissait encore plus impressionnant.

Caleb sauta aussitôt sur ses pieds.

Reed ne paraissait pas agressif… mais il n'avait pas l'air particulièrement détendu non plus.

— Que fais-tu à Chicago ?

Ce fut tout ce que Caleb trouva à dire. Il ne pouvait s'empêcher de se demander si Mandy l'avait accompagné…

— Je voulais te parler, annonça Reed en pénétrant dans la pièce.

— D'accord, fit Caleb, non sans une certaine méfiance.

Reed s'arrêta devant son bureau.

— Ne vends pas le ranch, dit-il. Il est à moi !

Caleb était d'accord sur ce point. Moralement parlant, le ranch appartenait à Reed.

— Et je le veux, reprit ce dernier.

Caleb haussa un sourcil. Curieusement, il se sentit gagné par un sentiment qui s'apparentait à de la joie.

— Tu le veux… juste comme ça ? fit-il en claquant des doigts.

Le regard de Reed s'assombrit.

— Non, pas juste comme ça ! Parce que j'ai sué sang et eau pour ce ranch pendant dix ans !

— J'avais l'intention de te donner l'argent…

— Je ne veux pas d'argent. Je veux ma terre. La terre de notre mère !

Caleb sentit son cœur se serrer.

— As-tu oublié que son arrière-grand-mère était née à Rock Creek ? reprit Reed. Dans cette petite maison en ruine près de la cascade ?

Non, Caleb ne l'avait pas oublié… Leur mère leur avait raconté cette histoire une bonne centaine de fois !

— Tous les membres de la famille de notre mère sont enterrés sur la colline, Caleb. Tu envisages de vendre les os de nos ancêtres ?

— Et toi, tu veux vivre avec le souvenir quotidien de Wilton ? laissa échapper Caleb d'un ton où perçait l'incompréhension.

— Et toi, tu veux le laisser gagner ? répliqua Reed en redressant les épaules. Il était ce qu'il était, Caleb, on n'y peut rien.

— Il l'a tuée…

— Crois-tu que je ne le sais pas ? s'exclama Reed dont la voix tremblait d'émotion. Mais nous ne pouvons pas la ramener… Sais-tu ce que je peux faire, en revanche ? Ce que je vais faire ?

Caleb était trop sidéré par la souffrance qu'exprimait son frère pour se risquer à répondre quoi que ce soit.

— Je vais avoir ses petits-enfants. J'ai l'intention de me marier avec une femme qui aime la Lyndon Valley et de lui faire des enfants. Et j'appellerai ma première fille Sasha. Elle sera aimée et heureuse, et jamais je ne laisserai personne lui faire de mal !

La gorge nouée, Caleb garda le silence.

— Vas-tu te mettre en travers de mon chemin ?

— Non, parvint enfin à murmurer Caleb.

— Bien ! fit Reed en s'asseyant en face de son frère.

Il s'appuya au dossier de la chaise et croisa les jambes.

Caleb se tassa dans son fauteuil.

— Alors comme ça, tu veux te marier ?

— Oui, acquiesça Reed. Avec une femme qui aime la vie au ranch. Quelqu'un comme Mandy…

Caleb se redressa involontairement, serrant les poings.

En remarquant la réaction de son frère, Reed eut un petit ricanement.

— Mais pas Mandy, rassure-toi ! Mandy est pour toi !

— Non, ce n'est pas vrai.

— Mais si ! insista Reed d'un ton bourru. A moins que tu ne t'enfuies et ne la laisses tomber elle aussi.

— Je n'ai jamais…

— Elle est amoureuse de toi, Caleb, le coupa Reed.

— Tu te trompes. Elle m'a tourné le dos à Helena.

— Parce que tu t'es conduit comme un imbécile.

— Et toi alors !

— Mandy me pardonnera immédiatement dès

qu'elle saura que je reviens au ranch, affirma Reed en haussant les épaules.

— Je vais mettre en place la donation dès aujourd'hui, l'informa Caleb.

Depuis que la décision était prise, il avait l'impression qu'un poids immense avait été ôté de ses épaules.

— Et Mandy ? s'enquit Reed.

— Cela ne regarde qu'elle et moi.

Dans la tête de Caleb, les pensées se bousculaient. Etait-il possible qu'elle l'aime ? L'avait-elle confié à Reed ? C'était incroyable ! Mandy était une fille de la campagne, lui vivait à Chicago… Leur histoire avait-elle un avenir ?

— Tu as couché avec elle, n'est-ce pas ? demanda Reed.

— Ce ne sont pas tes affaires !

— Crois-tu qu'une fille comme Mandy coucherait avec n'importe qui ?

Caleb ne pouvait répondre à cette question que par la négative. Il ne put s'empêcher de se remémorer ce qu'il avait ressenti en tenant Mandy dans ses bras. La saveur de ses lèvres, la texture veloutée de sa peau…

Il avait envie de ressentir ça de nouveau ! Tellement envie !

— J'ai cru que tu allais m'étrangler l'autre jour, à Helena, reprit Reed avec un petit rire. Mandy n'a pas réfléchi, tu sais, quand elle est restée avec moi…

Caleb ne se souvenait que trop du moment où Mandy ne l'avait pas choisi. Jamais il ne voulait éprouver de nouveau cette douleur terrifiante ! Mandy n'était faite ni pour Reed, ni pour aucun autre homme…

Elle était faite pour lui, et lui seul.

— Tu devrais aller lui parler, lui suggéra Reed.

— J'en avais l'intention, riposta Caleb. Bon sang, ne puis-je donc pas prendre seul mes décisions ?

— Apparemment, tu ne prends pas toujours les bonnes… Quand avais-tu l'intention d'y aller ?

— Mon jet m'attend sur le tarmac.

— Parce que tu as un jet !

— Oui.

— Apporte une bague…

— Je te demande pardon ?

— Tu ferais mieux d'apporter une bague. Tu t'es conduit comme un idiot, tu dois donc t'excuser pour qu'elle puisse te pardonner. Et tout se passera mieux si tu as un genou à terre.

— Tu ne m'as pas adressé la parole en dix ans, et la première chose que tu me dis, c'est de me marier !

— La deuxième chose, en fait, corrigea Reed.

— Tu as un sacré culot !

— Je suis plus costaud que toi. Et plus fort. Et ce n'est pas moi qui veux que tu lui demandes sa main… C'est toi !

Caleb observa Reed et soudain, il vit au-delà de leur différend. Il retrouvait le frère qu'il avait aimé et aimait toujours. Car en dépit de tout ce qui avait pu se passer, Reed était resté le même.

Et Reed était toujours aussi intelligent… Et dans ce cas précis, il avait raison !

Caleb esquissa un sourire.

— Ça te dirait, un vol ultra-rapide pour Lyndon ?

***

Mandy s'était juré de ne pas s'apitoyer sur son sort…

Elle ne se morfondrait pas sur Caleb, pas plus qu'elle ne continuerait à se mêler du conflit qui opposait les frères Terrell. Abigail avait raison : cela ne la regardait pas ! Caleb et Reed étaient deux adultes qui pouvaient régler leur différend seuls.

Travis, lui aussi, avait raison : sortir avec Caleb ne lui avait apporté rien d'autre que de la souffrance. Que s'était-elle imaginé ? Qu'elle pouvait passer des jours et des nuits avec un homme intelligent et séduisant, sans en tomber amoureuse ?

Elle passa une étrille sur la croupe de Ryder pour en enlever la poussière.

Quelle ironie, songea-t-elle. Elle avait passé une bonne partie de sa vie à donner des conseils aux gens, étant certaine d'avoir suffisamment de recul sur leur situation pour détenir la vérité. Et quand des personnes qui l'aimaient voulaient, à leur tour, lui prodiguer des conseils raisonnables et réalistes, elle les envoyait promener !

Elle n'avait que ce qu'elle méritait et n'avait à s'en prendre qu'à elle-même. Elle avait perdu Reed en tant qu'ami et Caleb lui manquait terriblement.

Car, bien entendu, Reed avait raison sur un autre point : elle aimait Caleb. Elle était désespérément amoureuse d'un homme qu'elle ne reverrait plus jamais.

Si elle fermait les yeux, elle pouvait presque sentir ses bras se refermer autour d'elle…

— Mandy ?

Sa voix était si réelle qu'elle sursauta.

Elle ouvrit les yeux, sidérée.

— Caleb ?

Que faisait-il dans son écurie ?

Elle cilla… C'était bien lui !

— Bonjour, Mandy, dit-il doucement.

Il portait un jean usé et une chemise de flanelle.

En le voyant s'avancer lentement vers elle, elle agrippa la barrière de la stalle.

— Que fais-tu ici ? parvint-elle enfin à articuler.

Un sourire se dessina sur le visage de Caleb.

— Veux-tu m'accompagner à Rio ?

Elle planta son regard dans le sien.

— Est-ce une plaisanterie ?

— Je suis très sérieux.

— Non, je n'irai pas à Rio avec toi.

Sa décision était prise. Elle en avait fini avec les Terrell !

— Tu m'avais dit que tu viendrais, dit-il en s'approchant.

— C'était avant…

— Avant quoi ?

Avant que son plan pour réconcilier les deux frères lui explose en pleine figure ! Avant qu'elle voie clair dans ses sentiments. Avant qu'elle tombe amoureuse de lui et ne se condamne à un chemin de souffrance.

— Avant que nous nous disputions, se contenta-t-elle de répondre.

— Nous ne nous sommes pas disputés !

Elle lui lança un regard incrédule.

— D'accord, admit-il. Nous nous sommes disputés, et j'en suis désolé. Je sais que tu cherchais seulement à nous aider.

Elle secoua la tête et passa une main nerveuse dans ses cheveux, cherchant à chasser ce mauvais souvenir.

— Je me suis mêlée de ce qui ne me regardait pas, déclara-t-elle. C'est moi qui suis désolée.

— Je te pardonne. Allez… viens à Rio avec moi.

— Non.

— Viens à Rio et épouse-moi.

— N… Quoi ?

Il s'avança prudemment vers elle, comme s'il craignait de l'effrayer.

— J'ai pensé que nous pourrions nous envoler pour Rio, te faire faire une manucure, boire un cocktail et nous marier.

Une clameur se fit entendre dans la tête de Mandy qui essayait de donner un sens à ses paroles.

— Caleb, qu'essaies-tu de…

— J'essaie de te dire que je t'aime, Mandy, avoua-t-il en lui prenant la main. Et j'aime que tu te mêles de mes affaires…

Elle sentait son cœur battre à tout rompre dans sa poitrine.

Caleb l'aimait ? Il l'aimait vraiment ?

Elle sentit une joie immense la submerger. Elle laissa échapper un cri involontaire et se jeta dans ses bras.

Il la serra comme un fou, la souleva et la fit tournoyer.

— Pourquoi ? Comment ? ne put-elle s'empêcher de demander, la tête enfouie dans son cou.

— Je n'en sais fichtre rien. Sans doute parce que tu es belle, sexy, intelligente, drôle et humaine.

Il se pencha pour l'embrasser et se délecta de ses lèvres douces et chaudes. Quand il releva la tête et la reposa par terre, elle plongea ses yeux dans les siens.

— Je t'aime moi aussi, Caleb, souffla-t-elle. Tellement !

— Alors tu vas venir à Rio avec moi ?

— Tu sais que ma famille ne me laissera jamais me marier à Rio !

— Ils peuvent venir avec nous… Tu oublies que j'ai un jet !

— Nous devrons attendre que mon père soit rétabli.

— Bien sûr, dit-il en l'embrassant de nouveau.

Il prit ses mains dans les siennes et l'observa de ses yeux bleus étincelants.

— Serais-tu intéressée par une bague, par hasard ?

Elle ne dit rien et le fixa avec des yeux émerveillés.

Il tapota la poche de sa chemise.

— Tu as apporté une bague ? s'exclama-t-elle.

— Absolument. Un diamant !

— Voyons cela, dit-elle avec un sourire gourmand.

Il sortit de sa poche un écrin en cuir blanc.

— C'est l'idée de Reed, précisa-t-il.

— Tu as parlé à Reed ?

— Il est à l'intérieur, avec tes frères…

— Hein ? Reed est ici ?

— Bon, pourrions-nous nous concentrer sur cette bague ! s'exclama-t-il, feignant d'être contrarié.

Il souleva le couvercle de l'écrin. Un magnifique diamant monté sur un anneau en or était niché à l'intérieur.

Elle en eut le souffle coupé.

— Elle est splendide, dit-elle d'une voix nouée par l'émotion.

— Elle te plaît ? Nous pouvons l'échanger si tu le souhaites.

— Tu plaisantes ! Pourquoi voudrais-je l'échanger ?

Elle lui tendit la main de manière à ce qu'il puisse passer la bague à son doigt. Elle lui allait parfaitement.

Elle tendit le bras pour en admirer l'éclat.

— Cela devrait faire taire Travis, plaisanta-t-elle.

— J'en suis sûr, renchérit Caleb en embrassant le doigt qui portait la bague. C'était mon plan secret, d'ailleurs. Je me suis dit que si tu m'épousais, ce serait un bonus. Mais ce que je voulais avant tout, c'était me débarrasser de ton frère !

— Allons-nous vraiment nous marier ? Toi et moi ?

Elle avait l'impression que son cerveau bouillonnait. Caleb était revenu à Lyndon. Il l'aimait. Ils allaient se marier…

Tout cela défiait l'entendement !

Elle fut saisie d'une soudaine inquiétude.

— Mais où vivrons-nous ? demanda-t-elle. Ma famille vit ici. Toi, à Chicago…

— Nous vivrons une partie du temps ici, avec Reed, et l'autre partie à Chicago. Nous l'avons testé pendant deux semaines… Je suis sûr que nous pouvons faire en sorte que cela fonctionne pour le reste de notre vie !

Mandy enfouit son visage contre sa poitrine.

— Pour le reste de notre vie, souffla-t-elle.

L'annonce du prochain mariage de Mandy et de Caleb déclencha une liesse chez les Terrell et les Jacobs. Travis, Seth, Abigail et Reed s'empressèrent de les féliciter et d'admirer la bague de Mandy. Abigail alla même chercher une bouteille de champagne dans la cuisine pour célébrer la nouvelle.

Caleb s'installa dans un fauteuil en cuir et prit Mandy

sur ses genoux. Il garda sa main dans les siennes et joua avec l'anneau autour de son annulaire.

Son frère lui lança un sourire complice que Caleb lui rendit. Il était infiniment heureux de s'être réconcilié avec Reed… Pendant le vol qui les ramenait à Lyndon, tous deux avaient beaucoup parlé, de leur enfance, de ce qui s'était passé pour chacun d'eux après le départ de Caleb, et des projets d'avenir de Reed.

Seth sortit six coupes à champagne qu'il disposa sur la table de la salle de séjour.

— Alors, Caleb, as-tu l'intention de t'installer ici ou bien vas-tu nous enlever notre sœur pour vivre à Chicago ?

— Les deux, répondit Caleb en observant Mandy. Dans un premier temps, nous allons improviser… J'espère que Reed ne verra pas d'inconvénient à ce que nous restions chez lui lorsque nous serons dans la vallée.

— Vous êtes les bienvenus, aussi souvent que vous le souhaiterez.

— Tu es sérieux ? dit Mandy à Caleb. Tu es vraiment décidé à revivre dans le ranch familial ?

— Je suis tout ce qu'il y a de plus sérieux. Une femme pleine de sagesse m'a expliqué un jour que je devais changer ma vision des choses…

Il se pencha pour murmurer à son oreille :

— Nous allons devoir faire l'amour dans chaque pièce de la maison pour exorciser mes peurs…

— Il nous faudra attendre que Reed soit absent, murmura-t-elle en retour.

— Que mijotez-vous tous les deux ? s'enquit Abigail en réapparaissant avec la bouteille de champagne.

— Je suis sûr qu'il vaut mieux ne pas le savoir, railla Travis en prenant la bouteille des mains de sa sœur.

— Reed, reprit Caleb, je me disais qu'il n'était pas très juste que Mandy et moi nous installions de façon permanente chez toi. Aussi, je pense que toi et moi devrions devenir associés.

Son frère haussa les épaules.

— Garde la moitié du ranch si tu veux…

Caleb secoua la tête.

— Non, le ranch est à toi. D'ailleurs, Danielle a déjà rédigé tous les papiers en ce sens. En revanche, j'ai l'intention de t'en racheter la moitié.

— Vraiment ? fit Reed avec un rire incrédule.

Le bouchon du champagne sauta, et tous crièrent lorsque la mousse se répandit sur les mains de Travis.

— Le ranch vient d'être estimé, fit remarquer Caleb. Nous n'aurons donc aucune difficulté à nous accorder sur un prix.

Reed le regarda droit dans les yeux.

— Tu penses m'en donner quinze millions de dollars ?

— Plutôt quatorze, en fait. Il semblerait que la révision des droits d'accès à l'eau fasse chuter la valeur des terres.

Abigail et Travis distribuèrent les coupes à la ronde.

— Si j'étais toi, j'accepterais cette offre, déclara Seth à l'intention de Reed.

— Moi, en revanche, j'en demanderais plus, renchérit Abigail. Où Caleb pourrait-il trouver un autre ranch avec des voisins aussi formidables que nous !

Mandy appuya sa tête contre la poitrine de Caleb.

— Allez, donne-lui-en quinze millions !

Puis elle se redressa et accepta la coupe de champagne que sa sœur lui tendait.

Reed brandit la sienne comme il l'aurait fait d'une arme.

— Ne vous donnez pas autant de mal… je n'accepterai pas un centime pour ce ranch, décréta-t-il. Point final.

— Mandy…, murmura Caleb. Je t'en prie, mêle-toi de nos affaires !

Elle sourit et posa un baiser sur ses lèvres.

— Comme tu voudras, mon chéri.

Caleb lança un regard de défi à Reed.

— Mandy est mon arme secrète.

— Félicitations, Caleb, intervint Seth en levant sa coupe. Tu es l'homme le plus chanceux de la terre !

— Je suis entièrement d'accord !

Reed porta un toast :

— Aux Jacobs et aux Terrell. Une nouvelle famille réunie.

— Santé ! s'exclamèrent les autres en trinquant.

— A ma future épouse, murmura Caleb en trinquant avec Mandy.

Les yeux verts de la jeune femme étincelèrent de bonheur.

— Tu m'autorises vraiment à tenter de convaincre Reed d'accepter cet argent ?

— Je t'y autorise et compte sur toi pour réussir. A l'attaque, ma tigresse !

Retrouvez la famille Terrell
le mois prochain dans la collection Passions

PAULA ROE

Un mensonge entre nous

Passions

éditions HARLEQUIN

Titre original : BED OF LIES

Traduction française de MARIE MOREAU

83-85, boulevard Vincent-Auriol, 75646 PARIS CEDEX 13.
Service Lectrices — Tél. : 01 45 82 47 47
www.harlequin.fr

- 1 -

Quand allait-elle enfin avoir un peu de répit ?

Appuyée contre l'évier de sa cuisine, Beth Jones tentait de calmer son angoisse. Mais la silhouette élancée et autoritaire qu'elle apercevait à l'entrée de son jardin, entre les feuillages des arbres, ressemblait fort à un mauvais présage.

Garé dans l'allée depuis un moment déjà, un homme venait de descendre de sa voiture de sport rutilante, et sa démarche fière autant que ses mouvements décidés étaient emprunts d'une tension bien visible. La raideur de son cou et de ses épaules, la brutalité de ses mouvements, semblaient comme un affront à la douceur de cette soirée d'octobre.

Le front soucieux, les yeux cachés derrière des lunettes noires, il claqua sa portière et avança jusqu'à la boîte aux lettres, devant laquelle il fit une pause. Beth ne put réprimer un geste de nervosité en le voyant vérifier avec attention le papier qu'il avait à la main. Profitant de son hésitation, elle se dressa sur la pointe des pieds pour l'observer. Grand et mince, il portait un costume sombre parfaitement coupé, qui laissait deviner son buste large et ses longues jambes.

Il avait tout d'un homme puissant et sûr de lui,

dont la prestance et la réussite évidente ne pouvaient qu'inspirer le respect.

Qui pouvait-il être ? Il ne ressemblait pas à un journaliste. Etait-ce un homme d'affaires, un avocat ? Un banquier ?

Oui, conclut-elle, anxieuse. Un banquier, certainement.

La Banque nationale de la côte Est avait dû lui envoyer un émissaire, plutôt que de continuer à la harceler par téléphone.

Un demi-million de dollars égaré valait certainement cet effort.

Beth avait appris avec le temps qu'un ennui n'arrivait jamais seul. Alors, après la fuite de son employé, puis son pneu crevé ce matin, elle ne pouvait qu'imaginer quel autre problème s'apprêtait maintenant à frapper à sa porte.

Luke De Rossi sentait qu'il allait devenir fou, s'il ne parvenait pas à se débarrasser de ce mal de tête.

La douleur avait commencé dès qu'il était sorti du bureau du notaire, à Brisbane. Il avait bien essayé de penser à autre chose durant le trajet qui l'avait mené jusqu'à la Côte d'Or, mais rien n'y avait fait. Sa colère était trop forte pour qu'il parvienne à se détendre. Même les chansons qu'il aimait n'avaient fait qu'accroître son agacement, si bien qu'il avait finalement préféré faire la route dans le silence.

Perdu dans ses pensées, il avait à peine remarqué le changement de paysage, au moment où il avait quitté la voie principale pour se diriger vers le bord de mer.

Les petites maisons qu'il avait vues jusque-là avaient peu à peu fait place à de vastes propriétés, mais ce n'était pas à cela qu'il avait prêté attention. Préférant surveiller dans son rétroviseur la voiture qui l'avait suivi, il s'était finalement rendu compte qu'elle avait disparu.

Voilà qui aurait dû améliorer son humeur ; pourtant, une appréhension tenace s'était emparée de lui, et il ne parvenait pas à s'en débarrasser. Comment ne pas imaginer les gros titres que devait déjà préparer la presse ?

LUCKY LUKE RÉCUPÈRE LA MAISON DE SON ONCLE DÉFUNT, LE CÉLÈBRE MAFIEUX.

Les journaux, fidèles à leur habitude, n'allaient pas manquer de se donner le plus grand mal pour ruiner sa réputation. Sauf que cette fois, Luke risquait de perdre ce qu'il avait mis toute sa vie à construire.

Gino et lui n'avaient jamais été très proches, mais son oncle avait toujours su l'importance que sa carrière avait pour lui. Alors à quoi avait-il bien pu penser, en décidant de lui léguer cette maison ? C'était un véritable cadeau empoisonné !

Comme il arrivait au bout de l'impasse, il découvrit une grande et ancienne demeure de deux étages, sur laquelle le soleil bas projetait ses derniers rayons. A l'entrée de l'allée privée, la boîte aux lettres portait le numéro treize ; un mauvais signe, à n'en pas douter…

La maison, peinte en vert et ocre, se trouvait en complète harmonie avec les arbres qui l'entouraient. Son style plein de charme était à l'opposé de celui des nouvelles constructions grandioses qu'il avait vues en venant ici. L'espace d'un instant, il crut qu'il allait voir accourir un chien et une ribambelle d'enfants. Mais la balançoire qui trônait au milieu du jardin semblait attendre en vain que quelqu'un vienne y prendre place.

Il descendit de voiture et regarda avec curiosité autour de lui. En dépit de sa taille et de son emplacement de choix, la propriété n'avait rien de tape-à-l'œil. C'était comme si elle cherchait à se faire discrète… Tout le contraire de son oncle Gino ! Mais alors pourquoi celui-ci, qui avait préféré habiter dans une luxueuse villa, avait-il acquis cette maison ?

Luke l'ignorait. Trop furieux au moment de quitter le bureau du notaire, il n'avait pas pensé à lui poser la question. Il lui avait suffi d'écouter deux phrases de la lecture du testament pour comprendre qu'il allait être confronté à de nouveaux ennuis, et s'il était resté davantage, il aurait pu dire ou faire des choses qu'il aurait regrettées plus tard.

Mais la fuite n'avait pas suffi à lui faire oublier les mots qui résonnaient encore dans son esprit.

« Luke, c'est important, tu dois y aller. Il est temps que tu fasses la paix avec ta famille. »

En privé, son comité de direction lui avait bien fait remarquer que Gino Corelli était un cauchemar pour les relations publiques de l'entreprise. Mais devant les médias et les autres employés, ses supérieurs avaient justifié son absence momentanée en la qualifiant de « congé exceptionnel pour raisons familiales ». C'était à cause d'eux, en quelque sorte, s'il se trouvait ici maintenant.

Ils ne lui avaient pas laissé le choix : il devait régler cette affaire au plus vite.

Essayant de retrouver son calme, il respira profondément, mais il était trop tard ; ses souvenirs amers avaient bel et bien refait surface. Gino était mort par sa faute. Pendant des semaines, Luke s'était efforcé d'étouffer la culpabilité qui l'assaillait en se surchargeant de travail. Mais il avait dû faire face à la réalité quelques jours plus tôt, quand les notaires du cabinet Paluzanno et associés l'avaient convoqué dans leur rutilante salle de réunion.

Tu dois régler cette histoire.

Il laissa échapper un soupir résigné. Une semaine devrait lui suffire pour faire une visite détaillée de la maison et la mettre sur le marché. Dès qu'il l'aurait vendue, il reverserait l'argent à sa tante Rosa et reprendrait sa vie où il avait été contraint de la laisser. Et enfin, il pourrait accéder à la promotion qu'il attendait.

Une semaine. Dix jours, tout au plus. Après quoi, il rentrerait chez lui et retrouverait sa liberté.

Ignorant la sonnerie de son téléphone, il s'apprêtait à avancer vers l'entrée, quand la vue d'une petite camionnette rouge garée sous le porche attira son attention.

Ici, à Sunset Island, songea-t-il en détaillant la maison et le terrain qui l'entourait, les propriétés valaient des fortunes. Pourquoi Gino avait-il acheté ce bien, alors qu'il n'en avait eu aucune utilité ?

A moins que…

Oui, c'était peut-être son petit nid d'amour, conclut-il avec regret.

Cela n'avait pourtant aucun sens : Gino avait aimé Rosa. Avec elle, il avait vécu dans le bonheur pendant plus de cinquante ans. Jamais il n'aurait pu…

Dans ce cas, pourquoi ne lui avait-il pas légué cette maison, plutôt qu'à lui ? Sans doute ne voulait-il pas qu'elle soit au courant de son existence.

Luke contempla de nouveau la maison, avec suspicion, cette fois. Quelque chose lui paraissait étrange, mais il ne parvenait pas à savoir quoi.

La meilleure façon d'en savoir plus était d'y entrer, se dit-il en claquant la portière derrière lui. Il vérifia une dernière fois l'adresse que lui avait donnée le notaire, puis se dirigea vers le perron.

Il traversa le jardin d'un pas décidé. Mais au pied des marches, il s'arrêta net.

Une soudaine appréhension venait de s'emparer de lui. En dépit de la chaleur australienne, il sentit un frisson glacial le parcourir. Tout en massant légèrement sa nuque raidie par la tension, il regarda derrière lui. De là où il se trouvait, la route peu passante était masquée par la haie touffue qui bordait l'allée. La maison était non seulement située au calme, mais aussi à l'abri des regards. De chaque côté du porche se dressaient deux citronniers, pareils à des sentinelles. La pelouse avait bien besoin d'une tonte ; de toute évidence, le résident avait préféré passer du temps dans les parterres de fleurs, qui eux étaient resplendissants. Hormis le chant des cigales, rien ne venait troubler la tranquillité de ce jardin paradisiaque.

Mais l'apaisement qu'éprouvait Luke ne dura pas.

La nervosité qu'avait provoquée en lui sa rencontre avec la presse revint dès qu'il comprit qu'il avait certainement vu juste, en imaginant que Gino avait vécu ici une histoire d'amour clandestine. La maison n'était pas censée être occupée.

Ou alors, un journaliste très bien renseigné avait eu de l'avance sur lui.

Jusqu'à présent, Luke était toujours parvenu à utiliser la presse quand il en avait eu besoin, sans laisser les journaux à scandale s'immiscer dans sa vie privée. Oui, il était le plus jeune membre du conseil d'administration de Jackson et Blair, la principale banque d'affaires du Queensland. Oui, à son âge, il occupait déjà une place que beaucoup lui enviaient. Et pourtant, désormais, on ne voyait plus en lui que le neveu du soi-disant parrain de la mafia Gino Corelli.

Autrement dit, un criminel.

Le cœur serré, il contempla la clé qu'il avait à la main. Les mots terribles que son cousin lui avait adressés aux obsèques de Gino le hantaient encore.

« Si tu avais fait quelque chose, mon père serait peut-être encore en vie. »

S'il avait su à quel point il avait raison…

Luke referma les doigts autour de la clé, si fort que la pointe de métal lui fit mal à la paume. Mais la douleur le soulageait, au moins pour un instant, de la peine intérieure qu'il éprouvait.

Il respira profondément et regarda la robuste porte qui se dressait devant lui. Rassemblant ses forces, il monta les marches et se résolut à frapper, ignorant la clé qu'il serrait toujours au creux de sa main. Puis il attendit.

Comme personne ne venait, il s'apprêtait à recommencer, lorsque la porte s'ouvrit, dévoilant une image qui le laissa muet de stupeur.

Devant lui se tenait une jeune femme mince et élancée, dont le visage était éclairé par de grands yeux verts. Le débardeur bleu et le short blanc qu'elle portait ne faisaient rien pour dissimuler ses formes, ni sa peau lisse et dorée. Au bout de ses pieds nus, les ongles de ses orteils délicats étaient peints en rose.

Cette vision était bien la dernière chose à laquelle il s'était préparé. Que pouvait bien faire cette beauté dans la maison de son oncle ?

Il ôta ses lunettes de soleil et prit le temps d'admirer sa silhouette, jusqu'au moment où ses yeux rencontrèrent les siens. D'un regard sévère, comme si elle lisait dans ses pensées, elle fit disparaître toutes les idées qu'elle lui avait inspirées.

— J'imagine que vous êtes là au sujet de Ben Foster ? lui demanda-t-elle froidement, sans la moindre introduction.

— De qui ?

Profitant de son silence étonné, il regarda derrière elle pour examiner ce qu'il pouvait voir à l'intérieur de la maison. Puis il posa de nouveau les yeux sur elle.

— Que faites-vous ici ? l'interrogea-t-il.

— Pardon ? rétorqua-t-elle, l'air scandalisé. C'est moi qui devrais vous poser cette question !

Eh bien, cette jeune femme ne manquait pas d'aplomb, songea-t-il en franchissant le seuil, sans attendre qu'elle l'ait invité à entrer.

Il traversa l'entrée et pénétra dans le salon. Il entendit qu'elle le suivait d'un pas précipité, mais cela ne fit rien pour l'arrêter. Il se dirigea vers la fenêtre et ouvrit grand les rideaux, découvrant un jardin ombragé à l'arrière de la maison.

— Mais pour qui vous prenez…

— Décidément, l'interrompit-il en se retournant

vers elle, vous n'abandonnez jamais, hein ? D'abord la filature, puis l'embuscade chez moi, et maintenant cette ruse ridicule. Quelle sera la prochaine étape ? Battre des cils, me faire du charme et me demander une interview exclusive ? La tenue est de choix, reconnut-il en la scrutant de la tête aux pieds. Détourner mon attention pour arriver à vos fins, c'est ça votre plan, n'est-ce pas ?

Ses yeux lançaient des éclairs. Une chose était sûre, elle jouait son rôle à merveille.

— Mais de quel droit…

— Mademoiselle, réagit-il sans lui laisser le temps de finir. J'ai passé une sale journée, et je n'ai vraiment pas besoin de ça. Ne vous fatiguez pas, j'ai deviné qui vous étiez. Alors voici ma proposition : si vous partez immédiatement, j'accepte de ne pas porter plainte contre vous pour être entrée par effraction.

Sans tenir compte de son regard effaré, il lui tourna le dos et regarda de nouveau par la fenêtre.

— Allez, dites-moi où est votre équipe. Derrière les buissons, c'est ça ? Les caméras et les micros sont bien cachés, apparemment.

— Non mais pour qui vous prenez-vous ? s'insurgea-t-elle d'une voix furieuse.

Mais il n'était pas dupe, et cette comédie ne faisait que l'exaspérer davantage.

— Ne faites pas semblant de ne pas comprendre, lâcha-t-il en faisant volte-face.

Mais elle ne semblait toujours pas résolue à s'avouer vaincue. Son regard était maintenant empli de colère et d'angoisse mêlées. Comment osait-elle lui tenir tête de cette façon ?

Hors de lui, il enfouit la main dans sa poche et en sortit son portefeuille en cuir.

— Luke De Rossi, annonça-t-il en brandissant son permis de conduire devant ses yeux immenses. Mademoiselle ?

— Jones. Beth Jones.

Mais le fait de savoir son nom ne lui en disait pas plus sur qui elle était réellement. Pourtant, en la regardant s'éloigner de lui pour se rapprocher de la porte, il comprit qu'il lui avait peut-être vraiment fait peur. D'un regard anxieux, elle scrutait tout autour d'elle, comme si elle cherchait à protéger son bien.

Cette femme n'était pas journaliste, elle était ici chez elle. Et à en juger par la décoration soignée de la maison, elle était installée en toute légalité. Son corps sublime paraissait lui servir de carapace, mais sous le masque de femme forte qu'elle affichait, il devinait qu'elle était aussi déconcertée que lui.

Son premier pressentiment avait été le bon : c'était la maîtresse de Gino.

D'ordinaire, Luke savait qu'il pouvait compter sur ses yeux noirs et sa stature pour imposer son autorité. Alors pourquoi, tout à coup, sentait-il une inhabituelle vulnérabilité s'emparer de lui ?

— Ecoutez, mademoiselle, reprit-il en abandonnant son agressivité. Nous devrions peut-être reprendre les choses au début. Je suis…

— Je sais parfaitement qui vous êtes.

Comme sa douleur se réveillait brusquement, il laissa échapper un soupir crispé.

— Je suppose que vous pouvez me prouver que cette maison est la vôtre ? la défia-t-il.

— Et pourquoi devrais-je vous prouver quoi que ce soit ?

— Franchement, je serais heureux de recevoir un minimum d'aide de votre part.

— Je vis ici depuis trois ans, et…

— En tant que propriétaire ou locataire ?

— Pardon ?

— Vous louez cette maison, ou vous la possédez ? répéta-t-il en articulant.

— Je la loue, mais…

— Qui vous la loue ?

— Une agence immobilière, répondit-elle brutalement, sans cacher l'exaspération que lui inspiraient ses questions.

— Laquelle ?

— Je ne vois pas où…

— Laquelle ?

Mais cette fois, elle refusa de lui répondre. Croisant les bras en signe de défense, elle le fusilla du regard.

Beth n'en revenait pas de tant d'arrogance. Comment Luke De Rossi osait-il s'introduire chez elle de force, et lui faire subir cet interrogatoire ? Elle se demanda, l'espace d'un instant, si elle devrait avoir peur de lui. Mais il n'était pas question qu'elle lui montre son anxiété.

Se dressant de toute sa hauteur, elle le scruta avec insistance. Elle ne prononcerait pas un mot de plus, décida-t-elle sans céder à son air contrarié.

Le nom de cet intrus ne lui était pas inconnu, du reste. Elle ne lui avait pas menti en lui disant qu'elle savait qui il était. Elle se rappelait un article du *Sun-Herald* qu'elle avait lu quelque temps plus tôt, au sujet des principales sociétés financières australiennes. Celui que le journaliste avait surnommé « Lucky Luke » De Rossi était l'un des cadres les plus brillants de chez Jackson et Blair. Diplômé de l'université de Harvard, il possédait toutes les qualités nécessaires pour inspirer confiance aux clients qui venaient confier leurs millions à cet établissement réputé. A dire vrai, elle avait éprouvé une certaine admiration pour lui, à la lecture de cet article. Et ce, même si elle ne partageait pas sa conception de la vie, qui consistait à vouer ses journées entières à son travail.

Il y avait maintenant plusieurs secondes qu'il soutenait son regard, mais il avait cessé de lui poser des questions. Tout à coup, elle le vit grimacer de douleur et se passer la main dans le bas du cou.

Une douleur aux trapèzes, ne put-elle s'empêcher de diagnostiquer. Cet homme souffrait d'une tension du muscle deltoïde, et probablement d'un violent mal de tête. Il faisait apparemment son possible pour le cacher, mais son corps parlait pour lui : il était écrasé par la fatigue.

Malgré elle, elle ressentit bientôt une pointe de compassion envers lui ; mais elle ne se laisserait pas attendrir.

— Donc, vous êtes locataire, reprit-il finalement, sans cesser de se masser la nuque.

— Oui.

Le dédain qu'elle lisait dans ses yeux ne l'intimidait pas le moins du monde. Au contraire, son attitude hautaine ne lui donnait que plus envie de lui résister.

— Alors, quelle est cette agence ? Vous avez une adresse, un numéro de téléphone ?

— Pourrais-je au moins savoir ce que vous faites ici, et de quel droit vous me posez toutes ces questions ?

— Ecoutez, j'essaie moi-même de comprendre la situation, et franchement, vous ne m'aidez pas du tout.

Stupéfiée par son sans-gêne démesuré, elle laissa échapper un rire cynique. Elle avait pris l'habitude de tenir tête à ce type d'individus, ceux qui étaient persuadés qu'ils pouvaient tout contrôler, y compris la vie des autres.

— Et si vous m'aidiez, vous ? suggéra-t-elle. C'est très simple : il vous suffit d'emprunter ce couloir et de sortir de chez moi.

— Pardon ?

— Vous m'avez très bien entendue.

— De *chez vous* ? demanda-t-il, l'air outré. D'après les papiers dont je dispose, c'est à mon oncle qu'appartient cette maison.

Son regard s'assombrit soudain.

— Il y avait quelque chose entre vous, c'est ça ? ajouta-t-il.

A ces mots, elle sentit le sang lui monter au visage.

— Et maintenant, vous m'accusez de coucher avec votre oncle ? s'écria-t-elle. Mais vous êtes fou !

La mâchoire serrée, il tendit la main vers elle, comme pour tenter de l'apaiser.

— Allons, nous n'arriverons à rien en nous disputant.

— Vous avez raison, approuva-t-elle en marchant vers la sortie, ne lui laissant d'autre choix que de la suivre. J'habite ici, monsieur. Si ce que vous dites est vrai, vous n'avez qu'à revenir avec une preuve.

En l'observant du coin de l'œil, elle remarqua sa démarche raide et l'expression de fatigue qui marquait son visage. Puis tout à coup, un sourire conciliateur apparut sur ses lèvres.

— Je suis sûr que nous pouvons parvenir à un arrangement, fit-il en se plaçant entre elle et le cadre de la porte restée ouverte. Vous savez qui je suis, vous savez donc que je suis capable de…

— De quoi ? l'interrompit-elle, interloquée. Pouvez-vous me dire à quelle sorte d'arrangement vous pensez ?

L'espace d'un instant, un silence troublant s'installa entre eux. Son comportement avait beau la mettre hors d'elle, elle ne put s'empêcher de remarquer la sensualité infinie de son sourire, de son regard à la fois ténébreux et brûlant…

Mais elle ne devait pas se laisser décontenancer. Il fallait qu'elle trouve un moyen de le faire partir.

La tête haute, elle le scruta avec toute la sévérité dont elle était capable.

— S'il vous plaît, mademoiselle, dit-il avec des yeux suppliants. J'ai fait la route depuis Brisbane, et j'ai dû échapper à une meute de paparazzis pour venir jusqu'ici.

— Alors j'espère que ce n'est pas votre voiture, qu'on est en train de voler, lâcha-t-elle froidement.

Exactement comme elle l'avait espéré, Luke se retourna brusquement, et elle le poussa de toutes ses forces à l'extérieur avant de claquer la porte vitrée entre eux deux. Lorsqu'il retrouva son équilibre, elle avait déjà fermé le loquet.

Au moins, songea-t-elle en apercevant son expression de stupeur, elle avait remporté la première bataille. Mais quelque chose lui disait qu'elle allait bientôt revoir Luke De Rossi.

- 2 -

Le lendemain, un soleil éclatant illuminait le ciel sans nuages. La matinée était si belle que pour la première fois depuis bien longtemps, Luke, assis au volant de sa voiture, ne regrettait pas de ne pas être au bureau.

Cependant, s'il ne travaillait pas aujourd'hui, c'est qu'il avait une tâche bien précise à accomplir.

Il s'était garé devant le jardin de la maison qui, d'après le notaire, était maintenant la sienne, et de là, il voyait parfaitement Beth Jones aller et venir dans la cuisine. La dernière chose dont il avait envie était bien de se disputer de nouveau avec elle, mais il devait régler cette affaire au plus vite.

Bien sûr, le plus simple eût été de laisser à la police locale le soin de lui faire quitter les lieux.

Le plus simple pour n'importe qui, excepté lui.

Voilà pourquoi il avait cherché à joindre l'avocat de Gino. En vain. Au téléphone, la standardiste l'avait mis en attente si longtemps qu'il avait fini par raccrocher, non sans se maudire de ne pas avoir refusé ce legs.

Il savait pourtant pourquoi il l'avait accepté. Dans le domaine des affaires, Gino n'avait jamais rien laissé au hasard, et il avait forcément eu une bonne raison de confier à Luke cet héritage. Restait à savoir laquelle.

Cela pouvait-il avoir un rapport avec la ravissante Beth Jones ? Luke avait encore du mal à l'admettre, mais elle avait fort bien pu être la maîtresse de son oncle.

A présent, deux options s'offraient toujours à lui : appeler la police, ou affronter lui-même cette soi-disant locataire.

La seconde s'imposait d'elle-même, car il n'avait aucun besoin d'attirer davantage l'attention en s'adressant aux autorités locales. Mais s'il voulait prendre le dessus sur Beth Jones, il fallait avant tout qu'il sache qui elle était exactement, et ce qu'elle faisait dans cette maison.

Une chose était sûre : après sa performance de la veille, il allait devoir faire preuve de la plus grande adresse pour gagner sa confiance. Comment avait-il pu perdre ainsi le contrôle de la situation ? s'interrogea-t-il en s'étirant, sans parvenir à dissiper la douleur qui s'était installée dans son cou et ses épaules. Cette femme était plus forte qu'elle n'en avait l'air, et elle s'était montrée bien plus rusée que lui. Dorénavant, il n'avait plus droit à l'erreur.

Finalement, il ouvrit sa portière et descendit de voiture. Dès l'instant où il se trouva devant la grille, la senteur fraîche des citronniers lui rappela le parfum de la mystérieuse jeune femme qui habitait cette maison. Puis ce furent les souvenirs des dimanches après-midi d'été passés chez sa tante Rosa qui lui revinrent à la mémoire. La limonade qu'elle préparait avait été si désaltérante… Légèrement acide, et délicieusement douce et sucrée…

Exactement comme devait l'être la peau de la fascinante Beth Jones, ne put-il s'empêcher d'imaginer. Malheureusement, il n'était pas là pour flirter avec elle. Et à en juger par l'attitude défensive de la jeune femme, elle cherchait à lui cacher quelque chose. Quel que fût son secret, il était bien décidé à le découvrir.

« Crown Real Estate vous remercie de votre appel, vous pouvez joindre l'agence du lundi au… »

Exaspérée par le répondeur automatique de son agence immobilière, Beth raccrocha sans attendre la fin du message. Mais à peine avait-elle posé le combiné, que son téléphone sonna.

— Oui ? répondit-elle aussitôt, espérant qu'on la rappelait enfin.

— Ne raccrochez pas, s'il vous plaît. C'est Luke De Rossi.

— Comment avez-vous eu mon numéro ?

— Il est inscrit sur le contrat de location. Regardez par la fenêtre.

Elle se retourna et aperçut la longue silhouette qui se dessinait devant la grille du jardin.

— Vous êtes là depuis combien de temps ?

— Quelques heures.

Pourquoi montait-il la garde devant chez elle ? Avait-il peur qu'elle mette le feu à la maison ?

— Il faut que nous parlions, ajouta-t-il.

Il cherchait à la piéger, à n'en pas douter. Ce regard décidé devait bien cacher quelque chose…

— Je vais vous rejoindre dehors, répondit-elle sans cesser de l'observer.

S'efforçant de retrouver son calme, elle baissa les

stores pour s'offrir un moment d'intimité avant de l'affronter. Mais elle avait beau essayer de respirer profondément, sa nervosité ne faisait que croître en elle.

Machinalement, elle se mit à faire les cent pas dans la cuisine.

Elle ne voulait pas parler. Pas maintenant, alors qu'elle avait réussi à se taire pendant dix ans. Même si l'existence rêvée qu'elle menait désormais ne reposait que sur des mensonges, il n'était pas question qu'on la force à rouvrir les blessures du passé.

Si elle parlait, elle risquait d'être accusée d'usurpation d'identité !

Un frisson d'angoisse la traversa. La presse australienne avait une telle fascination pour les drames et les accidents les plus terribles... Certains journalistes n'allaient pas manquer de chercher de nouvelles histoires à raconter, surtout à l'occasion d'un dixième anniversaire. Beth ne suivait l'actualité que de loin, et ces derniers mois plus que jamais, elle était parvenue à éviter presque tous les bulletins d'informations. Lorsque ses patients abordaient le sujet, elle savait parfaitement détourner la conversation. Mais il y avait une chose dont elle ne pouvait pas se débarrasser aussi facilement : ses souvenirs, qui, eux, refusaient de la laisser en paix.

Elle s'approcha du bar et remplit une tasse de café, mais pas un seul de ses mouvements ne parvenait à l'apaiser. Dans son entourage, personne ne savait qui elle avait été, ni ce qu'elle avait fait. Mais à présent, l'arrivée de Luke, semblable à un fantôme surgi du passé, réveillait les peurs qu'elle avait réussi à étouffer pendant toutes ces années.

Pourtant, elle n'avait d'autre choix que de lui faire face, et de se battre pour défendre ce qu'elle avait.

A cette seule pensée, elle sentit les battements de son cœur s'accélérer. En temps normal, elle aurait volontiers porté secours à cet homme, qui paraissait souffrir d'une tension physique insupportable. C'était ce qu'elle faisait tous les jours avec ses patients.

Malheureusement, cette situation n'avait rien de normal.

Pour commencer, Luke De Rossi était beaucoup trop séduisant pour être honnête. Or la vie avait appris à Beth qu'un beau sourire cachait trop souvent de mauvaises intentions. Comme celui de ce charmant journaliste, à qui elle avait eu le tort de faire confiance, une dizaine d'années plus tôt. Et comme celui des quelques hommes qui, sous leur masque d'hommes d'affaires, n'avaient fait appel à ses talents de masseuse que pour essayer de lui soutirer des informations.

Et comme celui de Ben, son comptable, qui s'était soudain volatilisé.

Après avoir passé un rapide coup de téléphone à Laura pour lui demander d'ouvrir l'institut ce matin, elle marcha jusqu'à la porte d'entrée, sans poser la tasse de café qu'elle tenait. Inutile de paniquer, se persuada-t-elle mentalement. Au mieux, Luke De Rossi lui apporterait les réponses qu'elle n'avait pu recevoir de l'agence immobilière. Au pire, bien sûr, il avait aussi le pouvoir de lui compliquer considérablement l'existence. Voilà pourquoi elle n'avait pas droit à l'erreur.

Emplie de courage et de détermination, elle se décida à ouvrir la porte et sortit dans le jardin.

Assis sur la barrière de l'allée, le visage éclairé par les rayons obliques du matin, Luke lui apparut comme un danger qu'elle devait prendre très au sérieux. Sa chemise froissée et ses cheveux en bataille ne faisaient rien pour atténuer l'autorité et la confiance en soi qui émanaient de lui. Et si Beth voulait rester concentrée sur leur conversation, mieux valait qu'elle ne s'attarde pas trop longtemps sur ses bras puissants ou sur le regard ténébreux qu'il dardait sur elle.

De toute évidence, il ne s'était pas encore débarrassé de la tension qui lui paralysait le cou. Et dire qu'il ne lui aurait fallu que quelques séances de massage pour se sentir mieux…

En imaginant poser ses mains sur ce nœud d'énergie contenue, elle sentit un trouble inhabituel s'emparer d'elle. Que lui arrivait-il, au juste ? Ce n'était pas la première fois qu'elle voyait un homme bien fait ! Il lui arrivait souvent de manipuler des corps de sportifs dans la force de l'âge… Et pourtant, l'étranger qui avait fait irruption chez elle avait quelque chose de fascinant. Ce regard assuré, cette stature imposante prouvaient qu'il savait garder le contrôle de lui-même, qu'il avait l'habitude de prendre l'avantage en toute situation. Pour cette raison, elle devait se méfier de lui plus que de quiconque.

Non sans surprise, elle vit qu'il lui tendait un paquet d'enveloppes.

— Tenez, votre courrier. Et ça, c'est pour vous, ajouta-t-il en se tournant vers le portique.

Suivant son regard, elle découvrit, sur le siège de la balançoire, un bouquet d'œillets jaunes, blancs et roses. Elle prit le temps de humer leur délicieux parfum porté par la brise, avant de se tourner vers Luke, sans chercher à cacher son étonnement. Il arborait maintenant une expression douce, presque gênée.

— Je suis conscient d'avoir dépassé les limites hier soir, lâcha-t-il d'une traite. Je n'ai pas pour habitude de formuler des conclusions hâtives. Je vous présente mes excuses.

— Bien.

Sans un mot de plus, elle posa de nouveau les yeux sur les fleurs.

— Je les ai cueillies dans un jardin, au bout de la rue. J'ai laissé un mot et un billet de vingt dollars.

— Vous avez volé les fleurs chéries de Craig le Grincheux ?

— Ah, fit-il en haussant les épaules. Si je comprends bien, j'ai eu tort de croire qu'il s'en moquerait.

Elle ne put s'empêcher de rire.

— Il risque de vous retrouver et de vous demander des comptes. Il a des connaissances haut placées, je crois que c'est un professeur en médecine réputé.

— Alors je devrai lui dire que c'était une question de vie ou de mort.

Comme la bonne humeur lui allait bien ! songea-t-elle en voyant un sourire illuminer son visage. Débarrassé de son rictus de colère, Luke De Rossi dévoilait son profil méditerranéen infiniment élégant, et elle devait bien admettre que son charme ne la laissait pas indifférente.

S'efforçant de chasser le trouble qu'elle ressentait soudain, elle se concentra sur l'instant présent, juste à temps pour se rappeler qu'elle avait toujours une tasse à la main.

— Tenez, lui dit-elle aussi sèchement que possible. Avec du lait, sans sucre.

— Merci, vous avez vu juste, répondit-il en prenant la tasse qu'elle lui tendait. Pourquoi cette gentille attention, tout à coup ? Je croyais que vous vouliez que je vous laisse tranquille.

— Et moi, je croyais que vous reviendriez ce matin accompagné d'un agent de police.

— Nous avons d'autres moyens de régler cette affaire.

— Je dois reconnaître que vous avez plus de bon sens que je ne le pensais.

— J'en ai suffisamment pour nous deux, rassurez-vous.

Malgré son ton moqueur, elle se sentit de nouveau décontenancée par son sourire pour le moins dévastateur. Mais elle parvint à garder son sang-froid, et se résolut à lui faire part du peu d'informations qu'elle avait pu obtenir le matin même.

Il l'écouta en silence sans montrer la moindre réaction, hormis peut-être un clignement nerveux des paupières. Quand elle eut achevé son récit, il se passa lentement la main dans les cheveux, comme pour s'offrir un instant de réflexion.

— Et comment s'appelle l'agence immobilière ? lui demanda-t-il finalement, en descendant de la barrière.

— Crown Real Estate. J'ai signé un contrat de location… Ou plus exactement de gardiennage, corrigea-t-elle, ne sachant si elle courait plus de risques en maquillant la vérité ou en se montrant parfaitement honnête. Les propriétaires vivent à l'étranger, et je paie un loyer très bas en échange de l'entretien de la maison.

— Et vous vivez ici depuis trois ans.

— Oui.

— Et avant cela ?

La gorge serrée, elle improvisa une réponse aussi vague que possible.

— J'ai vécu dans des logements à bas prix. Rien de comparable à celui-ci.

Elle avait dépensé tellement d'énergie pour rénover cette maison, en faire un endroit élégant et accueillant ! Elle avait passé tant de temps dans le jardin, à replanter des fleurs et des arbustes… A l'intérieur, elle avait repeint les murs, posé un nouveau carrelage dans la salle de bains, fixé des étagères. Après trois ans d'efforts, elle avait même envisagé de faire une offre pour que cette propriété devienne vraiment la sienne.

C'était son refuge, son petit coin de paradis, et elle ne laisserait personne l'en chasser sans se battre de toutes ses forces.

— Quel est votre métier ? l'interrogea-t-il.

— Je suis masseuse. J'ai mon propre institut à Surfers. D'ailleurs, il ouvre à 10 heures, ajouta-t-elle en regardant sa montre.

Prenant une gorgée de café, il continuait à la fixer par-dessus le rebord de sa tasse.

— Avez-vous l'adresse de l'agence ?

— Elle se trouve dans le centre commercial de Surfers, au bout de l'allée principale. Que comptez-vous faire ? demanda-t-elle, inquiète.

— Qui est Ben ?

— Pardon ?

— Petit ami ? Ex-mari ?

— Non !

— Hier, vous avez cru que je venais vous voir à propos d'un certain Ben.

Il y avait maintenant une demi-heure qu'elle parlait avec lui, et à mesure que leur conversation avançait, elle comprenait qu'elle avait eu raison de s'inquiéter de sa visite. Mais elle devait trouver le moyen de se défendre. Le mal qu'elle s'était donné pendant dix ans pour se construire une vie normale ne pouvait pas être réduit tout à coup à néant, par manque de vigilance de sa part. Pouvait-elle faire confiance à Luke De Rossi ? Pour une raison qu'elle ne s'expliquait pas, elle avait le sentiment que c'était un homme honnête, et qu'il ne lui voulait aucun mal. Mais devait-elle se fier à son instinct ?

— Ben n'a rien à voir là-dedans, répondit-elle simplement.

— Qu'en savez-vous ? Il était peut-être de mèche avec l'agence pour organiser une escroquerie.

— Vous vous rendez compte à quel point cette hypothèse est ridicule ?

— Ah oui ? Et vous trouvez cette situation normale, vous ?

Ne sachant que répondre, elle s'appuya à son tour contre la barrière, non sans laisser échapper un long soupir. Ils demeurèrent ainsi silencieux, jusqu'au moment où Luke se tourna vers elle pour la scruter avec insistance. De toute évidence, il se demandait ce qu'elle lui cachait, et il ne partirait pas sans avoir obtenu des réponses.

— Ben était mon comptable, lui expliqua-t-elle.

Il y a quelque temps, ma banque a déposé par erreur l'argent de quelqu'un d'autre sur mon compte. Il a volé cette somme et s'est enfui.

— Quel montant ?

— Cinq cent mille dollars, admit-elle honteusement.

En l'entendant émettre un sifflement lourd de sens, Beth sentit le rouge lui monter aux joues. Et dire qu'elle avait fait confiance à Ben, alors qu'il avait été capable de la trahir à la première occasion… Comment avait-elle pu se montrer aussi naïve ?

— J'imagine que vous avez porté plainte ?

— Pas encore. J'ai vingt-huit jours pour rendre l'argent à la banque, et nous n'en sommes qu'au deuxième.

— Et vous croyez que votre comptable va vous le rapporter ? Si je comprends bien, ajouta-t-il après un silence, non seulement nous sommes face à une arnaque, mais nous devons aussi retrouver un voleur en fuite.

— *Nous ?* Mes problèmes ne vous regardent absolument pas.

— D'ailleurs, je constate que vous les prenez en main de la meilleure manière qui soit, railla-t-il.

Il avait raison, elle le savait. Mais si elle faisait appel à la police, il y aurait une enquête, on lui poserait des questions personnelles… Non, il n'était pas question qu'elle porte plainte.

— Vous aviez une liaison avec Foster ? demanda-t-il brusquement.

— Mais c'est une obsession ! s'insurgea-t-elle, tout en sentant qu'elle rougissait malgré elle. Non, non et non. Il a dix-neuf ans, c'est presque un adolescent. Sa mère est l'une de mes clientes, et… Je…

Le regard intense avec lequel il la fixait la faisait bredouiller. C'était comme s'il lisait en elle.

— Nous nous sommes vus deux fois en dehors du travail, reprit-elle, mais c'était strictement professionnel.

— Etait-ce aussi clair pour lui que pour vous ?

— Evidemment ! Evidemment, répéta-t-elle, mais avec une soudaine pointe de doute. Pourquoi me volerait-il ? Et de l'argent qui ne m'appartient pas, qui plus est ?

— Rien n'est plus banal que la cupidité. Ce n'est pas une question de besoin, mais d'envie. Il suffit de désigner une victime, de bâtir une relation de confiance, et puis…

— Vous croyez que je ne sais pas ça ? rétorqua-t-elle nerveusement.

— Vous voulez peut-être vous asseoir, non ?

— Non.

Son anxiété était donc visible à ce point ? Bien décidée à lui montrer qu'elle n'avait nullement besoin de son aide, Beth se redressa et croisa les bras devant elle.

Seulement, sa réaction n'eut aucun effet sur lui. Du moins pas celui qu'elle avait espéré. Il prit son téléphone et le tapota avant de le mettre contre son oreille.

— Dylan, dit-il au bout d'un moment. C'est Luke. J'ai besoin que tu me rendes un service. Il me faudrait des informations sur un certain Ben Foster. Il habite à…

Il se tourna alors vers elle et l'interrogea du regard. Mais pour qui se prenait-il, pour s'immiscer ainsi dans sa vie ? Il n'était pas question qu'elle le laisse se mêler de son problème avec Ben.

Pourtant, après de longues secondes, elle céda à ses yeux insistants et s'entendit lui donner l'adresse de son comptable. Mais lorsqu'il se mit à expliquer à son interlocuteur tous les détails de son affaire, elle le fusilla du regard, s'apprêtant à l'interrompre. Il allait beaucoup trop loin !

Une fois de plus, sa tentative fut vaine. Il la fit taire d'un geste de la main, et elle s'efforça d'étouffer son indignation. Décidément, le sans-gêne de cet homme n'avait pas de limite.

— Il me faudrait cette information aussi vite que possible, reprit-il. A vrai dire, j'aimerais mieux que tu t'en occupes personnellement, si cela ne t'ennuie pas… Oui, dans ce cas, j'attendrai jusqu'à dimanche.

Puis il raccrocha.

— Dites donc, protesta Beth en se postant face à lui, je ne vous ai rien demandé ! Vous trouvez ça normal, de fouiner comme ça dans la vie des gens ?

— Dylan est un très bon détective privé, répondit-il le plus calmement du monde. Il retrouvera votre fugitif bien plus rapidement que la banque, ou même la police. Vos secrets ne m'intéressent en rien, Beth.

— Très bien, répliqua-t-elle, sans être certaine de pouvoir le croire. Pourvu que cela dure. Ma vie privée ne regarde personne d'autre que moi.

— Vous savez, commenta-t-il après un silence, la criminalité en col blanc est plus répandue qu'on ne le pense.

— Ah, merci, me voilà rassurée.

— Et nous devons trouver la preuve que ce que je dis est vrai, poursuivit-il, sans réagir à son ironie.

Il s'interrompit un moment, comme s'il attendait une réponse de sa part. Mais elle n'avait aucune intention de l'aider.

— Je voudrais voir votre bail.

Où allait donc s'arrêter son enquête sur elle ? Enfin, puisqu'elle était ici en toute légalité, elle n'avait pas de raison de lui cacher son contrat de location.

— Attendez-moi ici.

— Vous resterait-il éventuellement un peu de café ?

— Dans la cuisine. Bon…, dit-elle après une hésitation. D'accord, vous pouvez entrer.

Tandis qu'elle ramassait le bouquet d'œillets et marchait vers la maison, elle ne put s'empêcher d'être troublée par la présence de Luke derrière elle. C'était insensé ! songea-t-elle en entrant dans la cuisine. Il n'y avait pas de raison pour que cet homme la déstabilise.

D'un geste décidé et aussi froid que possible, elle ouvrit un placard et sortit un vase pour y mettre les fleurs.

— Puis-je prendre un toast ? lui demanda-t-il en montrant la corbeille de pain.

— Oui, servez-vous, marmonna-t-elle avant de sortir de la pièce.

Quand elle revint un instant plus tard, elle s'arrêta dans l'embrasure de la porte et l'observa à la dérobée. Assis sur un tabouret de bar, il mangeait une tartine de confiture.

Arrivait-il à Luke De Rossi de s'offrir un moment de détente ? C'était difficile à imaginer. Mais en dépit de la raideur qu'il affichait, Beth ne put que remarquer la largeur de ses épaules et de son dos puissant, ainsi que la beauté de sa peau bronzée, héritée de ses racines méditerranéennes. Ce corps était celui d'un homme sportif, qui ne négligeait pas l'exercice physique, même s'il passait de longues journées au bureau. C'était un corps… infiniment attirant. Beaucoup trop attirant, d'ailleurs.

Comment aurait-elle pu ignorer son charme ? En le regardant ainsi, sans être vue, elle se surprit à avoir l'envie folle de poser ses mains sur lui, de soulager la douleur qui semblait avoir envahi tout le haut de son corps. Si seulement elle avait pu masser ses bras, son cou, son torse, sentir sous ses doigts ses muscles se détendre enfin…

Un sursaut soudain interrompit sa rêverie. Après ses erreurs passées, elle s'était promis de ne plus se laisser piéger par un homme, aussi séduisant fût-il.

Déjà, Luke se comportait avec la plus grande aisance, alors qu'il se trouvait chez elle. Dans sa cuisine. Il ne se laissait même pas impressionner par les caprices du grille-pain, à en juger par la maîtrise avec laquelle il venait de rattraper le toast projeté dans les airs.

Elle avait beau se servir tous les jours de ce stupide appareil, elle n'arrivait toujours pas à prévoir la trajectoire dans laquelle il allait lancer ses tranches de pain.

Finalement, elle avança et posa ses papiers sur la table.

— Voici les documents. Vous noterez que j'ai signé un contrat de location on ne peut plus légal.

Non sans satisfaction, elle le regarda examiner le bail avec un air méfiant. Mais son sentiment de victoire ne tarda pas à fondre.

Trois mois. Si Luke disait la vérité, elle n'avait que trois mois devant elle. Avait-il vraiment le droit de vendre la propriété et de la chasser, malgré son bail et tout le travail qu'elle avait accompli ?

Cette maison représentait bien plus qu'un simple

logement pour elle. Elle se sentait ici mieux que nulle part ailleurs. Enfin, après des années d'errance, elle avait trouvé un endroit où elle était réellement chez elle. Non, après tous les efforts qu'elle avait déployés, elle ne laisserait pas ce banquier au sourire charmeur la mettre dehors.

Les conseils d'un avocat, voilà ce dont elle avait besoin. Sauf qu'elle n'aurait pas les moyens de payer ses honoraires.

Que cherchait donc Luke en inspectant ainsi les documents ? Une faille dans le contrat ? Penché au-dessus de la table, il avait les bras avancés, si bien que le tissu de sa chemise était tendu sur les muscles de son dos. Il était si…

Non, songea-t-elle en se tournant vers la cafetière pour se servir. Se laisser troubler par cet homme était la dernière chose à faire.

Elle porta la tasse à ses lèvres, et souffla doucement sur la vapeur qui s'échappait du liquide brûlant. Lorsqu'elle leva les yeux, elle vit que Luke s'était tourné vers elle. Mais elle ne croisa pas son regard.

Il fixait ses lèvres avec trop d'intensité.

S'efforçant de paraître aussi naturelle que possible, elle prit une gorgée de café.

— Alors ? fit-elle en désignant le bail d'un signe de tête. Vous voyez bien que je ne mens pas.

— En effet, cela me semble tout à fait légal. Apparemment, ajouta-t-il en lui montrant une signature, le propriétaire a confié à l'agence un pouvoir décisionnel.

— Exactement.

— Donc si je comprends bien, vous ne connaissez même pas le nom des propriétaires ?

— Non. Que comptez-vous faire maintenant ? lui demanda-t-elle, consciente que cette nouvelle le contrariait.

— Je vais aller voir les avocats de Gino.

— Vous voulez dire que *nous* irons les voir, corrigea-t-elle en posant sa tasse vide dans l'évier.

Sans lui répondre, il tourna lentement la tête en grimaçant.

— Pour vous parler très franchement, monsieur, sachez que vous ne m'impressionnez pas le moins du monde. Ni vous, ni votre pouvoir, ni votre fortune. Je connais les hommes de votre genre.

— Les hommes de mon genre ? dit-il avec un regard amusé.

— Oui. Les hommes obnubilés par leur travail, qui ne pensent qu'à faire exécuter leurs propres décisions. Ceux qui croient pouvoir convaincre n'importe qui avec un simple sourire. Ceux qui s'interdisent de lâcher prise, ne serait-ce qu'une fraction de seconde.

— Et il vous suffit de me regarder pour deviner tout cela sur moi ?

— Je me fie seulement à mon expérience. Enfin, vous êtes prévenu : inutile de me faire du charme. Je suis totalement immunisée.

Stupéfié par la réaction de Beth, Luke l'observa un instant en silence. Pourquoi se montrait-elle aussi méfiante à son égard ? La mâchoire serrée, elle se dressait de toute sa hauteur et gardait les poings plantés sur les hanches.

— Pourtant, répondit-il avec un grand sourire, malgré mon métier, mon apparence et le fait que je sois venu vous déranger chez vous, vous m'aimez bien, n'est-ce pas ?

Tandis que sa question restait en suspens, une brise légère entra par la fenêtre entrebâillée et fit trembler les fleurs dans leur vase. Puis elle vint caresser la nuque de Beth, agitant ses boucles blondes, avant de parvenir jusqu'à Luke. Il n'aurait su dire si le délicieux parfum qu'elle transportait venait du bouquet d'œillets, ou de la ravissante jeune femme qui se tenait devant lui…

Mais ce n'était pas le type de question qu'il devait se poser pour l'instant. S'il se laissait perturber par les grands yeux brillants de Beth Jones, il risquait d'oublier la raison de sa présence ici : se débarrasser de ce qui le liait encore à son oncle Gino. Il devait continuer à se méfier de la jeune femme, ne pas oublier qu'elle avait le pouvoir de lui compliquer considérablement la tâche.

Et à en juger par le regard de défi qu'elle lui lançait, c'était bel et bien son intention.

— Allez, il y a bien quelque chose que vous aimez chez moi, non ? insista-t-il en prenant une voix à la fois douce et moqueuse. Sinon, je ne serais pas ici en ce moment.

— Pourquoi est-ce si important pour vous ? s'étonna-t-elle.

— Ce n'est qu'à cette condition que vous pourrez m'accorder votre confiance.

— Je ne fais confiance à personne.

Brusquement, elle attrapa un chiffon et se mit à essuyer la table avec des gestes nerveux.

Luke n'avait d'ordinaire aucun mal à cerner les gens qu'il rencontrait. Pourtant, Beth restait pour lui une véritable énigme. Après l'avoir découverte la veille dans une tenue aussi légère qu'informelle, il l'avait trouvée ce matin vêtue d'une chemise kaki et d'un jean. Ses cheveux, au lieu de flotter autour de son visage, étaient noués en bas de sa nuque. Toutefois, si son allure avait changé, son attitude était restée la même. Beth avait beau faire preuve d'assurance et de confiance en elle, ses réactions montraient à quel point elle était sur la défensive. Pourtant, Luke avait le plus grand mal à deviner le fond de ses pensées. Elle était à l'évidence préoccupée, et le fait d'ignorer pourquoi le rendait nerveux.

Il était clair qu'elle avait hâte qu'il s'en aille, et que ses démarches la rendaient furieuse ; néanmoins, elle ne parlait plus de policiers, ni d'avocats. En réalité, Luke devait reconnaître que son sang-froid le décontenançait. Loin de se mettre à hurler ou à pleurer, elle l'avait contraint à démontrer qu'il lui disait la vérité, preuve qu'elle se considérait dans son bon droit.

Ce qui n'empêchait pas Luke d'être convaincu qu'elle lui cachait quelque chose.

Le meilleur moyen d'en être certain était sans doute de lui tendre un petit piège.

— Si vous refusez de procéder ainsi que je l'ai décidé, lança-t-il, nous laisserons nos avocats respectifs nous sortir de cette impasse. Qu'en pensez-vous ?

— Parfait, répondit-elle avec un air malicieux. Nous allons enfin savoir lequel de nous deux dit la vérité.

- 3 -

Dans un silence chargé de tension, Beth prit place à côté de Luke à l'avant de sa voiture.

Dès l'instant où il posa la main sur la boîte de vitesse pour démarrer, elle ne put s'empêcher d'admirer ses doigts longs et fins. Et dire qu'il n'aurait eu qu'à les bouger de quelques centimètres pour qu'elle sente leur contact sur…

Mais que lui arrivait-il ? se demanda-t-elle aussitôt. Si elle voulait conserver son sang-froid, tout ce qu'elle devait garder à l'esprit était ce qu'elle n'aimait pas chez lui. Son attitude arrogante, son air suffisant, sa façon de la prendre de haut. Et cette tension qui paralysait ses épaules en permanence ! Ses épaules délicieusement viriles, sur lesquelles elle rêvait de poser les mains…

Décidément, elle ne parvenait pas le moins du monde à contrôler ses sens, se dit-elle en s'efforçant de détourner le regard. Luke, pour sa part, était parfaitement concentré sur la route, et ne semblait absolument pas troublé par le fait d'être seul en voiture avec elle.

Au bout de quelques minutes, il ralentit pour s'arrêter à un feu rouge.

— Bien, dit-il en relevant nonchalamment la manche

de sa chemise. Nous allons d'abord passer à l'agence immobilière, puis nous nous rendrons à Brisbane.

Feignant d'ignorer son bras musclé et sa peau hâlée, elle lui répondit d'une voix neutre :

— Qu'est-ce qui vous fait croire que vous obtiendrez les informations que vous cherchez ?

— Je sais me montrer très convaincant.

Cela, elle n'en doutait pas une seule seconde.

— Comment avez-vous trouvé cette agence ? l'interrogea-t-il.

— Elle est assez connue dans la région. Plusieurs de mes clients m'en avaient déjà parlé, et elle proposait justement le type de bien que je recherchais. Vous savez, ajouta-t-elle en se tournant vers lui pour observer sa réaction, c'est une affaire tout à fait sérieuse. Avec des bureaux, du personnel compétent, et un catalogue d'offres très intéressantes.

— Mais je n'ai jamais dit le contraire.

— D'ailleurs, vous avez bien vu que j'avais tous les papiers nécessaires.

— Ce que j'ai vu aussi, c'est que votre bail expire dans trois mois.

Cette fois, elle s'interdit de lui répondre. De toute façon, d'ici ce soir, leur désaccord serait réglé et elle n'aurait plus à supporter sa présence.

Elle regarda droit devant elle et s'efforça de se concentrer sur la route. Après avoir longé un moment la côte Pacifique, ils empruntèrent le pont qui traversait la rivière Nerang, et bientôt un immeuble de verre apparut à leur gauche.

C'était celui qui abritait le célèbre casino L'Aphrodite. A son sommet s'élevait une statue, une réplique de la

Vénus de Milo, qui brillait de mille feux dès la tombée de la nuit, se reflétant dans le lac qui s'étendait au pied du bâtiment.

Ils poursuivirent leur route sur Surfers Paradise Boulevard. Beth connaissait maintenant chacun des hôtels, des magasins et des restaurants alignés de chaque côté de la voie, et en baissant légèrement sa vitre, elle sentit les odeurs familières de la ville qui se mêlaient au parfum iodé de l'océan tout proche.

A côté d'elle, Luke semblait plongé dans ses pensées.

— Je ne comprends pas pourquoi vous vous occupez de cette affaire vous-même, ne put-elle s'empêcher de souligner. Votre armée d'avocats ne pourrait-elle pas le faire à votre place ?

Allait-il admettre qu'il n'avait aucune confiance en elle, et qu'il préférait la surveiller de près ? Il le lui avait montré dès l'instant où ils s'étaient rencontrés.

Il garda le silence pendant un long moment, jusqu'à ce qu'il se fût arrêté sur une place de parking. Il coupa alors le moteur, et se tourna vers elle.

— Pour une raison mystérieuse, Gino Corelli m'a légué cette maison. Alors…

— Pardon ? Vous avez bien dit *Gino Corelli* ? l'interrompit-elle, stupéfaite. C'est lui, votre oncle ? Le propriétaire de L'Aphrodite ? L'homme qui faisait l'objet d'une enquête de la commission de réglementation des jeux d'argent ?

— Oui, et alors ?

Muette d'étonnement, elle se laissa aller contre le dossier de son siège.

— Gino Corelli…, s'entendit-elle murmurer d'une voix blanche. Ce n'est pas possible… Mais alors vous êtes… Non ! Et vous êtes entré chez moi, dans ma cuisine !

— Je croyais que vous saviez qui j'étais ? répliqua-t-il, apparemment aussi surpris qu'elle.

— Vous, oui, mais j'ignorais qui était votre oncle ! Un…

Mais elle s'interrompit en voyant son regard à la fois triste et sévère.

— Il ne faut pas croire tout ce que dit la presse, lâcha-t-il froidement. La commission n'a jamais pu rassembler les preuves justifiant une mise en accusation.

Quelle importance ? songea-t-elle en se hâtant de descendre de voiture. Tout le monde savait qui était Gino Corelli ! Même sans le vouloir, elle n'avait pu qu'entendre les bulletins d'informations qui n'avaient pas manqué de raconter ses frasques. Comment diable allait-elle se sortir de cette situation ?

— Ne m'approchez pas ! s'écria-t-elle en voyant Luke avancer vers elle. Corelli n'était qu'un criminel, coupable de blanchiment d'argent et de corruption.

— Oui, bien sûr, c'est ce qu'on a dit de lui, répondit-il avec amertume. Il a suffi qu'un employé mécontent lance cette rumeur pour se venger de je ne sais quoi, et les journalistes se sont chargés de la propager. Par ailleurs, pour votre information, sachez que mon nom n'a jamais été cité au cours de l'enquête, et que l'affaire a été classée sans suite. Mais bien entendu, ce n'est pas ce qui a fait la une, je me trompe ?

Sur ces mots, il tourna les talons et traversa la rue d'un pas pressé.

C'est alors qu'elle comprit, honteuse, qu'elle était allée beaucoup trop loin. Les accusations qu'elle avait lancées l'avaient blessé, et c'était bien normal. Comment avait-elle pu le traiter comme un criminel, alors qu'elle ne savait presque rien sur lui ?

Elle se rappelait avoir déjà vu Luke De Rossi à la télévision, et à dire vrai, il lui avait paru pour le moins sympathique. Plus tard, elle avait entendu parler de Gino Corelli, sans faire le lien entre les deux hommes. Puis elle avait cessé de suivre les informations, ce qui, du reste, lui avait fait le plus grand bien.

Autant dire qu'elle était loin de connaître les détails de leur histoire familiale. Alors pourquoi s'était-elle empressée de porter un jugement sur Luke ?

Soudain consciente de sa maladresse, elle courut à son tour pour rejoindre Luke. Immobile sur le trottoir, il l'attendait sans cacher son impatience, et elle devinait son regard noir derrière ses lunettes de soleil.

— Pardon, lui dit-elle en reprenant son calme. Je suis vraiment désolée, je vis un moment difficile et… Enfin, je n'aurais pas dû.

— C'est bon, répondit-il dans un soupir, manifestement pressé de mettre fin à leur dispute. Moi aussi, je suis un peu à cran. Oublions cela et concentrons-nous sur ce que nous avons à faire.

Sans un mot de plus, il reprit sa marche et Beth le suivit à l'intérieur du centre commercial.

Ils durent alors se frayer un chemin au milieu des touristes, des employés de bureaux et des groupes d'adolescents qui encombraient les allées de la galerie marchande. Luke, avec son allure autoritaire, parvenait à avancer à grandes enjambées, tandis que Beth avait toutes les peines du monde à tenir le rythme.

Elle était à bout de souffle lorsqu'ils parvinrent

devant la vitrine de l'agence. Sur la porte d'entrée, une pancarte indiquait que les bureaux étaient fermés.

— Ils n'ouvrent qu'à 10 heures, grommela Luke.

Il essaya tout de même de pousser la porte, sans succès. Puis il s'approcha de la vitre pour regarder à l'intérieur ; juste à cet instant, un homme venu du fond de la pièce s'approcha pour leur ouvrir. Il portait un costume impeccable, mais sa cravate était nouée de travers.

— Je suis navré, leur dit-il avec un large sourire. L'agence n'ouvre que dans une demi-heure.

— Est-ce que Jay est là ? lui demanda Beth.

— Elle est absente jusqu'à midi, elle fait visiter des appartements. Attendez un instant.

Il s'éloigna, et revint quelques secondes plus tard avec une carte de visite qu'il tendit à Beth.

— Vous pouvez la joindre sur son portable. Eh, ajouta-t-il en levant soudain les yeux vers Luke, je vous connais ! Vous êtes…

— Personne. Merci beaucoup.

Sans lui laisser le temps de répondre, Luke prit Beth par le bras et la mena vers la sortie.

— Cette visite n'était qu'une perte de temps.

— Pas complètement.

Elle prit son téléphone et composa le numéro inscrit sur la carte.

— C'est son répondeur.

Elle laissa un message à Jay tout en suivant Luke jusqu'à sa voiture.

— Bien. Que faisons-nous maintenant ?

— Nous allons à Brisbane.

*
* *

Deux heures plus tard, Beth sortait du bureau de l'avocat de Gino avec Luke. En montant dans l'ascenseur qui allait les ramener au parking souterrain, elle avait la gorge trop serrée pour prononcer la moindre parole.

— Voilà, articula-t-elle finalement. Vous avez gagné.

— Ce n'est pas comme ça que je vois les choses.

— Ah non ? fit-elle, ironique, tout en évitant de le regarder.

— Non. L'homologation du testament va prendre quelques mois, puis il nous faudra encore du temps pour trouver un acheteur. Cette affaire est loin d'être réglée.

— Et pendant tout ce temps, qu'en sera-t-il de mon contrat de location ?

— Votre bail expire au même moment que l'accord de gérance de votre agence, répondit-il froidement.

Comme s'il considérait que leur échange était terminé, il prit son téléphone dans sa poche et se mit à tapoter l'écran.

— J'étais avec vous dans le bureau, lui fit-elle observer. Ces deux contrats son parfaitement légaux et…

Il leva la main pour lui demander le silence, et porta son téléphone à son oreille.

— Bonjour, c'est Luke De Rossi à l'appareil.

Qu'il pouvait être exaspérant ! Voilà qu'elle était encore obligée de se taire. Lorsqu'il eut raccroché, elle avait pris sa décision.

— Je vais vous racheter la maison, lâcha-t-elle. Combien ?

— Je dois la faire estimer, dit-il, l'air interloqué.

— Mais vous avez bien une idée approximative du prix.

Il la dévisagea longuement.

— Ce sera très au-dessus de vos moyens.

— Et comment le savez-vous ? demanda-t-elle, outrée.

— Etes-vous consciente qu'une propriété située sur Sunset Island ne peut pas valoir moins d'un million de dollars ? Quelles réserves pouvez-vous bien posséder ?

— Mon salon de massage. Et dès que j'aurai réglé mon problème avec la banque…

— Et si vous n'y arrivez pas ?

— Je m'en sortirai. De toute façon, je reste chez moi jusqu'à l'expiration de mon bail, cela me laisse un peu de temps pour m'organiser.

— Non.

— Pourquoi ? Vous voulez garder la maison ?

— Ecoutez, ne le prenez pas pour vous. Seulement, la crise financière a porté un coup aux investissements de Gino, et l'enquête de la commission a fait peur à la clientèle du casino. J'ai besoin de vendre aussi vite que possible, et de la manière la plus simple qui soit, afin de pouvoir me concentrer de nouveau sur mon travail. Donc, à moins que vous ayez deux millions de dollars de côté, vous êtes hors course.

— En réalité, tout ce qui compte pour vous est de sauver votre réputation.

— Je vous défends de… Vous n'avez pas le droit de me juger, Beth, acheva-t-il avec un regard sévère. D'autant que la raison de votre présence dans cette maison n'est pas très claire.

— Pourtant, je n'ai rien à me reprocher.

Luke affichait une expression dubitative, à présent.

— Je peux vous offrir un bon prix pour racheter votre bail, lui proposa-t-il.

— Je ne veux pas partir. Je veux garder ma maison.

Les portes de l'ascenseur s'ouvrirent, et Luke sortit sans un mot. Figée, Beth le regarda traverser le parking à grandes enjambées, jusqu'à ce qu'il se retourne enfin vers elle.

— Vous venez ?

Que pouvait-elle dire ou faire pour se défendre ? Enveloppée par l'écho de sa voix profonde, elle se décida finalement à le suivre dans le souterrain.

Elle était arrivée près de lui, lorsque son téléphone sonna dans son sac à main. Elle voulut le prendre, mais Luke lui saisit le bras pour l'en empêcher.

— Mais enfin…

— Chut, l'interrompit-il. Il se passe quelque chose.

— Mais…

— Venez. Dépêchez-vous.

Elle suivit son regard pour essayer de voir ce qui l'inquiétait tout à coup.

— Seigneur ! s'exclama-t-elle en distinguant la sortie de secours.

Elle n'eut pas le temps de comprendre ce qui se passait. Déjà, un bourdonnement menaçant se faisait entendre.

- 4 -

Prise de panique, Beth resta paralysée sur place, sans savoir comment elle devait réagir.

Il était trop tard maintenant pour faire quoi que ce soit. Une meute de journalistes venait de surgir de la cage d'escalier, et les cernait, Luke et elle. Aveuglée par les flashs des appareils photo, elle recula machinalement quand les reporters se mirent à lui brandir des micros devant la bouche.

— Luke, votre réaction à la suspension des poursuites ? cria l'un d'eux.

— Avez-vous engagé l'avocat de Gino pour vous défendre ? questionna un autre.

— Que répondez-vous aux rumeurs qui vous accusent de délit d'initié ?

Sans répondre à aucune question, Luke se protégea le visage d'une main, tandis que, de l'autre, il prenait Beth par le poignet pour l'emmener avec lui en traversant la foule compacte. Dans le tumulte, elle vit qu'une caméra venait de lui heurter violemment l'épaule, mais il ne s'arrêta pas pour autant. Ils parvinrent finalement à se délivrer du piège tendu par les paparazzis, et tournèrent derrière un pilier avant de partir en courant.

Par chance, Beth portait des chaussures plates et

elle put suivre Luke jusqu'à la voiture. Il jeta un regard vers elle et sortit son trousseau de clés de sa poche.

— Montez ! dit-il en déverrouillant les portières.

Le souffle court, elle sauta sur le siège passager pendant qu'il s'asseyait au volant.

Elle eut à peine le temps de refermer sa porte avant qu'il ne démarre en trombe. Dans un crissement de pneus, la voiture tourna à quatre-vingt-dix degrés, avec une telle violence que Beth se trouva projetée contre l'épaule de Luke.

— Ralentissez ! s'écria-t-elle en sentant une odeur de caoutchouc brûlé. Vous voulez nous tuer ?

— Je veux juste me débarrasser d'eux, si possible en évitant d'écraser quelqu'un.

Non sans peine, elle parvint à se redresser, mais ce fut pour retomber aussitôt contre lui, lorsqu'il fit un écart pour éviter un piéton qui traversait. Quelques secondes plus tard, ils avaient regagné la rue.

— Vous êtes en train de les semer, dit Beth en regardant par le pare-brise arrière.

Derrière eux, la voiture beige qui les avait suivis depuis le parking était bloquée au feu qui venait de passer au rouge.

Deux carrefours plus loin, elle se retourna de nouveau ; leurs poursuivants, pris dans la circulation, étaient maintenant hors d'état de nuire. Elle attendit que Luke ait repris une allure raisonnable pour lâcher la poignée à laquelle elle s'était cramponnée.

— Tout va bien ? lui demanda-t-il avec un regard anxieux.

Le cœur battant, elle acquiesça d'un léger signe de tête.

— Comment ont-ils bien pu savoir que nous étions là ?

— Des gens nous ont remarqués, au centre commercial. Vous savez, il suffit d'un coup de téléphone.

Il contrôla son rétroviseur et changea de file.

— Bon, dit-elle en retrouvant peu à peu son calme. Et maintenant ?

— Maintenant, nous allons à l'aéroport.

— Pardon ?

— Tenez le volant, s'il vous plaît.

Interloquée, elle s'exécuta tandis qu'il sortait son téléphone portable.

— C'est Luke De Rossi, annonça-t-il à son interlocuteur. Il faut préparer l'avion, je voudrais décoller dans une demi-heure. Merci.

Puis il raccrocha.

— Nous allons prendre l'avion ? demanda-t-elle d'une voix tremblante, tout en lui rendant le volant.

— Oui.

Beth sentit tout à coup sa gorge s'assécher. Les battements de son cœur, qui s'étaient apaisés, repartirent de plus belle, et elle eut beau essayer de respirer profondément, une peur panique ne tarda pas à s'emparer d'elle.

Dix ans. Il y avait dix ans qu'elle se battait pour vivre sa vie. Elle avait surmonté tant d'épreuves, remporté tellement de succès professionnels et personnels…

Luke avait raison, prendre l'avion était sans aucun doute le meilleur moyen d'échapper aux journalistes.

Mais en était-elle capable ?

Les souvenirs qui l'avaient hantée pendant des

années resurgirent soudain, mais elle s'efforça de les chasser de son esprit.

Elle pouvait le faire. Elle le devait.

Si Beth était parvenue à se convaincre de son courage tant qu'elle était en voiture, ses doutes réapparurent dès l'instant où elle se trouva avec Luke sur le tarmac. A quelques mètres devant elle, un avion privé les attendait.

Les yeux fixés sur sa ligne élégante, ses larges ailes blanches et ses puissants réacteurs, elle sentit un frisson d'angoisse la traverser.

Il lui fallut rassembler toutes ses forces pour ne pas faire demi-tour et s'enfuir en courant. C'était comme si un nœud s'était formé dans son ventre et lui coupait le souffle.

Elle devait repenser au travail qu'elle avait fait sur elle-même. Grâce à sa thérapie, ses cauchemars avaient cessé, et elle avait appris à surmonter ses peurs et son sentiment de culpabilité. Allait-elle les laisser reprendre le dessus sur sa volonté d'avancer ?

— Vous n'aimez pas prendre l'avion ? lui demanda Luke, qui la regardait avec inquiétude.

Sans pouvoir détacher les yeux de l'appareil qui se dressait devant elle, elle hocha doucement la tête.

— Ah. En fait, vous n'êtes jamais montée à bord d'un avion, c'est ça ?

— Si, une fois. Et… Cela ne s'est pas bien passé.

Voilà ce qu'on pouvait appeler un euphémisme, songea-t-elle en prenant une profonde inspiration.

— Nous n'avons que vingt minutes de vol pour nous

rendre à Surfers. Tout juste le temps de monter dans les airs et de redescendre. En tout, nous ne resterons qu'une petite heure à bord, en comptant la vérification avant décollage. J'ai fait ce trajet des centaines de fois.

Oui, mais il suffisait d'un seul trajet, ne put-elle s'empêcher de penser, de plus en plus angoissée.

Lorsque Luke lui prit la main, elle fut si surprise, qu'elle sursauta au contact de sa peau contre la sienne.

— Tout va bien ?

— Non.

— Vous pouvez le faire, je vous assure.

La main dans la sienne, elle se laissa guider sur le tarmac dominé par le bruit du trafic aérien de Brisbane.

— Bonjour, monsieur, dit le pilote, qui les attendait au pied des marches. Nous avons une piste libre, nous pouvons partir dès que vous êtes prêt.

— Dans ce cas, allons-y, John.

Sans lâcher la main de Beth, il monta lentement l'escalier qui les menait à bord. Elle se rendait bien compte qu'elle s'agrippait à lui de toutes ses forces, mais il eut la délicatesse de ne pas lui faire de remarque. Essayant d'ignorer les battements effrénés de son cœur, elle se concentra sur la paume à la fois douce et chaude qui enserrait la sienne, et sur l'autorité rassurante qui émanait de Luke.

Arrivée en haut de l'escalier de métal, elle se figea de stupeur sur le seuil de la cabine.

Le tableau qu'elle avait devant les yeux lui arracha un soupir d'admiration. La lumière du jour qui entrait par les hublots éclairait un intérieur plus luxueux qu'elle n'aurait pu l'imaginer. Six grands fauteuils en cuir clair étaient disposés sur une moquette immaculée, entourée de cloisons en acajou.

— Pas mal, hein ? fit Luke en lui lâchant doucement la main.

— On dirait une limousine.

Faisant un pas en avant, elle ne put s'empêcher de caresser un coussin du bout des doigts. Il était encore plus doux qu'il en avait l'air.

L'odeur qui régnait dans ce véritable salon s'accordait parfaitement avec son atmosphère feutrée. Chaque détail semblait avoir été étudié avec le plus grand soin.

Luke avança à son tour et s'arrêta à côté d'elle. Elle sentit alors un parfum à la fois frais et épicé, délicieusement masculin, qui ne fit rien pour apaiser le trouble qu'elle éprouvait déjà. Et lorsqu'il posa la main dans le bas de son dos, elle comprit que le fait de se trouver dans un avion n'était plus l'unique raison de sa nervosité.

— Installez-vous, et attachez votre ceinture, dit-il en lui montrant le premier fauteuil d'un geste rassurant.

Il prit place sur le siège voisin, et elle n'eut plus d'autre choix que de suivre son exemple.

Quand l'appareil se mit à rouler lentement sur l'asphalte, Luke se tourna vers Beth. Elle avait fermé les yeux, et semblait avoir du mal à respirer. Elle serrait si fort sa main dans la sienne, qu'il ne sentait presque plus le bout de ses doigts.

— Regardez-moi.

Beth mit plusieurs secondes à réagir.

— Pardon ? dit-elle en entrouvrant les paupières.

— Il vaut mieux que vous gardiez les yeux ouverts.

— Qu'en savez-vous ?

— Ma tante, elle aussi, a horreur de prendre l'avion. La première et dernière fois qu'elle l'a fait, c'était il y a quarante ans, le jour où elle a immigré en Australie avec Gino. Depuis, elle ne voyage plus qu'en voiture, en train ou en bateau.

— Ah.

Il y eut une légère secousse, et Beth sursauta à côté de lui. Instinctivement, il commença à lui caresser doucement la main, du bout des doigts, pour la rassurer.

— Que faites-vous ?

— J'essaie de vous calmer.

— Vous ne m'aidez pas.

— Ah non ? répliqua-t-il en regardant son visage pâle d'angoisse. Quand êtes-vous montée dans une limousine ? ajouta-t-il, sans cesser son geste.

— Quoi ?

L'avion prit de la vitesse, et Luke lut la panique dans le regard de Beth. Mais il garda les yeux rivés aux siens, pour la forcer à rester concentrée sur lui.

— Vous avez dit que l'avion ressemblait à une limousine.

— Oui.

Il tendit la main pour orienter l'air conditionné, et un souffle frais vint leur caresser le visage. Beth prit alors une profonde respiration, mais elle ne parut pas plus calme pour autant.

— Alors, la limousine ? Racontez-moi.

— Avec quelques amis, nous nous étions cotisés pour en louer une, pour fêter notre examen de fin d'année. C'est la seule fois où… Ah !

Elle laissa échapper un cri au moment où l'avion quittait la piste. Elle serra brusquement sa main, si fort qu'il dut prendre sur lui pour ne pas crier à son tour.

Toutefois, il ne put retenir une grimace de douleur.

Beth se rendait bien compte qu'elle était en train de compresser la main de Luke, mais il lui était impossible de se détendre. Elle avait l'impression que ce contact l'empêchait de tomber dans le vide. Par chance, loin de lui faire remarquer qu'elle lui faisait mal, Luke s'était penché vers elle et lui murmurait des paroles rassurantes de sa voix grave et chaleureuse. A force de se concentrer sur son timbre et sur la chaleur de ses doigts autour des siens, elle parvint peu à peu à maîtriser sa panique. Elle refusait de laisser sa peur l'emporter sur sa volonté.

Elle refusait de perdre le contrôle d'elle-même.

Pourtant, le regard plongé dans celui de Luke, elle se sentit emportée malgré elle dans une sorte de rêve. A mesure qu'il lui expliquait le niveau de performance de l'avion et tout l'équipement dont il disposait, elle avait le sentiment, malgré la neutralité de ses paroles, qu'ils partageaient une troublante intimité. Etait-ce à cause du contact de sa peau contre la sienne ? Ou de la douceur sensuelle de sa voix ? Sans doute l'un et l'autre. En tout cas, elle ne devait pas être bien lucide à cet instant, car elle crut voir briller dans les yeux de Luke une lueur chargée de promesses…

Lorsqu'il se pencha légèrement vers elle, elle ne put s'empêcher de s'approcher aussi de lui. Absorbée par le mouvement de ses lèvres, elle se sentit en même temps enveloppée par son parfum irrésistiblement masculin, qui lui fit soudain imaginer…

— Beth ?

Elle sursauta.

— Oui ?

— J'ai cru un moment que je vous avais perdue.

— Non, non, je suis là, balbutia-t-elle.

— Au fait, le décollage est passé, dit-il avec un sourire malicieux.

Stupéfaite, elle se tourna machinalement vers le hublot.

— Vous n'avez pas besoin de voir ce qu'il se passe dehors, ajouta-t-il en plaçant ses deux mains autour de la sienne. Regardez-moi, respirez. Et parlez-moi de votre travail.

— De mon travail ?

— Oui, dites-moi comment vous avez fait pour monter votre propre affaire. Vous êtes allée à l'université ?

— Non, répondit-elle nerveusement, en essayant de ne pas détacher son regard du sien. J'ai fait un cursus d'études supérieures dans mon lycée. Après une formation de quatre ans, j'ai décroché mon diplôme de massage thérapeutique. Je…

Elle se tut en sentant l'avion changer de position.

— Continuez.

— J'ai pris quelques cours de gestion, reprit-elle, hésitante, et j'ai travaillé dans plusieurs salons. Et voilà, maintenant, je suis à mon compte.

— Pourquoi avez-vous choisi ce métier ?

— Parce que je le fais bien.

C'était aussi, et surtout, parce qu'elle aimait soulager

la douleur des gens. Mais elle avait la gorge trop sèche pour se lancer dans de longues explications.

— Et votre famille ?

— Je n'en ai pas, lâcha-t-elle d'une voix plus brutale qu'elle ne l'aurait voulu.

— Je suis désolé.

Il y avait de la douceur dans son regard.

— Et vous ?

— Mes parents sont morts quand j'avais quinze ans. Un braquage qui a mal tourné.

Elle resta sans voix, bouleversée par la tristesse soudaine de son regard.

— C'est…

Non, il n'y avait pas de mot pour décrire ce qu'il avait vécu.

— Gino et Rosa se sont occupés de moi jusqu'à mes dix-huit ans.

Beth regarda nerveusement par le hublot, avant de se forcer à fixer de nouveau Luke.

— Vous étiez un élève brillant, non ? Diplômé d'une prestigieuse université à seulement dix-neuf ans…

— Oui, confirma-t-il avec un air un peu gêné. Et depuis, je travaille chez Jackson et Blair.

Le silence qui suivit laissa à Beth le temps d'entendre le vrombissement du moteur. Aussitôt, elle sentit un frisson d'angoisse la parcourir.

— C'est comme être pris dans un tourbillon, reprit Luke après un court instant.

— De quoi parlez-vous ?

— Prendre l'avion. Les sensations que l'on a au décollage, puis pendant le vol. Seulement, avant même qu'on ait eu le temps de savourer ce moment, il faut déjà retourner sur terre.

— Je crois que je préfère la Tarentule.

— Pardon ?

— Vous savez, dans les fêtes foraines, cette araignée géante qui vous fait monter, descendre et tourner à une allure folle ?

— A vrai dire, je n'ai jamais essayé, dit-il en riant.

— C'est vrai ? Vous ne savez pas ce que vous manquez, je vous assure.

— Dites-moi.

Voulait-il vraiment entendre le récit de ses souvenirs d'enfance ? Elle eut un moment d'hésitation, mais comme il l'encourageait du regard, elle se lança.

— Ma mère m'emmenait chaque année à la fête foraine qui s'installait près de chez nous. Il y avait toujours un moment où la Tarentule ralentissait, et un homme nous criait : « Est-ce que vous voulez aller plus vite ? » Bien sûr, nous répondions tous « oui ! » en hurlant, alors il nous disait : « Mettez vos mains en l'air ! » Nous levions les mains et les agitions dans tous les sens, pendant que la machine repartait de plus belle. J'avais le souffle coupé, je ne maîtrisais plus rien, mais j'adorais ça.

— Ce devait être très drôle, en effet, dit-il, l'air amusé.

— Oui, ça l'était.

Ils restèrent un long moment à se regarder sans rien dire. Les yeux noirs de Luke, sa voix, son sourire lui faisaient tellement de bien... Quelque chose lui disait qu'elle devait se méfier de cette délicieuse sensation, et pourtant, elle ne cherchait pas le moins du monde à la chasser.

Lorsqu'elle vit avec quelle intensité ses yeux se posaient sur sa bouche, elle sentit une vague brûlante la submerger. Ce regard lui faisait l'effet d'une caresse sensuelle, elle ne parvenait plus à contrôler les frissons qui la parcouraient. Ses lèvres étaient si près des siennes, à présent…

Allait-il enfin la laisser retrouver la maîtrise de ses sens ?

Elle se redressa et ôta précipitamment sa main de la sienne.

— Nous sommes presque arrivés, annonça-t-il avant de sortir de nouveau son téléphone de sa poche. Vous vous en êtes très bien sortie.

— Merci.

Elle s'efforça de regarder droit devant elle, jusqu'à ce que l'avion amorce sa descente. Et même s'il lui sembla que le silence qui les enveloppait désormais en disait plus long encore que les regards qu'ils avaient échangés, elle s'interdit de mentionner ce qui avait failli se passer.

De toute façon, cette situation ne se reproduirait plus. Il n'était pas question qu'elle succombe aux charmes de Luke De Rossi, ni aujourd'hui, ni jamais.

- 5 -

Beth sentit de nouveau son estomac se nouer au moment de l'atterrissage. Les mâchoires serrées, elle s'agrippa aux accoudoirs de son siège, et il lui fallut toute la volonté du monde pour ne pas pousser un cri d'angoisse.

Mais elle parvint, heureusement, à garder son sang-froid.

Sur le tarmac, une limousine grise les attendait, ce qui la surprit à peine : c'était sans doute l'un des moyens de transport les plus répandus dans la ville fortunée de Surfers.

Au moins, dans un véhicule aussi spacieux, elle pourrait prendre ses distances avec Luke De Rossi, ce dont elle avait le plus grand besoin.

Elle s'installa sur la banquette en cuir et attacha sa ceinture, tout en espérant que les quarante minutes de trajet passeraient vite.

— Vous voulez boire quelque chose ?

Ebahie, elle regarda Luke ouvrir un petit placard, qui était apparemment un réfrigérateur.

— Une bouteille d'eau, un jus de fruits, un Coca…

— Vous n'avez pas de la tequila ?

— Si, bien sûr, répondit-il sans sourciller.

Elle sentit un sourire crispé se dessiner sur ses lèvres.

— De l'eau, ce sera très bien. Merci.

Il lui tendit un verre d'eau fraîche, puis se servit un scotch sur des glaçons.

Se tournant vers la fenêtre, Beth savoura le contact du verre froid sur sa joue avant de boire une gorgée. Avec un soupir, elle repensa à tout ce qui lui était arrivé depuis ce matin : elle avait dû affronter les avocats de Gino Corelli, puis les questions frénétiques des journalistes armés de leurs caméras… Et puis il y avait eu ce trajet en avion, qui avait réveillé ses pires traumatismes.

Mais elle avait réussi à surmonter sa peur.

Cette seule pensée la fit sourire de bonheur. Grâce à l'aide de Luke, à ses encouragements, elle avait accompli ce qu'elle ne croyait plus être capable de faire.

Bientôt, pourtant, son sentiment de victoire se dissipa, laissant place aux souvenirs qui la hantaient depuis toutes ces années. Avec une tristesse infinie, elle se revit à l'âge de dix-huit ans. Si jeune, si faible…

Chaque fois qu'elle repensait à l'accident, elle avait l'impression de recevoir un coup de poignard dans le cœur. Elle avait vécu le pire des cauchemars durant les mois qui avaient suivi. Comme si le fait d'affronter la douleur n'avait pas suffi, elle avait dû résister aux assauts des médias avides des détails les plus sordides. Jusqu'au jour où, lors du premier anniversaire du drame, elle s'était laissé piéger. Et dire qu'elle avait eu la naïveté de croire que ce soi-disant journaliste garderait pour lui ce qu'il connaissait de personnel sur elle !

A force de se cacher pour échapper au harcèlement de la presse et de ne postuler que pour des emplois minables, non déclarés, elle avait été contrainte de vivre dans le quartier le plus pauvre de Sydney. Ce n'était que le jour où elle avait touché le fond, qu'elle avait décidé de réagir en prenant un nouveau départ. Elle s'était inscrite aux cours du soir, et avait pu obtenir son diplôme de masseuse.

Bien sûr, elle aurait pu rejoindre les autres survivants et s'engager avec eux dans une longue et dure bataille judiciaire, mais elle n'avait pas eu la force de s'exposer ainsi. Pendant longtemps, elle avait été incapable de penser à autre chose qu'à l'accident. Des visions d'horreur avaient habité son esprit chaque jour et chaque nuit, ne lui laissant pas une minute, pas une seconde de répit. Il lui avait fallu tellement de temps pour parvenir à laisser son passé derrière elle et se concentrer sur son avenir…

Elle n'allait pas reculer maintenant.

Les paupières closes, elle respira aussi calmement que possible et chassa les souvenirs qui avaient refait irruption dans sa mémoire.

Elle rouvrit les yeux et essuya du revers de la main la buée que son souffle avait déposée sur la vitre. Ce n'était vraiment pas le moment de perdre pied, songea-t-elle en regardant le reflet de Luke dans la fenêtre. Elle avait besoin de toute sa lucidité et de toute son énergie pour franchir le nouvel obstacle qui se présentait devant elle.

Cet homme manipulait chaque jour des millions de dollars. Ses clients et ses amis comptaient parmi les personnages les plus puissants du pays. Comment allait-elle faire face à une telle machine de guerre ?

— Croyez-vous toujours que j'étais la maîtresse cachée de votre oncle ? lui demanda-t-elle sans détour.

Comme il ne répondait pas, elle se tourna vers lui et le regarda dans les yeux.

— Non, dit-il en secouant doucement la tête.

— Tant mieux.

Un nouveau silence s'installa entre eux. Si elle était décidée à ne rien lui céder, il était évident qu'il n'avait pas non plus l'intention de lui accorder ce qu'elle voulait.

— Ma proposition de vous racheter le bail tient toujours, vous savez, lui rappela-t-il. Vous y trouveriez votre intérêt. Vous pourriez vous installer dans un logement neuf, plus proche de Surfers…

— Vous n'y êtes pas du tout, l'interrompit-elle en changeant de position pour lui faire face. Imaginez par exemple que quelqu'un vous confie une vieille voiture. Elle est usée, rayée, et même cabossée et rouillée par endroits. Néanmoins, vous vous rendez bien compte du potentiel de cette voiture, parce que jusqu'à présent, vous n'avez roulé que dans des tacots bons pour la casse. Alors vous décidez de vous en occuper, et de passer le temps qu'il faut pour la réparer. Cela vous prend des années. C'est un travail dur, pénible parfois, mais qui vous fait du bien. Qui vous permet d'avancer vers votre objectif, et de constater que vos efforts et votre détermination vous mènent à un résultat. Peu à peu, cette entreprise devient bien plus qu'un projet pour vous ; elle contribue à construire votre personnalité. Puis arrive le jour où vous regardez votre œuvre, et vous vous sentez plus fier que jamais. Seulement, ce jour-là, un homme sonne à votre porte et vous réclame la voiture. Luke, poursuivit-elle en voyant qu'il allait prendre la parole, je sais que je ne suis que locataire. Mais j'ai mis tout mon cœur pour rénover cette maison, tout simplement parce que je n'avais rien d'autre. Vous pouvez le comprendre, non ?

Le silence qui suivit fut interrompu par la sonnerie du téléphone de Luke. Avec un soupir rageur, Beth se retourna vers la fenêtre. Ne prendrait-il jamais le temps de se mettre à sa place, de tenir compte de ce qu'elle pouvait ressentir ?

Non, Luke De Rossi défendait ses propres intérêts, tout simplement.

Luke saisit son téléphone et décrocha en voyant le nom de son ami et directeur s'afficher sur l'écran.

— Allô, Connor, comment vas-tu ?

— J'ai entendu parler de toi au journal de 10 heures. Tu t'es encore fait suivre, on dirait !

— Oui, grommela Luke. Mais nous les avons semés sur la route, en allant à l'aéroport de Brisbane.

— A l'aéroport ? Mais où es-tu maintenant ?

— Nous sommes à Surfers, sur Pacific Highway.

— Qui ça, « nous » ? Et qu'est-ce que tu fais là-bas ?

Tout en regardant Beth qui lui tournait maintenant le dos, il fit à Connor un résumé de la situation.

— Je vois, répondit-il sèchement.

Luke imaginait parfaitement le regard sévère de son directeur assombrir son visage impassible. Celui-ci avait de quoi être contrarié, d'ailleurs. Tout ce que Gino avait pu faire de contestable au cours de sa vie avait rejailli sur Luke, en raison de leur lien de parenté, et donc sur Jackson et Blair. Cette situation mettait en difficulté une foule de gens qui, tout comme Luke, n'avaient rien à se reprocher. A commencer par Connor Blair. Le juge avait abandonné les poursuites, mais la commission financière était bien décidée à mener une enquête interne au cabinet.

— Et quels rapports Gino entretenait-il avec cette Beth Jones ?

— Aucune idée. J'ai appelé Dylan.

— Dylan ? L'ancien taulard ?

— Il est devenu détective privé. Et il me doit un service.

— Tu es censé être en congé, je te rappelle. Et au cas où tu m'aurais mal compris, ce n'était pas une simple suggestion.

— Je sais, répondit Luke avec un soupir de frustration. Mais je sais aussi que je peux dire adieu à ma promotion, si je ne me lave pas des soupçons qui pèsent sur moi.

— Ne t'inquiète pas, tu as la majorité du conseil d'administration derrière toi. Et j'aurai bientôt convaincu les membres qui ont encore des doutes. Il ne nous reste plus qu'à attendre la décision de la commission, le mois prochain.

— Mais…

— Luke, je ne t'ai jamais connu aussi inquiet, que se passe-t-il ? C'est ton cousin, c'est ça ? ajouta-t-il après une pause. Il est toujours remonté contre toi ?

— Entre autres.

— Et cette Beth Jones, ce n'est pas une criminelle au moins ?

— Pas à ma connaissance.

— Ni une meurtrière en série, une tueuse à gages ? Ou une journaliste ?

— Mais qu'est-ce que…

— Tu n'es pas en danger de mort ? Tu n'es pas sur le point de te faire tuer, de te noyer ? Parce que si ce n'est pas le cas, je ne veux plus entendre parler de toi à la radio, c'est compris ?

— Connor…

— Non, je ne veux rien savoir. Ta rencontre de ce matin avec les journalistes était la dernière. Le cabinet fait l'objet d'une enquête interne, et mon futur vice-président est soupçonné de blanchiment d'argent, simplement parce qu'il est de la famille de Gino Corelli. Tu me rendrais vraiment service en te faisant un peu oublier.

Après une courte hésitation, Luke renonça à insister.

— Combien de temps ?

— Jusqu'à la fin du mois. Je t'appellerai quand tu devras rentrer pour répondre aux questions des enquêteurs.

— D'accord, fit-il en comprenant la pression à laquelle Connor, lui aussi, devait faire face.

— Et, Luke, une dernière chose.

— Oui ?

— Fais-toi faire un massage, si tu ne veux pas finir avec une terrible migraine.

Après avoir raccroché, il se tourna vers Beth, qui tapotait l'écran de son téléphone.

— J'ai un message de Jay, de l'agence immobilière, dit-elle. Elle me propose de la rappeler dans une heure. Je ne sais pas si cela nous sera très utile, maintenant.

Elle rangea son téléphone dans son sac, puis ajouta :

— Alors comme ça, vous attendez une promotion ?

— Oui.

— Quel serait votre nouveau poste ?

— Vice-président du département des investissements internationaux.

— Vous pensez que vous l'aurez ?

— Pour l'instant, je n'en ai aucune idée, admit-il.

— Toute cette histoire…, reprit-elle après un silence. Ce n'est pas bon du tout, n'est-ce pas ?

Etonné par l'infinie douceur de sa voix, il leva les yeux vers elle.

C'est alors qu'il rencontra son regard, un regard déterminé, mais dans lequel il lisait toujours la même vulnérabilité, si émouvante. Pourquoi ressentait-il un tel choc chaque fois qu'il voyait cette lueur briller dans les grands yeux verts de Beth ? Il y avait des années qu'il n'avait pas éprouvé ce désir de protection envers qui que ce soit.

Mais c'était ridicule ! se rappela-t-il aussitôt. Il la connaissait à peine, et elle n'avait aucun besoin qu'il s'occupe d'elle. Il devait se concentrer sur une seule chose : trouver le moyen de faire partir la jeune femme afin de vendre la maison, et de donner l'argent de la vente à Rosa. Ce n'était qu'à cette condition que sa vie pourrait reprendre son cours normal.

— Oh…, dit-il sans conviction. On ne s'en est pas si mal tirés.

— Qu'entendez-vous par « pas si mal » ?

— Personne n'a été blessé, et nous avons obtenu quelques réponses, répondit-il en se massant machinalement le cou.

— Vous oubliez l'embuscade de ce matin…

— Vous comprenez maintenant pourquoi je voulais agir seul ? Ces sauvages n'auraient fait qu'une bouchée de vous.

Beth retint un rire amer. Luke ne savait à quel point il disait vrai… Mais pourquoi fallait-il qu'il la regarde avec une telle intensité ? C'était tellement plus facile de le considérer comme un ennemi quand il se montrait arrogant et hautain !

Irrésistiblement, elle se laissa aller à contempler ses yeux emplis de charme, et sa bouche infiniment sensuelle, sur laquelle se dessinait à cet instant un sourire qui eût fait rêver toutes les femmes du monde. Il était tellement séduisant… Que se serait-il passé, dans l'avion, si elle n'avait pas repris ses esprits à temps ?

Mais elle n'avait aucune raison de continuer à penser à ce baiser. Luke consacrait tout son temps à sa carrière, il n'y avait pas de place dans sa vie pour une relation stable. A quoi bon rêver d'un homme qui ne devait rechercher que des liaisons éphémères ? Elle avait déjà connu suffisamment de souffrances dans son existence ; si elle voulait conserver l'équilibre qu'elle avait acquis, elle devait à tout prix garder ses distances avec Luke De Rossi.

Elle se tourna précipitamment, pour ne plus avoir à le regarder.

— Alors, quelle est notre prochaine étape ?

— Vous êtes décidée à rester avec moi, si je comprends bien ?

— Au cas où vous l'auriez oublié, je suis toujours

liée à cette maison par un bail on ne peut plus légal, et…

— Attendez une minute. Si vous aviez la possibilité d'appeler un avocat, vous l'auriez fait depuis longtemps. Le fait est que vous ne voulez pas partir, et que vous refusez également d'étudier l'offre que je vous ai faite. Il ne me reste donc qu'une seule solution : emménager avec vous.

Ses paroles la laissèrent bouche bée pendant plusieurs secondes.

— Ce n'est pas drôle, dit-elle finalement en soupirant.

— Mais je ne plaisante pas. Avec ces journalistes en planque devant chez moi, il n'est pas question que je rentre. Je ne veux pas qu'ils découvrent l'existence de la propriété dont j'ai hérité. Et de toute façon…

Il s'interrompit brusquement, mais elle savait parfaitement ce qu'il avait voulu dire.

De toute façon, il ne lui faisait pas confiance.

Quelle importance ? Elle ne lui accordait pas non plus le moindre crédit.

— C'est à prendre ou à laisser, Beth. Alors ?

Elle s'était attendue à de nombreuses attaques de sa part, mais elle avait été bien loin d'imaginer qu'il irait jusque-là… Cet homme se croyait donc si supérieur, qu'il estimait disposer d'un pouvoir illimité sur elle !

— Pourquoi faites-vous cela ? demanda-t-elle, indignée. Vous avez obtenu les réponses que vous attendiez, et la maison sera à vous dans trois mois.

— Oui, mais ce n'est pas ma seule préoccupation.

— Je sais, vous voulez éviter que les journalistes parlent encore de vous.

— En effet. Et je tiens aussi à faire tout mon possible pour aider ma famille.

Mais pourquoi refusait-il d'avoir un minimum confiance en elle ? Son comportement la mettait dans une telle rage, qu'elle sentit tout à coup le sang lui monter au visage.

— Je vous propose de faire équipe avec moi, Beth. Je peux essayer de résoudre votre problème avec la banque…

Refusant de l'écouter plus longtemps, elle se tourna de nouveau vers la fenêtre et savoura le silence qui suivit. Mais Luke ne tarda pas à reprendre la parole.

— Donc si je comprends bien, une amie des propriétaires est venue vous voir et vous a dit qu'ils cherchaient une locataire, de préférence une femme célibataire, ne fumant pas et percevant des revenus réguliers.

Cette fois, elle le regarda et acquiesça d'un léger signe de tête. Qu'allait-il faire à présent ?

— Il est temps que nous allions rendre visite à ma tante.

Curieusement, elle eut le sentiment qu'il avait prononcé ces mots à contrecœur. Et lorsqu'elle observa l'expression de contrariété qui venait de s'afficher sur son visage, son sentiment se changea en certitude.

— Vous n'avez pas envie d'aller la voir.

— Qu'est-ce qui vous fait dire ça ? fit-il sèchement.

— Vos sourcils froncés, votre mâchoire crispée. Et les paroles de l'avocat, qui vous a vivement conseillé de le faire.

Il marqua une longue pause avant de lui accorder un semblant d'explication.

— Je ne l'ai pas vue depuis le jour de la lecture du testament de Gino. C'était il y a deux semaines.

— Alors pourquoi…

— C'est compliqué.

— Je vois.

Elle ne voulait pas le forcer à parler, mais en observant ses yeux tristes, elle ne pouvait s'empêcher de penser qu'il cachait quelque chose. Et que ce secret le rongeait.

— D'abord il y a eu cette enquête sur Gino, commença-t-il, comme pour se justifier. Puis mon oncle a fait une crise cardiaque… Ma tante a traversé de nombreuses épreuves, ces derniers temps.

— Vous aussi. La colère que vous gardez en vous ne peut rien apporter de bon, vous devriez voir quelqu'un.

— Je n'ai pas besoin d'un psy.

— Je pensais plutôt à un physiothérapeute ou à une masseuse.

— Il faut que je dorme, c'est tout. Vous savez, ajouta-t-il en la regardant avec insistance, nous nous ressemblons plus que vous ne le pensez.

— Ah, vous croyez ?

— Nous sommes tous les deux passionnés par notre travail, nous devons faire face à beaucoup de pression, et surtout, nous sommes tous les deux mêlés à une affaire qui est venue perturber le cours de notre vie. Ce qui me ramène à ma première interrogation : quel lien peut-il bien y avoir entre nous ?

— Je n'en sais pas plus que vous à ce sujet.

Jetant un regard par la vitre, elle remarqua le panneau qui indiquait l'entrée dans le quartier de Sunset Island.

— Certes, ponctua-t-il, l'air dubitatif.

— Vous croyez vraiment que je vous cache quelque chose ?

— Je serais prêt à parier mes quinze ans chez Jackson et Blair que oui.

— En quinze ans, on peut dire que vous êtes passé maître dans l'art d'éviter les questions.

— De quoi parlez-vous ?

— De la relaxation. Qu'en pensez-vous ? Vous n'avez rien à perdre. A moins que vous aimiez avoir mal au cou.

— J'ai l'impression que vous tenez plus que moi à ce que je me soigne, fit-il observer avec un demi-sourire.

— Oh ! mais vous faites comme vous voulez. Si vous préférez ignorer les conseils d'une experte…

Elle feignit l'indifférence autant qu'elle le put, mais il n'avait pas tort ; elle ne pouvait pas s'empêcher de souffrir pour lui en le regardant.

— D'accord pour un massage, dit-il soudain. En échange de quelques renseignements sur vous.

Décidément, il n'abandonnait jamais. Mais s'il pensait pouvoir obtenir des révélations, il se trompait sur elle.

— Je n'ai pas l'habitude de révéler des éléments de ma vie privée à un inconnu.

— Et avez-vous l'habitude de passer des heures en tête à tête avec un inconnu ?

Elle se sentit rougir. Pourquoi s'amusait-il autant à jouer avec ses nerfs ? Il allait finir par la rendre folle ! Si seulement elle avait pu sortir de la voiture et fuir à toutes jambes, au moins pour se retrouver seule quelques instants. Elle avait besoin d'espace, de temps pour réfléchir.

— Ecoutez, j'en ai assez de ces disputes, dit-elle après un long silence.

— Il ne tient qu'à vous qu'elles cessent.

En réalité, elle n'avait pas le choix. Si elle ne se battait pas, elle risquait de perdre tout ce qu'elle avait.

— Beth, je ne partirai pas tant que je n'aurai pas percé ce mystère. Mais je n'ai pas l'intention de vous gâcher la vie pendant que je serai là, je peux même me rendre utile. Je crois que la porte du placard de la cuisine aurait besoin d'une petite réparation. Et je fais très bien les lasagnes, ajouta-t-il avec un sourire espiègle.

Ses paroles la laissèrent sans voix. Le simple fait de l'imaginer en train de faire la cuisine chez elle la troublait presque autant que le regard brûlant qu'il posait sur elle à cet instant.

— Vous êtes tentée, n'est-ce pas ? Vous aimeriez bien goûter mes lasagnes, je le vois bien.

Oui, elle mourait d'envie de les goûter, tout comme elle rêvait de découvrir le goût de ses lèvres sublimes, qui continuaient à lui sourire irrésistiblement… Mais allait-elle céder à son petit jeu de séduction ? Certainement pas.

— Vous croyez que je ne vois pas ce que vous essayez de faire, avec votre sourire enjôleur ?

— Mais vous vous trompez, je…

— Allons, inutile de nier. Franchement, vous croyez que ça marche avec moi ?

— Vous voulez savoir ce que je crois ? répliqua-t-il avec un air amusé. Ce qui vous embête, c'est que vous voudriez me détester, mais que vous n'y arrivez pas.

Comme elle allait protester, il fit un geste pour l'empêcher de l'interrompre.

— Je crois que, malgré cette situation pour le moins particulière, *cara*, je vous plais.

— N'importe quoi ! s'exclama Beth, rouge de colère.

— Ah, vous en êtes sûre ?

Cet homme était le danger incarné. Malgré le trouble qu'il venait semer dans sa vie, elle ne pouvait réprimer les frissons qui la traversaient dès qu'elle repensait à la chaleur de sa main contre la sienne, à la douceur de sa voix… Et dire qu'il allait dormir sous son toit et partager sa salle de bains !

— Oui, j'en suis sûre.

Elle se retourna brusquement vers la fenêtre, mais elle sentait toujours sa présence tout près d'elle. Comment allait-elle faire pour garder son sang-froid pendant qu'ils partageraient la même maison ?

S'efforçant de calmer sa colère, elle se laissa aller contre le dossier du luxueux siège en cuir et respira profondément. Il fallait qu'elle parvienne à remettre ses idées en ordre.

Hélas, lorsqu'elle eut pris le temps de réfléchir, elle fut obligée de se rendre à l'évidence : elle n'aimait pas les méthodes de Luke, et sa présence mettait ses nerfs, mais aussi ses sens, à rude épreuve ; et pourtant, elle avait besoin d'aide pour retrouver Ben et régler son problème avec la banque.

Sans compter que, si Luke venait passer quelques jours avec elle, elle aurait l'occasion de le convaincre de lui vendre la maison.

Résignée, elle se retourna vers lui.

— Il nous faudra établir certaines règles.

— Telles que… ?

— Premièrement, nous partagerons toutes les informations que nous trouverons.

Il hocha lentement la tête, comme s'il se méfiait de la suite.

— Deuxièmement, il n'y aura aucune ambiguïté entre nous. Je suis sérieuse, Luke, ajouta-t-elle en réponse à son sourire moqueur. Pas de sourire, pas de contact physique. Rien.

— Même maintenant, je dois arrêter de vous sourire ?

— Vous m'avez comprise. Je ne veux pas que vous jouiez les séducteurs avec moi. Arrêtez !

— Ça, *cara*, je ne peux pas vous le promettre, dit-il en essayant vainement de retrouver son sérieux. Mais je garderai mes distances, si c'est ce que vous voulez. Néanmoins, si jamais vous changez d'avis…

— Ne rêvez pas, lâcha-t-elle avec autant de conviction que possible.

Mais dans sa poitrine, son cœur battait de plus en plus fort.

— Si vous le dites.

— Vous doutez de ma volonté ?

— Non. Je me demande juste pourquoi vous paraissez si nerveuse.

Mais quelle arrogance ! Heureusement, elle apercevait maintenant la maison, et d'ici quelques secondes, elle pourrait enfin retrouver sa liberté.

Lorsque la voiture fut arrêtée, Beth sortit précipitamment. Elle marcha jusqu'au perron en ignorant Luke ostensiblement. Après ce qu'il avait osé lui dire, elle n'allait certainement pas l'inviter poliment à entrer.

— Il ne sert à rien de fuir, *cara*.

Elle frémit en entendant sa voix suave juste derrière elle.

— Vous me dites que j'ai besoin de me détendre, ajouta-t-il, mais je pourrais vous retourner ce bon conseil.

— Mais comment voulez-vous que je me détende ? explosa-t-elle tout à coup. Il ne vous est pas venu à l'esprit que c'était peut-être vous, la cause de mon énervement ?

Dans un geste de rage, elle sortit sa clé et l'inséra dans la serrure, sans manquer au passage de se casser un ongle. Laissant échapper un juron, elle fusilla Luke du regard.

— J'ai passé les dix dernières années à construire ma vie comme je le pouvais, et il a suffi que vous débarquiez chez moi pour que tout s'écroule. Pouvez-vous seulement imaginer ce que je ressens ?

Abandonnant son trousseau de clés sur la serrure, elle inspira profondément pour se donner de l'assurance.

— Croyez-moi, ça ne me fait pas plaisir de demander de l'aide, mais c'est vrai, j'en ai besoin. En revanche, retenez bien ceci : je n'ai pas besoin de vous sur un plan personnel, et encore moins physique. Alors oubliez toutes les idées que vous avez pu vous faire sur moi.

— Vous avez fini ? l'interrogea-t-il calmement après un court silence.

— Oui.

— Bien. Vous aussi, vous vous êtes fait des idées sur moi. Je ne suis pas du tout le genre d'homme à jouer les sauveurs. Tout ce que je veux, c'est laver mon nom de tout soupçon et retourner au travail le plus vite possible. Et comme vous, je veux éviter que cette histoire s'ébruite.

Le bruit des clés tombant au sol l'interrompit soudain. D'un même mouvement, ils se penchèrent pour les ramasser, et Beth n'eut pas le temps d'ôter sa main qu'elle touchait déjà celle de Luke. Troublée, elle leva les yeux vers lui, et lorsqu'elle rencontra son regard, il lui sembla que le temps avait suspendu son cours. Elle ne savait plus si elle avait hâte qu'il s'en aille ou si elle voulait à tout prix qu'il reste avec elle. Comment pouvait-elle éprouver envers lui des sentiments aussi contradictoires ?

Elle se releva lentement, non sans remarquer une ombre dans ses yeux noirs. Comme s'il regrettait aussi que cet instant doive prendre fin.

D'une main tremblante, elle parvint à ouvrir la porte et avança dans l'entrée. Elle devait se rendre à l'évidence : le moindre contact avec Luke De Rossi lui faisait perdre tous ses moyens, voilà pourquoi elle devait éviter à tout prix que cette situation se reproduise.

Quand elle trouva finalement le courage de se retourner, ce fut pour découvrir la silhouette imposante de Luke, debout dans l'encadrement de la porte. Malgré la confusion qui s'était emparée d'elle, elle eut tout à coup le sentiment de pouvoir se reposer sur lui. Il émanait de lui une telle assurance…

— Faites-moi confiance, Beth, fit-il de sa voix grave. Je trouverai bientôt toutes les réponses nécessaires.

Elle n'en doutait pas. Et c'était justement ce qu'elle redoutait.

- 6 -

Beth songea un moment à faire sa valise pour fuir aussi loin que possible. Mais elle avait appris à affronter les épreuves, et elle s'interdisait de renoncer maintenant.

Assise dans la cuisine, elle regarda par la fenêtre et vit Luke, occupé à passer quelques appels téléphoniques. Si seulement il décidait de confier cette affaire à un avocat ! Si seulement elle pouvait cesser de le voir jusqu'au jour où ils se retrouveraient devant un juge ! Mais il avait été très clair : il voulait régler cela lui-même.

Et elle allait devoir vivre pendant quelque temps sous le même toit que lui.

Quelle erreur elle avait commise, le jour où elle l'avait laissé entrer chez elle ! Il était assez intelligent et déterminé pour percer à jour ses secrets, et lui faire perdre tout ce qu'elle avait.

Mais était-ce vraiment son seul souci ? se demanda-t-elle soudain en le contemplant debout dans son jardin, éclairé par les rayons chauds du soleil.

Repoussant les émotions qui l'assaillaient, elle se leva d'un bond et sortit un verre du placard.

Luke n'était peut-être pas un sauveur, mais il avait

tout d'un justicier. Il avait la certitude que les méchants seraient punis et les bons récompensés.

Hélas, elle ne partageait pas son optimisme.

Etait-elle naïve, de voir en lui un homme de bien ? Il eût été infiniment plus facile de se fier à son apparence, et de le considérer comme un privilégié avide d'argent et de pouvoir. Mais en réalité, il ne cherchait qu'à protéger sa famille, et il continuait à défendre la mémoire de Gino Corelli en dépit des accusations qui fusaient de toute part.

Et c'était lui qui lui avait tenu la main en avion, pour l'aider à calmer son angoisse. C'était lui qui avait proposé de faire la cuisine pour elle.

Après tout, il était naturel qu'elle soit troublée en sa présence. Il y avait si longtemps qu'un homme n'avait pas posé les mains sur elle… Chaque fois qu'elle sentait son parfum, un désir irrépressible naissait en elle, et elle ne pouvait rien contre cela.

Pourquoi fallait-il, après toutes ces années de célibat, qu'elle éprouve de nouveau le besoin d'être dans les bras d'un homme ?

D'un geste mal assuré, elle se servit un verre de jus de fruits frais.

Dehors, Luke était en train de ramasser un petit sac de voyage, celui que le chauffeur avait sorti du coffre de la limousine. Il avait un corps si parfaitement dessiné…

Non, songea-t-elle aussitôt. Elle ne devait penser ni à sa prestance, ni à son sourire séducteur, ni à son regard intense. Elle devait se concentrer sur ses problèmes. Ce n'était qu'une question de volonté, après tout.

Mais lorsqu'il la rejoignit à l'intérieur, elle sentit toutes ses forces l'abandonner.

— Je vais préparer la chambre d'amis, dit-elle avant de quitter précipitamment la pièce.

C'était une pièce qui lui servait de bureau, et en entrant, elle se rendit compte à quel point elle était en désordre. Elle prit une caisse et rassembla à la hâte les flacons d'huile aromatique et les sachets de feuilles parfumées, qu'elle rangea dans l'armoire. Puis elle replaça sur les étagères les dossiers éparpillés sur la table, ramassa une paire de chaussures qui traînait et ouvrit le canapé-lit.

Mais tandis qu'elle sortait des draps propres et achevait de préparer la chambre, elle ne pouvait chasser de son esprit le souvenir du trajet en avion. Mais surtout, elle repensait à l'instant où elle s'était trouvée si près de Luke, où elle avait lu le désir brillant dans ses yeux, où elle avait senti la chaleur de sa main contre la sienne.

Le souffle coupé, elle le vit justement apparaître sur le pas de la porte.

— Je peux vous aider ?

— Non, merci.

Elle plaça le dernier oreiller à la tête du lit et se redressa, pour découvrir que Luke l'observait avec attention. Mais ce n'était pas tout. Son regard brillait de cette flamme ardente qu'elle avait décelée plusieurs fois déjà ; mais elle disparut aussitôt.

— Ecoutez, commença-t-elle. Je suis consciente d'avoir été quelque peu…

— Excessive ?

— J'essayais de me défendre, mais je suis allée trop

loin. Je reconnais que… Enfin, je crois en effet que vous êtes en mesure de prendre les choses en main.

— Pour ce qui est de notre affaire, oui, certainement, précisa-t-il avec un sourire chargé de sous-entendus.

S'il cherchait à la mettre mal à l'aise, il s'y prenait extrêmement bien.

Après avoir ramassé la tasse vide qui traînait encore sur le bureau de la chambre, elle se dirigea vers la porte d'un pas décidé. Seulement, Luke se tenait encore dans le passage, et elle eut le plus grand mal à contrôler son émotion lorsqu'elle le frôla en passant près de lui.

— Je vais courir, annonça-t-elle, espérant cacher sa nervosité. Je vous laisse vous installer, faites comme chez vous.

Sans lever les yeux vers lui, elle sortit aussi vite que possible.

Il y avait dix minutes que Beth était partie se changer, lorsque Luke la vit descendre l'escalier. Elle portait un short et un débardeur, et ses boucles blondes s'échappaient d'une casquette bleue. Arrivée en bas, elle traversa l'entrée et sortit en claquant la porte.

Il était grand temps qu'il se ressaisisse, songea-t-il avec un soupir. S'il continuait ce jeu de séduction, il savait parfaitement où cela le mènerait, et…

Non. Beth lui avait dit clairement qu'il n'était pas question qu'il se passe quoi que ce soit entre eux. Et pourtant… Pourtant, il était sûr d'avoir vu une lueur de désir dans ses yeux. Cette étincelle ne pouvait pas être le fruit de son imagination.

Le seul souvenir de ses lèvres sublimes, de la douceur de sa peau, de son regard à la fois si expressif et si mystérieux, éveillait en lui des émotions qu'il ne reconnaissait pas.

Il n'avait jamais été passionné par autre chose que son travail et sa carrière, se répéta-t-il en descendant l'escalier à son tour. Jamais, pas même avant d'avoir cette promotion en perspective.

Et avant Gabrielle ?

Il sentit son cœur se serrer. Non, pas même avant Gabrielle. Son mariage, aussi bref que désastreux, n'avait fait que lui prouver ce qu'il avait toujours pensé : il était impossible de mener de front une grande carrière professionnelle et une vie personnelle épanouie. Il fallait choisir.

Et c'était ce qu'il avait fait, en n'ayant plus que des relations sans lendemain, avec des femmes qui avaient adopté le même mode de vie que lui.

Il avait renoncé à tout engagement sentimental, et c'était très bien ainsi.

En entrant dans le salon, il promena son regard autour de lui. Une porte donnait sur la petite entrée, l'autre sur la cuisine, d'où provenait une légère odeur de café. La lumière du jour entrait par la grande baie vitrée, illuminant les murs jaune pâle et les deux canapés disposés autour de la table basse. Un petit poste de télévision, une cheminée et une grande bibliothèque complétaient ce charmant décor, le tout étant dominé par un plafond aux poutres apparentes. Au sol, le parquet était recouvert par endroits de tapis colorés.

Il était évident que cette pièce avait été entièrement aménagée et décorée au goût de Beth, et non de Gino.

En un mot, la théorie d'une relation entre eux deux paraissait de moins en moins plausible.

En s'approchant d'une étagère, Luke remarqua trois photos encadrées. Sur l'une d'elles, Beth, tout sourire, posait en compagnie d'une autre femme. La deuxième montrait un paysage de bord de mer, et la dernière était le portrait en noir et blanc d'une blonde au sourire séducteur.

Il remarqua une bougie à la forme particulière et la prit machinalement dans sa main, pour en humer le parfum. Tout à coup, c'était comme si Beth était entrée dans la pièce. La jeune femme sentait si bon… Rêveur, il reposa délicatement le bougeoir.

Cet endroit avait tellement de charme, infiniment plus que son grand appartement de Brisbane. Bien sûr, il disposait chez lui des équipements les plus modernes, aussi bien dans la cuisine que dans les trois grandes pièces à vivre. Mais en dépit de son écran géant et de ses appareils dernier cri, il avait souvent l'impression de vivre dans un logement vide. Privé d'âme, de nature, et même d'intimité depuis que des journalistes s'étaient installés au pied de l'immeuble.

Curieusement, pour la deuxième fois de sa vie, il trouvait refuge dans une maison appartenant à son oncle Gino.

Mais plus rien n'était comme à l'époque de ses quinze ans. Il n'était plus l'adolescent malheureux et révolté qu'il avait été, enfermé dans sa colère et révolté contre tant d'injustice.

Il leva les yeux et lut les titres des livres qui emplissaient la bibliothèque : *Manuel d'aromathérapie*, *Guide des plantes médicinales*, *Conseils aux dirigeants de*

PME, *L'histoire complète de la bande dessinée*. Il y avait aussi des romans de science-fiction, dont l'usure prouvait qu'ils avaient été lus et relus.

Soudain, un étrange sentiment de bien-être l'envahit. Ce lieu avait quelque chose d'unique. De personnel.

Il resta ainsi quelques instants, à profiter de cette atmosphère si particulière. Mais bientôt, il s'efforça de réfléchir à ce qu'il avait à faire. Ce n'était pas le moment de se laisser distraire. Cette maison ne serait pour lui qu'un refuge, en attendant sa rencontre avec les enquêteurs, qui devait avoir lieu le mois suivant. Après cela, l'affaire serait résolue, et il retrouverait sa place au cabinet. Tout simplement.

Décidé à repousser ses émotions, il sortit dans le jardin pour prendre l'air. Il ne perdait jamais son sang-froid quand il avait une décision à prendre, et il n'avait aucune intention que ça change aujourd'hui.

Dehors, il fit quelques pas avant d'aller s'asseoir sur la balançoire. Quel calme, quel silence…, ne put-il s'empêcher de remarquer. Rien ne venait troubler cette belle journée de printemps.

Prenant une profonde inspiration, il ferma les yeux. Il sentait le parfum de l'herbe, de l'iode marin, du citronnier.

Le parfum de Beth.

Il demeura ainsi un long moment, puis rouvrit lentement les paupières. En regardant son téléphone, il réalisa que trente minutes s'étaient écoulées. Une demi-heure entière, pendant laquelle il n'avait pensé ni aux négociations avec ses clients, ni aux mauvaises surprises que pouvait encore lui réserver Gino.

Le commentaire que Marco lui avait fait le jour de l'enterrement était-il juste, en fin de compte ?

«Luke, tu attaches trop d'importance au passé et à ce que tu ne peux plus changer. Tu gardes cette rancœur en toi depuis bien trop longtemps. Crois-en quelqu'un qui est passé par là : si tu ne lâches pas prise, tu risques de craquer un jour l'autre. »

Les paroles de son cousin résonnaient encore dans sa mémoire. Mais chaque fois qu'il essayait d'y réfléchir, Luke était pris d'un tel vertige, qu'il aimait mieux penser à autre chose.

Sans attendre davantage, il chercha un numéro dans son répertoire et passa le premier appel d'une longue série.

Beth ne courait pas seulement parce qu'elle aimait cela. Cette activité, plus qu'aucune autre, l'aidait à faire le vide dans son esprit. Et c'était exactement ce dont elle avait besoin aujourd'hui.

Prenant son rythme habituel malgré la chaleur de l'après-midi, elle courut jusqu'au bout de la rue avant de tourner dans une allée bordée d'arbres. Après quelques foulées, elle atteignit le petit parc et monta sur le pont qui traversait l'étang. Le soleil faisait briller la surface de l'eau et les oiseaux chantaient autour d'elle, mais elle ne se concentrait que sur sa respiration. C'était le meilleur moyen de ne pas avoir à réfléchir.

Au bout d'une heure de course, épuisée, elle prit le chemin du retour. Elle avait mal aux jambes et son débardeur lui collait à la peau, mais elle ne regrettait pas son effort. Au moins, pendant ce temps, elle n'avait pas pensé à Luke.

Elle s'arrêta à quelques mètres de chez elle et s'étira longuement, puis finit le chemin en marchant. Elle fit une pause en arrivant, et prit le temps de regarder son jardin.

Il fallait qu'elle mette des parterres de fleurs autour de la pelouse. Quant aux orangers, ils avaient besoin d'être taillés. Elle devait aussi penser à balayer le perron.

Son inventaire fini, elle huma l'air doux et parfumé dont elle ne se lassait pas. Cet endroit représentait un véritable paradis pour elle, après les moments qu'elle avait passés dans les quartiers urbains les plus sordides.

Oui, elle se sentait bien ici, et elle aurait le sentiment de perdre une partie d'elle-même, si elle se voyait obligée de partir. Elle devrait tirer un trait sur les bons souvenirs qu'elle avait réussi à créer ces dix dernières années.

Si Luke voulait la chasser, il allait devoir déployer encore plus d'énergie qu'elle.

Prête à entamer un bras de fer avec lui, elle marcha d'un pas décidé jusqu'à la maison. Si elle arrivait à tenir une semaine ou deux, elle pouvait espérer qu'il s'impatienterait et finirait par accepter son offre d'achat. Ils se mettraient d'accord sur un prix, signeraient un contrat, et puisque son affaire avait un certain succès, elle obtiendrait sans doute un prêt de la banque.

— Ah, vous êtes rentrée.

Sa voix la fit sursauter.

— Vous m'avez fait peur !

Comme il avançait vers elle, elle remarqua son regard sérieux.

— Qu'y a-t-il ? l'interrogea-t-elle, inquiète.

— Il faut que nous parlions, annonça-t-il en s'appuyant contre le mur de l'entrée.

Quel piège préparait-il encore ?

— Donnez-moi un quart d'heure, je vais d'abord prendre une douche.

— Si vous ne revenez pas, je monterai vous chercher.

Se sentant rougir, Beth fila en direction de l'escalier. Oserait-il faire intrusion dans sa salle de bains si elle s'y attardait ? Il valait mieux qu'elle n'imagine pas cette possibilité.

- 7 -

Une dizaine de minutes plus tard, Beth entrait dans la cuisine. Elle portait un T-shirt et un pantalon kaki, et ses cheveux humides étaient noués en une queue-de-cheval.

Luke la regarda marcher jusqu'à l'évier, où elle se servit un grand verre d'eau. A en juger par son regard fuyant, elle était mal à l'aise.

— Vous êtes bien installé ? lui demanda-t-elle d'une voix nerveuse.

— Oui, merci. C'est une belle maison, et très spacieuse.

— Oui, approuva-t-elle en souriant. Je me sens vraiment chez moi ici, cela ne m'était jamais arrivé auparavant.

A ces mots, il ne put s'empêcher d'éprouver une pointe de culpabilité. Surtout après ce qu'il avait fait pendant l'absence de Beth… Décidé à découvrir son secret, il avait fouillé dans ses dossiers, puis dans les tiroirs de son bureau. Comme il ne trouvait rien, il était allé dans sa chambre et avait ouvert son armoire. C'était à contrecœur qu'il avait continué à chercher dans ses affaires, jusqu'au moment où il avait trouvé quelque chose dans le fond de sa penderie.

Qui pouvait bien être Taylor Stanton ? Et surtout,

pourquoi Beth gardait-elle son certificat de naissance dans une vieille boîte à chaussures ?

Chassant les réticences qu'il avait eues à enquêter sur elle, il avait téléphoné à Dylan, le détective privé qu'il employait, pour lui parler de ses découvertes.

Mais à présent, Beth était assise à table en face de lui, et il avait vraiment mauvaise conscience. Avec un peu de chance, cette piste ne mènerait nulle part, et elle ne saurait jamais qu'il avait fouillé dans ses affaires.

Il se raidit tout à coup en sentant la douleur se réveiller dans ses épaules. Quand cela allait-il enfin s'arrêter ?

Sans doute une fois qu'il aurait réglé ses problèmes. D'abord, il avait dû quitter son travail, puis son appartement. Non seulement il se sentait terriblement inutile, mais voilà en plus qu'il en était rendu à jouer les espions.

Mais avait-il eu le choix ?

Cherchant à oublier son malaise, il prit la tasse de café qu'il s'était préparée et but une gorgée.

— J'ai passé plusieurs coups de téléphone. D'un point de vue légal, l'agence immobilière n'a aucune obligation de renouveler votre bail. Il suffit que je me procure une copie de l'acte notarié pour récupérer la maison, ce qui ne devrait prendre que quelques jours. Pendant ce temps, je vais aller parler à ma tante.

En lisant dans ses yeux l'angoisse qu'elle cherchait vainement à cacher, il ressentit un élan de compassion et de sympathie envers elle.

Malheureusement, il ne pouvait pas se permettre de laisser traîner les choses. Beth allait devoir trouver un autre logement. Quant à lui, il allait devoir faire face à Rosa.

— Quelque chose me dit que vous aimeriez mieux vous passer de cette visite.

Etait-il si facile de lire dans ses pensées ?

— Il n'y a plus d'enquête en cours, mais ma famille souffre encore des retombées de ce tapage médiatique. Je suis soupçonné de tous les maux, et cela ne facilite pas vraiment les rapports familiaux.

— Mais vous êtes innocent.

Surpris par sa réaction, il marqua un temps d'arrêt.

— Alors, vous ne croyez pas que j'aie utilisé Jackson et Blair pour blanchir l'argent sale du casino ?

— Non, répondit-elle avec un rire moqueur.

— Pourquoi ?

— Parce que je vous ai bien observé aujourd'hui. Vous pouvez être arrogant et prétentieux, mais je crois que vous suivez une certaine éthique. Je ne pense pas que vous feriez quoi que ce soit qui puisse nuire à votre réputation.

Il n'était pas certain de devoir prendre sa remarque pour un compliment, mais au moins, elle croyait en son honnêteté. A tort ou à raison…

— Je vois, se contenta-t-il de répondre.

Il fut pris d'une soudaine émotion en voyant la douceur de son regard. Il la connaissait à peine, et pourtant, en dépit du conflit qui les opposait, elle était capable de lui réchauffer le cœur en un instant.

Si seulement elle n'avait pas été la seule à croire en son innocence… Hélas, il se sentait piégé, et n'osait imaginer ce qui lui arriverait, s'il ne s'en sortait pas.

Sa tête lui fit brusquement l'impression d'être prise dans un étau, et il grimaça de douleur.

— Je peux vous soulager, vous savez.

— Ah oui ? marmonna-t-il.

Elle avait réellement l'air de souffrir pour lui. C'est alors qu'elle se leva et s'approcha de lui. Délicatement, elle lui prit la main pour qu'il cesse de se frotter le cou.

— Laissez-moi vous aider.

Aussitôt, il sentit de nouveau cet élan de désir l'envahir, comme lorsqu'il lui avait pris la main dans l'avion. Mais il savait qu'il ne devait pas s'engager sur ce terrain-là avec elle.

— C'est mon métier, lui rappela-t-elle. Vous ne serez utile à personne, si vous êtes diminué, et je sais comment vous remettre d'aplomb.

— Vous n'avez pas besoin de…

— Si. Luke, s'il vous plaît, laissez-moi faire.

L'espace d'un instant, il resta sans rien dire, les yeux rivés aux siens. Sa proposition était si tentante…

— D'accord, merci.

Elle sourit, l'air satisfait.

— Allez dans le salon. Je vais chercher mes affaires.

Disparaissant à l'étage, elle revint quelques minutes plus tard avec plusieurs flacons dans les mains. Elle ferma les rideaux pour plonger la pièce dans une semi-obscurité, prit sous l'escalier une sorte de lit pliant, et l'ouvrit.

— J'imagine que vous n'avez jamais reçu de massage thérapeutique, dit-elle, tandis qu'il la regardait faire avec curiosité.

— Une fois, je crois. Il y a très longtemps. Maintenant, je n'ai plus le temps.

— Vous devriez le prendre.

— Oui, il y a tellement de choses que je devrais prendre le temps de faire... Sauver le monde, par exemple.

— Enlevez votre chemise et allongez-vous sur le ventre, dit-elle d'une voix étrange.

Lorsqu'il se fut exécuté, il sentit le regard de Beth posé sur lui, et un frisson le traversa. Bientôt, elle appliquerait ses doigts experts sur ses muscles endoloris...

Il l'entendit se frotter les mains, et la délicieuse odeur d'une huile parfumée flotta soudain autour d'eux. La perspective d'un contact doux et voluptueux avec la jeune femme l'enchantait d'avance.

Mais quelle ne fut pas sa surprise, lorsqu'il sentit tout à coup ses pouces s'enfoncer avec force dans le bas de son dos ! Il manqua de tomber de la table.

— Enfin, qu'est-ce que... ?

— Ne bougez pas.

— Mais ça fait mal !

— Ne faites pas l'enfant.

— Vous le faites exprès, l'accusa-t-il lorsqu'elle recommença le même geste.

Par chance, elle appuyait maintenant un peu moins fort.

— Oui, je le fais exprès, puisque mon but est de vous débarrasser de toute cette tension.

A mesure qu'elle le massait, il sentit son dos se réchauffer, mais il avait le plus grand mal à ne pas crier quand elle touchait un point douloureux.

— Vous êtes sujet aux migraines ? lui demanda-t-elle.

— Non.

— Aux crises d'angoisse ?

— Vous croyez que…

— A des problèmes d'impuissance ?

— Certainement pas.

A quoi rimait donc cet interrogatoire ?

— Vous avez de la chance, conclut-elle. Ce sont pourtant les révélateurs d'un environnement trop stressant.

Il laissa échapper un long soupir en sentant ses mains remonter le long de son dos. A présent, ses gestes lui faisaient de plus en plus de bien. Elle s'y prenait à merveille pour le soulager.

— Alors, comment se fait-il qu'une femme chanceuse ne se soit pas encore fait une place dans votre vie ? demanda-t-elle, taquine.

— Je me consacre à ma carrière, dit-il en chassant ses souvenirs les plus amers. Je ne suis pas disponible pour une relation durable.

— Ou bien vous n'avez pas encore rencontré la bonne personne.

— Non, je sais ce que je dis, croyez-moi. Je rencontre beaucoup de femmes…

Il s'entendit soupirer de plaisir sous l'effet de ses doigts.

— Ah, je vois.

Elle continua son massage en silence, et il eut beau essayer de prendre sur lui, il entendait les respirations sonores de Beth chaque fois qu'elle appuyait plus fort.

Cette situation avait quelque chose d'incroyablement érotique. Le fait de l'imaginer penchée au-dessus de son dos nu, de sentir ses mains expertes le délivrer enfin, ne pouvait que lui inspirer des pensées voluptueuses.

Finalement, elle remonta jusqu'à ses épaules et les prit entre ses mains.

— Vous êtes noué à cet endroit, remarqua-t-elle d'une voix soucieuse.

Tandis qu'il essayait de chasser de son esprit une vision de Beth nue en train de le masser, elle vint se placer devant lui. Se penchant au-dessus de sa tête, elle commença à lui frotter le bras gauche, tout en continuant à lui malaxer les épaules.

Cependant, étant donné la position dans laquelle il se trouvait, Luke ne pouvait voir que les pieds de la jeune femme. Au bout de ses sandales, il admira ses ongles vernis, et ses orteils délicats qu'il rêva soudain de caresser et de masser à son tour…

Il oublia brusquement ses fantasmes en sentant qu'elle poussait de toutes ses forces sur son bras. Pendant des secondes interminables, il eut l'impression que son sang cessait de circuler. Quand ce moment de torture cessa enfin, il s'entendit pousser un profond soupir de soulagement.

— Si vous le faisiez plus souvent, cela vous ferait moins mal, souligna-t-elle.

Elle pinça doucement son muscle trapèze, lui arrachant un râle plaintif.

— Vous voyez ce que je veux dire ?

Pour toute réponse, il formula un murmure renfrogné.

— N'essayez pas de parler, railla-t-elle en lui tapotant le bras. Je suis consciente de l'effort que vous faites pour ne pas gémir.

— J'essaie de garder une certaine dignité.

— Ce n'est pas la peine, lui murmura-t-elle à l'oreille. Laissez-vous aller.

Il n'en fallait pas davantage pour le ramener à ses rêveries brûlantes. Il ne voyait plus à présent que le corps de Beth tout près du sien, il ne sentait plus que son souffle chaud dans son cou…

Si elle avait cherché à le rendre fou, elle avait atteint son objectif, songea-t-il en observant à la dérobée sa merveilleuse silhouette.

Avait-il eu tort de se charger lui-même de cette affaire ? Peut-être eût-il mieux fait de la confier à un professionnel, ainsi que Beth elle-même le lui avait suggéré.

Elle contourna la table et recommença à lui masser le bas du dos, réveillant en un instant le désir qu'il essayait de réprimer.

— Non, non, ne faites pas cela.

— Quoi donc ? demanda-t-il, étonné.

— Vous vous raidissez de nouveau. Voilà, murmura-t-elle en faisant aller et venir ses pouces sur sa peau.

Cette fois, il ressentit une douleur nouvelle, dont la seule cause était l'excitation qui prenait possession de lui. Si seulement il avait pu se retourner et l'attirer dans ses bras pour qu'elle s'allonge contre lui…

Mais il ne pouvait rien faire de tel, et la tension devenait insupportable.

— Vous avez fini ? fit-il brusquement.

— Attendez, je dois encore…

— C'est bon, merci.

Il se leva et enfila sa chemise à la hâte, non sans lutter pour la reboutonner jusqu'en bas. Il prit ensuite une profonde inspiration, puis une autre, avant de se tourner enfin vers Beth. De toute évidence, elle était surprise par sa réaction.

— Je crois que je vais monter prendre une douche, dit-il simplement.

Mais il ne parvint pas à bouger d'un pouce.

Beth était interloquée. Pourquoi Luke s'était-il levé si précipitamment ?

Renonçant à lui poser la question, elle attrapa une serviette pour s'essuyer les mains.

— D'accord, allez-y, dit-elle en s'efforçant de masquer sa déception.

De toute évidence, il était de nouveau tendu, et elle avait fait tout ce travail pour rien.

Lorsqu'elle posa les yeux sur lui, elle ne put s'empêcher de deviner à travers le tissu de sa chemise le torse musclé qu'elle venait de masser. Lentement, elle promena son regard sur lui, détaillant les longues jambes qui se dessinaient sous son pantalon ajusté. Puis elle releva la tête.

Et son cœur manqua un battement.

Luke la fixait lui aussi, et dans ses pupilles brillait une flamme plus ardente qu'elle n'aurait pu l'imaginer.

— Beth ?

— Oui ? s'entendit-elle dire d'une voix rauque.

— Si vous avez l'intention de m'arrêter, faites-le maintenant, car je suis sur le point d'enfreindre la règle numéro deux.

Mais elle ne fit rien pour le repousser quand il s'approcha d'elle. Lentement, il l'attira vers lui. Assez lentement pour qu'elle ait le temps de réagir. Mais elle resta figée, incapable de parler ou de bouger. Elle était comme hypnotisée. Elle vit sa main avancer vers son visage, et sentit la caresse de ses doigts dans ses cheveux, puis sur sa joue.

Sans détacher son regard du sien, il suivit avec le pouce le contour de ses lèvres.

Sa bouche était si proche de la sienne à présent, qu'elle sentait son souffle brûlant, qui éveillait en elle la vague de désir qu'elle avait vainement essayé de repousser depuis leur rencontre.

Il pencha alors légèrement la tête, et, du bout de la langue, vint goûter ses lèvres avant de déposer des baisers tout autour de sa bouche, puis sur ses joues et son front. Ivre de plaisir, elle ferma les yeux et savoura le contact de ses mains et de sa bouche sur sa peau.

— Alors, est-ce si mauvais ? lui demanda-t-il dans un murmure.

— Non…

Au contraire, c'était tellement bon…

— Donc j'ai le droit de continuer ?

Sans attendre sa réponse, il se pencha et l'embrassa dans le cou, avec plus d'ardeur cette fois. Sans doute encouragé par ses soupirs de plaisir, il posa la main sur sa hanche et remonta lentement, jusqu'à ses seins.

Elle eut soudain l'impression de n'avoir jamais éprouvé de telles sensations, tant l'intensité de son désir était forte. Etait-ce parce qu'elle était restée célibataire pendant toutes ces années ? Il y avait si longtemps qu'un homme ne l'avait pas touchée, qu'elle ne pouvait rester insensible aux caresses de Luke.

Au fond, peut-être espérait-elle qu'il irait aussi loin que possible. Qu'il allait lui faire l'amour.

Elle cessa de réfléchir dès l'instant où il plaqua son

corps contre le sien, lui murmurant à l'oreille des mots qui ne firent qu'accroître son excitation.

En la prenant ainsi contre lui, il ne lui laissait plus de doute sur le désir qu'il ressentait, lui aussi. Le contact de sa virilité allumait en elle un feu qu'elle ne cherchait même plus à éteindre.

Sans plus contrôler le moindre de ses gestes, elle noua les bras autour de son cou et l'invita à continuer à la caresser, à aller plus loin encore.

Jamais un homme ne l'avait touchée avec autant de passion, en lui montrant un désir aussi ardent. Même la façon dont il passait maintenant la main dans le bas de son dos lui faisait perdre toute maîtrise de ses sens. Elle n'avait plus qu'une envie : que sa main descende encore, et qu'il lui offre des caresses plus sensuelles. Déjà, elle entendait que son souffle se faisait plus court, plus sonore.

Comme elle aurait voulu retrouver son sang-froid ! Mais c'était tout simplement impossible.

— Beth, tu as envie que je t'embrasse ?

Incapable de parler, elle lui répondit par un gémissement de plaisir. Il n'eut apparemment aucun mal à la comprendre, car elle sentit bientôt ses lèvres envelopper les siennes, lui faisant perdre en un instant tout contact avec la réalité.

C'était la première fois qu'un homme l'embrassait avec autant d'habileté et de passion. Tout en prenant possession de ses lèvres et de sa langue, il promenait ses mains sur elle, faisant naître des frissons qui parcouraient tout son corps.

— Tu veux que je m'arrête ? chuchota-t-il tout contre ses lèvres. Il te suffit de me le dire, tu sais.

Mais tout ce qu'elle voulait, c'était s'abandonner à lui. Elle le ressentait si fort, qu'elle avait l'impression que son cœur était devenu trop étroit pour recevoir le flot d'émotions qui l'assaillait.

— Je…

Comme elle avait envie de lui ! D'accueillir tout ce qu'il avait à lui offrir, ses baisers, ses caresses…

Mais cela signifiait qu'elle aurait quelque chose à lui donner en retour. Quelque chose qu'elle protégeait depuis dix ans.

Elle ouvrit les yeux, consciente qu'elle devait mettre fin à cette étreinte. Seulement, les mouvements experts de Luke ne faisaient rien pour l'y aider.

— Arrête, dit-elle en s'écartant brusquement de lui.

— Beth…

— Il ne faut pas. Ce n'est pas sérieux, ajouta-t-elle après s'être éclairci la voix. Ma vie est très bien comme elle est. Je ne veux pas… Les relations superficielles ne m'intéressent pas.

— Je ne vois pas pourquoi ce devrait être superficiel, fit-il d'une voix rauque.

Et dans sa bouche, ces mots ressemblaient à la plus belle des promesses.

— Non, s'entendit-elle prononcer sur un ton qui voulait dire tout le contraire. Non, répéta-t-elle avec plus d'assurance. Nous sommes coincés tous les deux dans une situation impossible, et je préfère éviter toute distraction. Ce n'est pas le moment.

— Une distraction ? C'est tout ce que ce serait ?

— Oui.

Elle détourna aussitôt le regard et croisa les bras devant elle, comme pour combler le manque qu'elle ressentait déjà. Malgré toute la volonté du monde, elle ne pensait qu'à se jeter de nouveau dans ses bras et goûter encore à ses lèvres divines.

Attirée par l'effluve de son parfum, elle se tourna de nouveau vers lui.

— Ecoutez, dit-elle, refusant de le tutoyer, ce n'était qu'une simple réaction physique entre nous, causée par une situation éprouvante. Nos émotions et nos sens ont été mis à rude épreuve, c'est tout. Lorsque les êtres humains se sentent en danger, leur corps répond par un désir de s'accoupler.

— Ah bon.

— Oui, c'est physiologique.

Malgré la froideur qu'elle essayait d'afficher, elle fut surprise de constater que la flamme de désir qu'elle avait vue briller dans les yeux noirs de Luke n'avait pas disparu. Se pouvait-il qu'il ait envie d'elle autant qu'elle avait envie de lui ? Peu importait, car elle ne pouvait pas se laisser aller, c'était tout simplement impossible.

— Bien, donc je ne vous toucherai plus, dit-il en se passant nerveusement la main dans les cheveux.

— Ce sera mieux comme ça.

— Oui.

— D'accord.

Dans une atmosphère chargée de tension, elle rassembla ses flacons et rangea sous l'escalier la table de massage.

A quoi bon nier qu'ils étaient attirés l'un par l'autre ? Mieux valait lui faire comprendre que céder à cette attirance eût été une stupide erreur. Son explication rationnelle n'avait peut-être pas convaincu Luke, mais au moins, elle lui avait permis, à elle, de se donner de l'aplomb.

— Je vais aller prendre une douche, annonça-t-il pour la deuxième fois.

— Vous trouverez des serviettes propres dans la salle de bains, sous le lavabo.

Elle continua à ranger ses affaires, tandis qu'il quittait la pièce. Mais dès l'instant où elle entendit ses pas à l'étage, elle se laissa tomber sur le canapé avec un soupir de frustration.

Elle avait pris tant de plaisir à le masser, à sentir sous ses doigts sa peau brûlante et ses muscles virils… En regardant son dos nu, elle avait remarqué une petite cicatrice circulaire, qui semblait avoir été dessinée pour mettre en valeur la perfection de ce qu'il y avait tout autour. C'était précisément sur cette petite marque, qu'elle avait dû se retenir de poser les lèvres.

Jamais une telle chose ne lui était arrivée auparavant ; avait-elle tout à coup perdu son professionnalisme ?

Elle entendit le bruit de la douche, et aussitôt, une foule d'images troublantes lui vinrent à l'esprit. Elle voyait des gouttes ruisseler sur les épaules nues de Luke, sur son ventre…

Non, elle ne devait pas penser à cela.

Cherchant à tout prix à retrouver le contrôle d'elle-même, elle se leva d'un bond et marcha jusqu'à la cuisine. Elle devait trouver une occupation, n'importe laquelle. Tout ce qu'elle voulait, c'était cesser de penser à Luke.

*
* *

Plus tard dans la soirée, après avoir avalé un sandwich en vitesse, Beth monta à l'étage et se fit couler un bain. Avec un soupir de soulagement, elle se glissa dans l'eau chaude et laissa la mousse l'envelopper jusqu'au cou.

Au-dessus d'elle, sur une étagère, les bougies parfumées qui brûlaient embaumaient l'air de la pièce. Les flammes dansantes se reflétaient dans le grand miroir qui leur faisait face, et formaient comme un jeu de lumière sur la surface de l'eau.

La salle de bains était l'endroit qu'elle aimait le plus dans cette maison. C'était ici, sous le haut plafond immaculé et dans la fraîcheur des carreaux bleus et blancs, qu'elle se détendait et prenait le temps de réfléchir calmement. Les plantes vertes et la lumière douce qu'elle avait installées lui procuraient réconfort et apaisement.

Ce soir, elle aurait dû s'y sentir comme dans un havre de paix. Pourtant, elle avait plutôt l'impression d'être prisonnière dans sa propre maison. Bien sûr, le lieu était aussi calme et silencieux que d'habitude, mais il y régnait désormais une tension évidente. Et elle ne pouvait pas s'enfuir. Elle ne pouvait qu'attendre de découvrir quelles surprises Luke lui réservait encore.

Depuis l'instant où il était apparu à la grille de la maison, il avait envahi son existence, la mettant entièrement à sa merci. Tout en se comportant comme s'ils pouvaient faire équipe ; comme si, finalement, une collaboration pouvait servir leurs intérêts à tous les deux.

Il ne comprenait pas la situation, songea-t-elle en

respirant profondément. Se rendait-il compte à quel point sa présence troublait le cours de sa vie ?

Une chose était sûre : puisqu'il était là, elle allait en profiter pour le convaincre d'accepter sa proposition. Elle allait lui montrer que cette maison portait son empreinte. Qu'elle était ici chez elle, et que rien ne pourrait changer cela. Une fois que Luke aurait retrouvé son travail et son appartement et qu'il aurait oublié les charmes de la propriété, il lui apparaîtrait comme une évidence que c'était à elle, et à personne d'autre, qu'il devait la vendre.

Alors, elle pourrait retrouver sa paix intérieure. Et peu lui importait si elle devait doubler son temps de travail pendant les vingt prochaines années pour rembourser son prêt.

Elle croyait fermement que tout cela était possible. Et pourtant, elle éprouvait un curieux sentiment d'insatisfaction.

Elle bougea dans son bain, et se rendit compte que l'eau avait nettement refroidi. En frémissant, elle se leva et sortit pour se couvrir de son peignoir.

Elle n'avait pas le choix, se répéta-t-elle mentalement. Faire une crise de nerfs ou regretter que les choses soient ainsi ne lui servirait à rien. Le jour des obsèques de sa mère, du haut de ses dix-huit ans, elle avait pris la ferme résolution de ne jamais céder au manque de confiance et à l'état dépressif dont celle-ci avait été victime. Etat que les manipulations et les infidélités de son père avaient amplement contribué à provoquer, du reste.

Elle refusait de se laisser abattre. Elle ferait tout

ce qu'il faudrait pour obtenir ce qu'elle voulait, elle devait juste faire preuve d'un peu de patience.

Une fois dans sa chambre, elle se coucha et fixa le plafond pendant un moment qui lui parut infini. Quelle stratégie allait-elle bien pouvoir adopter ?

Elle tourna et retourna le problème dans sa tête, jusqu'au moment où le sommeil eut finalement raison d'elle.

- 8 -

Beth était en train de petit-déjeuner lorsque son téléphone sonna.

— Salut, Beth, je peux faire le trajet avec toi ce matin ?

La voix de Laura, son assistante, trahissait son agitation.

— Tu as encore des problèmes avec ta voiture ? lui demanda Beth, tout en étalant du beurre de cacahuète sur son toast. Tu as appelé le garagiste ?

— Oui, il doit m'envoyer quelqu'un.

Alors qu'elle écoutait son amie, Luke entra dans la cuisine, vêtu d'un jean et d'un T-shirt noir. Aussitôt, les souvenirs de leur baiser de la veille refirent irruption dans son esprit ; c'était comme si elle sentait encore le goût de ses lèvres, la douceur de sa peau…

— D'accord, tu peux compter sur moi. A tout à l'heure.

Elle raccrocha puis se servit un verre de jus de fruits.

— Bonjour, Luke.

— Bonjour, Beth. Vous avez bien dormi ?

A sa manière de la regarder, elle avait l'impression qu'il était en train de lire dans ses pensées.

— Oui, très bien. Et vous ?

Elle n'allait tout de même pas lui avouer qu'elle n'avait presque pas fermé l'œil de la nuit.

— Comme un loir, pour une fois. Et je n'ai plus cette abominable douleur dans le cou.

— Je vous avais dit que cela marcherait. Maintenant, vous n'avez besoin que de quelques jours de repos et vous serez un homme neuf.

Comme il approchait du bar pour se servir une tasse de café, elle fut décontenancée par son aisance. Il semblait chez lui tout autant qu'elle.

— Vous partez travailler ? demanda-t-il en détaillant sa chemise, sa jupe courte et ses sandales.

— Oui.

— Est-ce bien raisonnable ?

C'était certainement beaucoup plus raisonnable que de rester ici, seule avec lui.

— Mes clients m'attendent. Et puis, vous vous détendrez beaucoup mieux sans moi.

Elle reçut pour toute réponse une moue désapprobatrice.

— Vous pensez à quelque chose que je pourrais faire dans la maison ?

— Non.

— Et ça ? insista-t-il en montrant la porte qui, sortie de ses gonds, reposait contre la cuisinière.

— Il faut redresser les charnières avant de la remettre. Je m'en occuperai.

— Je peux le faire.

— Je n'aimerais mieux pas que…

— Beth, je vous rappelle que je suis le propriétaire de cette maison.

Il lui parlait sans agressivité, mais avec une fermeté qui ne lui laissait pas vraiment de choix.

— Bien, dit-elle plus sèchement qu'elle ne l'aurait voulu. Faites comme vous voulez.

Le fait de savoir qu'il avait le droit de peindre des pois roses sur tous les murs s'il le voulait la révoltait.

— Dylan m'a appelé hier soir, reprit-il. Il a pu accéder au relevé téléphonique de votre fugitif, et il est en train de vérifier les listes des compagnies aériennes.

— Ben aurait pu s'enfuir à l'étranger ? l'interrogea-t-elle, prise de panique.

— Que feriez-vous si vous aviez volé un demi-million de dollars ?

Elle laissa échapper un long soupir.

— Donc l'argent est peut-être perdu pour toujours.

— Pas forcément. Attendons de connaître l'avancée des recherches.

Elle hocha lentement la tête. Tout à coup, elle avait l'impression de se trouver au bord d'un précipice.

— Je vais commencer par cette porte, annonça-t-il sans détour. Puis j'irai couper du bois pour la cheminée. J'ai besoin de m'occuper, ajouta-t-il en se massant distraitement l'épaule.

— Vous n'avez pas l'habitude de rester inactif, c'est ça ?

— J'ai horreur de ça.

Le ton de sa voix la fit sourire, et elle vit au même instant les traits de son visage s'adoucir.

— Rester couché sur la plage avec un livre est en quelque sorte ma vision de l'enfer. Ou du moins ça l'était, jusqu'à ce massage ! ajouta-t-il en riant.

Mais aussitôt, son rire laissa place à un sourire songeur. De toute évidence, il pensait à la même chose qu'elle : au baiser qui avait suivi.

— Je dois y aller, dit-elle.

Puis elle s'éclipsa aussi vite que possible.

Préférant ne pas gâcher sa journée en pensant à son ancien comptable, Beth se concentra sur ce qu'elle pouvait encore contrôler. Notamment son attirance pour Luke De Rossi. Si bien que, à partir du moment où Laura monta dans sa voiture, elle la laissa parler jusqu'à leur arrivée dans le salon. Mais elle ne l'écoutait que d'une oreille…

Elle ne pouvait pas se mentir, elle avait terriblement envie de Luke. Et il ne faisait pas de doute qu'il éprouvait aussi du désir pour elle. Alors pourquoi ne pas céder à la tentation ? Pour une fois… Qu'avait-elle à perdre ?

Elle avait beaucoup à perdre, en réalité. N'était-elle pas au cœur d'un conflit d'intérêts avec lui ? La moindre erreur pouvait lui coûter cher. Très cher. Elle l'avait appris à ses dépens.

De toute façon, elle cesserait de penser à Luke dès qu'il serait parti. Elle en était certaine. La tentation était grande pour l'instant parce qu'il s'était installé chez elle, mais cela n'allait pas durer.

— Beth, tu es là ?

La voix de Laura la fit presque sursauter.

— Hein ? Oui, oui.

— Le feu est vert. Et je t'ai demandé s'il fallait

doubler notre commande d'huile de massage à la canneberge pour Noël.

— Non. Excuse-moi, j'ai beaucoup de choses en tête.

— Comme ce petit sournois de Ben ?

— Entre autres, oui.

— Pour le reste, tu peux me remercier d'avoir reporté tes rendez-vous de ce matin. Nous allons pouvoir nous occuper de la livraison d'hier. Et Jack Benson te souhaite un prompt rétablissement.

— Ah, je suis malade ?

— Non, mais c'est un patient régulier, il te connaît. Il ne voit pas ce qui pourrait t'empêcher de travailler.

Lorsqu'elle fut de nouveau arrêtée par la circulation, Beth se tourna vers sa jeune employée, qui était devenue son amie. Son sourire lui faisait du bien ; elle était si pétillante, si chaleureuse.

— Tu trouves que je suis obsédée par mon travail ?

— Disons que… Oui, un petit peu.

Laura était aussi sincère qu'attachante.

— Ah.

— La dernière fois que tu as pris une journée de congé, c'était… Non, en fait, tu n'en as jamais pris une seule. Depuis quand n'es-tu pas allée t'allonger sur la plage, seulement pour profiter du soleil ? Depuis quand n'as-tu pas passé une soirée avec un homme ?

Laura avait raison. Elle ne prenait jamais de temps pour elle. Quant aux hommes…

— Je m'étonne que tu ne me l'aies jamais fait remarquer.

— Tu ne me l'as jamais demandé. Et puis, tu es passionnée par ton travail. Ce qui est drôle, c'est que tu es la dernière à mettre en pratique les conseils que tu donnes dans le salon.

— Et tu crois que j'ai besoin d'avoir un homme dans ma vie.

— Non, je crois que tu as besoin de t'amuser un peu. Avec un homme, par exemple, ajouta-t-elle avec un sourire espiègle.

Leur conversation s'arrêta au moment où Beth baissa sa vitre pour prendre un ticket de parking.

Décidément, sa vie avait pris un tour bien inattendu. Une semaine plus tôt, jamais elle n'aurait pu imaginer qu'elle se retrouverait à vivre sous le même toit que Luke De Rossi, à fuir les journalistes et à courir après un employé malhonnête.

Luke…

Il avait le mérite d'essayer de l'aider à retrouver Ben. Mais le soutien qu'il lui apportait n'était pas tout ce qui lui plaisait chez lui, loin de là ! Comme elle aurait voulu se rapprocher de lui… Seulement, elle ne pouvait pas le laisser s'immiscer dans sa vie, au risque de lui dévoiler ses secrets.

Pourquoi fallait-il qu'il représente à la fois une telle tentation, et un tel danger ?

A 9 h 30 précises, Beth pénétrait avec Laura dans le centre commercial pour rejoindre sa boutique.

— Quelle délicieuse odeur…, commenta son amie au moment où Beth ouvrait la porte.

Inspirant profondément, elle entra et tapa sur le cadran le code qui désactivait l'alarme.

— Fleur de frangipanier, lavande, citron.

— Moi, je sens déjà l'odeur du café, fit Laura d'une voix chantante, tout en faisant danser le sachet de moka qu'elle avait apporté.

— Je te laisse le préparer pendant que je range un peu la boutique.

Beth compta et installa la caisse derrière le comptoir, rangea dans un pot à crayons les quelques stylos éparpillés et redressa les piles de prospectus.

Elle aimait tant cet endroit… Ce n'était pas grand, mais elle avait réussi à optimiser l'espace sans le surcharger. Des étagères de verre, fixées à un mur, portaient les différentes lotions, crèmes et poudres qui servaient aux soins. Les sels de bain et autres gels douche mis en vente étaient exposés sur un autre meuble, non loin du comptoir. Et dans une petite alcôve, elle avait fait installer un lavabo blanc.

Chaque chose était à sa place. Enfin, elle allait pouvoir commencer une journée normale.

Alléchée par l'arôme de café, elle se tourna vers le coin cuisine qui était aménagé derrière elle.

— Tu veux un biscuit ? lui proposa Laura.

— Si tôt ?

— Il n'est jamais trop tôt pour un cookie, voyons.

Finalement, elle se laissa tenter.

— Si on jetait un œil aux nouveaux produits, tout en buvant notre café ?

— Avec plaisir ! J'attendais ces bains moussants avec impatience…

Laura servit deux tasses de son délicieux moka, et elles commencèrent à ouvrir les cartons.

*
* *

A l'heure du déjeuner, Beth profita de sa pause pour faire quelques recherches sur internet. Elle voulait apprendre tout ce qu'elle pouvait sur Luke De Rossi et Gino Corelli. Puis elle téléphona à une association qui proposait une aide juridique pour demander conseil.

Forte de ce qu'elle avait appris, elle se sentit plus légère pour affronter le reste de la journée. En fin d'après-midi, elle reprit sa voiture avec Laura et la déposa chez elle avant de rentrer.

Les articles scandaleux qu'elle avait lus ne l'avaient pas surprise, elle savait que tout n'était pas à prendre pour argent comptant. En revanche, elle avait été plus étonnée de ne pas voir apparaître le nom de Luke dans les rubriques mondaines.

Au moment de s'engager dans l'allée de sa propriété, elle ne savait toujours pas si elle pouvait se fier à l'admiration qu'il lui inspirait, ou si elle devait le tenir à distance pour se protéger. En dépit de tout ce qui lui plaisait chez lui, elle se rendait compte à quel point l'ambition de Luke était exacerbée. Il était sans doute prêt à tout pour mener sa carrière comme il l'entendait, même à écraser ceux qui se dressaient en travers de son chemin. Ainsi que beaucoup d'hommes qu'elle avait rencontrés. Seulement, il avait quelque chose en plus : un charme absolument irrésistible.

Chaque fois qu'elle croyait s'être fait une opinion sur lui, il la faisait changer d'avis dans l'instant qui suivait. Elle avait au moins compris une chose : il avait beau se montrer parfois arrogant, et très agaçant, c'était un homme bien. Il aurait pu faire appel à une armée d'avocats pour lutter contre elle, mais il ne l'avait pas fait. Il aurait pu la laisser sur le tarmac et monter seul en avion. Il aurait pu l'abandonner à l'assaut brutal des journalistes, mais il avait d'abord pensé à la protéger, elle. Et il lui avait offert son aide pour retrouver l'argent volé par Ben. Son comportement était la preuve que presque tout ce qu'elle avait lu de négatif à son sujet était faux.

En fin de compte, elle s'était peut-être montrée un peu trop agressive avec lui.

A l'instant où elle ouvrit la porte de la maison, elle fut attirée par une odeur appétissante d'ail et d'oignon.

Respirant profondément pour se donner du courage, elle avança jusque dans la cuisine et regarda ce qu'il y avait dans le four.

Un plat de lasagnes.

Il n'y avait pas de vaisselle sale, l'évier et le plan de travail étaient impeccables, et… la porte du placard avait été réparée.

Un sourire aux lèvres, elle remarqua le bouquet de gerberas resplendissants qui trônait sur la table.

Aucun doute, Luke s'était bel et bien installé ici comme chez lui.

— Luke ? appela-t-elle.

Elle passa dans le salon, mais ne trouva personne.

— Il y a quelqu'un ?

Comme elle n'obtenait pas de réponse, elle alla voir à l'arrière de la maison et sortit dans le jardin. Elle marcha jusqu'à la rivière qui bordait la propriété, là où le terrain suivait une pente légère.

C'est alors qu'elle le vit, assis dans l'herbe, le visage offert au soleil. Il lui tournait le dos, mais elle remarqua que, appuyé sur les coudes, il semblait simplement profiter de la douceur du soir.

Elle s'arrêta un instant pour calmer les battements effrénés de son cœur. Toutefois, Luke dut sentir sa présence, car il se retourna.

— Tiens, bonsoir, dit-il avec un grand sourire.

— Bonsoir.

Il lui avait suffi d'entendre sa voix, de voir ses yeux brillants pour que son cœur se remette à battre la chamade.

Il se leva et avança vers elle.

— Vous avez fait la cuisine, fit-elle, troublée.

— Je vous avais promis des lasagnes.

Elle lui retourna son sourire, non sans résister de toutes ses forces à l'envie de se jeter à son cou. Debout face à elle, il venait de mettre les mains dans ses poches, si bien que le tissu tendu de son T-shirt laissait apparaître chacun de ses muscles.

— Comment s'est passée votre journée ? demanda-t-il.

— Bien.

— Pas d'appel trop contrariant ?

— Tout dépend si vous comptez ceux de la banque.

— Je peux arranger ça.

— Oh ! j'ai connu pire.

— Ils n'ont pas le droit de vous harceler. Si vous me le permettez, je peux faire en sorte qu'ils arrêtent.

Après tout, puisqu'il insistait autant…

— D'accord.

Loin de cacher sa surprise, il ouvrit grand les yeux.

— Pourquoi avez-vous tant de mal à faire confiance aux gens, *cara* ?

Elle laissa échapper un soupir. Comment éviter de répondre à sa question ? Après tout, il serait peut-être plus simple de lui dire la vérité. Au moins en partie.

— Quand j'étais petite, mon père ne cessait de tromper ma mère. Il nous a abandonnées lorsque j'avais cinq ans, pour revenir un an plus tard. Ma mère a accepté qu'il reprenne sa place à la maison, et pendant un certain temps, tout s'est bien passé. Mais alors que j'avais dix ans, il est reparti. Cette fois, ma mère a décidé de tirer un trait sur lui, et nous avons déménagé pour commencer une nouvelle vie ailleurs.

Si Luke sentait qu'elle ne lui disait pas tout, il ne le montra pas.

— Et tout ce qui vous arrive en ce moment, à cause de moi, et de votre employé… Cela ne vous aide pas beaucoup, je me trompe ?

— Vous ne vous trompez pas.

Durant plusieurs secondes, il la contempla avec une douceur qui l'émut profondément. Il aurait pu l'interroger davantage, mais au lieu de cela, il lui parla spontanément de lui.

— J'avais six ans lorsque mes parents ont quitté l'Italie pour venir s'installer en Australie. Toute leur vie, ils ont dû se battre pour subsister. Nous habitions dans une petite ville de campagne, et ils faisaient leur possible pour gagner leur vie grâce à leur magasin de fruits et légumes. Seulement, entre les cyclones, les sécheresses et les inondations, nous étions souvent privés d'eau et d'électricité. Et leur commerce subissait la concurrence redoutable des hypermarchés qui se développaient dans la région. C'était… Ce n'était pas facile, reprit-il après une hésitation. Et après leur mort, je me suis mis à leur en vouloir pour tout cela.

— Pourquoi ?

— Parce qu'ils ne m'avaient jamais parlé du frère

de ma mère, Gino. Apparemment, lorsqu'ils sont arrivés, il leur a proposé de l'argent, une maison et un travail pour les aider à démarrer. Mais ils ont refusé. Ils étaient très fiers, mais aussi très croyants ; pour eux, jouer de l'argent était un péché. Ce n'est qu'à leur mort, que Gino et Rosa sont entrés dans ma vie.

En voyant la peine qui troublait son regard, Beth voulut s'approcher de lui, le prendre dans ses bras pour le réconforter. Elle sentit même qu'elle faisait malgré elle un pas vers Luke, mais il se tourna brusquement vers la maison.

— Je vais aller vérifier où en est la cuisson, dit-il d'un trait, comme pour masquer son émotion. Vous venez ?

— Oui.

Il avait certainement compris ce qu'elle avait été sur le point de faire, et il l'en avait empêchée. C'était lui, à présent, qui évitait tout contact avec elle.

Dans un silence gêné, elle le suivit à l'intérieur.

Assise à table avec Luke, Beth se sentait plus mal à l'aise que jamais. Il se montrait si renfermé, qu'elle avait le sentiment qu'il regrettait de s'être confié à elle un peu plus tôt.

C'était depuis ce baiser, que l'ambiance s'était tendue entre eux. Après avoir partagé une étreinte brûlante et passionnée, ils en étaient maintenant arrivés à faire preuve d'une froideur extrême l'un envers l'autre. Et Beth avait beau essayer de se persuader que c'était mieux ainsi, elle ne pouvait s'empêcher d'être infiniment déçue, et frustrée.

Il lui semblait en tout cas plus simple de ne pas le regarder, compte tenu de l'atmosphère de gêne qui régnait. Avec soulagement, elle avala sa dernière bouchée de lasagnes et se leva, suivie aussitôt par Luke.

— Je vais ranger, proposa-t-il.

— Non, ce n'est pas la peine.

— Si, j'insiste.

— D'accord, vous pouvez mettre les assiettes dans le lave-vaisselle.

Ils débarrassèrent la table en silence, jusqu'au moment où, en voulant saisir une assiette en même temps, ils se touchèrent la main.

Beth leva brusquement les yeux vers lui. Ses pupilles brillaient d'une lueur enflammée.

Prise de court, elle resta figée, ne sachant si elle devait détourner le regard, reculer, ôter sa main… Elle ne voulait pas lui révéler à quel point elle était nerveuse, mais si elle ne réagissait pas, il risquait de croire que ce contact ne la dérangeait pas. Ce qui, du reste, correspondait en tout point à la vérité.

— Pardon, marmonna-t-elle en lâchant le rebord de l'assiette.

Pendant qu'il finissait de ranger, elle s'occupa en préparant du café. A quoi bon nier l'effet que Luke avait sur elle ? Elle ne pouvait pas oublier ce baiser, et elle ne rêvait que de l'embrasser de nouveau.

Et d'aller bien plus loin encore.

— J'ai appelé Rosa, dit-il soudain. J'irai la voir dimanche.

— Tout seul ?

Comme il acquiesçait d'un signe de tête, elle s'empressa de protester.

— Non, non. Vous n'allez pas me laisser à l'écart.

— Beth…

— Non, Luke.

— C'est une affaire privée, insista-t-il, presque avec colère. Cela ne concerne que moi. D'accord ?

— Et que faites-vous de notre décision de partager nos informations ?

Elle se sentit rougir sous les feux de son regard, mais tint bon. Elle n'allait certainement pas le laisser gagner.

— Vous vous trompez, ajouta-t-elle. Cela nous concerne tous les deux.

— Je ne veux pas que vous soyez mêlée à nos conflits familiaux.

— Il est un peu tard pour l'éviter. De toute façon, je ne vois pas comment vous pourriez m'empêcher de venir.

Il la fusilla du regard, mais elle refusa de flancher. Les yeux rivés aux siens, elle se rendit bientôt compte qu'il n'était pas seulement furieux. Il y avait aussi une pointe de tristesse dans son expression… Ou plutôt, de la culpabilité.

Un sentiment qu'elle ne connaissait que trop bien.

— Je suis plus fort que vous, gronda-t-il.

— Mais je sais donner des coups de pied.

— Vous ne feriez pas ça.

— Oh ! si.

Ils restèrent un moment face à face, à se dévisager comme deux boxeurs avant un combat. Mais tout à coup, le rire éclatant de Luke rompit le silence. Toute trace de tension disparut alors de son visage, et ce fut comme si quelqu'un avait ôté la chape de plomb qui les recouvrait depuis qu'ils étaient rentrés.

Beth ne put que rire à son tour. Et lorsqu'elle se rendit compte à quel point ils étaient près l'un de l'autre, il était trop tard pour qu'elle ignore le regard brûlant de Luke et sa bouche infiniment sensuelle.

Incapable de résister plus longtemps, elle posa doucement la main sur sa joue.

— Beth, murmura-t-il.

Loin de se dérober, il la dévorait maintenant des yeux, l'invitant à aller aussi loin qu'elle le voulait.

Comme elle avait envie de sentir sous ses doigts les contours de son visage, de sa bouche… De l'embrasser…

Faisant disparaître l'espace qui les séparait encore, elle se plaqua contre lui et sentit son corps se tendre aussitôt. Il respira plus fort.

— Que fais-tu ? murmura-t-il d'une voix rauque.

— Je vais t'embrasser.

— Tu es consciente des conséquences que cela peut avoir, au moins ?

— Non.

Déjà, leurs lèvres se frôlaient, mais Luke n'attendit pas plus longtemps. Avec douceur et ardeur mêlées, il prit possession de sa bouche.

A l'instant où Luke sentit les lèvres de Beth contre les siennes, il fut assailli par la même vague brûlante que la première fois qu'il l'avait embrassée. D'autant qu'elle lui rendait son baiser avec passion, tout en nouant ses bras autour de lui.

Elle le serrait avec tant de force qu'il recula jusqu'à ce que son dos heurte le bar. Il sentait ses mains chaudes et délicates dans ses cheveux, dans son cou, et sa poitrine pressée contre son torse. Leurs jambes s'entremêlèrent, et la pression de sa cuisse contre la sienne ne fit qu'accroître son excitation.

Tout en laissant glisser ses mains le long de son dos, il se mit à la dévorer de mille baisers. Le goût de sa bouche et de sa peau lui faisait l'effet d'une drogue, tout comme les gémissements de plaisir qui s'échappaient de ses lèvres sublimes.

— Tu sens tellement bon…, lui murmura-t-il à l'oreille.

Encouragé par ses frissons de plaisir, il l'embrassa encore et encore, avant d'explorer chaque recoin de son cou du bout de la langue. Puis il posa les doigts sur le tissu fin de sa jupe et la fit lentement remonter.

Enfin, il put toucher sa peau nue… Fou de désir, il effleura l'intérieur de sa cuisse, plus doux et plus chaud qu'il ne l'avait imaginé. Alors elle se cambra, comme pour mieux s'abandonner à la caresse de ses doigts.

Et il ne demandait qu'à la satisfaire.

Il remonta doucement la main et sentit bientôt le satin de sa petite culotte. Avec un soupir, elle bougea encore et écarta légèrement les jambes, lui offrant tout le loisir de continuer ce qu'il avait commencé. Il glissa alors les doigts sous le petit élastique, et trouva l'endroit le plus intime et le plus brûlant de son corps.

En la voyant tout à coup suffoquer, il cessa son geste et plongea les yeux dans les siens. Il voyait des flammes dans ses prunelles, et sentait son cœur battre contre le sien. De toute évidence, le désir les consumait tout autant l'un que l'autre.

— Tu veux que je continue ? lui demanda-t-il quand même.

— Oh ! oui…

Sans attendre plus longtemps, il la débarrassa de sa petite culotte, releva plus haut sa jupe et plaça les mains sous ses fesses pour la hisser sur le bar. Puis il remit la main contre son sexe humide et chaud, et fit entrer son doigt à l'intérieur.

Que c'était bon… Il se sentait plus excité que jamais, mais ce qu'il voulait avant tout, c'était lui donner du plaisir. Elle tremblait de tous ses membres, et la voir si proche de l'extase lui donnait toute la satisfaction dont il avait besoin. Il se retira lentement, puis revint en elle, savourant chacun des gémissements qu'elle laissait échapper.

Elle renversa la tête en arrière en soupirant, mais il la retint à l'aide de sa main libre et l'attira vers lui pour l'embrasser avec une ardeur qui ne lui cachait rien du désir qu'elle faisait brûler en lui. Elle lui répondit en glissant les mains sous son T-shirt pour caresser son dos nu. Il sentait ses doigts s'enfoncer dans sa peau, dans ses muscles. Son corps se tendait de plus en plus.

Finalement, elle s'agrippa à lui de toutes ses forces, et ses gémissements se firent plus forts, plus rapprochés… Jusqu'au moment où il la sentit s'abandonner au plaisir extrême.

Lorsque l'extase prit possession de son corps, Beth perdit tout contrôle de ses mouvements, mais aussi de son esprit. Elle ne pensait plus à rien, si ce n'est au plaisir que lui donnait Luke. C'était comme s'il n'y avait plus que lui et elle, seuls au monde. Jamais elle n'avait éprouvé une telle émotion.

Tandis que les battements de son cœur se calmaient peu à peu, elle se laissa flotter un moment, hors du temps. Mais une fois que l'effet de la jouissance se fut dissipé, elle eut soudain l'impression de retomber sur terre, non sans brutalité.

Que venait-elle de faire ? songea-t-elle, terrifiée.

— Beth.

En entendant la voix grave et rauque de Luke, elle oublia un instant ses doutes et frissonna de plaisir. Avec douceur, il posa son front contre le sien.

— Beth, regarde-moi.

Elle ouvrit les yeux à contrecœur.

— Je…

Mais elle était trop bouleversée pour parler, c'était comme si le souffle lui manquait.

Cherchant à recouvrer ses esprits, elle descendit du bar sur lequel il l'avait assise et remit ses vêtements en place.

— Je crois que c'était une mauvaise idée. Nous avons tous les deux subi beaucoup de pression, et…

Elle s'interrompit en sentant ses mains douces et puissantes sur ses épaules, mais ne parvint pas à lever les yeux vers lui. Il plaça alors la main sous son menton et lui releva doucement la tête, avant de lui déposer un baiser sur la joue.

Elle s'écarta brusquement.

— Luke, se força-t-elle à articuler. Ce qu'il vient de se passer n'était qu'un…

Mais elle avait les joues en feu, son corps ne faisait que trahir le trouble qui l'envahissait.

— Ce n'était que…

— Une simple réaction physique au stress, acheva-t-il.

— Exactement, approuva-t-elle, surprise qu'il ait deviné ses pensées.

Seulement, elle ne pourrait plus revenir en arrière. Il l'avait connue dans l'intimité, et elle aurait beau se montrer aussi distante que possible, elle ne pourrait plus rien changer à cela.

— Donc, nous allons nous concentrer sur ce qui nous préoccupe, reprit-il.

Puis il se retourna et se mit à ranger les sets de table. En le regardant, elle ne put retenir un soupir, mais elle n'aurait su dire s'il traduisait son soulagement ou sa déception.

— D'accord ? insista-t-il en la dévisageant.

— D'accord.

Rien n'avait changé. Il voulait toujours vendre la maison, et elle n'avait toujours pas les moyens de l'acheter.

Se concentrer…

Comment allait-elle au juste pouvoir se concentrer, après les sensations délicieuses que Luke venait de lui procurer ?

- 9 -

Le lendemain matin, Beth avait pris une décision. Elle devait éviter Luke autant que possible. Elle savait maintenant que le risque de succomber était trop important, et que sa faiblesse pouvait bien la mener au désastre.

Forte de cette nouvelle résolution, elle se plongea dans le travail durant toute la journée, presque sans penser à sa soirée de la veille. Mais lorsqu'elle rentra chez elle le soir, elle fut tout de même surprise en voyant qu'un plat l'attendait dans le four, et que Luke avait déjà pris sa part.

Manifestement, il en était arrivé à la même conclusion qu'elle.

Elle n'était pas déçue, certainement pas. C'eût été ridicule. Et lorsqu'elle le croisa un peu plus tard dans la soirée, elle n'eut aucun mal à le remercier pour le repas, et ce avec le plus grand naturel. Il lui répondit d'un simple signe de tête, et regagna sa chambre sans un mot.

Du reste, c'était très bien ainsi. Les choses se passaient exactement comme elle l'avait voulu.

Et pourtant…

Ils avaient beau se trouver chacun dans une pièce,

elle sentait sa présence tout près d'elle. Son parfum l'enveloppait, son regard de feu la dévorait.

Jusqu'à la fin de la semaine, les jours se succédèrent sans que l'atmosphère ne change le moins du monde. Mais chaque fois qu'elle rentrait et trouvait le dîner prêt et la cuisine rangée, son cœur se serrait dans sa poitrine. La distance qui s'était installée entre eux la mettait mal à l'aise, elle aurait voulu qu'il se passe quelque chose. N'importe quoi, pourvu qu'ils puissent de nouveau se parler.

Finalement, le dimanche soir arriva, et ils montèrent tous les deux dans la voiture de Beth pour se rendre chez les Corelli.

— J'ai eu Dylan au téléphone, dit Luke, rompant enfin le silence. Apparemment, Foster a pris l'avion pour se rendre à Melbourne.

— Il y est toujours ?

— C'est ce qu'il reste à vérifier.

Pouvait-elle avoir le moindre espoir de récupérer l'argent pour le rendre à la banque ? Elle n'osait plus y croire.

S'efforçant de se concentrer sur la route, elle changea de vitesse et effleura au passage la cuisse de Luke. Une chose était sûre : sa petite voiture ne l'aidait pas à garder ses distances avec lui. Et à mesure que les minutes passaient, elle retrouvait le trouble qu'elle était parvenue à nier ces derniers jours.

Ils venaient de prendre un virage, lorsque Luke lui montra la fourgonnette d'une chaîne de télévision garée à quelques mètres devant eux.

— Des journalistes. Tourne à gauche au carrefour.

Elle fit ce qu'il lui demandait, et s'engagea sur une route bordée de grandes et belles maisons.

— C'est ici, indiqua-t-il au bout de quelques minutes.

Elle se gara sur le côté et éteignit les phares. En ce début de soirée, le quartier, résidentiel et calme, était éclairé par des réverbères qui faisaient apparaître un long mur de briques rouges. Des arbres feuillus le longeaient, et le sifflement du vent dans leurs branches avait quelque chose de menaçant. Beth leva les yeux vers le ciel et distingua de gros nuages noirs qui voyageaient à vive allure.

Un orage se préparait.

— Ce mur délimite le bout de la propriété, lui expliqua Luke. Nous pouvons entrer par là, ajouta-t-il en lui montrant l'un des arbres, mais il faudra grimper. Ça ira ?

Par chance, elle portait un pantalon et une chemise, ce qui ne la gênerait pas pour faire des acrobaties.

Elle acquiesça, et ils avancèrent dans l'herbe qui couvrait le bas-côté. Le sol était irrégulier, et dans l'obscurité, elle se prit les pieds dans un petit trou. Comme par réflexe, Luke lui saisit la main pour l'empêcher de tomber, mais dès qu'elle se fut redressée, il la lâcha et commença à escalader l'arbre.

— Tu es sûr que c'est assez solide ? l'interrogea-t-elle, sceptique.

— A ton avis, qui a aménagé ces marches sur le tronc ? Je m'étonne d'ailleurs que Marco n'ait pas encore fait abattre cet arbre. Ou au moins, qu'il n'ait pas fait en sorte qu'on ne puisse plus y monter aussi facilement.

Il lui tendit la main pour l'encourager à le suivre.

Et il lui parut si naturel de lui faire confiance…

Ils grimpèrent pour atteindre une épaisse branche qui surplombait le mur. Luke posa un pied sur les briques, puis se tourna vers elle.

— Viens, tu peux me suivre.

Le cœur battant, elle tendit la jambe au-dessus du vide pour le rejoindre sur le mur. Dès qu'elle posa le pied près de Luke, il lui saisit la main et l'attira contre lui pour l'aider à trouver son équilibre.

— Tout va bien ? lui demanda-t-il.

Mais ce n'était plus à cause de la peur, qu'elle avait du mal à respirer. Lovée dans ses bras, elle ne pouvait ignorer la chaleur de son corps, ni l'odeur envoûtante qui émanait de lui.

— Je vais descendre en premier, ensuite tu sauteras, et je te rattraperai.

En regardant en bas, elle découvrit un vaste terrain éclairé çà et là par des projecteurs. Et le sol lui paraissait extrêmement loin de l'endroit où elle se trouvait !

— Je suis curieuse de voir comment tu vas t'y prendre, commenta-t-elle avec un rire nerveux.

— Regarde bien, tu devras le faire aussi.

Mais comme il disait ces mots, un homme apparut dans un faisceau de lumière. Il était accompagné de deux vigiles.

Luke ne montra pas le moindre étonnement.

— Marco, si tu étais sympa, tu nous donnerais un coup de main.

— Je ne crois pas, railla l'homme en enfonçant les mains dans ses poches. Montre-moi plutôt comment tu t'en sors.

Avec un air renfrogné, Luke se tourna vers Beth.

— Attends une minute, je vais descendre.

Elle le vit se baisser, et laisser glisser ses jambes le long du mur. Il tâtonna un moment du bout des pieds avant de trouver un trou qui lui servit de marche. Puis, utilisant les prises qui se présentaient à lui, il descendit le long du mur avant de sauter pour atteindre le sol.

Il leva alors les yeux vers elle et lui adressa un grand sourire.

— Tu peux sauter, je t'attends, dit-il en tendant les bras dans sa direction.

— Tu ne vas pas y arriver.

— Mais si, voyons, insista-t-il avec impatience.

— Allez, venez, gronda Marco. Nous n'avons pas toute la nuit.

— Bien, dit-elle en soupirant. Je vous aurai prévenus.

Elle prit une profonde inspiration, ferma les yeux, et sauta.

Par miracle, elle atterrit bel et bien dans les bras de Luke, qui chancela lorsqu'elle se suspendit à son cou. Dans un cri poussé à l'unisson, ils s'écroulèrent dans l'herbe, l'un sur l'autre.

— Bravo, Luke ! s'exclama Marco en applaudissant. Quelle prise !

Cramponnée à ses épaules, Beth gardait les paupières résolument baissées.

— Tu peux ouvrir les yeux, chuchota Luke à son oreille.

— Merci, dit-elle en regardant enfin où elle se trouvait.

— Tu as un problème avec la porte d'entrée ? s'amusa Marco pendant qu'ils se relevaient.

— Non. Mais avec les journalistes, oui.

Sans se tourner vers son cousin, il marcha en direction de la maison.

Marco demanda aux deux vigiles de retourner à leur poste de surveillance avant de lui emboîter le pas.

— Ah, toi aussi, maintenant, tu es poursuivi par la presse, commenta-t-il sur un ton amer. Comme ça, au moins, tu vois ce que ça fait.

Comme Luke ne répondait pas, Marco se tourna vers Beth et se mit à la scruter avec attention. Il avait la même stature et les mêmes yeux que Luke. Mais la ressemblance entre eux n'allait pas plus loin. Marco Corelli était aussi un très bel homme, mais il avait les cheveux longs, et des traits plus marqués que ceux de Luke.

— Votre visage ne m'est pas inconnu, dit-elle. Nous sommes-nous déjà rencontrés ?

— Je suis certain que je m'en souviendrais, *bella*, répondit-il avec un sourire charmeur.

Comme Luke se retournait pour le fusiller du regard, Marco se mit à rire.

— Eh, calme-toi, cousin. Je plaisantais.

Il tendit la main à Beth.

— Je m'appelle Marco Corelli. Et vous êtes ?

— Beth Jones.

— Marco est footballeur, il joue à Manchester United, précisa Luke.

— *Jouait*, corrigea-t-il. J'ai arrêté.

— Depuis quand ? demanda Luke, l'air étonné.

— Un mois. Trop de mauvaises blessures.

Avec un haussement d'épaules, il se tourna et reprit sa marche.

— Mais ce n'est pas là que je vous ai vu, insista-t-elle, tout en fouillant ses souvenirs. Etes-vous passé à la télévision, ou…

— Les slips ! s'exclama Luke dans un éclat de rire.

— Pardon ?

— Marco est l'effigie de la marque Skins. Tu sais, les sous-vêtements de luxe pour homme.

Mais oui, c'était bien dans une publicité qu'elle l'avait vu ! Et pour cause, se dit-elle en observant avec amusement le regard noir qu'il lançait à Luke. Il avait un véritable physique de mannequin.

— Alors, dit Marco avec un air inquisiteur. Comment vous êtes-vous rencontrés, tous les deux ?

— Ça ne te regarde pas.

— Ah, toujours aussi secret… Surtout lorsqu'il s'agit des femmes. Depuis Gabrielle…

— Non, l'interrompit Luke d'une voix sévère. Tais-toi.

Dans un silence lourd de tension, ils échangèrent un regard accusateur avant de se remettre à marcher.

— Comment va Rosa ? demanda Luke après un moment.

— Mieux. C'est sûr, tu ne risques pas de le savoir. Cela fait des jours que tu l'évites.

Ils marchaient légèrement devant elle, si bien qu'elle n'entendit pas la réponse que Luke marmonna.

En approchant de la maison, Beth découvrit une demeure de trois étages, dont la terrasse était entourée de hauts piliers blancs et éclairée par de puissants projecteurs.

Dans le jardin qui entourait la maison, elle distingua des parterres de fleurs resplendissants et des arbustes parfaitement taillés. Au croisement entre deux allées trônait une fontaine, au-dessus de laquelle s'élevait le majestueux perron qui menait à la porte d'entrée. Même si ce lieu respirait la richesse, il n'y avait rien ici d'excessif ou de démonstratif. Tout avait été conçu avec goût et élégance.

La voix de Luke la tira tout à coup de ses pensées.

— Ce n'est pas moi qui ai commencé, disait-il pour se défendre.

— Mais tu pourrais y mettre un terme, lui répondit Marco.

— Non, je ne peux pas. Je te rappelle que j'ai dû quitter mon poste pour quelque temps.

— Voyons, Luke, tu as encore été nommé employé du mois chez Jackson et Blair. Tu veux me faire croire qu'il a suffi de quelques jours pour que tu perdes toute ton influence ?

— Si j'intervenais, je ne ferais qu'aggraver les choses.

— Je ne vois pas comment cela pourrait être pire. Gino est mort, bon sang ! Il ne peut plus se défendre lui-même, et toi, tu refuses d'agir.

— J'ai dû quitter mon poste ! répéta-t-il en articulant.

— Ça ne t'a pas empêché de te débrouiller pour voir Gino, le soir de sa mort. Eh oui, ajouta-t-il en réponse au regard interloqué de Luke. Oui, je suis au courant.

— Comment le sais-tu ? l'interrogea Luke après un silence.

— Les employés parlent. Et tu ne peux pas le nier, tu étais là quand les secours sont arrivés.

— Et alors ?

— Alors j'en suis arrivé à croire que…

— Marco…

— Je me suis demandé pourquoi, cette nuit-là justement, tu avais finalement pris le risque de salir ta réputation.

— Je ne comprends pas de quoi tu me parles.

— Ah non ? le défia-t-il. C'est ce jour-là que les journaux ont commencé à parler de ses problèmes avec la justice. Tu es allé le voir pour lui faire des reproches, c'est bien ça ? Je sais que tu étais furieux. Tu n'as jamais su dissimuler ta colère. Ce que je crois, c'est que vous vous êtes disputés, Gino et toi, et que c'est là qu'il a fait une crise cardiaque. Mais tu as pu te cacher derrière ta bonne réputation.

— Marco ! Lucio ! Ça suffit !

Ils se tournèrent tous les trois d'un même mouvement, et Beth aperçut sur le perron la silhouette d'une femme au visage rond. Lorsqu'elle avança dans la lumière, Beth ne put retenir un cri de stupeur.

— Connie ?

— Beth ? s'étonna-t-elle en retour.

— Vous vous connaissez ? demanda Luke, l'air sidéré.

— Oui, confirma Beth, non moins étonnée. Je connais Connie Lisone, c'est l'une de mes patientes.

- 10 -

— Comment ?

Ebahi, Luke regardait à tour de rôle Beth et sa tante.

— Beth, mais que faites-vous ici ? questionna Rosa, sans cacher son ahurissement.

— Mais que se passe-t-il ? demanda Marco.

— Je ne comprends pas…, commença Beth. Connie ? Ou plutôt… Rosa, c'est bien cela ?

Rosa ouvrit de grands yeux, puis se figea.

— La maison, articula-t-elle d'une voix blanche. *Caro Dio*, la maison !

— Est-ce que quelqu'un peut me dire ce qu'il se passe ? répéta Marco avec agacement.

— Allez-y, renchérit Luke. Expliquez-nous.

Rosa leur fit signe de la rejoindre et les invita à entrer.

— Venez, nous allons parler à l'intérieur.

En passant au milieu des meubles luxueux et des toiles de maître, Luke sentit la colère redoubler en lui. Que lui avait-on encore caché, à la fin ?

— Asseyez-vous, je vous en prie, leur enjoignit Rosa quand ils furent dans le salon.

Préférant rester debout, il regarda Beth s'installer dans un fauteuil ancien.

— Lucio, arrête de me regarder comme cela et assieds-toi.

Finalement, il s'exécuta. Sa tante paraissait légèrement nerveuse.

— Vous savez tous que le nom de Corelli ne manque jamais d'attirer l'attention. C'est la raison pour laquelle, depuis quelques années, j'utilise souvent un nom d'emprunt pour mes rendez-vous et mes réservations. Cela me permet de garder une certaine liberté, dont je serais privée sinon.

— Et comment connais-tu Beth ? Tu fréquentes son salon de massage ?

— Ah, *bella*, fit Rosa avec un soupir. Vous vous souvenez du jour où vous avez ouvert votre institut ? Vous m'aviez parlé de l'appartement sordide dans lequel vous habitiez.

D'un signe de tête, Beth confirma son récit.

— Vous ne vous confiiez pas beaucoup, mais je voyais bien que vous aviez traversé des choses difficiles. Je le lisais dans vos yeux, ajouta-t-elle en la regardant avec affection.

— Alors tu as installé Beth dans un nouveau logement ? intervint Luke.

— Non. Je lui ai suggéré de s'adresser à l'agence Crown Real Estate. Il y avait des années que cette maison était vide, et elle avait grand besoin de soin et d'attention.

Elle se tourna vers Beth.

— Il me suffisait de vous mettre sur la bonne piste pour que vous puissiez déménager, ajouta-t-elle.

— Donc votre histoire de propriétaires vivant à l'étranger était un mensonge ? demanda Beth, l'air surpris.

— Un petit mensonge, oui.

Luke hocha lentement la tête.

— Si je comprends bien, Rosa, tu t'es fait passer pour une amie des propriétaires. Et le propriétaire, la société Costas Holding, appartient à Gino, c'est ça ?

— Oui, reconnut-elle, avant de se tourner de nouveau vers Beth. Vous aviez besoin d'aide, mais vous étiez si fière, si déterminée… Vous n'auriez jamais accepté un geste de charité de ma part.

Comme Beth s'apprêtait à protester, Rosa l'arrêta d'un geste :

— Si, insista-t-elle, c'est comme cela que vous auriez considéré ma proposition. Et je savais aussi que, si vous connaissiez ma véritable identité, vous ne voudriez pas de cette maison. Vous me rappeliez tant la mère de Lucio, poursuivit-elle avec un sourire ému. Seule et sans défense dans ce monde brutal… Vous aviez besoin d'un petit coup de pouce.

Luke fronça les sourcils.

— Attends un peu, comment sais-tu ce dont ma mère avait besoin ?

— Chaque mois, je faisais deux heures de route pour aller voir Melina et lui donner de quoi finir de payer ses factures. Ton père ne l'a jamais su.

Voilà, songea-t-il avec dépit. Encore des mensonges, encore des secrets. Quand cela allait-il s'arrêter ?

— Mais tu n'as pas jugé bon de me parler de la maison, dit-il avec froideur. Au lieu de cela, tu nous as laissés croire, Beth et moi, que nous étions au cœur d'une sorte de conspiration.

— Luke, tu es vraiment gonflé.

Il se retourna brusquement vers Marco pour

répondre à son attaque. De quoi son cousin allait-il encore l'accuser ?

— C'est toi qui as ignoré nos appels, poursuivit celui-ci avec colère. Puis un conseiller de Gino nous a recommandé de nous faire discrets pendant quelques semaines. Mais ça, bien sûr, tu n'y as pas pensé une seule minute. Tu ne pensais qu'à te…

— S'il vous plaît, les garçons, l'interrompit Rosa avec lassitude. Cessez de vous disputer.

Incapable de rester calme, Luke se leva et commença à faire les cent pas dans le salon.

— Lucio, reprit Rosa en le regardant tristement. Je sais que tu es furieux contre moi.

Si seulement cela avait été aussi simple… Mais Marco avait raison. En réalité, il était rongé par la culpabilité.

Quand il trouva le courage de faire face à sa tante, il fut bouleversé par la peine qui se mêlait à l'affection dans son regard.

Rosa avait tout fait pour se comporter comme une mère pour lui, mais il n'avait cessé de la repousser. Il avait trop rarement accueilli ses gestes de tendresse. Quelle ingratitude il lui avait montrée, à elle qui s'était efforcée d'apaiser ses conflits avec Marco, et qui l'avait toujours encouragé dans ses études.

Elle dont la loyauté n'avait pas failli, lorsque la presse était venue lui réclamer une déclaration.

Il savait parfaitement qu'elle ne ferait jamais rien pour le blesser. Pas volontairement, du moins.

— Rosa, tu sais le mal que je me suis donné pour en arriver là, dit-il en se laissant retomber sur le canapé. Pour être toujours à la hauteur, pour ne pas être atteint par les rumeurs qui touchaient Gino. Alors pourquoi m'a-t-il entraîné là-dedans ?

— Lucio, Gino n'a jamais voulu te mettre dans l'embarras, lui assura-t-elle avec douceur. Il s'est passé tant de choses, ces derniers temps, que j'avais complètement oublié cette histoire de location et d'héritage. Mais il avait prévu depuis toujours de te léguer cette maison. C'est celle qu'il avait voulu offrir à tes parents quand ils sont arrivés en Australie, et que ton père a refusée.

Visiblement, ce souvenir la faisait encore souffrir. Elle n'avait pas dû comprendre que sa propre famille refuse son aide. Et maintenant, voilà que lui, son neveu, lui demandait des comptes, alors qu'elle venait tout juste de perdre son mari.

Il se sentit honteux tout à coup, mais aucun mot ne pouvait exprimer son émotion.

— Je suis sincèrement désolée de ne pas vous en avoir parlé plus tôt, confia Rosa à Beth. Vous avez dû avoir si peur d'être chassée de chez vous. Je ne voulais pas vous blesser. Vous le savez, n'est-ce pas ?

A la manière dont Beth regardait Rosa à présent, Luke comprit qu'elles avaient partagé bien plus que des rapports professionnels. Le regard qu'elles échangeaient était celui de deux amies.

— Vous m'avez souvent apporté un très grand réconfort, *bella*, reprit sa tante. Vous avez de l'esprit, vous avez du cœur, vous méritez que quelqu'un s'occupe de vous.

— Mais vous m'avez menti, Rosa.

— Et que vouliez-vous que je fasse, au juste ? Que je vous regarde vous battre toute seule sans rien faire pour vous soutenir ? Certainement pas ! Vous n'auriez jamais accepté d'argent de ma part, alors j'ai fait la seule chose que je pouvais faire.

— Mais pendant tout ce temps, vous ne m'avez rien dit. Pourquoi ?

— Je voulais le faire, mais je sais que vous n'aimez pas le mensonge ; j'ai eu peur de votre réaction.

Rosa avait l'air de s'en vouloir, et Beth dut le sentir elle aussi, car elle n'insista pas plus longtemps. Tout comme Luke, elle devait se demander quelle issue cette histoire pourrait bien trouver.

D'un même mouvement, elles se tournèrent toutes les deux vers lui.

— Lucio, lui dit Rosa, je sais que Gino avait ses défauts, et que vous avez toujours eu du mal à vous entendre. Mais il était très fier de toi. Tout autant que moi.

— Rosa…, murmura-t-il en voyant une larme apparaître au coin de son œil.

— Non, l'interrompit-elle. Ton oncle était un homme fier, et ces accusations lui ont fait beaucoup de mal, mais il comprenait les responsabilités que tu avais. Il t'aimait tant.

Elle se pencha vers lui et lui prit la main en lui adressant le plus doux des sourires. Puis elle sortit de sa poche une petite clé qu'elle lui tendit.

— Il a laissé quelque chose pour toi dans le tiroir de son bureau. Tu devrais aller voir.

Luke referma la porte du bureau derrière lui et scruta la pièce avec attention. Rien n'avait changé de place, ni la table en chêne massif, ni les livres rangés sur les étagères. Une légère odeur de cigare cubain et de brandy flottait encore dans l'air. Il n'eût pas été surpris de voir Gino en train de fumer, assis dans son fauteuil en cuir. Mais le silence cruel lui rappela que son oncle ne reviendrait jamais.

Le cœur serré, il inséra la clé dans la serrure du tiroir et l'ouvrit. A l'intérieur, il trouva une grande enveloppe blanche sur laquelle était inscrit son nom. Elle contenait un DVD.

Il alla jusqu'au lecteur placé en face du bureau et mit le disque à l'intérieur avant d'aller s'asseoir sur le siège de Gino. Devant lui, sur la table, étaient disposés un buvard en cuir et un stylo à plume en argent. Machinalement, Luke prit le stylo entre ses doigts et le regarda longuement, jusqu'au moment où il sentit un sourire se dessiner sur ses lèvres. Cet endroit lui rappelait tant de souvenirs…

Il se rendit soudain compte que le bureau que Gino avait aménagé à L'Aphrodite était en tout point semblable à celui-ci. Il possédait le même mobilier, les mêmes accessoires, la même odeur. Tout ici l'obligeait à se souvenir de ce fameux soir, celui qu'il essayait désespérément de chasser de sa mémoire. Résigné, il renonça à lutter.

Plus tôt dans la journée, son comité de direction lui avait fait part de son mécontentement. Luke, fou de rage envers son oncle, avait ignoré les recommandations de ses supérieurs qui lui avaient conseillé de garder ses distances avec lui. Comme un ouragan, il avait fait intrusion dans le casino et avait foncé tout droit dans le bureau de Gino pour lui dire tout ce qu'il avait sur le cœur. Même les agents de sécurité s'étaient écartés sur son passage, considérant sans doute qu'ils n'avaient pas à se mêler des histoires de famille de leur patron.

Au moment d'entrer dans le bureau, Luke avait senti la colère bouillir en lui. Il n'avait rien fait pour retenir le flot d'accusations qui s'étaient échappées de sa bouche, plus cruelles les unes que les autres. Mais Gino, loin de se laisser insulter, s'était levé d'un bond.

— Bon sang, Gino, est-ce que c'est vrai ? avait crié Luke. Tu utilises le casino pour blanchir de l'argent ?

— Non ! avait-il répondu, rouge de colère. Si quelqu'un doit savoir que c'est faux, c'est bien toi !

— Ah, tu crois ? J'ai pourtant entendu dire que le procureur général avait la preuve formelle sur son bureau, et qu'il était sur le point d'entamer des poursuites contre toi.

— Je connais la loi, Lucio.

— Apparemment, pas assez bien !

— Je ne vais pas rester planté là, à t'écouter m'accuser d'avoir enfreint la loi ! s'était-il écrié, le souffle court. Il n'en est pas question !

— Si tu veux tout savoir, je me moque bien que tes machines soient truquées ou que tu maquilles tes comptes. Ce qui me met hors de moi, c'est que tout ça me retombe dessus !

S'appuyant des deux mains sur le bureau de son oncle, il l'avait menacé du regard.

— Je ne laisserai personne nuire à ma carrière.

Chaque fois qu'il revivait mentalement la scène, Luke s'apercevait qu'il ne pouvait oublier un seul mot, ni un seul geste.

Ils s'étaient affrontés avec une violence verbale qui avait dépassé celle de toutes leurs disputes passées. Jusqu'au moment où, le visage écarlate, Gino avait porté les mains à sa poitrine, avant de s'effondrer.

D'après ce que les médecins avaient dit à Luke, rien n'aurait pu sauver son oncle. Même s'il avait fait cette crise cardiaque au cœur du service des urgences de l'hôpital. Mais comment Luke aurait-il pu ne pas se sentir responsable ?

En vain, les médecins avaient essayé de ranimer Gino. Mais Luke avait dû se rendre à l'évidence : son oncle était déjà mort à l'instant où il était tombé au sol.

Son sentiment de culpabilité l'avait contraint à se tenir à l'écart de Rosa durant les jours qui avaient précédé l'enterrement. Il s'était tout de même rendu à la cérémonie, qui avait été une véritable torture pour lui. Il avait fallu renvoyer les quelques journalistes qui avaient réussi à se glisser au milieu des proches de Gino, et Marco était entré dans une colère folle. Rosa, les yeux rouges de chagrin, l'avait fixé avec un tel chagrin, une telle incompréhension face à son absence, qu'il avait eu envie de disparaître sous terre.

Marco n'avait pas hésité à lui dire tout ce qu'il avait eu sur le cœur, et Luke ne l'en avait pas empêché. Il avait su, au fond de lui, qu'il méritait ces paroles assassines.

Excédé, il prit la télécommande et mit le DVD en marche.

— Lucio et vous, vous êtes amis ?

Rosa venait d'envoyer Marco chercher des boissons,

et Beth se trouvait maintenant seule avec elle sur le canapé du salon.

— Pas exactement, corrigea-t-elle. Je lui ai proposé d'acheter la maison, mais il a refusé mon offre et a emménagé avec moi. Non. Nous ne sommes pas vraiment amis.

— Je vois. Mais il vous a parlé de Melina et Salvatore, ses parents, n'est-ce pas ?

— Oui.

— Mon frère et ma belle-sœur étaient très fiers, mais aussi très pratiquants, raconta-t-elle avec un regard triste. Quand Lucio a appris notre existence, il nous en a voulu, à Gino et moi, de ne pas avoir fait l'effort de venir en aide à ses parents, alors qu'ils avaient vécu dans la pauvreté. Il a un caractère tellement entier… Comme Marco. Lucio a vécu avec nous pendant près de trois ans sans jamais mettre sa rancœur de côté. C'était un petit garçon meurtri, mais il voulait devenir un homme. Tout ce que nous essayions de faire pour nous rapprocher de lui ne produisait que l'effet inverse. Par chance, il était brillant, et il a pu se jeter à corps perdu dans ses études, puis dans son travail. Cela lui a donné la force et le sentiment de sécurité qu'il n'avait cessé de rechercher depuis la mort de ses parents. Depuis qu'il a quitté la maison, je ne l'ai vu qu'une dizaine de fois à peine.

Sa voix se brisa, et elle dut faire une pause avant de continuer à parler.

— Et aujourd'hui, conclut-elle, voilà qu'il vit avec vous.

— Je ne dirais pas cela. Il s'est installé dans la chambre d'amis.

— Il a confiance en vous.

Incrédule, Beth secoua doucement la tête.

— Si, *bella*. Sinon, il vous aurait renvoyée de la maison au premier jour.

— C'est justement parce qu'il se méfie de moi, qu'il préfère rester dans la maison. Il a cru que j'étais la maîtresse de Gino.

Rosa laissa échapper un petit rire.

— Vous êtes sérieuse ?

— Oui. Le fait est que, finalement, nous avons décidé de nous débrouiller tout seuls pour régler cette affaire, sans faire appel à la police.

— Ah…, ponctua Rosa avec un sourire entendu.

— Attendez, il n'y a rien…

Beth se tut en voyant Marco revenir avec une bouteille de vin rouge et trois verres à pied.

Tout en prenant le verre qu'il lui offrait, elle se détourna pour éviter le regard curieux de Rosa.

— Alors comme ça, vous habitez avec Luke, dit Marco, l'air amusé.

— Tout dépend de ce que vous entendez par là, répéta-t-elle en s'efforçant de garder son calme.

— Vous vivez sous le même toit, non ?

— En ce moment, oui.

— Eh bien voilà ! s'exclama-t-il en prenant une gorgée de vin. C'est le début de quelque chose, je le sens.

— Vous avez l'air de bien vous entendre, renchérit Rosa. Je vois bien que vous êtes plus que des amis.

— Non ! Non, vous vous trompez, je vous assure.

Rosa lui adressa un sourire complice.

— Vous avez besoin d'un homme dans votre vie.

Je suis peut-être vieille, mais je connais l'amour. Il a le pouvoir de vous faire oublier vos ennuis, de vous faire retrouver la confiance. Je sais que vous gardez tout pour vous, *bella*, poursuivit-elle en lui prenant affectueusement la main. Et Lucio est aussi un homme très secret.

Troublée, Beth la regarda, puis leva les yeux vers Marco. Comment en était-elle arrivée à avoir une conversation aussi intime avec eux ?

Des souvenirs de moments passés dans l'institut avec Rosa lui revinrent à la mémoire. Allongés sur la table de massage, les gens avaient tendance à se confier à elle, et Rosa lui avait souvent parlé de sa famille. Du talent prodigieux de son fils, de la sensibilité de son neveu, qui avait tellement besoin de trouver une femme bien pour apprendre à apprécier la vie.

Luke apparut soudain sur le pas de la porte.

— Alors, Lucio, tu as trouvé ? lui demanda sa tante.

— Oui, répondit-il avec une froideur extrême. Nous allons partir, maintenant.

— Comment ? Vous ne restez pas dîner ?

— Je suis désolé. Beth ?

Elle se tourna vers Rosa et lui adressa un regard contrit.

— Une autre fois, peut-être ?

— Oui, dit-elle en l'embrassant sur les deux joues. *Ciao, bella*. Bon retour.

- 11 -

Luke et Beth repartirent par là où ils étaient arrivés, sauf que, cette fois, l'un des vigiles vint leur tenir une échelle. Sans la moindre objection, elle le laissa prendre le volant afin qu'il puisse échapper à d'éventuels poursuivants.

— Je suis navré que tu aies été mêlée à nos histoires de famille, dit-il soudain.

— Rosa voulait seulement m'aider, Luke. Tu n'as vraiment pas à être navré.

— J'ai encore du mal à croire qu'elle ait fait tout cela pour te porter secours.

— Pas moi. Elle est tellement généreuse.

Il lui jeta un regard étonné, mais elle ne chercha pas à lui expliquer tout ce qu'elle connaissait de Rosa… et qu'il ignorait peut-être.

— J'espère en tout cas que la situation ne va pas se retourner contre nous, observa-t-il.

— Nous allons devoir faire très attention.

Durant le silence qui suivit, Beth dut prendre sur elle pour ne pas demander à Luke ce qu'il avait trouvé dans le bureau. Mais cela ne la regardait pas ; s'il avait eu envie de lui en parler, il l'aurait fait de lui-même.

Toutefois, il y avait bien une autre question qu'elle mourait d'envie de lui poser…

— Qui est Gabrielle ?

Il garda les yeux fixés droit devant lui.

— Mon ex-femme.

Eh bien ! Si elle s'était attendue à cette réponse !

— Comment l'as-tu rencontrée ?

— A l'université.

— Et vous étiez…

— Beth, je préfère ne pas en parler, d'accord ?

— D'accord.

En l'observant à la dérobée, elle vit à quel point il avait l'air tendu, tout à coup.

— Il va bientôt pleuvoir, dit-elle en regardant par la fenêtre.

— Oui, certainement.

Et voilà qu'elle se mettait à lui parler du temps… Mieux valait qu'elle se taise.

De grosses gouttes commençaient à tomber lorsqu'ils arrivèrent. Ils se hâtèrent d'entrer dans la maison, et Beth alluma la petite lampe posée sur la commode de l'entrée. Au passage, elle fit tomber une enveloppe, mais Luke s'empressa de se baisser pour la ramasser.

Pourquoi fallait-il qu'il soit aussi sexy ? songea-t-elle, sans pouvoir s'empêcher de regarder ses vêtements se tendre sur ses muscles.

— Pardon, marmonna-t-elle en le frôlant par inadvertance.

Il se redressa, et la regarda avec attention.

— Tu tiens le coup ?

A cet instant, son regard, tout comme sa voix, lui fit l'effet d'une caresse. Il lui sembla qu'il parvenait à lire en elle comme dans un livre ouvert, malgré tous les efforts qu'elle faisait pour ne pas montrer ses émotions.

— Oui, ça va, balbutia-t-elle, troublée de se trouver de nouveau si près de lui. Je ne suis pas fatiguée, je ne vais pas me coucher tout de suite.

— Tu veux boire quelque chose ?

— Oui, pourquoi pas. Je redescends dans deux minutes, ajouta-t-elle, le cœur battant.

Puis elle fila vers l'escalier sans le regarder.

Vêtue d'un pantalon en lin et d'un débardeur bleu, Beth s'arrêta sur le palier, en haut des marches. Elle sentait l'odeur des bougies monter vers elle, et visiblement, Luke n'avait pas allumé la lumière dans le salon.

Elle prit une profonde respiration et descendit lentement. Arrivée dans le salon, elle trouva Luke assis par terre, à côté de la table basse, le dos appuyé contre le canapé. Les jambes étendues devant lui, il avait un verre de vin à la main.

Elle marcha nerveusement vers la baie vitrée et ouvrit grand les rideaux.

— Tu devrais regarder le ciel, il est magnifique ce soir. Tu ne trouves pas ?

Dans la nuit, elle voyait les étoiles disparaître et réapparaître au-dessus des nuages portés par le vent. Au loin, le tonnerre se mit à gronder.

— Cette fois, l'orage arrive vraiment.

— Sans aucun doute.

Lorsqu'elle osa finalement se retourner, il lui fit signe de le rejoindre. Elle alla s'asseoir à côté de lui, puis elle but quelques gorgées du vin qu'il lui avait versé. Peu à peu, l'alcool et la faible lumière des bougies aidant, elle sentit que l'atmosphère se détendait.

— Qu'y a-t-il ? l'interrogea Luke quand elle secoua lentement la tête.

— Je pensais à ta tante. Elle aimait sincèrement Gino, n'est-ce pas ?

— Oui.

— Mes parents sont passés à côté de tant de choses...

Les souvenirs qu'elle gardait de ses parents remontaient à son enfance, mais ils étaient limpides.

— Raconte-moi, dit-il avec une douceur infinie.

— Oh ! non, c'est juste... Ce n'est rien.

— Si, c'est quelque chose.

Il y avait si longtemps qu'elle n'avait pas ouvert son cœur... Allait-elle réussir à parler d'elle ? De sa mère ?

Oui, comprit-elle en voyant le regard de Luke posé sur elle. Un regard qui, pour une raison inexplicable, lui inspirait plus de confiance qu'aucun autre.

— A l'époque de mes dix-sept ans, alors que je venais de quitter le lycée, ma mère cumulait deux emplois pour subvenir à nos besoins. Curieusement, un jour, elle a réservé deux places à bord d'un vol à destination de Perth. Bien sûr, nous n'avions pas les moyens de nous offrir ce voyage. Je ne gagnais pas d'argent, ma mère s'en sortait à peine, et ma vie me paraissait ennuyeuse et vide de sens. J'aurais dû refuser ce cadeau, mais j'avais tellement envie de voyager ! De faire enfin de nouvelles expériences ! Et ma mère ne cachait pas non plus son excitation à l'idée de partir avec moi. C'était la première fois, depuis qu'elle s'était séparée de mon père, que je la voyais aussi enthousiaste.

Beth ne put réprimer un sourire en revoyant le visage rayonnant de sa mère, le jour où elle lui avait annoncé la nouvelle. Elle s'était interdit d'y repenser pendant tant d'années…

Mais à présent, cette image ne la faisait plus souffrir. Peut-être parce que quelqu'un était là pour l'écouter. Enfin.

— L'avion s'est écrasé, lâcha-t-elle.

Et elle eut la sensation de se débarrasser du fardeau qu'elle portait depuis ce jour.

— Il y a eu de nombreux morts, dont ma mère faisait partie. Environ un an plus tard, continua-t-elle sans s'arrêter, j'ai rencontré un garçon. Il avait l'air gentil, et il me plaisait. Je n'avais que dix-huit ans, je suis facilement tombée amoureuse. Et puis un soir, après… Enfin, nous étions au lit, résuma-t-elle, un peu gênée, et il m'a avoué qu'il était journaliste. Qu'il essayait de m'approcher depuis des semaines. Puis il m'a demandé une interview exclusive.

A peine eut-elle prononcé ces mots, qu'elle vit un éclair de colère apparaître dans les yeux noirs de Luke.

Elle n'avait aucune envie de se replonger dans ces souvenirs sordides, de repenser à l'humiliation qu'elle avait ressentie, ce jour-là. Elle voulait laisser son passé loin derrière elle, et continuer à aller de l'avant. Au moins, elle avait eu la satisfaction de voir le visage décomposé de Jack quand elle l'avait jeté dehors, mais cela n'avait en rien apaisé la blessure qu'il lui avait infligée. Eviter de se remémorer cet épisode avait été pour elle le seul moyen de ne pas sombrer.

— Voilà, tu sais tout, conclut-elle, pressée de changer de sujet. Depuis, c'est vrai, j'ai du mal à faire confiance aux gens.

Comme pour combler le silence qui s'était soudain abattu dans la pièce, Luke se pencha vers elle.

— Non, fit-elle, troublée.

Mais il passa un bras autour de ses épaules.

— Comment ça, non ? murmura-t-il à son oreille. Tu ne veux pas que je te touche ? Ou tu ne veux pas que je me soucie de toi ?

— Ni l'un ni l'autre, répondit-elle en enfouissant son visage contre son torse puissant.

— Trop tard.

Blottie contre lui, elle eut l'impression que, peu à peu, ses blessures intérieures lui faisaient moins mal.

— Tu aimes le contact physique, n'est-ce pas ? chuchota-t-elle contre le tissu de sa chemise.

— Oui, confirma-t-il en glissant les doigts dans ses cheveux. Il faudra t'y faire.

Pour l'instant, en tout cas, elle n'avait aucune envie de s'éloigner de lui. Elle était si bien dans ses bras… Elle ne regrettait même pas de lui avoir parlé d'elle, tant il la rassurait et l'apaisait.

Mais elle savait que ce n'était qu'une illusion. Elle ne pouvait être proche de lui.

A contrecœur, elle se redressa et ressentit soudain un vide immense.

— Pourquoi te reproches-tu la mort de Gino ? demanda-t-elle.

— Tu es sûre de vouloir t'engager dans cette voie ?

— Oui. J'aimerais pouvoir t'aider.

— Je venais d'être suspendu. Je suis allé voir Gino,

nous nous sommes disputés, et il a fait une crise cardiaque, lâcha-t-il d'une voix neutre.

Puis il se tut, comme s'il s'attendait à ce qu'elle quitte la pièce en courant. Mais elle ne bougea pas.

— Ne me regarde pas comme ça ! s'exclama-t-il après un silence.

— Comme quoi ?

— Comme ça. Je ne mérite pas ce regard. Je n'en ai pas besoin.

Elle laissa échapper un soupir.

— Tu ne crois pas que tu mérites ma compassion ? Ni mon soutien ?

— Non. Tu n'as pas entendu ? J'ai tué mon oncle.

— C'est toi qui le dis.

— Et je te dis aussi que je n'ai pas besoin de…

— Luke, ne me dis pas ce que je dois ressentir. Tu aimais Gino. Il te manque. La façon dont il est mort ne doit pas effacer une vie de souvenirs. Tu sais ce que j'aurais donné pour avoir une famille comme la tienne ?

— C'est loin d'être une famille parfaite.

— Parce que tu crois que cela existe ? C'est une famille qui t'aime, au moins.

— Tu ne comprends pas, insista-t-il en secouant la tête.

— Tu dois payer pour ses erreurs, c'est ça ? Et tu crois que refouler ta culpabilité arrangera quoi que ce soit ? Si Gino était toujours vivant, tu devrais quand même faire face à cette enquête. Et tu serais tout autant suspendu de ton poste. Crois-tu que Gino aurait voulu te voir te ronger les sangs ? Tu as suffisamment de choses à gérer en ce moment, tu ne dois pas en plus t'en vouloir pour la mort de ton oncle. Les regrets ne servent à rien.

Il plissa les yeux, l'air inquisiteur.

— Comment fais-tu ?

— Quoi ?

— Pour savoir exactement…

Mais il se tut et détourna le regard.

— Ce que tu penses ? Tu n'as pas besoin de te punir, c'est tout. Tu devrais dire à Rosa ce que tu ressens.

— Pour qu'elle me déteste ?

— Elle ne peut pas te détester. Elle t'aime.

En contemplant le visage de Luke, elle y vit tout à coup une telle fragilité, qu'elle voulut à son tour le prendre dans ses bras pour le réconforter. Le serrer contre elle, et ne jamais le laisser partir.

— Toi aussi, tu sais, tu peux avoir confiance en moi, murmura-t-elle.

Sans rien dire, il porta son verre à ses lèvres et but une gorgée.

— C'est bon, maintenant, dit-il finalement. Je suis passé à autre chose.

Mais son expression anxieuse prouvait le contraire.

— Bon.

— Tu sais, reprit-il, j'y repense parfois.

— A Gino ?

— A Gabrielle. Je me demande si j'aurais pu dire ou faire quoi que ce soit qui aurait changé les choses. Qui l'aurait empêchée de…

Il dut s'éclaircir la voix pour continuer.

— Nous avions dix-huit ans, et elle s'est trouvée enceinte, expliqua-t-il. Lorsque le bébé avait six mois, elle lui a ôté la vie avant de se tuer. Je les ai trouvés tous les deux et… Maintenant, dit-il en fixant le sol avec dureté, c'est comme un film qui tourne dans ma tête vingt-quatre heures sur vingt-quatre.

Cette fois, elle mit ses bras autour de lui pour le serrer contre elle.

— Quand on arrive à passer une journée entière sans y penser, murmura-t-elle, c'est une véritable victoire. Une semaine s'écoule, puis un mois. Au bout d'une année, on n'arrive plus à se souvenir de leur sourire, ni de leur voix. Et on se demande si, finalement, oublier n'est pas la meilleure façon de se souvenir.

— Oui, dit-il avec un regard qui semblait refléter son propre désespoir.

— Luke, est-ce que tu aimes ce que tu fais ? Je veux dire, en temps normal ?

— Tu sais, mes parents sont morts dans la pauvreté, couverts de dettes. Mon objectif, c'était d'éviter ça. D'être plus fort qu'eux.

Sa voix profonde venait de résonner si près d'elle, que Beth eut la sensation qu'elle faisait vibrer son corps. Tout à coup, son émotion fit place à un violent désir, celui qu'elle avait éprouvé si souvent ces derniers jours.

Luke perçut le moment précis où la mélancolie de Beth se dissipa, chassant aussitôt la sienne. Et à partir de cet instant, il n'eut plus en tête que les pensées délicieusement sensuelles qu'elle lui inspirait.

— Et ça ne te manque pas ? s'entendit-il demander.

— Quoi donc ?

— Les rapports intimes. Enfin, le sexe.

— Franchement, non. Ce n'était pas si bien.

— Tu n'as peut-être pas eu l'expérience qu'il fallait.

— Je ne crois pas que cela fasse une telle différence.

Mais en disant ces mots, elle rougit adorablement.

— Oh ! si, crois-moi, lui assura-t-il en souriant.

— Ah, tu as l'air de savoir de quoi tu parles.

Le silence qui suivit leur échange lui fit l'effet d'une caresse, aussi douce qu'intime.

Il savait que Beth était méfiante ; elle portait toujours en elle la cicatrice de ce qui lui était arrivé. Mais elle était différente des autres. Non seulement elle était d'une beauté irrésistible, mais son attitude l'intriguait aussi. Il y avait en elle un mystère qui ne faisait qu'attiser son excitation. C'était sans doute dû à ses réticences, mêlées à l'étincelle de passion qui brillait dans ses yeux.

Fasciné, Luke la contempla un moment tout en lui prenant la main, et il la sentit frissonner en même temps que lui. Il lui prit alors son verre, et le posa avant de se pencher pour retrouver enfin la douceur de ses lèvres.

Elle ferma les yeux et lui offrit sa bouche, se blottissant contre lui dans un murmure de plaisir. Ce fut comme une vague de plaisir et de tendresse mêlés, un moment de volupté si intense, qu'il ne pouvait plus penser qu'au goût de sa bouche et au bonheur de poser les mains sur elle.

Lorsqu'il interrompit leur baiser, il s'écarta légèrement et vit qu'elle gardait les paupières closes.

— Tu es nerveuse, *cara* ?

Elle ouvrit les yeux, en secouant la tête.

— Tu sais, dit-il en lui caressant la joue, tu n'es pas

obligée de vivre ta vie en fonction des autres. Sinon, cela voudra dire que tu les as laissés gagner.

— Je ne sais plus quoi penser, murmura-t-elle.

— Alors arrête de penser. Juste ce soir.

Essayant de lui faire oublier ses douleurs et ses peurs, il déposa mille baisers sur son front, sur ses joues, sur ses lèvres, tout en caressant son corps qui ondulait contre lui.

Enfin, encouragé par ses soupirs d'excitation, il l'allongea sur le tapis et vint se placer au-dessus d'elle.

— Je ne suis pas sûre…

— Moi, je suis sûr, dit-il avec douceur. Laisse-moi te montrer.

Alors il l'embrassa, encore et encore, l'entraînant dans un jeu sensuel qu'elle ne chercha pas à fuir. Au contraire, il sentait sa langue venir à la rencontre de la sienne et ses mains délicates lui caresser le dos.

Il plaça sa main entre ses cuisses, puis remonta jusqu'à sa taille, savourant le plaisir de sentir ses formes se dessiner sous ses doigts. Comme elle plaquait ses hanches contre les siennes, il glissa les mains sous elle et les referma sur ses fesses, n'hésitant plus à lui faire sentir son sexe durci à travers le tissu de leurs vêtements.

Mais il voulait sentir sa peau à présent, et il se redressa pour enlever sa chemise avant de lui ôter son petit haut moulant. Le regard émeraude de Beth se fit plus brûlant encore, et elle se mit à lui caresser le cou, les épaules et le torse, avant de faire glisser ses doigts jusqu'à sa ceinture. Elle s'interrompit quand il laissa échapper un râle de plaisir, mais ce fut pour redoubler d'ardeur en se cambrant pour qu'ils soient encore plus proches l'un de l'autre.

Que c'était bon… Il ne voulait jamais oublier la flamme qu'il voyait briller dans ses yeux, ni son parfum envoûtant, ni le merveilleux contact de ses mains sur lui. Il voulait trouver les parties les plus sensibles de son corps et lui donner du plaisir comme elle n'en avait jamais connu.

Non sans mal, il s'écarta d'elle pour se relever, résistant à ses gémissements de regret.

— Viens, dit-il en lui tendant la main.

Sans la moindre hésitation, elle le suivit dans l'escalier. Après un passage dans la chambre d'amis où il prit une petite boîte dans son sac, il la mena jusqu'à sa chambre, où il s'arrêta pour prendre le temps de la regarder.

Elle paraissait un peu nerveuse, mais son sourire lui disait qu'elle avait confiance en lui. Qu'elle avait envie de lui.

Il ne lui en fallait pas davantage. Il la prit de nouveau dans ses bras, et l'embrassa tout en dénouant le cordon qui retenait son pantalon. Elle avait la peau brûlante. Dès qu'il l'eut débarrassée de ses vêtements, il fit glisser sa petite culotte le long de ses jambes et s'empressa de toucher son sexe, non sans lui arracher un gémissement d'excitation. Il crut qu'elle allait s'abandonner à lui, mais elle se figea soudain.

— Luke, je…

— Qu'y a-t-il, *cara mia* ? murmura-t-il tout contre ses lèvres.

— Je…

Elle fit un pas en arrière.

— Je ne sais pas très bien…

— Beth, tu es superbe. Tu n'as pas besoin de me cacher quoi que ce soit.

Manifestement convaincue, elle prit son visage entre ses mains et l'embrassa passionnément.

Il sentit l'excitation monter en lui à mesure qu'elle achevait de le déshabiller. Fou de désir, il promena ses mains sur son corps nu, caressant ses seins et prenant entre ses lèvres leur pointe rose tendue par le plaisir.

Lorsqu'il plaça de nouveau ses doigts contre son sexe, elle noua les bras autour de son cou et se mit à soupirer plus fort, en bougeant au rythme de son plaisir.

— Luke, je…

— Je t'en prie, mon ange, ne me dis pas d'arrêter.

Elle laissa échapper un rire légèrement rauque, terriblement excitant, et le regarda dans les yeux.

— Luke, je veux te sentir en moi.

Il la souleva alors et la coucha sur son lit avant de saisir la boîte qu'il avait posée sur la table de chevet. Pendant qu'elle le caressait et l'embrassait avec une passion non dissimulée, il se hâta de mettre un préservatif. Puis il revint se mettre au-dessus d'elle. Elle était si belle, nue contre lui, prête à le recevoir… Cherchant à faire durer leur plaisir aussi longtemps que possible, il enfouit son visage au creux de son cou et se mit à la dévorer de baisers, avant de promener ses mains sur tout son corps. Il voulait en connaître chaque détail, la sentir frissonner sous ses doigts.

— Maintenant, supplia-t-elle. J'ai envie de toi.

Il se plaça alors entre ses cuisses, et plongea dans son regard. Il sentit ses longues jambes s'enrouler autour de lui, et elle cessa un instant de bouger. Tremblant d'excitation, il mit une main sous ses fesses, et, dans un mouvement de délivrance, il la pénétra.

Après être resté un moment immobile, à s'efforcer de contrôler son plaisir, il commença à aller et venir lentement en elle. Accompagné par le mouvement de ses hanches, il accéléra peu à peu la cadence et l'entendit gémir de plus en plus fort.

— Tu aimes ça ? susurra-t-il en abandonnant son regard de feu pour respirer le parfum de ses cheveux.

— Oh ! oui.

— Tu veux que j'aille plus vite ?

Ce fut son corps qui lui répondit, lorsqu'elle augmenta elle-même le rythme de ses va-et-vient. Les mots qu'ils échangeaient ne faisaient que les exciter davantage.

— Luke… Je crois que… Je sens…

— Je sais.

Il avait un mal fou à se contrôler, mais il voulait l'attendre. Il voulait la voir jouir avant de se laisser aller. Enfin, il devina à son visage qu'il la menait vers le plaisir extrême. Emportée par des sensations qu'elle semblait connaître pour la première fois, elle était plus belle que jamais.

— Reste avec moi, *cara*, dit-il comme elle fermait les yeux. Je veux pouvoir te regarder.

Et il la regarda, tandis qu'elle se laissait aller à l'extase. Quand elle poussa un cri ultime, il s'abandonna à son tour et plongea dans des abîmes de plaisir.

Alors qu'ils tentaient tous deux de retrouver leur souffle, il s'allongea contre elle et l'embrassa, émerveillé. Il ne savait qu'une chose à cet instant : ce qu'ils venaient de partager, il ne pourrait jamais l'oublier.

- 12 -

Quand Beth fut réveillée le lendemain matin par le chant des oiseaux, elle garda un moment les yeux fermés. Il lui fallut quelques secondes pour se souvenir que la sensation merveilleuse qu'elle éprouvait n'était pas due à ses rêves, et qu'elle n'était pas seule dans son lit.

Finalement, elle se leva et alla prendre une douche puis s'enveloppa dans une grande serviette.

Elle aurait voulu pouvoir regretter la nuit qu'elle venait de passer, mais c'était impossible. Au contraire, elle mourait d'envie de revivre chaque instant, chaque baiser, chaque caresse.

Seulement, elle savait qu'elle ne vivrait rien de plus avec Luke. Ils avaient une vision de la vie si différente… Et si elle ne mettait pas tout de suite un terme à cette liaison, elle risquait de souffrir, encore une fois.

Il ne lui restait qu'une chose à faire, si elle voulait encore espérer se protéger : quitter la maison. Abandonner cette part d'elle-même.

C'était terrible à admettre, mais elle ne gagnerait jamais contre lui. Mieux valait fuir maintenant, avant d'avoir laissé trop de forces dans la bataille.

Une fois de plus, elle allait devoir affronter la dure réalité.

Quand les premiers rayons du soleil commencèrent à filtrer à l'intérieur de la chambre, Luke renonça à faire semblant de dormir. Machinalement, il porta la main à sa nuque, mais la douleur avait disparu.

Il s'assit dans le lit et entendit le bruit de l'eau dans la douche. Instantanément, une foule d'images érotiques lui envahirent l'esprit, en même temps qu'une sensation de regret.

Il ne devait pas repenser à l'intensité de leur corps à corps, se répéta-t-il en marchant jusqu'à la fenêtre. Et pourtant, il ne parvenait à oublier les émotions et le plaisir qu'il avait ressentis au contact de Beth. Jamais il n'avait éprouvé cela… Si bien qu'il avait perdu toute lucidité, oubliant même de mettre un préservatif lors de leur dernière étreinte.

Mais il préférait ne pas repenser à cela non plus.

Cette maison l'avait pris au piège. Son charme lui avait fait oublier son appartement, sa vie… et même son travail.

Etait-ce seulement possible ? Sa carrière était toute sa vie, il aimait négocier des contrats et conquérir de nouveaux clients. Ce cadre enchanteur l'avait envoûté, rien de plus, songea-t-il en admirant le ciel bleu.

Cette parenthèse serait bientôt refermée.

Pourtant, il ne pouvait nier la satisfaction qu'il trouvait dans ce mode de vie. Pour la première fois depuis des années, il profitait du soleil, prenait le temps de faire la cuisine… En un mot, il vivait.

Et Beth était la première responsable de ce nouveau souffle. Elle avait réveillé en lui les émotions qu'il avait enfouies depuis bien longtemps, et qu'il avait cru ne jamais retrouver.

Son corps, sa voix, son esprit… Tout en elle avait attisé son désir.

Frappé par une soudaine révélation, il comprit qu'il avait profité de la situation, des émotions de Beth.

Bien des années plus tôt, Gino avait bien vu qu'il étouffait ses sentiments, et que cela risquait de se retourner un jour contre lui. Mais Luke s'était révolté avec cruauté.

« Tu n'es pas mon père ! s'était-il écrié. Je n'ai pas besoin qu'un inconnu s'occupe de moi ! »

Mais son oncle avait eu raison, à l'époque. Tout comme dans le message qu'il avait enregistré sur le DVD que Luke avait regardé la veille, dans son bureau. Tous les mots que Gino lui avait laissés en guise de testament avaient été justes. Et à cause de cela, Luke se sentait plus coupable encore.

La frustration qu'il avait oubliée pendant la nuit l'assaillit de nouveau. D'autant que Beth lui cachait toujours quelque chose, il le savait ; et il devait découvrir quel était ce secret.

Il ramassa ses affaires éparpillées sur le sol et se rendit dans sa chambre. Là, il prit son téléphone et appela Dylan.

— C'est Luke. Tu as quelque chose pour moi ?

— Une seule nouvelle information. Mais elle va beaucoup t'intéresser.

— Je t'écoute.

*
* *

Beth acheva de se préparer pour sa journée de travail et sortit de sa chambre. Elle se sentait plus forte et plus résolue à présent, mais aussi infiniment seule.

Comme elle traversait le couloir, elle ralentit en entendant la voix de Luke dans l'autre chambre.

— C'était bien la dernière chose à laquelle je m'attendais…, disait-il. Non, elle ne me l'avait pas dit, elle a juste parlé de l'accident… Enfin, je ne crois pas que cela m'aidera beaucoup… Je te demande de garder ça pour toi. J'en ferai autant… Oui, bien sûr. Au revoir.

Sa conversation téléphonique s'arrêta là. Mais elle en avait entendu suffisamment pour comprendre.

Il savait.

Prise d'un vertige, elle saisit la rampe de l'escalier. C'était comme si on venait de lui planter un couteau dans le cœur. Elle voulut s'enfuir, courir aussi loin que possible, mais elle ne pouvait faire un seul pas. Elle se sentait paralysée.

Elle avait dû faire du bruit, car Luke apparut près d'elle. Mais elle ne devait pas s'effondrer. Elle devait garder son sang-froid, faire comme si de rien n'était.

— Bonjour, dit-il en souriant.

Elle n'aurait pas dû regarder sa bouche. Déjà, elle repensait à ses baisers de la nuit dernière, et son désir se réveillait.

— Bonjour, Luke.

Hélas, sa voix trahissait son émotion. Cherchant à tout prix à se donner une contenance, elle entra dans son bureau pour prendre un dossier. Mais elle sentait le regard de Luke posé sur elle.

— Ecoute, commença-t-elle. A propos d'hier soir…

— Oui ?

Elle se retourna vers lui. Il la contemplait avec les mêmes yeux brûlants que la veille. Comment pouvait-elle paraître indifférente, alors qu'une flamme la consumait toujours intérieurement ?

— Oui… Euh… Hier soir, c'était…

— Magnifique ? Epuisant ? Incroyable ?

Sa voix sensuelle la fit frissonner. Ce matin, il lui paraissait plus séduisant que jamais.

— C'était une erreur de jugement, se força-t-elle à articuler.

Un silence éloquent suivit sa déclaration.

— Une erreur de jugement, répéta-t-il finalement.

Comme elle hochait la tête, il s'approcha d'elle, la forçant à reculer jusqu'au mur. Il leva les bras et elle crut qu'il allait la toucher, mais au lieu de cela, il mit les mains contre le mur, de chaque côté de sa tête.

— Une bêtise ? insista-t-il en la dévisageant.

— Si tu veux appeler ça comme ça.

— Si je…

Mais il se tut et la fixa de ses yeux sombres, lui rappelant le bonheur inouï qu'elle avait ressenti dans ses bras.

— Tu mens, fit-il.

— Non.

— Alors pourquoi…

— Luke, tu sais bien pourquoi.

— Ah oui, vraiment ?

— Ecoute, nous avons passé un bon moment. Fin de l'histoire.

— C'est tout, alors ? l'interrogea-t-il, sans qu'elle

parvienne à deviner ses sentiments. Ce n'était rien de plus qu'un bon moment ?

— Non, tu m'as mal comprise, dit-elle avec un rire gêné. Je veux dire que… C'était très bien, mais nous devons nous concentrer sur notre problème. Il est clair que je ne peux pas te verser la somme que tu demandes pour la maison, ajouta-t-elle, sans tenir compte de la tension qu'elle percevait en lui. Je vais donc chercher un nouveau logement cette semaine. Je n'ai plus de raison de rester ici.

— Attends un peu. C'est tout ?

— Pourquoi tu es fâché ? Tu as gagné !

— Ce n'était pas un combat, Beth !

— Non, c'est vrai. Mais c'est ta maison, je n'y peux rien.

Il recula et se passa nerveusement la main dans les cheveux.

— Alors après tous ces discours, tu abandonnes, c'est ça ?

— Tu l'as dit toi-même, je n'ai pas les moyens.

— Tu sais que ce n'est pas le vrai problème, dit-il d'une voix sévère. Qu'est-ce que tu ne me dis pas ?

— Rien. Après ce que nous avons vécu, je pense que tu connais tout sur moi !

— Tu crois ? Alors qui est Taylor Stanton ?

En voyant l'expression bouleversée de Beth, Luke comprit que son attaque avait été trop brutale. Mais elle ne lui avait pas laissé le choix.

— Tu as fouillé dans mes affaires.

— Qui est cette femme ?

— Tu as fouillé dans mes affaires ! répéta-t-elle, l'air scandalisé. Qu'est-ce que tu as bien pu mijoter encore ? Tu as rassemblé des informations pour faire annuler mon bail ? Tu vas lancer des poursuites contre moi et…

— C'est ridicule, enfin !

— Non ! Au contraire, dit-elle en pointant vers lui un doigt accusateur, c'est tout à fait logique. Tu ne m'as jamais fait confiance, de toute façon !

— Toi non plus, tu ne me fais pas confiance. Allez, Beth, dis-moi qui c'est.

— Non. Non !

— Mais pourquoi ? explosa-t-il, fou de rage.

Il vit des larmes de colère naître au coin de ses yeux.

— C'est moi, d'accord ? C'est moi ! s'écria-t-elle.

D'un seul coup, Luke assembla toutes les pièces du puzzle, et la vérité s'imposa comme une évidence.

— Tu étais sur le vol 212 ?

— Oui !

— La commémoration du dixième anniversaire a eu lieu l'année dernière. Les survivants ont mené une longue action en justice, la compagnie a cessé toute activité…

— Je sais.

Tout était plus clair, à présent. Après avoir survécu au plus grave accident d'avion de l'histoire de l'Australie, elle avait dû puiser dans ses ressources pour se reconstruire. Il comprenait à présent l'origine de sa force et de sa fragilité, aussi extrêmes l'une que l'autre.

Et dire qu'il l'avait presque forcée à monter en avion avec lui…

— Beth, je ne peux pas imaginer ce que tu as traversé…

— Non, en effet.

— Mais je ne comprends pas pourquoi…

— J'utilise une fausse identité ? Dans l'avion, j'étais assise à côté de Beth Jones, une jeune fille de vingt ans qui allait s'installer à Perth pour commencer un nouveau travail. L'accident l'a tuée, et dans l'ambulance, je me suis retrouvée avec son sac à main dans les bras. Je suis tombée dans le coma, et je ne me suis réveillée qu'au bout d'une semaine. Le personnel de l'hôpital a cru que j'étais… Que j'étais Beth Jones.

— Alors tu as pris son nom.

— Ce n'était pas prévu. Cent fois, j'ai voulu me débarrasser de son sac, mais ce petit souvenir d'elle avait sur moi un effet quelque peu… rassurant. J'ai été la dernière personne à la voir en vie. Elle m'avait confié qu'elle n'avait personne au monde, ni famille, ni amis. Tout comme moi. J'ai bien essayé de reprendre ma vie où je l'avais laissée, mais quand ce journaliste m'a trouvée, tout s'est écroulé. Je me suis rendu compte que je ne serais jamais à l'abri en tant que Taylor Stanton.

Les yeux dans le vague, elle prit une profonde respiration avant de reprendre son récit.

— Si tu savais à quel point c'est facile, de devenir quelqu'un d'autre. Il m'a suffi d'une facture de gaz, d'un certificat de naissance et d'un permis de conduire. Et voilà. Cela fait dix ans que je suis Beth Jones. Ces années ont été dures, mais au moins, grâce à ce changement, j'ai eu la paix. Tu sais, poursuivit-elle après une pause, tout le monde voulait que je fasse partie de ce groupe de survivants courageux, de héros prêts à entamer une grande bataille. Que je témoigne de la chance que j'avais eue. Mais j'arrivais à peine à me lever le matin, alors où aurais-je trouvé cette énergie ?

Comme il ne pouvait rien répondre à cela, Luke se contenta de la regarder, sans lui cacher la compassion qu'il ressentait. Et, par miracle, elle parut s'attacher à son regard comme à une bouée de sauvetage.

— Ce qui est ironique, dans cette histoire, c'est que je ne me suis jamais faite à l'idée de changer de date d'anniversaire. Alors je ne le fête jamais.

Elle baissa la tête, et un sourire triste se dessina sur son visage.

— C'est quand ? lui demanda-t-il avec autant de douceur que possible.

— Quoi donc ?

— Ton anniversaire, le vrai ?

— Le 15 août. Et j'ai vingt-huit ans, et non trente, ajouta-t-elle, comme si elle tenait à ce qu'il connaisse ce détail.

Elle releva les yeux vers lui et laissa échapper un long soupir.

— Il faut que j'aille travailler.

Mais il avait envie qu'elle reste avec lui. Il avait encore tant de choses à lui dire !

Lentement, il lui caressa le visage pour apaiser le flot d'émotions qui venaient de resurgir en elle.

— Beth, je…

— Non, Luke. Rien n'a changé. Nous devons tous les deux faire en sorte de retrouver le cours normal de notre vie.

Si, quelque chose avait bel et bien changé. Cette

nuit, elle s'était donnée à lui sans réserve, avec une passion aussi bouleversante qu'excitante. Et voilà qu'elle venait de lui confier son secret le plus intime. Comment faisait-elle pour retrouver tout à coup son masque de froideur ?

Certes, il ignorait jusqu'où il pouvait aller avec elle, mais ce dont il était certain, c'était qu'elle avait changé sa vision de l'existence. Et pas seulement parce qu'il avait fait l'amour avec elle comme avec aucune autre.

Mais oubliait-il qu'il ne voulait être contraint par aucun lien sentimental ? Le mieux était sans doute de faire ce qu'elle voulait : partir et lui laisser la maison. Elle rencontrerait bientôt un homme digne d'elle, qui lui offrirait tout l'amour qu'elle méritait.

Etait-il prêt à renoncer à elle ?

— Beth, cria-t-il tandis qu'elle descendait l'escalier. Ne pars pas.

Elle s'arrêta sur la dernière marche, puis se retourna lentement.

— Qu'as-tu à me dire que je ne sache déjà ? Tu veux donner la priorité à ta carrière, et le fait que je sois là te perturbe. Sans compter que les journalistes peuvent nous retrouver à tout moment, et qu'ils se délecteraient de tes secrets autant que des miens. Notre histoire leur plairait beaucoup, tu peux en être sûr.

— Attends, insista-t-il.

Mais il savait qu'elle avait raison. Elle venait de formuler ce qu'il pensait avec une clarté déroutante.

Il prit le temps de la contempler, de graver dans sa mémoire le souvenir de son visage, de ses grands yeux verts et de ses adorables boucles blondes. Il se remémora l'odeur de sa peau, la douceur de ses lèvres.

Et la force qui l'habitait, cette force qui la rendait capable de le repousser maintenant.

Il devait la laisser partir, à présent. Mais il en était incapable. Tout ce qu'il voulait, c'était la rejoindre et la prendre contre lui pour l'embrasser, encore et encore.

Cela lui apparut soudain comme une évidence : il voulait être avec elle.

Seulement, avant de tenter de lui faire changer d'avis, il était obligé de lui dire la vérité.

Il pourrait sans doute vivre en gardant pour lui ce que Dylan lui avait appris, mais à quel prix ? Il risquait d'être rongé par la mauvaise conscience.

L'honnêteté était la seule solution possible. Il verrait bien comment elle réagirait.

Le cœur battant, il descendit les marches, non sans remarquer qu'elle se raidissait soudain, comme si elle avait peur de ce qu'il allait lui dire. Pourtant, la faire souffrir était bien la dernière chose qu'il souhaitait au monde.

— Ce n'est pas tout, annonça-t-il. Dylan a découvert autre chose.

— Au sujet de Ben ?

— Non. Ecoute, je ne vais pas y aller par quatre chemins…

— D'accord, dit-elle d'une voix faible.

— Quand ta mère avait quinze ans, elle a eu un bébé. Une petite fille. Et elle l'a fait adopter.

- 13 -

Comme il dévisageait Beth, Luke la vit chanceler et se rattraper à la rampe.

— Pardon ?

— Lorsque cette jeune fille a atteint l'âge de dix-huit ans, elle s'est inscrite sur plusieurs sites internet pour rechercher ses parents biologiques. Elle a pu entrer en contact avec sa mère…

— Attends, attends…

— Beth, écoute-moi s'il te plaît, dit-il en lui prenant les mains. Aujourd'hui, elle a trente-huit ans et vit à Perth. Ta mère avait organisé ce voyage pour que vous alliez la rencontrer.

— Oh ! non.

— Si.

Elle se tut, et il sentit ses mains trembler dans les siennes. Plusieurs secondes s'écoulèrent ainsi. Puis, brusquement, elle s'écarta de lui.

— Il faut que j'aille travailler.

— Beth.

— Luke, pour l'instant, je ne suis pas en état de réfléchir. Tu peux le comprendre ? J'ai besoin de temps. Oui, accorde-moi un peu de temps.

— D'accord.

Sans insister, il se contenta de lui sourire pour lui montrer qu'il était là pour elle.

— Prends le temps que tu veux.

— Et je crois qu'il vaut mieux que j'aille m'installer ailleurs pendant quelques jours.

Pour la énième fois, Luke regretta de ne pas pouvoir revenir une semaine en arrière. Mais aurait-il agi différemment ? Il n'aurait certainement pas pu résister à l'attirance qu'il éprouvait pour Beth. Et il ne pouvait s'en vouloir pour ce qui s'était passé la veille ; il avait tout simplement passé avec elle l'un des plus beaux moments de sa vie.

— Je peux t'aider, insista-t-il. Je demanderai à quelqu'un de trouver…

— Non. Non, répéta-t-elle avec un rire amer, tu en as fait bien assez. Je dois gérer moi-même cette situation.

Elle fit volte-face et franchit la dernière marche avant de traverser l'entrée. Elle prit son sac à main, son trousseau de clés, puis se dirigea d'un pas décidé vers la porte.

Luke ne la quittait pas des yeux, mourant d'envie de la retenir. De toute évidence, la nouvelle l'avait bouleversée, et pour cause ! Pourquoi lui avait-il parlé ? Il aurait dû savoir qu'il ne pouvait lui faire que plus de mal, en lui disant la vérité. Et maintenant, elle était beaucoup trop choquée pour entendre ce qu'il avait à lui dire à propos d'eux.

Pitié, retourne-toi.

Mais elle mit la main sur la poignée de la porte et disparut dehors, le laissant seul avec sa frustration.

*
* *

Beth eut beau refermer la porte derrière elle avec autant de calme que possible, il lui sembla que son geste avait été d'une violence extrême. Il aurait suffi d'un mot de la part de Luke pour qu'elle se retourne et se précipite dans ses bras.

Mais il l'avait laissée partir.

Arrivée près de sa voiture, elle dut prendre appui sur le capot pour ne pas chanceler. Cette fois, c'était bel et bien fini. Elle avait choisi de ne pas aller plus loin avec lui, et il ne lui restait plus qu'à assumer sa décision.

A assumer sa solitude.

Elle voulut se redresser, mais sentit que son corps ne la portait plus. Tous ses membres tremblaient, tout recommençait comme à l'époque où elle avait dû faire face à des crises d'angoisse. Un grondement se mit à résonner dans sa tête, lui arrachant un râle de désespoir. Puis des images d'horreur vinrent s'ajouter au bruit entêtant.

Elle revit le hublot brisé, sentit l'odeur de fumée et de kérosène. On la couchait sur une civière, on la recouvrait, on lui demandait si elle allait bien.

Plaquant les mains sur ses oreilles pour avoir enfin la paix, elle se précipita dans sa voiture. Mais elle ne cessait de trembler, et elle avait le plus grand mal à respirer.

Au bout de plusieurs secondes, elle se rendit compte qu'elle était en train de sangloter. Alors elle relâcha toute la pression qu'elle avait accumulée. Laissant couler les larmes sur ses joues, elle n'essaya plus de faire bonne figure. Elle pleura la mère qu'elle avait tant aimée et qu'elle avait perdue, elle pleura l'enfance qu'elle n'avait pas eue. Elle pleura en découvrant l'océan de vide immense qui l'entourait.

Ce ne fut qu'après un long moment qu'elle sentit les spasmes de son corps se calmer peu à peu. Elle prit un mouchoir dans la boîte à gants, et regarda son reflet dans le miroir du rétroviseur. Elle avait le nez et les yeux rougis, et le mascara avait dessiné des lignes noires sur ses joues.

Mais tout à coup, une lueur d'espoir s'éveilla en elle.

Elle avait une sœur.

Et ce n'était peut-être pas l'unique famille qu'il lui restait. Elle n'était peut-être pas si seule au monde, en fin de compte.

Elle avait renoncé à rechercher sa famille depuis bien longtemps, mais la révélation de Luke la rendait curieuse, à présent. Elle n'avait plus peur. Si elle le voulait, elle pouvait changer sa vie dès maintenant.

Seulement, allait-elle avoir le courage de faire tomber les barrières qu'elle avait mis dix ans à bâtir autour d'elle ?

Tandis que cette question envahissait son esprit, elle s'essuya le visage, puis se décida enfin à démarrer.

Luke demeura un moment immobile dans l'escalier, les yeux fixés sur la porte qui s'était refermée sur Beth. Et il eut beau espérer, il ne la vit pas rentrer dans la maison et courir à sa rencontre.

Il avait tout gâché.

Découragé, il se laissa glisser le long de la rampe et

s'assit sur une marche. Puis il enfouit son visage dans ses mains. Sa peau portait encore l'odeur de Beth, il lui semblait entendre son rire, sentir ses lèvres sur les siennes.

C'est alors qu'il entendit frapper à la porte. Il se précipita dans l'entrée et ouvrit d'un geste impatient. Il ne put retenir un soupir de déception.

— Tu attendais quelqu'un d'autre ? lui demanda Marco avec un grand sourire.

— Oui.

Il regarda derrière son cousin et se hâta de le faire entrer.

— Personne ne t'a suivi ?

— Pitié, arrête un peu avec ton obsession des journalistes. Je te reconnais bien là. Moi, ça fait des mois que je dois me battre pour défendre ma réputation dans toute l'Europe, mais toi, tu ne penses qu'à ta promotion.

— Allons, dit Luke, moqueur, tout le monde a oublié ton histoire avec cette fille.

— Ah oui, tu crois ? Tu sais, il y a toujours des gens ravis de te voir tomber du piédestal de ta notoriété. Elle m'a trompé, et maintenant, on me prend pour un imbécile.

— C'est tout ce qui t'importe ?

— Tu ne serais pas dans le même état, à ma place ?

Attendri par le sourire vexé de son cousin, Luke eut un geste qui les surprit autant l'un que l'autre : il ouvrit les bras et lui donna une accolade. Il fallut à Marco un moment pour se remettre de son étonnement, et lui rendre son geste.

— Dis donc, dit-il ensuite en riant. Cette femme

t'a vraiment changé ! Voilà que tu te lances dans des démonstrations de tendresse !

— J'aimerais mieux qu'on évite le sujet. Ecoute, ajouta-t-il, je ne voudrais pas être désagréable, mais j'ai beaucoup de choses à faire.

— C'est pour ça que je suis là.

Tout en reprenant son sérieux, Marco eut un sourire gêné.

— A propos de ce que je t'ai dit l'autre jour… Tu sais, pour la crise cardiaque de Gino ? J'espère que tu sais que je ne le pensais pas. J'étais en colère, mais pas contre toi. Je sais qu'il était allé voir un spécialiste, qui lui avait dit de lever un peu le pied. Et d'arrêter de fumer, ce que tout le monde, bien sûr, lui avait recommandé. Mais il n'en faisait qu'à sa tête. Seules ses idées valaient quelque chose, hein ?

Ils échangèrent un sourire complice.

— En tout cas, poursuivit-il, je suis allé trop loin avec toi. Tu n'y es pour rien, je le sais bien.

Luke fronça les sourcils.

— Non, s'insurgea Marco. Ne me dis pas que tu as pris ce que j'ai dit au sérieux !

— Tu n'étais pas là, Marco.

— Et alors ? Tu as parlé à Rosa, au fait ?

Une fois de plus, Luke ne trouva rien à répondre.

— Dis-moi, Luke, pour un surdoué, tu es vraiment stupide parfois. Va voir ma mère, tu te sentiras mieux après. A moins que tu veuilles subir les conséquences de ta bêtise.

— Quelles conséquences ?

— Un coup de pied aux fesses de ma part, par exemple. Allez, en voiture. Va lui parler.

Rosa.

Marco.

Sa famille, pour le meilleur comme pour le pire.

Gino et Rosa s'étaient comportés comme des parents pour lui, même s'il avait eu du mal à l'accepter. Il devait dire la vérité à sa tante, au risque d'en souffrir.

Tout comme il l'avait fait avec Beth.

- 14 -

Le jeudi suivant, assise dans son bureau, Beth regardait le journal de la veille, ouvert devant elle. Elle avait envoyé Laura faire des courses, et se retrouvait enfin seule pour lire l'article dont le titre l'avait interpellée.

De Rossi réintégré, l'enquête suit son cours.

Le conseil d'administration de Jackson et Blair avait donc décidé de soutenir Luke publiquement, en dépit des soupçons qui pesaient encore sur lui. Connor Blair, l'un des associés, déclarait que « l'entreprise tenait à défendre Luke De Rossi contre les rumeurs calomnieuses qui circulaient sur lui », et qu'elle « espérait que l'enquête prendrait fin dans deux semaines, après son entretien avec les représentants de la commission du Queensland ».

Pensive, Beth posa les yeux sur sa tasse de café encore pleine. Que de changements en trois jours ! Elle avait perdu sa maison, son cœur était brisé, et elle avait peut-être une sœur quelque part dans le pays.

En réalité, elle avait bel et bien une sœur ; seulement, il fallait encore qu'elle trouve le courage de décrocher son téléphone pour l'appeler.

Elle regarda de nouveau le journal. Luke avançait,

lui. Grâce à l'aide de sa direction, il allait bientôt retrouver toute sa dignité.

Tandis qu'elle n'avait encore rien fait. Elle avait bien noté les coordonnées d'une société de déménagement, mais le simple fait d'imaginer enlever toutes ses affaires de sa maison la faisait trop souffrir pour qu'elle prenne les choses en main.

Comme on frappait à sa porte, elle leva les yeux et vit apparaître Laura, une expression étrange sur le visage.

— Que se passe-t-il ?

Mais Laura n'eut pas le temps de répondre. La porte s'ouvrit plus grand et Beth sentit sa gorge se nouer.

Il avait l'air moins fier que d'habitude, mais elle ne put que le reconnaître, avec son pantalon large et ses cheveux en bataille. Ben Foster.

— Bonjour, Beth, dit-il sans oser la regarder.

— Bonjour, Ben.

Faisant signe à Laura de fermer la porte derrière elle en sortant, Beth resta seule avec lui.

— Alors, tu es revenu.

— Oui.

Il avait l'air de porter le poids du monde sur ses épaules.

— Oh ! Ben. Qu'est-ce que tu as bien pu t'imaginer ?

— C'était beaucoup d'argent, marmonna-t-il en haussant les épaules.

— Mais ce n'était pas le tien.

— Je sais.

Elle se leva et croisa les bras en soupirant.

— Tu as tout dépensé ?

— Non.

— Donc tu as l'intention de le rendre ?

— Oui.

Il enfouit les mains au fond de ses immenses poches et leva finalement les yeux vers elle. Avec son air abattu, il avait l'air de s'attendre à la pire réprimande de sa vie. Si bien qu'elle n'eut même pas le courage d'élever la voix.

Le voir ici, comme un enfant, venait de chasser toute sa colère.

— Qu'est-ce qui t'a fait changer d'avis ? lui demanda-t-elle.

— Votre copain.

— Quel copain ?

— Le type en costume que j'ai vu au Casino Royal. Votre copain.

— Je n'ai envoyé personne.

— Ah. J'ai cru qu'il venait de votre part.

— Comment s'appelle-t-il ?

— Il ne me l'a pas dit. Il était grand, brun. On aurait dit un Italien.

Elle sentit soudain son cœur bondir dans sa poitrine.

— Que t'a-t-il dit ?

— Des trucs. Il m'a convaincu que le mieux à faire était de revenir. J'ai transféré l'argent sur votre compte professionnel il y a une heure.

— Et ce que tu as dépensé ?

— Tout est là, Beth. Il ne manque pas un centime.

Comment était-ce possible ?

— Tu sais que la banque a probablement signalé le vol à la police. Il risque d'y avoir une enquête.

— Oui.

Une enquête de police… Luke était au courant, et

pourtant, il s'était chargé personnellement de retrouver Ben. Sans se soucier des retombées qu'il pourrait subir.

Simplement pour l'aider.

Que devait-elle comprendre ?

— Je dois y aller, dit-elle brusquement.

— Ah ?

— Pardon.

Elle prit son sac et ferma son tiroir avant de s'arrêter en face de Ben.

— Merci d'être revenu, dit-elle en lui posant une main sur l'épaule. Tu as fait ce qu'il fallait.

Sans prêter attention à ses joues écarlates, elle sortit de la boutique en courant.

Il ne lui restait plus qu'à espérer qu'il n'était pas trop tard.

Beth avait su qu'il y aurait peu de chances pour qu'on la laisse monter jusqu'aux bureaux de la direction de Jackson et Blair. Mais au bout de vingt minutes d'attente et après avoir laissé trois messages, elle dut se rendre à l'évidence : Luke avait mieux à faire que de répondre à ses appels.

Elle repartit comme elle était venue, dans l'indifférence générale, y compris celle de la meute de journalistes amassée devant l'immeuble.

Après avoir roulé pendant une heure et demie, elle arriva chez elle et entra dans toutes les pièces, simplement pour s'assurer qu'il n'était pas là. Même si elle avait peu de doutes à ce sujet. Finalement, elle s'arrêta et regarda autour d'elle, s'efforçant de faire comme si tout allait bien. Comme si cette maison était encore la sienne.

Mais tout avait changé. Que ce soit maintenant ou dans un peu plus de deux mois, elle allait être obligée de partir.

Comme elle allait tristement jusqu'à la porte d'entrée pour la refermer, elle entendit son téléphone sonner.

— Beth, c'est Luke.

Le son de sa voix la fit frissonner.

— Je suis à ta boutique, où es-tu ?

— A la maison. Qu'est-ce que tu fais là-bas ?

— Ne bouge pas. J'arrive.

Il n'en fallait pas davantage pour que son cœur se remette à cogner contre sa poitrine.

L'attente qui s'ensuivit lui parut durer des années. Elle eut le temps d'imaginer tous les scénarios possibles.

Quand, enfin, la voiture rutilante de Luke vint se garer dans l'allée, elle avait l'estomac plus noué que jamais. Mais à l'instant où elle le vit marcher vers le perron, elle sentit toutes ses inquiétudes s'envoler. Dans son costume parfaitement taillé, il lui rappela le jour de son arrivée, la première fois qu'elle l'avait vu.

Elle avait la gorge nouée, mais elle n'allait pas pleurer, il n'en était pas question.

— Tu n'avais pas besoin de te déplacer jusqu'ici pour me voir, dit-elle en avançant à sa rencontre.

— Je voulais te parler de vive voix.

Qu'avait-il donc en tête ?

— Tu es allé chercher Ben à Melbourne, dit-elle.

— Oui.

— Pourquoi ?

— Je t'avais fait une promesse.

Son cœur se serra, et elle eut du mal à trouver sa respiration.

— C'est pour me parler de cela que tu m'as appelé, Beth ? lui demanda-t-il calmement.

— Je voulais te demander pardon.

— Pourquoi ? fit-il, étonné.

— Quand tu m'as parlé de ma mère… Je t'ai rejeté. Je suis désolée.

— Tu n'as pas d'excuses à me faire. Le chagrin nous fait souvent repousser ceux qui tiennent le plus à nous.

— Tu veux dire que… tu tiens à moi ? demanda-t-elle d'une voix tremblante.

— Tu sais bien que oui.

Comme elle baissait les yeux pour essayer de contenir son émotion, elle se rendit compte qu'il était blessé, au niveau des articulations de ses doigts.

— Tu ne t'es pas battu, au moins ? s'exclama-t-elle.

— Je me suis fait mal en réparant la marche, expliqua-t-il en lui montrant le perron.

— Ah, j'ai cru que tu avais réglé son compte à un journaliste.

— Ça, je ne le fais que dans mes rêves, dit-il avec un sourire.

Il était si beau, si élégant. Elle mourait d'envie de le toucher, de sentir ses mains sur elle. Elle fit même un pas vers lui, mais se retint juste à temps de faire quelque chose de stupide.

— J'ai eu une longue conversation avec Rosa, reprit-il. J'ai suivi ton conseil, je lui ai ouvert mon cœur. Elle ne m'en veut pas, pour Gino.

— Non, c'est évident.

Il y eut un silence, pendant lequel ils fuirent le regard l'un de l'autre.

— J'ai lu dans le journal que tu avais gagné le soutien de ton comité de direction.

— Ne crois pas tout ce que tu lis.

— Mais c'est bien vrai, non ?

Il acquiesça d'un signe de tête.

— Bon, c'est bien. Tu vas pouvoir aller de l'avant maintenant.

Cette fois, il la dévisagea longuement.

— Et toi ? lui demanda-t-il. Comment vas-tu ?

— Bien.

— Bien ? C'est tout ?

Pourquoi était-ce si difficile de lui parler ? Elle n'arrivait pas à prononcer un seul des mots qu'elle avait envie de lui dire. Si elle continuait comme cela, il allait repartir sans que rien ne se soit passé.

— Je voulais te remercier pour tout. Je sais que je ne m'y suis pas très bien prise pour gérer mes ennuis, mais je voulais…

— Je t'en prie.

— Enfin, tu n'étais pas obligé de m'aider, de t'investir comme tu l'as fait. Mais tu as fait bien plus que…

— Beth, tu n'as pas encore compris, alors ?

L'espace d'un instant, il la regarda avec curiosité.

— Je n'ai jamais eu l'intention de te chasser de chez toi. Tu devrais te réinstaller ici.

Comment pourrait-elle vivre dans cette maison maintenant sans penser à lui ? Comment pourrait-elle encore dormir dans son lit sans souffrir de son absence ?

Elle réprima un frisson de désir. Non, elle ne pourrait jamais l'oublier.

— Tu veux que je m'en aille ? demanda-t-il d'une voix grave.

— Non. Je…

— Ecoute. Je sais que je ne peux pas te promettre une vie anonyme, comme celle à laquelle tu es habituée. Je fais partie de la famille Corelli, qui n'a jamais su faire autrement qu'attirer l'attention. Mais je sais aussi que ce qu'il y a entre nous est précieux. Incroyablement précieux. Beth, je n'ai pas envie que cela s'arrête.

Stupéfaite, elle mit un moment à comprendre les paroles qu'il venait de prononcer.

— Tu… me demandes de revenir vivre ici… avec toi ? balbutia-t-elle.

— Eh bien… Techniquement, tu n'es pas encore partie.

Elle n'arrivait pas à y croire. Elle avait imaginé bien des choses, mais elle était certaine à présent d'être dans un rêve.

— Beth, c'est si difficile de croire que tu comptes pour moi ? Que je veux être auprès de toi pour te soutenir, pour t'aider chaque fois que tu auras besoin de moi ?

Il se figea et la regarda soudain avec inquiétude.

— Tu ne vas pas pleurer, si ?

— Non, dit-elle en souriant.

— Si, tu pleures déjà.

— C'est… à cause de l'émotion. J'ai tellement essayé d'oublier, et voilà que tu…

— Beth. *Cara mia*. Ne pleure pas.

— Non, laisse-moi finir. J'étais… Je suis toujours fâchée que tu aies fouillé dans mes affaires.

— Je suis sincèrement désolé, je te l'ai dit.

— Je le sais. Et à ta place, j'aurais certainement fait la même chose.

Elle respira profondément et s'efforça de sourire au milieu de ses larmes.

— C'est difficile…, murmura-t-elle.

— Alors je vais t'aider. Beth, reviens.

Mais les idées se bousculaient à présent dans son esprit, et elle restait là, debout, incapable de dire quoi que ce soit. Luke, lui, attendait patiemment, comme si le temps ne comptait plus.

Finalement, elle s'accrocha à la douceur de son regard, et sut qu'elle voulait être avec lui. Mais pas pour quelques nuits seulement.

— Luke, si je reviens, ce ne sera pas pour une liaison passagère.

— J'espère bien que non.

Alors il la serra contre lui, lui permettant de sentir les battements de son cœur et la virilité de son corps puissant.

— Beth, je sais que cela peut paraître fou, mais je crois que je t'aime.

— Tu crois ?

Il s'éclaircit la voix et la regarda dans les yeux.

— Tu me manques. Je ne pense qu'à toi. Et je veux m'endormir et me réveiller avec toi tous les jours. Reviens. Tu es d'accord ?

— Luke… Cela ne peut pas marcher. Mon passé, ta carrière…

— Arrête de penser à tout cela. Ce ne sont que des faux prétextes, et tu le sais. Si nous avons envie que ça marche, ça marchera. Je veux être avec toi. Je veux passer des soirées à regarder les étoiles, je veux boire du vin et faire l'amour avec toi, je veux trouver tes sous-vêtements au milieu de mes caleçons. Je veux manger des lasagnes sur ta vieille table de cuisine. Et si tu ne me crois pas, ajouta-t-il plus bas, c'est que tu n'es pas aussi forte que je le croyais.

Elle voulait le croire, mais elle n'osait pas. Ces paroles correspondaient si peu à ce qu'il lui avait dit attendre de la vie !

— Tu veux dire que tu désires tout ce que tu rejetais avant ?

Il lui prit la main et, pour la première fois, elle sentit qu'il tremblait.

— Je t'aime.

Folle de bonheur, elle noua les bras autour de son cou et enfouit son visage contre lui, pour sentir son parfum, pour être sûre qu'elle n'était pas en train de rêver. Les yeux de Luke parlaient pour lui, elle pouvait enfin le croire.

— Dis-le encore.

— Je t'aime, Beth. A moins que je doive t'appeler Taylor ?

— Il y a bien longtemps que je ne suis plus Taylor Stanton. Elle appartient à mon passé. Beth est mon avenir.

Tout était bien réel. La douceur sensuelle de sa voix, la lueur de tendresse dans son regard… Et le baiser qu'il posait maintenant sur ses lèvres.

— Et ? murmura-t-il.

— Et quoi ?

— Dis-le.

— J'y venais justement, dit-elle en rougissant. Moi aussi, je t'aime.

— J'espérais bien que tu allais finir par retrouver tes esprits.

— Depuis quand ?

— Depuis ton départ. Si je n'avais pas retrouvé Ben entre-temps, de toute façon, je serais venu te chercher dans ton salon de massage.

— Ah oui ? Sans me demander mon avis ?

— Je le connaissais déjà.

Ils se mirent à rire, puis s'embrassèrent longuement, langoureusement.

— Je t'aime, Beth. Même quand tu fais exprès de me contrarier, je t'aime. Et je veux encore l'entendre de ta bouche.

— Je t'aime, Luke. Et je te demande pardon…

— Chut. Tu l'as déjà dit.

— J'ai eu tort de ne pas te faire confiance, insista-t-elle. Je me suis laissé influencer par mon passé.

— Beth, moi aussi, j'ai commis des erreurs.

Il se pencha de nouveau vers elle et la dévora de mille baisers.

— Je t'aime, je t'aime, je t'aime. Et je voudrais être avec toi, le jour où tu rencontreras ta sœur, ajouta-t-il plus sérieusement. Si tu as envie de la connaître, bien sûr. Je ne crois pas que tu devrais y aller seule.

— Mais je ne suis plus seule. Et moi aussi, je voudrais que tu sois avec moi, ce jour-là.

Il lui caressa doucement le visage, le cou, et les épaules, et se mit à rire doucement.

— Qu'y a-t-il de drôle ?

— Pour une fois, la presse a eu raison sur un point.

— Lequel ?

— Je me sens tellement chanceux à présent, que je mérite bien mon surnom de Lucky Luke.

— Ah, dit-elle en riant à son tour. Eh bien, je ferai en sorte que cela dure toujours.

Epilogue

Le jour où Luke épousa Beth, il y avait peu de monde à la cérémonie, mais l'émotion n'en était pas moins forte. Elle portait une longue robe blanche, qui épousait parfaitement sa silhouette divine, tandis qu'il avait choisi un costume gris.

Dans le jardin de la propriété des Corelli, les invités étaient rassemblés sous un dais de toile blanche qui les protégeait du soleil. Tout le long du mur d'enceinte, les agents de sécurité s'assuraient qu'aucun intrus ne venait se joindre à sa famille et aux amis de Beth.

Lorsque le moment fut venu pour eux de prononcer leurs vœux, Luke ne put s'empêcher de remarquer l'émoi de ceux qui étaient présents. Mais ce fut leur joie à tous qui éclata, lorsque le célébrant lui enjoignit d'embrasser la mariée.

Pourtant, il savait que le plus heureux, aujourd'hui, c'était bien lui. La commission avait publié le résultat de son enquête un peu plus tôt dans la semaine, et son oncle était lavé de toutes les accusations portées à son encontre. Ce qui n'avait pas manqué de provoquer le soulagement de Connor, qui n'avait pas attendu tout ce temps pour le nommer vice-président.

Luke regarda Beth, rayonnante de beauté, et oublia

aussitôt son travail. Car le véritable bonheur de sa vie, à présent, c'était elle. Elle, et le bébé qui naîtrait de leur amour d'ici à sept mois.

Enfin, il se sentait vivant.

Passions

— Le 1er octobre —

Passions n°354

Une fiancée pour Lucius Devlin - Day Leclaire

Angie est désespérée. Lucius Devlin, son patron, s'est mis en quête de l'épouse idéale – une femme capable de supporter son caractère difficile, mais surtout, d'être une mère pour le petit Mikey dont il est devenu le tuteur. Or, elle rêverait d'occuper ce rôle : elle est follement amoureuse de Lucius et adore le bébé ! Mais comment pourrait-elle avouer ses sentiments à Lucius, alors qu'il ne semble pas même s'apercevoir qu'elle est une femme vibrante de désir sous ses tailleurs stricts ? Résolue à ne pas perdre celui qu'elle aime, Angie prend une décision. Puisqu'elle est déjà l'assistante idéale, elle deviendra la fiancée rêvée de son patron...

Impossible attirance - RaeAnne Thayne

Depuis qu'elle s'est installée à Pine Gulch avec sa petite Gabrielle, Rebecca fait tout pour se montrer discrète. Aussi est-elle inquiète par l'intérêt soudain que lui porte Trace Bowman, le chef de la police. Certes, elle est flattée d'être courtisée par un tel homme : avec son regard émeraude et son sourire sensuel, il est plus que séduisant. Mais Trace représente d'abord – et avant tout – un danger pour elle. Car si Rebecca s'abandonnait à son attirance pour lui, il ne tarderait pas à découvrir le secret qui l'a conduite dans l'Idaho...

Passions n°355

Passion au Colorado - Barbara Dunlop

Elle désirait qu'il l'embrasse, que ces lèvres brûlantes s'emparent de sa bouche. Il la mènerait au Paradis, elle en était certaine. Très vite, pourtant, Katrina se ressaisit. Reed Terrell a beau l'attirer violemment, elle ne doit pas tomber amoureuse de ce cow-boy du Colorado. Bientôt, elle sera repartie à New York, où sa vie de danseuse étoile l'attend. Loin du ranch familial, des montagnes rocheuses – et de cet homme aussi impétueux que troublant qui fait battre son cœur...

La nouvelle vie d'une héritière - Allison Leigh

Enceinte, rejetée par le père de son enfant, Sydney a abandonné sa vie de riche héritière pour s'installer dans la petite ville de Weaver. Là, dans le froid du Wyoming, elle compte bien redémarrer une nouvelle vie, une vie meilleure, où elle s'accomplira enfin. Mais lorsque Derek Clay, le propriétaire du ranch voisin, vient frapper à la porte de son chalet perdu dans la neige, elle se rend compte qu'elle ne sera jamais rien d'autre ici qu'une étrangère. Car Derek, de toute évidence, ne voit en elle qu'une snob trop gâtée par la vie. Alors qu'elle rêverait qu'il devine la femme qu'elle est vraiment...

Passions n°356

Deux mois pour t'aimer - Maureen Child

Proposer le mariage à un parfait inconnu, sur l'île des Caraïbes où elle a grandi ? Jamais Melinda n'aurait pensé en arriver à une telle extrémité. Mais c'est la seule solution, si elle veut toucher l'héritage dont elle a tant besoin pour s'émanciper de sa famille. Et puis, Sean King est le candidat idéal. Intelligent, beau comme un Dieu, il possède en outre la plus grande des qualités : il est absolument réfractaire au mariage. Entre eux, il ne s'agira que d'une transaction dénuée de sentiments et de passion. Alors pourquoi Melinda ne peut-elle s'empêcher de regretter, lorsque Sean pose sur elle son regard brûlant, d'avoir exigé que leur mariage reste blanc ?

Précieuses retrouvailles - Cynthia Thomason

Seize ans. Cela fait seize ans que Rosalie n'a pas revu Bryce, qu'elle a tant aimé, jusqu'à ce qu'un terrible événement vienne les séparer. Et, aujourd'hui, elle sent la panique la gagner à l'idée de devoir le croiser, jour après jour, dans la petite ville de Whistler Creek où ils ont tous les deux grandi. Mais ce qui l'effraie davantage encore, c'est d'imaginer qu'il puisse découvrir son secret – ce secret qu'elle a gardé si précieusement et qui a pour prénom Danny...

Passions n°357

L'enfant de son ennemi - Mary Lynn Baxter

Sauvage et sûr de lui : l'homme qui se présente devant Emma est tout simplement fascinant. A tel point qu'elle a bien du mal à détourner les yeux de ses lèvres tentatrices, de son corps parfait. Très vite, pourtant, Emma redescend sur terre en découvrant que son visiteur n'est autre que Calhoum Webster. Calhoum, le père du petit Logan dont elle est devenue la tutrice. L'homme qui a l'intention de lui ravir cet enfant qu'elle aime plus que tout. Son ennemi.

Si près de lui... - Stella Bagwell

Dallas a fait un très long voyage pour se rendre dans le Nevada, où elle souhaite acheter des chevaux. Là, au milieu des plaines désolées, elle reste un moment sous le choc de la rencontre qu'elle vient de faire. Boone Barnett, propriétaire du White River Ranch, est un véritable roc, et il émane de lui un charisme torride dont il ne semble même pas avoir conscience. Bien trop troublée, Dallas n'a qu'une envie : fuir au plus vite loin de cet homme. Sauf que le crépuscule a déjà envahi le désert, et il est trop tard pour reprendre la route. Aussi Dallas se voit-elle contrainte de passer la nuit sous le même toit que Barnett...

Cet intense désir - Kate Hoffmann

« Le plus grand sculpteur de toute l'Irlande ». C'est à peu près tout ce que Jordan sait de Danny Quinn lorsqu'elle vient le trouver dans son atelier de Ballykirk pour le convaincre de travailler avec elle à la restauration d'un prestigieux château. Mais si elle a la confirmation que la réputation de Danny n'est en effet pas usurpée, elle découvre surtout, sous le choc, que cet Irlandais fier et ombrageux est l'homme le plus sexy qu'elle ait jamais rencontré. Et qu'il va être incroyablement difficile de travailler en permanence à ses côtés, tant l'atmosphère se charge d'un désir intense, presque palpable, lorsqu'ils se font face....

Brûlante escapade - Kira Sinclair

Après avoir découvert, au pied de l'autel, que son futur mari était un homme volage, Lena annule son mariage mais décide de profiter quand même de l'île paradisiaque où elle aurait dû passer sa lune de miel. Et, sur un coup de tête, elle propose à son meilleur ami, Colt, de l'accompagner. Lui, au moins, saura lui changer les idées et lui redonner le sourire. Sauf que, une fois sur place, elle est très vite envahie par des émotions contradictoires : loin de se sentir triste, elle se rend compte qu'elle préfère mille fois être ici avec Colt qu'avec son ex-fiancé. Et, surtout, elle est terriblement troublée par les envies surprenantes qui la submergent chaque jour un peu plus. Comme celle de se fondre dans les bras de Colt, et laisser libre cours au désir irrépressible qu'elle éprouve pour lui...

BestSellers

A paraître le 1er septembre

Best-Sellers n°526 • roman

Le temps d'un été - Emilie Richards

Trois femmes – Tessa, sa mère et sa grand-mère – se retrouvent dans la propriété familiale, une grande demeure de Virginie, chargée d'histoire et de souvenirs, où ont vécu plusieurs générations avant elle. Tessa, la plus jeune des trois, noyée dans le chagrin d'avoir perdu sa petite fille, s'est éloignée peu à peu de son mari. Nancy, sa mère, n'a quant à elle jamais cessé de lutter pour échapper à ses origines. Mais à présent qu'elle mène une vie confortable et mondaine, elle est persuadée que son mari ne l'a pas épousée par amour, et qu'elle a trahi celle qu'elle est vraiment. Helen, la grand-mère, est une battante qui a fait face aux épreuves toute sa vie durant, mais s'est murée dans une solitude têtue, prétendant n'avoir besoin de personne et négligeant ses talents artistiques. Toutes trois, bien qu'unies par un lien indestructible, se sont repliées sur leurs propres blessures. Mais si chacune est hantée par un secret douloureux, elles vont tenter, le temps d'un été, de se remettre à croire en l'espoir.

Best-Sellers n°527 • roman

Un été au lac des Saules - Susan Wiggs

A vingt-sept ans, Olivia Bellamy a déjà deux fiançailles annulées derrière elle. Et alors qu'elle s'attend à une demande en mariage, son petit ami lui annonce leur rupture. Pour tromper son désespoir, elle accepte la proposition de sa grand-mère : passer l'été au lac des Saules pour remettre en état le camp de vacances appartenant à ses grands-parents et où, enfant, elle a passé tous ses étés. Pour la décoratrice de talent qu'elle est, la mission est passionnante. D'autant plus que l'endroit est paradisiaque et empreint de nostalgie... même s'il ne lui évoque pas que de bons souvenirs. Adolescente mal dans sa peau et fragilisée par le divorce de ses parents, elle y a, à l'époque, beaucoup souffert. Une seule personne, alors, l'aidait à supporter le rejet des autres... une personne à laquelle elle se refuse de penser : le passé est passé. Mais voilà que, le jour où se présente l'entrepreneur venu l'aider à réaliser son projet, elle reconnaît avec stupéfaction Connor Davis, le garçon qu'elle a secrètement aimé durant son adolescence... et qui lui a brisé le cœur.

Best-Sellers n°528 • thriller

Jusqu'au bout du mal - Michelle Gagnon

A peine remise d'une grave blessure et déterminée à retrouver sa confiance en elle après avoir frôlé la mort, l'agent spécial Kelly Jones refuse l'idée de ne pas reprendre le travail sur le terrain. Aussi décide-t-elle envers et contre tout d'accompagner Jake Riley, son fiancé, ainsi que son équipe d'élite, pour d'une périlleuse mission de libération d'otage. Une mission qui la conduit dans les bas-fonds de Mexico. Mais malgré son courage, Kelly redoute secrètement de ne plus être à la hauteur. C'est alors que dans les bidonvilles de Mexico, elle retrouve l'homme qu'elle recherche depuis des années. Un tueur machiavélique qui semble désormais mettre en scène un effroyable rituel macabre en choisissant ses victimes, des enfants, dans la frange la plus pauvre de la société. Horrifiée et décidée à saisir cette ultime chance de faire ses preuves, Kelly se sépare momentanément de Jake et de son équipe pour se lancer seule dans une mission plus périlleuse que jamais…

Best-Sellers n°529 • thriller

Noire était la nuit - Lisa Jackson

Le jour de son quinzième anniversaire, à La Nouvelle-Orléans, Abby Chastain a vu sa mère se jeter par la fenêtre de l'hôpital psychiatrique Notre-Dame-des-Vertus où celle-ci vivait enfermée, victime d'hallucinations. Et personne n'a jamais su quelle terrifiante vision avait bien pu pousser Faith Chastain à commettre l'irréparable. Vingt ans plus tard, Abby est encore hantée par le souvenir de cette tragédie. L'hôpital, désormais abandonné, est promis à la destruction. Mais Abby pressent qu'il n'a pas révélé tous ses secrets. Et, lorsque des meurtres en série sont commis, elle comprend que les démons du passé sont en train de se réveiller : toutes les victimes ont un lien avec elle, ou avec l'hôpital. A commencer par son ex-mari, sauvagement assassiné. Un lien secret que l'inspecteur Montoya va devoir comprendre pour empêcher le dangereux psychopathe de poursuivre sa série macabre. Mais le tueur, lui, a d'autres plans…

Best-Sellers n°530 • thriller

Elles étaient si jolies - Andrea Ellison

Quand le lieutenant de la brigade des homicides de Nashville, Taylor Jackson, découvre la scène de crime qui l'attend au bord d'une autoroute par une étouffante journée d'été, elle reconnait instantanément la signature de l'Etrangleur du Sud : une victime jeune, jolie, et des indices macabres qui ne laissent aucun doute sur l'identité du meurtrier. Profondément choquée par cette effroyable mise en scène, Taylor est prête à tout pour arrêter l'assassin, avec l'aide de son amant Jack Baldwin, un célèbre profiler du FBI. Car elle ne s'est pas dévouée corps et âme à ce métier pour se laisser manipuler par un tueur psychopathe qui la provoque en laissant derrière lui des poèmes. Des poèmes qui vont la mener dans les beaux quartiers de Nashville qu'elle connaît bien, là où les secrets sont si bien préservés au nom des apparences.

BestSellers

Best-Sellers n°531 • suspense

Noire révélation - Brenda Novak

Madeline, rédactrice en chef du journal de Stillwater, n'avait que 16 ans lorsque son père, le respectable Révérend Barker, a mystérieusement disparu de la petite ville. Vingt ans ont passé depuis, et tout le monde, y compris sa belle-mère et son demi-frère, lui conseille d'oublier ces douloureux souvenirs. Mais un hasard vient bouleverser leur existence et raviver le drame : la voiture de Barker est retrouvée au fond d'une carrière abandonnée. Contre l'avis de tous, Madeline engage Hunter Solozano, un détective privé, pour l'aider à remonter cette piste. Mais de sulfureux indices sont retrouvés dans la voiture de Barker, qui laissent Madeline perplexe. Et sa propre famille, au lieu de lui venir en aide, se mure dans le silence et cherche à la détourner de son enquête. Comme si tous étaient complices d'un passé trouble, soigneusement caché à Madeline ces vingt dernières années. Comme si le démon qui s'était emparé de la ville vingt ans plus tôt était sur le point refaire surface…

Best-Sellers n°532 • historique

Le secret d'Elysse - Brenda Joyce

Irlande, 1839

Si Elysse De Varenne occupe une place d'honneur dans la haute société irlandaise, elle n'ignore pas les cruelles rumeurs qui circulent sur son mariage. Des rumeurs qu'elles s'efforcent de démentir par tous les moyens. Pas question d'admettre qu'elle n'a pas vu son époux depuis le jour où ils ont échangé leurs vœux, et encore moins que leur union n'a jamais été consommée ! Car on ne tarderait pas alors à découvrir le scandaleux secret qui a poussé le ténébreux Alexi De Varenne à l'épouser six ans plus tôt… Hélas, son personnage de parfaite épouse vole en éclats lorsqu'après six ans d'absence, Alexi décide de rentrer en Angleterre. En effet, comment continuer à faire croire en leur mariage quand l'irrésistible Alexi refuse de lui adresser la parole ?

Best-Sellers n°533 • historique

Le mystérieux fiancé - Shannon Drake

19ème siècle, Londres.

Sous la protection des Carlyle depuis son enfance, Ally a grandi dans un havre de paix, loin des troubles qui agitent le royaume. Et si cette existence dorée a des inconvénients – comme celui d'être promise à un inconnu –, Ally a bien conscience que ses origines modestes auraient pu la conduire à un sort moins enviable. Aussi est-ce résignée qu'elle se rend au bal qui officialisera ses fiançailles avec Mark Farrow, l'époux que son parrain lui a choisi. Mais alors qu'elle est en chemin, sa voiture est attaquée par un ténébreux bandit. L'homme, aussi inquiétant que séduisant, fait aussitôt naître en elle un désir implacable. Un désir qu'elle s'efforce de réprimer pour lui tenir tête : comment ose-t-il s'en prendre à elle, Alexandra Grayson, pupille du puissant comte de Carlyle ? Son argument, elle le sait, est peu convaincant… Pourtant, contre toute attente, l'homme la libère dès qu'il apprend son nom, visiblement bouleversé par sa découverte…